Fairies. Kristallblau

© privat

Stefanie Diem arbeitet und lebt gemeinsam mit ihrer Familie im Allgäu. Schon als kleines Kind verfügte sie über eine lebhafte Fantasie und dachte sich die tollsten Geschichten aus, die sie zu Papier brachte, sobald sie schreiben konnte. Das Schreiben hat sie seither nicht mehr losgelassen und zählt neben dem Lesen zu ihren größten Leidenschaften.

Stefanie Diem

fairies

KRISTALLBLAU

im.press CARLSEN

Von Stefanie Diem außerdem als E-Book bei Impress erschienen:

Fairies, Band 2: Amethystviolett
Fairies, Band 3: Diamantweiß
Fairies, Band 4: Opalschwarz

FSC
www.fsc.org
MIX
Papier aus verantwortungsvollen Quellen
FSC® C083411

Ein *Impress*-Titel im Carlsen Verlag
Mai 2018

Umschlagbild: shutterstock.com © Nejron Photo / Pavel Shlykov / Jica / Andrii Muzyka
Umschlaggestaltung: formlabor
Corporate Design Taschenbuch: bell étage
Gesetzt von Dörlemann Satz, Lemförde
ISBN 978-3-551-31712-4

www.impress-books.de
CARLSEN-Newsletter: Tolle Lesetipps kostenlos per E-Mail!
Unsere Bücher gibt es überall im Buchhandel und auf carlsen.de.

Für meine Familie

PROLOG

Graues Felsmassiv, das seine imposanten, verschneiten Gipfel wie spitze Reißzähne in den Himmel stößt, umgeben von dezentem Nebel, der sich wie ein Schleier über die gesamte Umgebung legt, durchbrochen von strahlendem Sonnenlicht, das alles in bizarrem Funkeln erstrahlen lässt.

Inmitten dieses Panoramas überragt ein Berg alle anderen und stellt seine Brüder allein durch seine schiere Größe in den Schatten.

Und dort, wo die Welt am höchsten ist, befindet sich eine Höhle, in der ein junger und doch uralter Mann lebt.

Hier oben, verborgen vor der Menschheit mit ihren Plänen, Visionen, Ängsten, Sorgen und Problemen – in vollkommener Abgeschiedenheit – wartet er auf den einen Moment, in dem er ihr wieder begegnen wird.

Er sehnt und fürchtet diesen Augenblick gleichermaßen, bedeutet er doch, dass seine schlimmsten Ängste erneut Wirklichkeit werden und er sie erneut verlieren könnte.

* * *

Er blickte auf sein Zuhause, sein selbst gewähltes Gefängnis, und auf die dreizehn Steine, die vor ihm in einem perfekten Zirkel auf blutroten Samtkissen gebettet in einem seltsamen bläulichen Licht schimmerten. Wie lange er sie schon bewachte, das vermochte er mittlerweile nicht mehr zu sagen. Ein Jahrtausend? Ein Jahrhundert? Ein Jahrzehnt? Ihm kam es vor wie eine Ewigkeit.

Er stutzte, runzelte die Stirn, schaute auf die beiden letzten Steine, die nicht leuchteten, sondern dunkel und finster auf den Kissen ruhten.

Einer von beiden flackerte.

Kurz darauf begann auch der andere Stein zu schimmern und leuchtete schließlich hell auf.

Sein Herz setzte für einen Augenblick aus, nur um kurz darauf heftig zu pochen.

Das war er. Der Moment, auf den er so lange gewartet hatte.

Er stand auf, darum bemüht, sich zu beruhigen, atmete tief ein und aus.

Es war Zeit.

Zeit, wieder ins Leben zurückzukehren.

KAPITEL 1

»Im Moef ist heute Schaumparty«, verkündete Jana und nippte an ihrer Pina Colada.

»Ne, mir reicht's noch vom letzten Mal. Da hab ich fast keine Luft bekommen bei all dem Schaum«, sagte Lina, schüttelte den Kopf und überprüfte ihre Schminke in einem kleinen Handspiegel. Sie sah wie immer fabelhaft aus, die blonden langen Haare perfekt gestylt, saphirblaue Augen unter vollendet getuschten langen Wimpern, ein makelloser Teint, frisch manikürte Fingernägel – dazu eine unglaubliche Figur, die wie immer in knallengen Jeans und einem sehr, sehr knappen Oberteil steckte. Kurzum: Lina vereinte alles in sich, wovon Mädels – und Jungs! – so träumten. Deshalb schleppte sie auch reihenweise Typen ab, während Jana und ich eher mauerblümchenmäßig danebenstanden mit unseren etwas pummeligen Figuren, die wir wie immer versuchten in weiteren Klamotten zu verstecken.

Ich war vor Kurzem achtzehn Jahre alt geworden, hatte mein Abitur in der Tasche und verbrachte mit meinen beiden Freundinnen Lina und Jana eine Woche Party-Urlaub in Lloret de Mar, sozusagen noch einmal »die Sau rauslassen«, bevor für uns der wahre Ernst des Lebens beginnen würde. Wir hatten bereits drei Tage hinter uns, in denen wir keine Nacht vor fünf Uhr ins Bett gekommen waren. Tagsüber faulenzten wir in der heißen Sonne Spaniens und abends feierten wir und zogen von Disco zu Disco, bevor wir dann meistens am Strand landeten und den Sonnenaufgang genossen.

Es war dreiundzwanzig Uhr und wir saßen wie immer in einer Strandbar und tranken Cocktails zum »Aufwärmen«.

»Ich dachte, du liebst Schaumpartys?«, fragte ich und nahm einen Schluck von meinem »Sex on the Beach«.

»Das war früher mal, bevor ich beinahe erstickt wäre! Also, mir ist's egal. Sucht ihr was aus!«, entgegnete Lina genervt und stützte das Gesicht auf die Hände.

»Ich möchte ins *St. Trop!*«, verkündete Jana und zeigte uns einen Flyer. »Da ist heute Ladies Night. Für Mädels Eintritt frei!«

»Von mir aus.« Lina nickte und auch ich war einverstanden.

Wir tranken aus, bezahlten und machten uns auf den Weg am Strand entlang zurück zur Hauptstraße. Dort herrschte bereits reges Treiben. Zahlreiche Animateure eilten auf beiden Straßenseiten auf und ab und drängten sich um die Mädchen und Jungen, um sie für die jeweils eigene Diskothek als Gäste zu gewinnen. Sie versuchten es mit allen Tricks, Free Shots, freiem Eintritt, dem Versprechen auf tolle Schaumpartys und so weiter.

Wir bemühten uns nach Kräften sie zu ignorieren und bogen in die Seitenstraße ab, in der sich die Diskothek *St. Trop* befand. Bereits von Weitem sahen wir die lange Warteschlange, die sich vor dem Eingang drängte, und hörten das Wummern der Bässe. Ich freute mich schon aufs Abtanzen und warf einen kurzen Blick in ein Schaufenster, um mein Outfit zu prüfen. Ich trug Bluejeans mit braunem Gürtel und breiter Schnalle, dazu ein weißes Spaghetti-Top und weiße Pumps mit wackelig hohem Absatz, auf denen ich jedoch erstaunlich gut laufen konnte. Meine dunkelbraunen Haare hatten sich in der hohen Luftfeuchtigkeit zu leichten Locken gekräuselt und ich trug sie aus Mangel an Frisuren-Kreativität offen, lediglich über dem Ohr nach hinten gehalten von einer weißen Kunststoffblüte. Geschminkt war ich, wie üblich, eher schlicht – dezentes Make-up, das mich meistens noch blasser machte, als ich war, weißer Lidschatten, der meine grünbraun-blauen Augen nicht wirklich gut betonte, dazu schwarzer Kajal, schwarze Wimperntusche und natürlich ein zarter Hauch Rosé-Lipgloss. Ich fand mich hübsch, ein bisschen zumindest. Aber natürlich konnte ich auf keinen Fall mit Lina mithalten. Neben mir betrachtete sich auch Jana im Schaufenster. Mit ihren kupferroten kurzen Haaren, den vielen Sommersprossen auf der Nase und den funkelnden grünen Augen war sie jedem sofort sympathisch. Ihr offenes, freundliches Wesen und herzhaftes Lachen hatten es mir leicht gemacht, sie schnell ins Herz zu schließen. Inzwischen zählte sie zu meinen besten Freundinnen überhaupt – vor allem, da wir beide äußerlich nicht ganz so perfekt waren, wie wir es gern gewesen wären. Wieso wir Lina mit in diesen Urlaub genommen hatten? Keine

Ahnung. Das wussten wir beide selbst nicht mehr so genau. Sie passte eigentlich nicht wirklich zu uns. Aber durch sie lernten wir meistens nette Jungs kennen und somit bereuten wir es nicht, sie dabeizuhaben, und mit ihrer Zickerei, die sie Gott sei Dank meistens nur in den frühen Morgenstunden an den Tag legte, konnten wir mittlerweile gut umgehen.

Im Minutentakt rückte die Menschenschlange weiter und wir lugten bereits sehnsüchtig an den vor uns Stehenden vorbei zum Eingang in die Diskothek. Lina verdrehte genervt die Augen. »Wir hätten doch woandershin gehen sollen!«

»Ach, woanders stehen wir genauso Schlange«, meinte Jana und kramte in ihrer Handtasche.

Ich sagte nichts dazu, teilte aber im Stillen Janas Meinung. Wir zwinkerten uns zu und rückten ein Stück weit nach vorn.

Schließlich standen wir doch irgendwann den Türstehern gegenüber und zeigten brav unsere Ausweise vor. Die beiden muskelbepackten Männer ließen uns ein. Stickige, neblige Luft schlug uns entgegen und der Lärm wurde so laut, dass wir uns kaum mehr verständigen konnten. Dicht an dicht drängten sich die Menschen aneinander und auf der Tanzfläche herrschte bereits reges Treiben. Die Bässe wummerten, die Lichter zuckten und blitzten, farbige Scheinwerfer flirrten über die Köpfe und mittendrin standen wir und sahen uns ein wenig ratlos um. Wonach wir genau suchten, wussten wir nicht, aber es sah cool aus, wenn man sich umsah – so als würde man nach Bekannten Ausschau halten. Eine große Clique cooler Leute, mit denen man feiern konnte. Na gut, wonach Lina Ausschau hielt, wussten wir, sie suchte sich bereits ihr nächstes »Opfer«.

»Gehen wir nach oben?«, schrie Lina uns zu und deutete mit dem Finger auf eine Treppe, die auf die Galerie führte, welche um die ebenerdige Tanzfläche herum angelegt war. Wir nickten und folgten ihr nach oben, wo wir uns die von einer Animateurin versprochenen Free Shots abholten und dazu noch einmal Cocktails bestellten. Dann traten wir ans Geländer und beobachteten die Tanzfläche unter uns.

Es dauerte nicht lange und ein gut aussehender, blonder Junge tippte Lina von hinten auf die Schulter und lud sie auf einen Drink ein, wozu diese natürlich nicht Nein sagte. Somit waren es wieder mal nur noch Jana und ich. Wir grinsten uns an, bedeuteten Lina mit abwärtsweisenden Zeigefingern, dass wir nach unten gehen würden, und begaben uns auf die Tanzfläche.

Ich liebte es, mich den wummernden Bässen und zuckenden Blitzlichtern hinzugeben. Man konnte sich hier richtig in Trance tanzen und alles um sich herum vergessen. Völlig verzaubert schloss ich die Augen, bewegte meinen Körper im Takt der Musik, wiegte die Hüften von einer Seite zur anderen und tanzte immer ausgelassener.

Dann merkte ich, wie die Luft um mich herum dicker wurde. Ich hielt einen Moment inne, nahm das Kitzeln unter meinem Kinn wahr, wie sich meine Schultern bei jedem Atemzug schwer hoben und senkten, mein Körper nach Sauerstoff rang. Sofort kramte ich in meiner kleinen Handtasche. Panik erfasste mich, als ich das kleine Plastikrohr nicht finden konnte. Ich wurde von wiegenden, sich im Takt der Musik bewegenden Körpern von der Tanzfläche gedrängt, den Blick in meiner Tasche vergraben, in der ich natürlich aufgrund des matten Lichts nichts als Schwärze erkennen konnte.

Jemand legte mir eine Hand auf die Schulter.

»Alles klar?« Jana war mir gefolgt und musterte mich mit ernstem Blick.

Ich nickte und rang mir ein Lächeln ab.

»Ja, ja, ich ... ich muss nur ...« Mit einem Kopfnicken deutete ich auf die nächstgelegene Toilette und flüchtete förmlich vor ihrem misstrauischen Blick.

Im Mädchenklo angekommen, vor dem sich zum Glück ausnahmsweise einmal keine ewige Warteschlange befand, hastete ich schnell in eine Kabine und kramte im grellen Neonlicht erneut in meiner Tasche.

Gott sei Dank! Da war es!

Eilig schüttelte ich die längliche Plastikkassette, die wie eine kleine Taschenlampe in meine Handfläche passte, schraubte den roten Deckel ab, atmete ganz aus, hielt mir die Kassette mit dem Mundstück an die Lippen und sog dann das Pulver in meine Lungen.

Es wirkte sofort. Ich bekam augenblicklich wieder Luft, meine verkrampften Schultern entspannten sich, das Keuchen und Pfeifen verschwand aus meiner Atmung.

Erleichtert atmete ich durch.

Der letzte Anfall lag schon eine Weile zurück und ich hatte schon daran geglaubt, dass die gute Meeresluft der Grund dafür war. Anscheinend hatte ich mich getäuscht.

Verbissen packte ich den kleinen Inhalator wieder in meine Handtasche, trat aus der Kabine und spritzte mir vor dem Waschbecken etwas kaltes Wasser ins Gesicht. Verdammtes Asthma!

Als ich die Toilette wieder verließ, war Jana verschwunden. Ich warf einen Blick nach oben auf die Galerie, konnte dort jedoch weder Lina noch Jana entdecken. Die Disco war groß, wo konnten sie nur sein? Dabei hatten wir – zumindest Jana und ich – uns geschworen, uns nicht aus den Augen zu verlieren. Na prima, drei Tage lang war es gut gegangen. Ich seufzte und legte die Hand an die Stirn, um mich ein wenig vor den heißen Scheinwerfern zu schützen. Was machte ich nur?

Nicht durchdrehen, riet mir meine innere Stimme und ich zwang mich tief ein- und auszuatmen, was jetzt glücklicherweise wieder problemlos möglich war. Die beiden würden schon wieder auftauchen. Früher oder später verlor Lina das Interesse an ihrer »Eroberung« und vielleicht war Jana auch einfach nur kurz nach draußen gegangen.

Ich setzte mich auf einen nahe gelegenen Barhocker und ließ meinen Blick über die Menge schweifen.

Da entdeckte ich ihn. Er lehnte lässig an einer Säule, ein Bein an der Wand abgestützt, eine Hand in der Hosentasche vergraben, die andere um einen Drink geschlossen. Die dunklen, schulterlangen Haare fielen ihm in zerzausten Strähnen in die Stirn und darunter verweilten seine faszinierenden dunklen Augen genau auf mir. Entsetzt und auch ein klein wenig geschmeichelt sah ich weg, nur um wenige Sekunden später wieder verstohlen hinzusehen. Er sah mich immer noch an! Mein Herz begann zu klopfen. Ich wagte noch einen kurzen Blick.

Ich schätzte ihn auf ungefähr zwanzig Jahre, er war groß, mindestens eins neunzig und sehr lässig gekleidet. Dunkle Jeans und ein graues, aufgeknöpftes Hemd, dessen Ärmel locker hochgekrempelt waren, und darunter ein eng anliegendes weißes T-Shirt. Und er sah noch immer zu mir herüber! Ich wurde ganz nervös. Konnte er wirklich mich meinen? Mich? Unsicher und etwas steif wanderte mein Blick links und rechts neben mich, aber da war niemand.

In dem Moment legte mir jemand den Arm um die Schultern.

»Hier bist du!«, schrie Jana mir ins Ohr. »Hab dich schon überall gesucht!«

»Du mich? Ich dich!«, entgegnete ich empört.

»Ich war nur kurz oben auf der Galerie!« Sie grinste von einem Ohr zum anderen.

»Hör zu, da ist so ein verdammt süßer Typ und er schaut ständig zu mir herüber!«, sagte ich und deutete auf die Säule, an der er – leider – nicht mehr stand.

»Wo?«, fragte Jana.

»Ach, vergiss es. Wahrscheinlich hab ich ihn mir nur eingebildet«, seufzte ich.

Aber so jemanden konnte man sich doch nicht einbilden. Oder die Einbildung beschränkte sich darauf, dass er mich angesehen hatte.

»Lust auf einen Cocktail?«, fragte Jana und deutete zur Bar in meinem Rücken. Ich nickte und drehte mich samt Barhocker um.

»Entschuldigung, darf ich dir einen Drink spendieren?«

O – mein – Gott.

Ich sah in die dunklen Augen und versank förmlich darin, wurde praktisch von ihnen eingesogen. Er strich sich mit der rechten Hand die dunkelbraunen, beinahe schwarzen Haare aus der Stirn und sah mich fragend an. Jana neben mir grinste verblüfft.

»Und?«, fragte dieser wahnsinnig heiße Typ noch einmal und ich erhielt einen Stoß meiner Freundin von links.

»Äh ja, gerne«, stammelte ich.

»Na dann.«

Er lächelte mich an und ich konnte mich in Gedanken nur wiederholen: *O – mein – Gott.* Dieses Lächeln! Wahnsinn! Ich schmolz dahin.

»Also, was trinkst du?«, fragte er.

»Äh, äh, Ssee… ähm … Cai…Caipirinha«, stammelte ich.

Er lächelte wieder (Gott, was wollte der von mir? Beinahe hätte ich wie üblich »Sex on the Beach« bestellt, aber das wäre doch mehr als zweideutig gewesen, oder?) und wandte sich an den Barkeeper. Im Hintergrund sah ich Jana, die mir von einem Ohr zum anderen grinsend ihren erhobenen Daumen in die Luft hielt und sich dann trollte in Richtung Galerietreppe. Super, ich war allein – bis sie schließlich oben am Geländer wieder auftauchte mit – o nein – Lina im Schlepptau. Na prima, die beiden hatten Logenplätze bei meinem Desaster-Flirt.

Ich sah zurück zu meinem edlen Spender, der mich zwischenzeitlich interessiert und ein wenig verschmitzt musterte.

»Also, wie heißt du?«, fragte er und sah mich wieder mit diesen unglaublich dunklen Augen an. Hatten die überhaupt Pupillen? Wie konnten Augen so dunkel sein?

»Sophie«, antwortete ich.

»Sophie, schöner Name.« Er lächelte wieder und ich bemühte mich ebenfalls um ein Lächeln, das wahrscheinlich wie ein gequältes Grinsen aussah.

»Ich bin Taylor«, stellte er sich vor und reichte mir die Hand.

Engländer? Amerikaner?, schoss es mir durch den Kopf, aber er sprach akzentfrei Deutsch. Auf jeden Fall passte der Name irgendwie zu ihm. Taylor, wie Taylor Lautner. Ich grinste – mein Lieblingsschauspieler.

»Angenehm«, sagte ich und reichte ihm die Hand. Er hatte auch noch schöne Hände, könnte geradewegs aus dem Nagelstudio kommen.

»So förmlich?« Er grinste weiter anlässlich unseres steifen Händeschüttelns und nahm vom Barkeeper die beiden Drinks entgegen. Er zahlte und gab mir meinen Caipirinha.

»Na ja«, murmelte ich, weil ich nicht wusste, was ich auf diese Frage sagen sollte.

»Wo kommst du her?«, wollte er weiter wissen.

»Deutschland, Bayern«, sagte ich lasch. Mensch, ich war doch sonst nicht so wortkarg? Was war denn nur los mit mir?

»Bayern?« Er zog verwundert die Stirn kraus, lächelte aber gleich wieder. »Schönes Fleckchen Erde.«

»Warst du schon dort?«, fragte ich, um überhaupt etwas zu dieser Unterhaltung beizutragen. Er nickte.

»Ja, aber nur ein Mal bis jetzt. Ich habe dort nicht oft ...«, er machte eine kleine Pause, »... geschäftlich zu tun.«

»Hast du *hier* geschäftlich zu tun?« Na also, langsam gewann ich meine Sprache wieder.

Er nickte. »Ich bin mit Kollegen hier, und du?«

So redeten wir ein wenig über Lina und Jana, und er erzählte mir von seinen Kollegen Frank (er nannte ihn Frankie) und Natascha, die auch hier irgendwo im *St. Trop* sein mussten. Wir unterhielten uns ziemlich gut und langsam verlor ich auch meine Scheu. Taylor war richtig sympathisch, freundlich, nett, zuvorkommend – alles in allem mein Traummann. Er spendierte mir noch einen weiteren Caipirinha und noch einen und noch einen, und langsam zeigte der Alkohol Wirkung. Ich wurde locker, entspannte mich und flirtete mit ihm, was das Zeug hielt. Schließlich führte er mich auf die Tanzfläche und wir tanzten uns die Seele aus dem Leib, immer beobachtet von meinen wachsamen Freundinnen oben auf der Galerie.

Ich tanzte mit dem tollsten Typen, der mir je begegnet war, mein Herz raste, in meinem Bauch schwebten tausend Schmetterlinge, ich konnte gar nicht aufhören ihn anzulächeln, fühlte mich wie in einem Kokon, blendete alles um mich herum aus, die Menschen, die Musik, die grellen Lichter. Es gab nur noch mich und ihn.

Inständig hoffte ich, es würde bald ein romantisches, ruhiges Lied zum Kuscheln kommen, wer weiß ... Taylor lächelte mich wieder an und ich lächelte zurück. Mir war schon ein wenig schwindlig, was wahrscheinlich vom Alkohol herrührte, aber egal. Ich war jung und, verdammt – genau deswegen war ich ja hier, um mit so schönen Jungs wie Taylor zu flirten und zu tanzen.

Die Musik hämmerte in meinen Ohren, der Beat dröhnte durch meinen ganzen Körper, das Stroboskoplicht verwirrte meine Augen und der Alkohol benebelte meine Sinne. Mir wurden die Knie weich und ich schwankte ein wenig. Ganz in der Nähe nahm ich vage die wabernden Gestalten von Lina und Jana wahr, die mich nicht aus den Augen ließen, wofür ich einerseits sehr dankbar und wovon ich andererseits ein wenig genervt war. Taylor ließ mich ebenfalls nicht aus den Augen. Er schmunzelte leicht und war sichtlich amüsiert über meinen Zustand. Aber daran war ja eigentlich er maßgeblich schuld. Schließlich kam es, wie es kommen musste. Mir wurde schlecht, ich verließ etwas torkelnd die Tanzfläche und stützte mich an einer Säule ab. Vor meinen Augen drehte sich alles und der Boden unter mir schwankte beängstigend. Sofort war Taylor an meiner Seite und sah mich besorgt an.

»Alles in Ordnung?«, fragte er und musterte mich eindringlich.

»Ähm ... ja, ja«, versicherte ich – nicht sehr überzeugend.

»Sollen wir ein wenig nach draußen an die frische Luft gehen?«, fragte er.

Oh-oh, eigentlich eine gute Idee, aber man wusste ja immer, was Jungs mit dem Satz meinten: *Sollen wir mal ein bisschen an die frische Luft gehen?* Jana kam herüber und grinste.

»Na, alles klar?«

»Ähm, mir ist nur ein wenig schwindelig«, erklärte ich, was mir nun doch langsam etwas peinlich war.

»Verstehe.« Sie verschränkte wissend die Arme vor der Brust. »Willst du dich hinsetzen?«

»Ich habe sie gerade gefragt, ob sie ein wenig an die frische Luft möchte«, meldete sich Taylor zu Wort.

»Ja klar«, meinte Jana nun deutlich ernster. »Erst füllst du sie ab und dann willst du mit ihr an die frische Luft!« Bei den letzten Worten malte sie mit ihren Händen Anführungszeichen in die Luft und verschränkte dann wieder die Arme.

Er lächelte und hob abwehrend die Hände.

»Hey, ich wollte wirklich einfach nur an die frische Luft mit ihr!« Er sah sie mit diesen umwerfenden Augen an und da lächelte Jana.

»Okay, aber ich gehe mit!«

Taylors Blick wirkte ein wenig gequält. Konnte das sein? Dieser Typ wollte mit mir allein sein? Himmel!

»Ist in Ordnung, Jana. Er wird schon auf mich aufpassen.«

»Ja, und wer passt auf ihn auf?«, fragte sie missmutig.

»Bleib einfach in der Nähe des Eingangs, okay?«, bat ich sie. Dann flüsterte ich ihr ins Ohr: »Komm schon, Jana, so ein Hammertyp und er will mit mir rausgehen, verstehst du? Da darf ich nicht Nein sagen!«

»Hey, die Typen können noch so gut aussehen, wer weiß, was er mit dir anstellen wird!«

»Meinetwegen kann er alles mit mir anstellen!« Ich grinste zurück.

»Und wenn er dir Drogen oder K.-o.-Tropfen gibt und dich dann vergewaltigt und verschleppt?« Sie ließ nicht locker und musterte mich nach wie vor mit diesem sehr, sehr skeptischen Blick.

»Jana, das hat DER Typ doch gar nicht nötig! Er muss ganz sicher keine betäuben, damit sie sich mit ihm einlässt«, entgegnete ich.

»Stimmt auch wieder«, meinte sie und lächelte endlich. »Okay, aber wenn du in zehn Minuten nicht zurück bist, schlage ich Alarm!«

»Zehn Minuten? Länger gibst du uns nicht?«, scherzte ich und erntete einen Boxhieb.

»Hey, ich mein's ernst. Du kennst den Kerl nicht. Und auch wenn er gut aussieht, du kannst nie sicher sein. Also in zehn Minuten sehe ich nach euch, okay?«

»Okay.« Ich lächelte zurück und umarmte sie. Dabei meldete sich mein Schwindel wieder lauthals und ich kippte halb hintenüber.

»Hey, vorsichtig«, sagte Taylor hinter mir, legte mir wieder einen Arm um die Taille und musterte mich mit diesen dunklen, geheimnisvoll tiefen Augen.

Ich lächelte matt zurück und verließ mit ihm die Diskothek.

* * *

Draußen umfing uns kühle Nachtluft und eine sanfte Brise wirbelte durch unsere Haare. Kurz bevor wir den Eingangsbereich des Klubs verließen, drehte Taylor sich um und warf einem wunderschönen Mädchen mit wallendem roten Haar einen Blick zu.

»Deine Kollegin?«, begann ich zu lallen und erschrak über meine eigene Stimme. Die frische Luft vernebelte meine Sinne mehr, als dass sie sie klarer machte. Aber dennoch ging ich brav, von Taylor gestützt, weiter.

Er führte mich die Straße entlang, vorbei an der Menge, die noch immer Schlange stand, weiter weg von den noch immer durch die Nacht dröhnenden Bässen und dem Stimmengemurmel.

»Wird es schon besser?«, fragte er mich und strich mir sanft eine Haarsträhne aus dem Gesicht.

Mir schlug das Herz bis zum Hals. Die Haut an meiner Wange kribbelte, obwohl er mich gar nicht berührt hatte.

»Ja«, log ich und hielt mich an ihm fest. Er grinste schelmisch.

»Komm schon, du bist ein wenig …«

»Besoffen, ich weiß.« Ich lächelte matt.

»Beschwipst, wollte ich eigentlich sagen, aber na ja«, erklärte er und stützte mich noch sorgfältiger. »Ich hätte da was, das dir eventuell hilft.«

Ich erschrak. »Drogen?«

Er grinste. »Denkst du wirklich so schlecht von mir?«

»Na ja …«

»Nein«, unterbrach er mich. »Ich habe keine Drogen. – Hier.« Er zog ein kleines, tropfenförmiges Fläschchen aus seiner Tasche und reichte es mir. Es enthielt eine blaue, seltsam leuchtende Flüssigkeit.

»Es sieht ziemlich giftig aus«, meinte ich skeptisch.

»Ein altes Hausmittel. Das macht dich mit Sicherheit ganz schnell wieder fit«, versicherte er nickend. Konnte man diesem Jungen etwas abschlagen, wenn er einen so durchdringend mit diesen Augen ansah?

»Also gut.« In mir sträubte sich alles, als ich den filigranen, konisch geformten Glaskorken abnahm und an der seltsamen Flüssigkeit roch. Ein angenehm blumiger Duft stieg mir in die Nase und ich sah ihn verwirrt an.

»Veilchen?«

Er lächelte. »Und Kräuter. Rein pflanzlich.«

Ich atmete tief ein, wollte nicht trinken, konnte mich aber irgendwie nicht dagegen wehren. Da war ein unwiderstehlicher Drang, gegen den ich nicht ankam, und so leerte ich nach dem Ausatmen das kleine Fläschchen in einem Zug. Er nickte zufrieden.

Zuerst passierte gar nichts, dann merkte ich, wie mein Blick wieder klarer wurde, das Schwanken aufhörte und ich langsam die Kontrolle über meinen Körper zurückgewann. Ich richtete mich auf und löste mich von der Wand, an der ich mich abgestützt hatte.

»Sagte ich doch, dass es dir hilft«, meinte er, wich einen Schritt zurück und verkorkte das leere Fläschchen wieder.

Da traten aus der Dunkelheit plötzlich zwei Gestalten hervor. Langsam und bedächtig schritten sie immer näher, als schwebten sie, und verursachten dabei keinerlei Geräusche. Eine fast instinktive Furcht breitete sich in mir aus.

In das Licht einer der matten Straßenlaternen, die die Nacht hellorange erleuchteten, trat ein Mädchen. Es war die rothaarige Schönheit aus der Disco. Die andere Gestalt entpuppte sich als kurzhaariger, sehr muskulöser Junge mit südländischem Teint. Er trug eine schwarze Lederjacke und dunkle Jeans, dazu klobige Stiefel, um den Hals eine breite Goldkette und wirkte dazu sehr bedrohlich.

Sie war ebenfalls in Leder gekleidet. Allerdings in dunkelrotes. Genauer gesagt, war es eigentlich nur eine rote Lederjacke, dazu eine rote Stoffhose und schwarze Pumps. Alles in allem war sie unglaublich erotisch, sexy, verführerisch – und machte mir Angst.

Wäre ich doch nur bei Lina und Jana in der Disco geblieben! Was wollten diese beiden von uns?

»Hast du sie schon gefragt?«, wollte das Mädchen wissen und verschränkte die Arme vor der Brust.

»Ihr kommt zu früh, ich war noch nicht so weit«, erklärte Taylor und stellte sich den beiden entgegen.

»Aber sie hat es schon getrunken oder?«, fragte der Junge und Taylor nickte.

»Na, worauf wartest du dann noch? Wir haben schließlich nicht ewig Zeit! Wer weiß, wer uns schon alles auf den Fersen ist!«, drängte sie.

Ich drückte mich näher an die Hauswand. Was wollten die von mir? Mein Geld? Ich hatte nicht viel, vielleicht noch zwanzig Euro, der Rest lag im Hotelsafe. Bei mir gab es doch wirklich nichts zu holen. Vielleicht wollten sie mich verschleppen? Gott, Jana hatte recht gehabt mit ihrem Misstrauen! Mir brach der kalte Schweiß aus. Voller Panik suchte ich mit Blicken die Umgebung ab. Die Disco war zu weit weg, als dass die Menschen mich hätten schreien hören können, ich war allein, sie zu dritt, es war ein Leichtes für sie, mich zu überwältigen. Ich hatte keine Waffe, Pfefferspray oder Ähnliches. Ich konnte nur schreien. Gerade als ich den Mut aufbrachte, um Hilfe zu rufen, drehte Taylor sich zu mir um, sah mir in die Augen und ich machte den Mund wieder zu.

»Hör zu, du musst nur ein Wort sagen und dir passiert nichts. Wir lassen dich in Ruhe«, sagte er und sah mich ernst an.

Wie? Was war das denn? Nur ein Wort?

»Nur ein Wort?«, sprach ich meine Gedanken laut aus. Er nickte. »Welches?« Meine Stimme zitterte und meine Augen schweiften umher, auf der Suche nach der kleinsten Fluchtmöglichkeit.

»Pruebame«, sagte er.

Was war das? Spanisch? Was hatte das zu bedeuten?

»W-was heißt das?«, fragte ich leicht zitternd.

»Das erklären wir dir dann, wenn du es gesagt hast!«, warf die Rothaarige ein und tippte ungeduldig mit der Fußspitze auf den Boden.

»Und wenn ich es nicht sage?«, fragte ich.

»Komm schon, so ein kleines Wort kannst du doch sagen, oder?«, versuchte Taylor zu vermitteln und lächelte matt.

»Dann müssen wir dich leider dazu zwingen«, mischte sich die Rothaarige seufzend ein und trat vor. Dabei sah sie mir so tief und eindringlich in die Augen, dass ich wie hypnotisiert von ihr war. Um mich herum begann alles zu verschwimmen, ich sah nur noch sie und ihre grünen Augen.

»Natascha, hör auf!«, hörte ich da die Stimme von Taylor. »Ich glaube, Sophie sagt das Wort auch ohne Tricks.« Er wandte sich wieder mir zu. »Nicht wahr, Sophie?«

Ich sah zitternd von einem zum anderen. Mir wurde klar, dass ich keine Wahl hatte; nur was sollte das Ganze? Ein Wort sagen? Kein Geld? Kein Sex? Keine körperliche Gewalt? Was war hier los? Ich biss mir auf die Lippen und kniff die Augen zusammen. Was sollte schon passieren, wenn ich ein Wort aussprach, von dem ich nicht mal wusste, was es bedeutete? Nichts. Na also, dann konnte ich es doch sagen. *Stell dich nicht so an,* sagte ich innerlich zu mir selbst. *Komm schon, sag das Wort.*

Aber was war in diesem Fläschchen gewesen?

»Hallo? Wir warten!«, riss mich die Rothaarige aus meinen Gedanken.

»Iiin Ooordnung«, sagte ich zitternd. Ich atmete tief ein und aus, mein Herz schlug mir bis zum Hals, ich schwitzte, mir wurde heiß und kalt und dann sagte ich es: »Pruebame.«

Ein gleißender Schmerz schoss mir in die Stirn. Es war, als hätte mir jemand ein glühend heißes Messer zwischen die Augenbrauen gerammt und es darin stecken lassen. Ich sank zu Boden, betäubt von dem Schmerz, und schrie. Schrie aus Leibeskräften, doch Taylor drückte mir den Mund zu. Tränen rannen mir aus den Augen, ich wollte einfach nur, dass dieser Schmerz aufhörte!

»O GOTT! O MEIN GOTT! MACHT DOCH, DASS DAS AUFHÖRT! UM HIMMELS WILLEN! HILFEEE!«, versuchte ich laut zu rufen, doch durch Taylors Hände, die fest auf meinen Mund gepresst waren, drangen nur dumpfe Töne.

Ich nahm vage wahr, wie die Rothaarige zu mir trat und mir den Mund noch fester zudrückte, als Taylor es getan hatte.

»Schschsch! Hör schon auf! – Taylor, tu was, die Leute schauen schon!« Während ich mich immer noch wand und nicht mehr wusste, was ich tun sollte, drehte Taylor langsam mein Gesicht zu sich, blickte mir tief in die Augen, legte mir die Hände an die Schläfen. Was hatte er vor? Trotz des Schmerzes brachte ich es fertig, mich aus dem Griff der Rothaarigen zu befreien, doch das Stechen in meiner Stirn ließ mich erneut zu Boden sinken. Es brannte wie Feuer! Erneut legte Taylor mir – diesmal von hinten – die Hände an die Schläfen. Ich roch Rauch und nahm vage das Flackern einer Flamme um meinen Kopf wahr, dann bekam ich gerade noch mit, wie ich matt zurücksank, in Taylors Arme, der meinen schlaffen, bewegungsunfähigen Körper hochhob und davontrug. Das Letzte, das ich hörte, waren seine dumpfen Schritte auf dem Asphalt, während wir uns von der Disco entfernten.

KAPITEL 2

Ich schlug die Augen auf und ein heftiger Schmerz durchzuckte meinen Kopf. Ich kniff die Lider wieder zusammen und drehte mich zur Seite.

»Scheiße«, stöhnte ich matt. Hatte ich letzte Nacht so viel getrunken? Ich konnte mich gar nicht mehr daran erinnern. Was war denn passiert? Ich drückte das Satinkissen zurecht. Moment? Satin? So luxuriös war das Hotelzimmer von Jana, Lina und mir nicht ausgestattet. Ich öffnete die Augen erneut und wieder jagte der Schmerz wie ein Blitz durch meinen Schädel – war aber nicht mehr ganz so schlimm wie beim ersten Mal. Ich blinzelte in helles Sonnenlicht, das von einem großen, hellen Fenster durch die weißen, leichten Vorhänge drang. Nachdem sich meine Augen ein wenig an die Lichtverhältnisse gewöhnt hatten, ließ ich den Blick durch den Raum schweifen.

Dunkler, polierter Holzfußboden, weiße Flokati-Teppiche, Glasmöbel mit goldenen Korpora, goldene Statuen, edle Wandverzierungen – wo war ich hier nur? Ich setzte mich vorsichtig im Bett auf und zuckte zusammen, als eine erneute Schmerzwelle meinen Kopf durchfuhr. Aber es wurde von Mal zu Mal besser. Ich suchte den Boden nach meinen Klamotten ab, die aber nirgends zu finden waren. O Gott? War ich nackt? Ich hob die Bettdecke ein wenig an und atmete erleichtert aus. Nein, Gott sei Dank. Ich trug ein hauchdünnes, rosé-farbenes Satin-Nachtkleid mit Spitze, das kaum meinen Hintern bedeckte! Hatte ich das freiwillig angezogen? Ich konnte mich gar nicht daran erinnern, so ein Teil überhaupt zu besitzen. Vorsichtig schob ich meine Beine über die Bettdecke. Na bitte, die Kopfschmerzen ließen langsam nach. Etwas unsicher und wacklig stellte ich mich auf die Füße. Irgendwie fühlte ich mich seltsam. Wahrscheinlich war ich leichenblass, hatte dunkle Ringe unter den Augen, abstehende Haare. War hier vielleicht ein Spiegel? Wo befand sich eigentlich das Badezimmer? Und war ich etwa allein? Wenn nein, wo war derjenige, mit dem ich hier gelandet war? Musste ja stinkreich sein, der Kerl. Oder war es eine Sie? O Gott, nur nicht weiter nachdenken. Und wenn ich allein war ... Nein, so besoffen konnte ich nicht gewesen sein, dass ich mir so ein sexy Nachthemd geleistet hatte und dann in ein megateures Hotel eingecheckt hatte. Und das ohne Geld. Meine Handtasche war offensichtlich verschwunden, oder war sie etwa im Badezimmer? Ich machte den ersten Schritt.

Ahhh! Da war er wieder, dieser verdammte Schmerz. Ich rieb mir die Stirn. Moment, was war denn das? Ein überdimensionaler Pickel? Vorsichtig tastete ich mit meinen beiden Mittelfingern die Stelle zwischen meinen Augenbrauen ab. Fühlte sich an wie eine Beule, aber recht picklig und so hügelig. O Gott, war ich verletzt? War das eine blutverkrustete Wunde? Vielleicht musste ich genäht werden? Ungeachtet meiner Kopfschmerzen tappte ich schnell zur einzigen Seitentür im Raum und öffnete sie.

Wow! Wahnsinn! Vor mir erstreckte sich ein riesiges Badezimmer mit einer Badewanne, in der locker drei bis vier Personen Platz hatten, einem goldenen Waschbecken, einem überdimensionalen, goldgerahmten Spiegel, einer goldenen Dusche und ja, auch einem goldenen Klo! Zuerst war ich von der schieren Größe und Schönheit des Badezimmers geblendet, dann von meinem Spiegelbild.

Langsam und zittrig tappte ich näher zu dem großen Spiegel und starrte lange hinein. Ich hatte mich seit gestern nicht verändert, immer noch die leicht pummelige Figur, die braunen, gelockten halblangen Haare, die im Moment, wie erwartet, sehr zerzaust waren und in sämtliche Richtungen abstanden, die grünen Augen mit einem Hauch Braun und Blau, die leichte Blässe im Gesicht – heute natürlich noch schlimmer als sonst, aber zwischen meinen Augenbrauen prangte etwas, das aussah wie ein Bindi, so ein Schönheitspunkt, den sich indische Frauen auf die Stirn klebten. Es bestand aus kleinen kristallenen, blau schillernden Steinchen, die knapp über meinem Nasenbein halbkreisförmig angeordnet waren und sich einige Zentimeter nach oben in geschwungenen Wellen fortsetzten. Nach unten in Richtung meiner Nase waren noch einige einzelne Punkte angebracht und alle funkelten und glitzerten in der hellen Badezimmerbeleuchtung. Vorsichtig ging ich ganz nah an den Spiegel heran und versuchte mit meinen Fingernägeln die Steine abzulösen, aber sosehr ich auch zog, zupfte und rieb, es ließ sich nicht bewegen. Die Haut auf meiner Stirn war schon ganz rot und leicht blutig, als ich es schließlich aufgab. Es sah so aus, als seien die Steine mittlerweile ganz mit meiner Haut verwachsen! Wo zum Teufel konnte man sich so etwas machen lassen? War das eine Art neuartiges Tattoo? Und was war verdammt noch mal letzte Nacht mit mir passiert?

Matt ließ ich mich auf den Badewannenrand sinken und dachte nach. Ich konnte mich noch gut erinnern, dass Lina, Jana und ich ins *St. Trop* gegangen waren. Lina hatte gleich einen Kerl gefunden und Jana und ich waren dann wie üblich erst mal auf die Tanzfläche geeilt, auf der ich dann einen Asthma-Anfall bekommen hatte und aufs Klo verschwunden war. Tja, und dann ... und dann ...

O Mann, ich kratzte mich am Hinterkopf. Was war dann passiert? Was? Mir brach der Schweiß aus vom Nachdenken und ich bekam Panik. Wo war ich hier nur? War ich noch in Lloret? Wo waren meine Freundinnen? Wieso hatten sie nicht auf mich aufgepasst? Wir hatten uns doch geschworen nie mit irgendjemandem mitzugehen und immer auf uns zu achten. Hatte mir jemand K.-o.-Tropfen ins Getränk gemischt und mich dann hierher verschleppt? Wo war dieser Jemand aber dann jetzt und wo waren meine Sachen?

Okay, Sophie, beruhige dich, sonst hast du gleich den nächsten Anfall!, sagte ich zu mir selbst.

Ich spritzte mir ein wenig kaltes Wasser ins Gesicht und putzte die Zähne mit dem bereitstehenden Zahnputzbecher und der noch verpackten Zahnbürste, die ich kurzerhand einfach aufriss. Ich überlegte, ob ich unter die Dusche gehen sollte, beschloss dann aber, erst meine Sachen zu suchen und dann hier schleunigst zu verschwinden, bevor der- oder diejenige zurückkehrte, die oder der in diesem Zimmer wohnte.

Doch nach zehn Minuten vergeblichen Suchens gab ich es auf. Meine Klamotten und meine Handtasche waren wie vom Erdboden verschluckt. Ich schnappte mir ein kleines Spaghettiträgerkleid (aus dem ich schloss, dass hier doch eine Frau wohnte), welches auf einem Stuhl lag (es war leider etwas knapp und eng, aber besser als nichts) und lief barfuß eilig zur Tür. Ich rüttelte an der Klinke, verdammt! Abgeschlossen! Man hatte mich eingesperrt! Aber wieso? Was hatte man mit mir vor? War ich entführt worden? Wo zum Teufel war ich?

Ich stürzte zum Fenster und sah hinaus. Es war ungefähr Mittag und die grelle Sonne brannte erbarmungslos vom Himmel herab. In weiter Ferne sah ich das Meer. So, wie ich das beurteilen konnte, war ich noch immer in Lloret oder zumindest in einem an der Küste liegenden Ort. Gott sei Dank, mir fiel ein Stein vom Herzen. Ich sah hinunter. Hm, ziemlich weit oben. Hier konnte ich mich also auch nicht irgendwie abseilen oder hinuntersteigen.

Und immer wieder dieselbe Frage: Wieso war ich eingesperrt?

Ziellos lief ich im Zimmer auf und ab, begleitet von meinen Kopfschmerzen, und ging die Möglichkeiten durch, die sich mir boten, was nicht gerade viele waren. Ich konnte hierbleiben und warten, was geschah. Ich konnte um Hilfe rufen, doch wer würde mich hören? Ich könnte aus dem Fenster springen – und dann tot unten aufschlagen. Ich konnte ... ich keuchte auf und sank zu Boden, als die Erinnerung mit voller Wucht zurückkehrte und mir für einen Moment den Atem raubte. Wie Blitzlichtgewitter schossen die Bilder auf mich ein. Taylor, der atemberaubende Taylor, der viele Alkohol, mein Schwindel, wir waren nach draußen gegangen, er hatte mir ein Fläschchen gegeben, ich hatte es getrunken. Dann die Rothaarige, die wahnsinnig attraktive Sexbombe, der furchterregende Südländer ... Sie wollten, dass ich etwas aussprach. Ein Wort. Es fiel mir nicht mehr ein. Irgendetwas Spanisches oder Italienisches. Ich kam nicht mehr drauf. Dann der Schmerz, dieser wahnsinnige Schmerz, der mir gefühlt beinahe den Schädel gespalten hatte! Danach hatten sie irgendetwas mit mir gemacht. Ich konnte mich erinnern, wie Taylor mir seine Hände auf die Schläfen gelegt hatte. Hatten Sie mich etwa irgendwie hypnotisiert oder betäubt? Um Himmels willen! Was waren das für Leute? Ich keuchte und atmete schwer. Zittrig wischte ich mir den Schweiß von der Stirn.

Polizei! Ich musste die Polizei anrufen! Nur womit? Gab es hier ein Telefon? Verdammt! Es war hier eines gewesen, das sah ich an dem Netzanschluss neben dem Bett. Man hatte es entfernt, wahrscheinlich vorsichtshalber für den Fall, dass ich versuchen würde Hilfe zu holen.

Da hörte ich, wie es vorne an der Zimmertür klickte, sich das Schloss entriegelte, und hastete schnell zurück ins Bett, zog mir die Decke über den Kopf und versuchte meine Atmung wieder unter Kontrolle zu bringen. Das Herz schlug mir bis zum Hals, als ich hörte, wie sich die Tür öffnete und jemand eintrat. Die Art der Schritte sagte mir, dass es sich hier zu etwa achtzig Prozent um eine Frau handeln musste. Ich zog die Decke ein klein wenig zur Seite und linste. O Gott, die schöne Rothaarige!

»Ich weiß, dass du wach bist, also verstell dich nicht«, verkündete sie ruhig und zog die Vorhänge noch ein Stück weiter zurück, sodass das grelle Sonnenlicht mich nun direkt blendete.

Ich gab es auf, setzte mich im Bett hin und sah sie an. Dabei versuchte ich zu verbergen, wie ängstlich ich im Moment war.

»Was wollen Sie von mir?«, fragte ich.

»Erst einmal möchte ich mich vorstellen: Mein Name ist Natascha. Und dann möchte ich wissen, wie es dir geht«, sagte sie und klang fast ein wenig freundlich. Sie holte einen Stuhl und setzte sich zu mir ans Bett. Gott, war sie schön. Sinnliche, tiefgrüne Augen, blasser Porzellan-Teint ohne den geringsten Makel, blutrote, wunderschön geformte Lippen, das rote, wallende Haar, die perfekte Figur ...

»Wie es mir geht? Wie es mir geht?«, fragte ich, nun ein wenig mutiger. »Sie haben mir irgendeine giftige Flüssigkeit gegeben und mich dann betäubt oder hypnotisiert! Was haben Sie mit mir vor?«

Sie nickte und atmete tief ein. »Hör zu, dass Taylor dich betäubt hat, tut mir leid. Aber du hast so eine außergewöhnlich heftige Reaktion gezeigt … Normalerweise machen wir das nicht mit unseren Schützlingen, musst du wissen.« Sie brachte ein mattes Lächeln zustande.

»Schützling? Sie nennen mich Schützling? Was soll das? Ich bin in einem Hotelzimmer eingesperrt, meine Sachen sind weg, ich konnte mich bis vor Kurzem nicht an letzte Nacht erinnern, ich …«

»Schsch …«, beruhigte sie mich. »Ich versteh dich ja. Mir ging's damals nicht anders.«

»Dir?«, fragte ich verwirrt und ging einfach wie sie zum »Du« über.

Sie nickte.

»Ja.« Sie atmete tief ein und aus. »Ja, mir. Schau her.«

Und damit wischte sie mit ihrer rechten Hand einmal über die Stelle zwischen ihren Augenbrauen, ihre Haut veränderte sich wie von Zauberhand und darunter kam – gütiger Himmel – ein wunderschön filigranes Bindi aus blutroten und weißen Steinen zum Vorschein, das ebenso wie meines in der Sonne funkelte und glänzte. Nur erstreckten sich bei ihr weitere Steine über die Augenbrauen bis fast an die Schläfen. Ich keuchte vor Überraschung.

»Du bist eine von uns, Sophie«, sagte sie einfach nur.

»Eine … eine von euch …«, flüsterte ich. »Und … und was seid ihr?«

Sie atmete wieder tief ein und aus. »Hm, was sind wir?

Viele bezeichnen uns als Hexen, als Feen, Elfen; wieder andere nennen uns Magier, Zauberer, manche behaupten sogar, wir seien Götter.« Sie machte eine kleine Pause und sah mich ernst an. »Wieder andere bezeichnen uns als Teufel, Dämonen, Ausgeburten der Hölle, weil wir so anders sind. Kurzum, wir sind das Übernatürliche, all das, was keiner versteht. Schön, stark, mächtig und doch auch gefährlich.«

Sie lächelte. »Wir selbst jedoch haben uns für einen weit moderneren Ausdruck entschieden, wir nennen uns die Fairies.«

»Fairies?«, fragte ich verwirrt. »Heißt das nicht auch ›Elfe‹ oder ›Fee‹?«

Natascha lächelte. »Ja, aber hört es sich nicht viel schöner an?«

Ich überlegte kurz. »Na ja ...«

»Und du bist auch eine«, schloss sie und sah mich aufrichtig an. Ihre herablassende Art von gestern war vollkommen verschwunden. Vielleicht nur vorübergehend?

»Was heißt das?«, fragte ich.

»Das heißt für dich, dass du vor einer der größten Entscheidungen deines Lebens stehst. Vor der größten überhaupt.«

»Welche Entscheidung?«

»Vor der Entscheidung, wirklich eine von uns zu werden. Das gestern, das war nur der Anfang. Du bist erst gezeichnet worden. Ob du wirklich zu uns gehören willst, das musst ganz allein du entscheiden. Du hast die Wahl, dein Leben fortzuführen, wie du es geplant hast, als gewöhnliche Menschenfrau, und wirst irgendwann, vielleicht in circa sechzig oder siebzig Jahren, als alte Frau oder vielleicht schon früher, wer weiß das schon, sterben. Dann werden wir dir noch heute das Prueba, das Zeichen, entfernen und du wirst schon morgen mich und Taylor und Frankie vergessen haben, zu deinen Freundinnen zurückkehren und so weitermachen, als wäre nichts geschehen.«

»Und wenn ich mich ...« Ich zögerte. »Wenn ich mich für euch entscheide?«

Sie lächelte wieder und wurde dann sehr ernst. »Dann wird es umgekehrt sein, dann werden sie dich vergessen. Sie haben es schon getan. In dem Moment, als du mit Taylor die Disco verlassen hast, haben sie dich für immer vergessen. Alle, die du je gekannt hast, haben dich vergessen. Es ist, als hättest du nie existiert.«

Ich keuchte auf und rief entsetzt: »WAS? Wie können Sie dann sagen, ich hätte die Wahl, in mein normales Leben zurückzukehren?«

»Ruhig, Sophie. Die Erinnerung an dich wird zurückkehren, solltest du dich gegen uns entscheiden. Doch sollte deine Entscheidung *für* uns ausfallen, werden sie dich wirklich für immer vergessen. Das solltest du zuallererst wissen.«

Sie machte eine Pause, blickte mich durchdringend an und ließ die Worte auf mich wirken.

Schließlich trat ein Lächeln auf ihr Gesicht.

»Aber dann, Sophie, dann erwartet dich ein Leben, wie

man es sich aufregender nicht vorstellen kann. Du wirst dich verändern. Du wirst schön sein, makellos und wirst eine vollkommen neue Persönlichkeit besitzen. Schau mich an, schau Taylor an, schau selbst Frankie an. Wir sind Geschöpfe einer anderen Art, Wesen des Zaubers, wir sind stark und besitzen Kräfte, die du dir nicht einmal in deinen kühnsten Träumen ausmalen kannst!«

Sie sah mich mit glänzenden Augen an und steckte mich ein klein wenig mit ihrer Euphorie an.

»Was geschieht dann mit mir?«

»Na ja, erst einmal musst du lernen. Du musst alles über uns, über unsere Geschichte lernen. Und du musst lernen mit unseren Kräften, unseren Fähigkeiten umzugehen. Wir haben Schulen, besondere Akademien dafür. Und auf einer werden wir dich anmelden.«

Langsam nickte ich. Natürlich! Dass ich da nicht früher drauf gekommen war! Ein Grinsen stahl sich auf mein Gesicht. Meine Güte! Wie hatte ich nur so dumm sein können?

»Okay! Ich gebe zu ... der war echt gut.« Ich klatschte in die Hände und sah mich dabei um. Mit Sicherheit war hier irgendwo eine versteckte Kamera eingebaut. Wahrscheinlich lief ich schon auf Youtube im Livestream. Mir kam Jana in den Sinn und ihr Grinsen, als ich mit Taylor die Disco verlassen hatte. Ja, wirklich witzig, echt.

»Es ist kein Scherz.« Natascha ließ sich nichts anmerken. Eine wirklich gute Schauspielerin, das musste man ihr lassen.

Ich musste mit meinen Freundinnen reden. Das Ganze war vielleicht ganz lustig und in zehn Jahren würden sich immer noch alle darüber kaputtlachen, aber auf der anderen Seite war es rausgeschmissenes Geld. Das Zimmer, der ganze Aufwand … Mit Sicherheit hatten sie einen Maskenbildner engagiert, der mir in meinem Rausch mit Superkleber diese Steinchen appliziert hatte. Und ich hoffte sehr, dass die Leute von *Verstehen Sie Spaß?* oder wie auch immer die Show hieß, bald hier auftauchten.

Taylor kam mir in den Sinn. O Gott, er war ja dann auch nur ein Schauspieler! Und ich hatte mich von ihm abfüllen lassen, hatte geglaubt, er interessiere sich für mich – wie dämlich konnte man sein! So ein Mist! Und für einen Moment hatte ich diesen ganzen Fairy-Quatsch wirklich geglaubt!

»Es ist alles wahr.« Natascha klang geduldig, als hätte sie diese Situation schon hundertmal mitgemacht.

»Sicher«, sagte ich, rollte mit den Augen und langsam wechselte meine Enttäuschung über in Wut. Und das lag, ehrlich gesagt, an dem Gedanken, dass Taylor in Wahrheit dafür bezahlt worden war, mich anzusprechen. Klar, was auch sonst? Ich brauchte ja nur in den Spiegel zu sehen.

»Sophie!« Nataschas Stimme wurde lauter. »Hör auf damit! Sieh her!«

Und vor meinen Augen begann plötzlich die Nachttischlampe zu schweben. Sie hob sich einige Zentimeter in die Lüfte, verharrte dort für ein paar Sekunden und kehrte dann langsam auf ihren Platz neben meinem Bett zurück.

Ich riss die Augen auf. Wie hatte sie das gemacht?

Natascha tippte sich mit dem Finger an die Schläfen.

»Alles mit der Kraft der Gedanken«, sagte sie lächelnd.

Ich jedoch war immer noch skeptisch. Jeder Zirkuszauberer beherrschte Tricks, mit denen man Dinge fliegen lassen konnte. Wahrscheinlich war das nur eine optische Täuschung.

Natascha hatte aufgehört zu lächeln und sah mich wieder sehr ernst an. Ich hatte beinahe das Gefühl, sie durchbohrte mich mit ihren tiefgrünen Augen.

Da sah ich etwas Weißes aus den Augenwinkeln. Unmöglich!

Mit vor Schreck geweiteten Augen sah ich mich im Zimmer um. Es schneite! Hier! Mitten im Raum! Mitten im Sommer! Hier in Spanien!

»Wie ...?«, setzte ich ungläubig an. »Was ...?«

Sie lachte leise. »Der Schnee existiert nur in deiner Vorstellung. Ich lasse dich sehen, was immer ich will.«

Ich starrte auf den Schnee und spürte, wie mein Gehirn versuchte zu verarbeiten, was es da sah. Konnte es wahr sein? Gab es so etwas wie Magie wirklich? Zauber? Eine andere Welt?

Ich sah sie lange an und sie blickte einfach zurück. Sie strahlte eine unglaubliche Stärke und Ruhe aus, war wunderschön, und Taylor, er war mehr als nur schön, er hatte mich vollkommen in seinen Bann gezogen. Sagten sie die Wahrheit? Konnte ich auch so sein? Würde Taylor dann vielleicht mehr in mir sehen? Makellos, hatte sie gesagt. Hieß »makellos« vielleicht auch gesund? Ich schüttelte die Gedanken aus meinem Kopf. Nein, das war sicherlich nicht der Fall. Bloß keine falschen Hoffnungen machen. Außerdem hatte ich so viele Pläne, so viele Vorstellungen von meinem Leben. Ich würde eine Ausbildung beginnen, mein erstes eigenes Geld verdienen, damit endlich meine Oma unterstützen, bei der ich lebte, seit meine Eltern gestorben waren. Damals war ich gerade mal zwei Jahre alt gewesen. Es würde sich alles ändern, hatte sie gesagt. Alle würden mich vergessen, meine Freunde, meine Oma ...

»Für deine Großmutter ist gesorgt, sei ganz beruhigt«, sagte Natascha, als hätte sie meine Gedanken gelesen. Moment ...

»Ja«, erklärte sie. »Ich kann deine Gedanken lesen. Das ist eine MEINER besonderen Fähigkeiten. Das zeichnet mich als Seekerin besonders aus und macht es in mancherlei Hinsicht leichter für uns.«

»Seekerin?«, fragte ich.

»Ja, Taylor, Frankie und ich, wir sind Seeker, ein anderes Wort für Sucher. Wir suchen diejenigen, die die Seelen in sich tragen, so wie du. Wir treten immer in Dreiergruppen auf und sind wie eine Elitetruppe. Wir müssen verdammt gut ausgebildet werden, dafür trainieren wir hart. Nur die besten Fairies kommen für eine Seeker-Laufbahn infrage und wir drei, wir können zu Recht mit Stolz sagen, dass wir zu den besten Seekern dieser Welt gehören. Du kannst also ganz sicher sein, keine Sorge.«

»Sicher sein, wovor?« Mich beschlich ein unbehagliches Gefühl.

»Ähm ... hör zu, Sophie, am besten, du legst dich noch ein wenig hin. Sicher hast du noch Kopfschmerzen. Wir sehen regelmäßig nach dir. Du hast Zeit mit deiner Entscheidung bis morgen Abend.«

Sie sah mich lächelnd und auch ein wenig besorgt an. »Und mach dir keine Sorgen. Egal, wie du dich entscheidest.«

Damit stand sie auf, schwebte auf ihren unglaublich hohen Schuhen Richtung Tür und verschwand.

Kaum hatte sie den Raum verlassen, war ich auch schon auf den Beinen, eilte zur Tür – nur um festzustellen, dass sie verschlossen war. Sie hatte mich also wieder eingesperrt. Aber wie? In welchem Hotel gab es denn Türen, die man von innen nicht mehr öffnen konnte? Warum hatte sie das gemacht? Hatte sie Angst, ich würde fliehen?

Na gut, so abwegig war der Gedanke nicht. Ich wollte hier weg, wollte wieder zu meinen Freundinnen. Hatten sie mich wirklich vergessen? Ich glaubte noch nicht so ganz daran, das alles hörte sich vielmehr an, als käme es direkt aus einer Horrorgeschichte oder einer dieser Fantasy-Stories, die Lina immer am Strand las. Oder gleich kam ein Team der Öffentlich-Rechtlichen herein und alles hier war voller Kameras und Mikros?

Und wenn Natascha doch recht hatte? Ich rieb mir die Stirn und bemerkte wieder dieses seltsame Zeichen zwischen meinen Augenbrauen. Nein, das war kein Kleber. Ich fühlte, dass die Kristalle mit mir verwachsen waren. Unfassbar!

Damit konnte ich mich unmöglich auf der Straße blicken lassen. Oder doch? Ich könnte einfach sagen, das sei ein aufgeklebtes Schönheitssymbol, wie die Inderinnen es trugen ... Aber ich konnte sowieso nicht weg, dank Natascha.

Also beschloss ich, ihren Rat zu befolgen und mich noch ein wenig hinzulegen. Was blieb mir auch anderes übrig? Die Kopfschmerzen waren immer noch da, wenn auch inzwischen viel erträglicher als zu Beginn. Ich war erschöpft, wie ich zu meinem Erstaunen feststellte, und schlief ziemlich rasch ein.

* * *

»Aurora, wo bist du?«, tönte eine panikerfüllte männliche Stimme durch die Schlosshallen.

»Röschen?« Jetzt eine weibliche Stimme.

»Prinzessin?«

»Prinzessin, wo seid Ihr?«

Von überall kamen jetzt Stimmen, die allesamt ihren Namen riefen.

Polternde Stiefel, klirrende Waffen – das Echo von vielen verzweifelten, suchenden Gestalten, das durch die erhabenen Hallen tönte. Ich sah die Schatten der Wachen durch die Gänge eilen, mit erhobenen Speeren, gezückten Schwertern. Sie wollten das Unfassbare bekämpfen, das Überirdische, das Unglaubliche, das Schicksal. Sie würden sie niemals finden.

Ich sah traurig zu Boden. Ich wusste, es war falsch, aber dennoch war es auch richtig. Der letzte Ausweg.

Plötzlich veränderte sich alles.

* * *

Flammen, überall Flammen, Rauch, ätzender Rauch, der mir durch die Kehle drang. Ich konnte nicht weg! Ich war gefesselt! Gefesselt an einen Holzpfosten, umringt von den alles verzehrenden Flammen, die bereits an meinem Fleisch leckten. Diese Schmerzen! Oh, diese Schmerzen! Ich brannte, mein ganzer Körper stand in Flammen und ich schrie!

* * *

Ich schrie, als ich langsam zu mir kam. Jemand rüttelte mich an den Schultern, und als ich die Augen aufschlug, sah ich wieder das wunderschönste Gesicht, das mir je begegnet war. Taylor! Seine dunklen Augen musterten mich besorgt.

»Hey, ruhig! Schsch, es ist alles gut, nur ein Traum!« Er strich mir eine Haarsträhne aus dem Gesicht.

Ich keuchte schwer und sah mich panisch um. Alles in Ordnung, ich lag in einem Hotelzimmer in einem Bett und verbrannte nicht! Keine Schmerzen, keine Schmerzen! Ich rang nach Luft, meinte jeden Augenblick das pfeifende Geräusch zu hören, horchte in mich hinein. Jetzt nur keinen Anfall bekommen! Mein Spray war irgendwo in meiner Handtasche, die sich wer weiß wo befand. Also konzentrierte ich mich darauf, ganz ruhig liegen zu bleiben und gezielt ein- und auszuatmen. Allmählich wurde ich ruhiger, schloss die Augen, öffnete sie wieder, wischte mir den Schweiß von der Stirn und setzte mich langsam im Bett auf. Kein Anfall – Gott sei Dank. Da registrierte ich Taylor wieder und unwillkürlich schlug mein Herz schneller. Aber die Ereignisse der letzten Nacht ließen seinen Charme heute weniger zu mir durchdringen. Er hatte mich absichtlich abgefüllt, mir dieses Fläschchen zu trinken gegeben, hatte mich betäubt!

»Bist du sehr böse?«, fragte er und lächelte ein wenig unsicher. Ich schluckte. Nein, ich durfte mich nicht schon wieder von ihm einlullen lassen.

»Ja«, sagte ich und verschränkte die Arme vor der Brust.

»Kann ich verstehen«, meinte er, lehnte sich im Stuhl zurück und legte lässig einen Fuß auf sein Knie.

»Warum hast du das getan? Du hattest mich von Anfang an im Visier!«

Er nickte wieder. »Ja, das ist mein Job. Wir haben dich schon seit dem Tag beobachtet, als du in Lloret aufgetaucht bist. Es ist dir nur nicht aufgefallen. Wir hatten dich hier von Anfang an auf dem Radar.«

»Und wenn ich nie in Lloret aufgetaucht wäre? Hättet ihr mich dann in München aufgesucht, oder wie?«, wollte ich wissen und zog die Stirn in Falten.

»Nun, das ist ein Rätsel, mit dem wir uns noch beschäftigen müssen. Normalerweise wissen wir schon seit der Geburt, welcher Mensch die Seele einer Fairy in sich trägt und wer nicht. Jeder Träger ist bei uns gelistet. Sobald sie ein gewisses Alter erreicht haben, ist es Aufgabe der Seeker, diejenigen zu finden und zu zeichnen – so wie wir dich gestern gezeichnet haben. Hätten wir dich in unseren Datenbanken gehabt, wären wir früher oder später in München aufgetaucht, das ist richtig.« – Er machte eine kleine Pause und seufzte. »Aber du bist in keiner unserer Datenbanken zu finden, und das ist etwas, was uns und unseren Vorgesetzten ehrlich gesagt sehr zu schaffen macht. Wir verstehen nicht, wie du uns achtzehn Jahre lang durch die Lappen gehen konntest.«

»Wie bitte?« Entrüstet blickte ich ihm in die Augen. »Durch die Lappen gehen? Ich bin doch kein Schwerverbrecher!«

Er lachte. »Sorry, *durch die Lappen gehen* ist vielleicht der falsche Ausdruck. Weißt du, normalerweise wird das Leben aller Ungezeichneten automatisch von uns verfolgt, sodass wir genau wissen, was für eine Laufbahn sie einschlagen und wo sie sich wann aufhalten. Und wenn es Zeit ist, schicken wir Seeker, um sie zu zeichnen, meistens wenn die Ungezeichneten im Alter zwischen sechzehn und zwanzig sind.«

»Warum nicht später oder früher?«

Er grinste wieder. »Wann genau welcher Träger zur Zeichnung vorgesehen ist, steht in den Datenbanken. Vor sechzehn sind sie noch zu jung und später, nach zwanzig – nun, damit die Sache mit dem Altern nicht so auffällt.«

»Sind wir etwa unsterblich?«, fragte ich mit weit aufgerissenen Augen.

Er schüttelte den Kopf. »Nein, leider nicht. Wir altern ganz normal, bis wir ungefähr Mitte zwanzig sind, danach sehr verlangsamt. Unsere Körper sind anders strukturiert, sie müssen mit der Kraft in uns in Einklang sein. Daher benötigen wir mehr Zeit als ein Mensch, um zu reifen und zu altern. Das sieht man auch an unseren Pruebas. Sie entwickeln sich stetig weiter. Je mehr wir an Erfahrung und Wissen gewinnen, in diesem Maße wächst auch unser Prueba. Die älteste Fairy war um die eintausend Jahre alt, kurz bevor sie starb, und ihr Prueba erstreckte sich über die gesamte Stirn bis hin zu den Wangenknochen!«

Er lächelte mich wieder an.

»Wie alt bist du wirklich?«

»Oh, ich bin dreiundzwanzig und denke, dass ich in etwa auch so aussehe.« Er lachte.

»Wie kommt es, dass niemand etwas von euch weiß?« Ich ignorierte sein Lachen.

Er verschränkte die Arme hinter dem Kopf, sah an die Decke und grinste in sich hinein. Dann sah er mir tief in die Augen.

»Wie viele Bücher, Filme, Geschichten, Märchen kennst du?«

Ich war etwas verwirrt. Er fuhr fort: »In wie vielen kommen Zauberer, Hexen, Elfen, Feen, Werwölfe, Vampire und sonstige übernatürliche Kreaturen vor?«

Ich verstand langsam, worauf er hinauswollte, und wurde nachdenklich.

»Siehst du, jeder weiß von uns. Es will nur niemand wahrhaben, dass wir wirklich existieren. Wir sind das, was niemand erklären kann. Deshalb WILL niemand daran glauben, dass es uns wirklich gibt. Das ist der springende Punkt. Wenn sie es nämlich glauben würden, was, denkst du, würde dann passieren?«

Ich zuckte mit den Schultern.

»Chaos. Das wäre das Chaos, glaub mir. Deshalb tarnen wir uns wie ganz normale Menschen.« Er tippte auf die Stelle zwischen seinen Augenbrauen, an der sich, wie ich wusste, ebenfalls ein Prueba verbarg, wie das von mir und Natascha.

»Wir lassen die Menschen in dem Glauben. Das macht es so viel einfacher für sie«, sagte er weiter und stellte wieder beide Beine auf den Boden.

»Kann ich dieses ... wie heißt es noch gleich?« Ich tippte an das Bindi zwischen meinen Augenbrauen.

»Prueba«, half er mir.

»Genau, wie kann ich das verstecken?«

»Das lernst du noch auf der Akademie. Es braucht einiges an Übung und Training. Fürs Erste kannst du dir einfach ein Pflaster drüberkleben, wenn du möchtest, dass es nicht gesehen wird, oder du bittest einen von uns – Frankie, Natascha oder mich –, es auf magische Weise unsichtbar zu machen.«

Ich nickte, überlegte weiter.

»Hat jeder besondere Fähigkeiten? So wie Natascha?«

»Ja, die einen mehr, die anderen weniger. Nataschas Gabe,

das Gedankenlesen, ist sehr selten und sehr schwer zu kontrollieren. Aber sie ist eine Meisterin darin, glaub mir. Ich zum Beispiel ... Na, sieh selbst.«

Damit streckte er einen Arm aus, drehte die Handfläche nach oben und – gütiger Himmel! – erzeugte eine kleine Feuerkugel, so groß wie ein Tennisball, die er hoch in die Luft warf und wieder fing. O mein Gott! Ich hatte so etwas noch nie gesehen. Gut, im Zirkus hatte ich schon mal einen Feuerspeier Feuer spucken und mit brennenden Fackeln jonglieren sehen, aber Taylor ... Er hatte aus dem Nichts Feuer ERSCHAFFEN und spielte damit, als wäre es ein Ball. Als er meinen wohl sehr erstaunten, vielleicht auch ein wenig erschrockenen Blick bemerkte, verschwand das Feuer und er lächelte.

»Hey, kein Grund zur Sorge. Ich tu dir schon nichts. Außerdem muss man lange und hart trainieren, um so etwas zu können.«

»Was können andere?« Ich bemerkte, wie meine Stimme zitterte. Er merkte es ebenfalls und sah mich sehr ernst an.

»Hey, du brauchst wirklich keine Angst vor uns zu haben. Ich würde dir nie etwas tun, das schwöre ich!«

Es entstand eine unangenehme, lange Pause, in der wir uns in die Augen sahen, bis ich schließlich wegblickte und er meinte: »Natascha ist eine sogenannte Geist-Elementarierin; das heißt, sie kann mit ihrem Geist andere Wesen beeinflussen, ihnen ihren Willen aufzwingen und Gedanken lesen. Frankie ist ein Erd-Elementarier, das heißt, er kann dieses Element erschaffen und kontrollieren und für seine

Zwecke einsetzen. Ich …«, er machte eine kleine Pause, blickte auf seine Hände, wirkte unschlüssig, ob er fortfahren sollte, »… ich bin ein – wie sagen alle doch immer gleich? – absoluter Ausnahme-Fairy. Ich beherrsche gleich drei Elemente auf einmal. Feuer, Wasser und Geist. Meine Geistfähigkeit liegt darin, feststellen zu können, in welchem Menschen sich eine Fairy-Seele verbirgt, so wie in dir. Das können die anderen nicht. Es gibt logischerweise Fairies, die die anderen Elemente beherrschen, das Wasser und die Luft. Ein bisschen so wie der Avatar. Kennst du die Serie?«

Ich lächelte. »Ja, die kenne ich. Das ist doch die Story von Aang? Richtig?«

»Bingo, genau so musst du dir unsere Magie vorstellen. Ich gehöre quasi der Feuernation und einem Wasserstamm an, wenn du so willst, und einer Geistnation, wenn es die gäbe.« Er zwinkerte mir zu.

»Ein wahres Ausnahmetalent.« Ich grinste ihn breit an.

»Sagte ich doch.« Er zwinkerte erneut und zog die Augenbrauen nach oben.

Die kleinen Scherze nahmen die Spannung aus unserem Gespräch und machten mich lockerer. Meine Neugierde war geweckt.

»Was gibt es noch an magischen Fähigkeiten?«

»Also, wie Feuer-, Wasser-, Erd- und Luft-Elementarier arbeiten, kannst du dir ja denken. Ich kenne einige Fairies, die die Träume von anderen beeinflussen können, dann gibt es manche, die die Gedanken verdrehen, sie lassen dich Dinge glauben, die nie passiert sind. Sie machen dich zu ihren Marionetten.«

»Wie der Imperius-Fluch?«

Er lächelte mich erneut an. »Ich glaube, wir haben eine Möglichkeit gefunden, dir unsere Fähigkeiten möglichst anschaulich zu erklären – genau, wie der Imperius-Fluch aus Harry Potter. Diese ganzen Fähigkeiten existieren, wie sie in Fantasy-Romanen und Filmen – siehe zum Beispiel die X-Men – gezeigt werden.«

»Dann gibt es auch einen Ring der Macht?«, scherzte ich weiter. Wie konnte es sein, dass ich plötzlich so guter Laune war? Direkt beflügelt. War das Taylor? Konnte er auch meine Gefühle beeinflussen?

Taylor lachte laut auf. »Nein, den gibt es Gott sei Dank nicht. Obwohl ich eine Kreatur wie Gollum nicht ganz so abwegig finde. Die könnte uns durchaus begegnen.«

»Du machst mir Angst!« Ich riss spielerisch die Augen auf in der Meinung, er habe einen weiteren Scherz gemacht.

Er jedoch sah mich sehr ernst an. »Das war ernst gemeint. Es gibt nicht nur gute Fairies. Es gibt Kreaturen, wie sie dir nur in deinen schlimmsten Albträumen begegnen. Und sie sind – ebenso wie wir – sehr real. Auch sie sind Fairies. Böse Fairies. Sie rauben, töten, vergewaltigen, verstümmeln, und das mit großer Freude – mehr will ich nicht sagen. Deswegen müssen wir Seeker auch sehr gut in den Kampftechniken ausgebildet werden. Es ist keine Seltenheit, dass wir uns verteidigen müssen.«

»Was, wenn mich jemand angreifen will?«

Er seufzte. »Ich möchte nichts beschönigen, daher sage ich dir gleich die Wahrheit. Die bösen Fairies, sie nennen sich selbst die Shuk, haben es vor allem auf Frisch-Gezeichnete abgesehen, so wie dich. Sie wollen sie fangen und ausbilden, für ihre eigenen Zwecke einsetzen. Wir haben schon so manchen jungen Gezeichneten an sie verloren. Sie unterziehen sie einer Gehirnwäsche und danach funktionieren sie wie eine Waffe. – Hey, sieh mich nicht so an, Natascha, Frankie und ich, wir beschützen dich, keine Sorge. Du bist bei uns in den besten Händen.«

Mir war das Herz in die Hose gerutscht. Sie hatten es auf Frisch-Gezeichnete abgesehen, so wie mich. Das musste ich erst einmal verarbeiten. Wo lauerten diese Gestalten? Hier im Hotel? Ich sah ängstlich zum Fenster.

Er folgte meinem Blick und drehte mit einer leichten Bewegung seiner Hand mein Kinn zu sich, sodass ich ihn wieder direkt ansehen musste. Meine Haut kribbelte an der Stelle, wo er mich berührt hatte, und mein Herz machte einen kleinen Satz.

»Hey, hörst du mir zu? Du bist bei uns in Sicherheit. Wirklich!«

»Wie kann ich lernen mich gegen sie zu wehren?«, fragte ich entschlossen.

»Das wird dir auf den Akademien beigebracht. Dort lernst du alles, was du über uns, unsere Fähigkeiten und unsere Geschichte wissen musst.«

»Aber ich muss mein Leben aufgeben, meine ganzen Pläne ...«

Er unterbrach mich. »Zunächst ja, aber später kannst du alles machen, was du möchtest. Du kannst auch eine menschliche Berufslaufbahn einschlagen, eine Sekretärin oder was auch immer werden. Du kannst so leben, wie du es möchtest.«

»Aber?« Das hörte sich doch verdammt nach einem Aber an? Warum dann dieses ganze *Du musst dein bisheriges Leben aufgeben*?

»Aber du musst damit zurechtkommen, dass du in Gesellschaft normaler Menschen immer der Außenseiter sein wirst. Menschen spüren unsere Anomalität. Erinnere dich an gestern Nacht, wie haben Natascha, Frankie und ich auf dich gewirkt?«

»Atemberaubend«, antwortete ich wie aus der Pistole geschossen. Er nickte zufrieden.

»Eben. Wir berauschen die Menschen, schüchtern sie oft sogar ein und deshalb sind wir für sie nicht von dieser Welt. Sie sind uns gegenüber sehr reserviert, zurückhaltend, haben manchmal sogar Angst. Von diesem Standpunkt aus gesehen, wird es für dich schwierig, ein normales Menschenleben zu führen. Vor allem, da du damit rechnen musst, dass dich die Shuk jederzeit aufsuchen könnten, um dich auf ihre Seite zu ziehen. Ganz zu schweigen von dem Problem, dass du nicht so alterst wie normale Menschen.«

»Was habe ich dann noch für eine Zukunft?«, seufzte ich.

»Oh, dir stehen die Tore offen für eine magische Laufbahn, entweder als Seeker, so wie ich, oder zum Beispiel auch als sogenannte Defenderre, das sind eine Art Polizisten oder Soldaten, die für das Recht und die Ordnung in der magischen Welt sorgen und auch gegen die Shuk kämpfen. Es gibt Politik, Bildung – du kannst auch als Lehrerin auf den Akademien arbeiten. Kurzum – jeden menschlichen Beruf gibt es auch in unserer Welt. Daneben gibt es außerdem rein magische Berufe.«

»Die da wären?«

»Glaubst du an die gute Fee?« Er sah mich schräg und forschend an.

»Wie bitte?« Ich blickte ungläubig zurück.

»Es gibt sie wirklich. Fairies – natürlich Geist-Elementarier, die den Menschen Wünsche erfüllen. Sie werden Desiderias genannt und erscheinen in Träumen und Visionen, aber sie sind sehr selten. Es erfordert ungemeine Menschenkenntnis zu wissen, wer wirklich Hilfe benötigt und wer nicht. Das können nicht viele.«

»Was macht ihr mit mir, wenn ich Ja sage?«, war meine nächste Frage.

»Wir bringen dich zur nächstgelegenen Akademie.«

»Die da wäre?«

»Keine Ahnung, wo sie sich momentan befindet«, sagte er.

»Wie, du weißt nicht, wo sie sich momentan befindet?«, fragte ich entgeistert. »Ist sie denn nicht immer am selben Ort?«

Er schüttelte den Kopf. »Nein, unsere Akademien sind ständig in Bewegung. Aus Sicherheitsgründen, du verstehst.«

»Nein, ich verstehe nicht. Heißt das, ich muss ständig umziehen? Darauf habe ich wirklich keine Lust. Ein Leben aus dem Koffer muss ich nicht haben!«, sagte ich trotzig.

»Keine Sorge, du musst nicht ständig umziehen«, lachte er. »Aber du wirst es verstehen, wenn du die Akademie siehst. Glaub mir.«

Damit stand er auf. »So, ich muss dann wieder. – Natascha hat vorgeschlagen heute Abend auszugehen. Was ist los, hast du Lust?«

Wie? Ausgehen mit den dreien?

Ich grübelte eine Weile. Mit Taylor allein hätte ich keine Sekunde gezögert, aber die anderen beiden? Natascha ging ja noch, aber der Furcht einflößende Frankie?

»Ich überleg es mir«, sagte ich schließlich.

»Ich werte das als Ja. In dem Schrank sind Klamotten, die dir passen dürften. Ich warte draußen auf dem Flur auf dich.«

Er lächelte wieder so umwerfend, dass ich schwach wurde und ebenfalls lächelte und anschließend nickte. Er zwinkerte mir zu und verschwand.

* * *

Eine geschlagene Stunde später trat ich aus dem Hotelzimmer in einem kurzen, feuerroten Sommerkleid, das im Nacken zusammengebunden wurde und mir knapp über die

Knie reichte. Dazu trug ich einfache Sandaletten, die lediglich mit einer roten Schleife verziert waren. Ich musste nicht lange darüber nachdenken, wem die Sachen gehörten oder wer sie für mich ausgesucht hatte. Es war offensichtlich, wessen Lieblingsfarbe Rot war.

Taylor saß lässig in einem Sessel, der in einer Ecke des Hotelflurs stand, und drehte eine Art Edelstein oder Kristall in seinen Händen, der trotz der spärlichen Gangbeleuchtung funkelte und glänzte. Als er mich sah, steckte er den Stein schnell weg, stand auf, nickte mir anerkennend zu und bedeutete mir, ihm zu folgen. Gott, er sah einfach umwerfend aus! Auch er hatte sich in Schale geworfen, trug eine dunkelblaue Jeans und ein weißes Hemd, dessen obere Knöpfe offen standen, wodurch der Blick auf eine enge, um den Hals geschlungene Kordel freigegeben wurde, an der ein kleiner Stein angebracht war. Oh, ich stand auf Jungen mit solchen Ketten!

Im Fahrstuhl war mir ganz mulmig, so nah neben ihm zu stehen. Er wusste wahrscheinlich, welche Wirkung er auf mich hatte, denn er grinste leicht in sich hinein. Ich ignorierte das.

»Wo gehen wir hin?«, fragte ich.

»In eine Bar«, antwortete er, noch immer schmunzelnd.

»Und in welche?«, bohrte ich weiter nach.

»Das siehst du dann schon.« Er grinste noch immer.

»Was ist so verdammt lustig?« Ich wurde langsam sauer und sah ihn böse an.

»Du. Ein bisschen weniger Lippenstift hätte es auch getan.«

Oh, verdammt! Ich hatte mit aller Macht aussehen wollen wie Natascha und hatte mich wohl zu sehr an dem Make-up vergriffen, das ich in einer Schublade im Bad entdeckt hatte. Ich warf einen Blick in den Spiegel, der die rechte und linke Wand des Lifts zierte, und musste lachen. O Mann, er hatte wirklich recht. Ich sah schlichtweg billig aus mit dem feuerroten Lippenstift und dem tiefschwarzen Lidschatten, dazu das mächtig aufgetragene Rouge. Verlegen kramte ich in meiner roten Handtasche nach einem Taschentuch und wischte ein wenig davon weg, was das Ganze noch schlimmer machte, da jetzt alles verschmiert war.

Er grinste weiter. »Natascha wird dir helfen.«

Ich lächelte matt und lief knallrot an. Mann, war das peinlich.

Taylor behielt recht. Fachmännisch wurde ich von der natürlich umwerfend aussehenden Natascha auf der Damentoilette restauriert, bis ich einigermaßen vorzeigbar war.

»Keine Sorge, sobald du eine richtige Fairy bist, brauchst du kaum mehr Make-up. Du wirst eine natürliche Schönheit sein.« Sie lächelte.

Ich lächelte zurück. Sie war mir mittlerweile sympathisch und ich stellte zu meiner Verwunderung fest, dass ich begann sie zu mögen. Ich wollte gern so sein wie sie, und sie beschützte mich und nahm mich unter ihre Fittiche.

Frankie hingegen war mir nach wie vor ein Rätsel. Er benahm sich wie ein Bulle, stellte sich vor mich wie ein Bodyguard und wirkte wie ein wilder Stier, wenn mir irgendjemand zu nahe kam, der sich nicht wie ein normaler Mensch benahm, sei es nun ein Betrunkener oder sonst jemand, der schräg aussah.

* * *

Es war neun Uhr, als unser Taxi vor einem kleinen Gebäude hielt, das sich vollkommen abgeschieden zwischen Palmen, Sträuchern und sonstigem Gebüsch in Strandnähe befand und aussah wie ein alter Saloon. Von der hölzernen Veranda, deren gelbliche Farbe bereits abblätterte, baumelten bunte Lampions.

Taylor bezahlte den Taxifahrer und deutete dann auf den Saloon, aus dem Musik und Stimmengewirr zu hören waren. Über eine hölzerne Schwingtür gelangten wir vier ins Innere des Gebäudes und ich fand mich in einer netten, überschaubaren Bar wieder, die in schummriges rötliches Licht getaucht war. Rechts von mir, entlang der kleinen Fenster, durch die das rot-lila Leuchten der untergehenden Abendsonne drang, standen überschaubare Tischreihen mit Bänken und alten Holzstühlen. Gegenüber befand sich der breite Tresen, hinter dem sich an der Wand beleuchtete Regale mit unzähligen Flaschen aneinanderreihten.

Ich sah mich unschlüssig um. Die Tische waren bereits vollständig besetzt und ich konnte auch keinen freien Barhocker entdecken.

Taylor drängte sich an den vor dem Tresen wartenden

Menschen vorbei und winkte der Kellnerin, die ihn – im Gegensatz zu den anderen – sofort registrierte. Ihre Miene hellte sich auf, sie winkte zurück und deutete auf einen kleinen runden Tisch im hinteren Bereich der Bar. Er nickte dankend in ihre Richtung und bedeutete uns ihm zu folgen.

Wenig später setzten wir uns um den Tisch, ich zwischen Natascha und Frankie. Taylor nahm mir gegenüber Platz.

»Was wollt ihr trinken?«, fragte er, beugte sich erwartungsvoll vor und sah uns reihum an.

»Für mich wie immer Gin Tonic«, erklärte Natascha und betrachtete ihre roten Fingernägel.

»Tequila«, brummte Frankie und beobachtete seinerseits Natascha.

Taylors Blick wanderte zu mir.

»Ich … ich …«, stammelte ich, unschlüssig, was ich bestellen sollte. »Für mich auch einen … einen Gin Tonic«, entschied ich mich schließlich für Nataschas Getränk.

Taylor nickte, drehte sich um und verschwand in der Menge vor dem Tresen.

Gerade wurde der Westernsong »Jolene« von Dolly Parton gespielt und ich ließ meinen Blick neugierig über die anderen Menschen schweifen.

Waren das wirklich alles *Menschen* oder waren auch Fairies darunter? Ich sah hier und da ein paar schöne Gesichter, konnte aber nicht sagen, ob sie menschlich oder übernatürlich waren.

»Das ist ein Mensch«, wandte sich Natascha lächelnd mir

zu. Sie deutete auf eine Blondine, die ich stirnrunzelt gemustert hatte und die mir direkt gegenüberstand.

»Und das ist eine Fairy.« Sie deutete mit einem Kopfnicken auf die Kellnerin, die eben vier große Gläser vor Taylor abstellte und ihn lächelnd ansah.

Ich zog die Augenbrauen hoch. Natürlich eine Fairy. Sie hatte glänzendes, schwarz gelocktes Haar, das ihr herzförmiges Gesicht locker umrahmte und das sie sich immer wieder kokett aus der Stirn strich. Mit ihren hellen blauen Augen musterte sie aufmerksam die Umgebung und schürzte immer wieder ihre schön geschwungenen roten Lippen. Gerade eben warf sie Taylor einen anzüglichen Blick zu und zwinkerte. Und er? Er zwinkerte zurück, drehte sich dann lächelnd zu uns um und brachte die Getränke an den Tisch.

Nachdem er sich gesetzt hatte, nahm er sein Glas, hielt es in die Luft und sah uns auffordernd an, sodass auch wir unsere Gläser erhoben.

»Auf Sophie«, sagten er, Natascha und Frankie und sahen mich erwartungsvoll an.

Ich schluckte. »Auf die Fairies«, sagte ich.

Dann nahmen wir gemeinsam unseren ersten Schluck. Nachdem wir wieder abgesetzt hatten, schlug Natascha die Beine übereinander, rutschte auf ihrem Stuhl herum und lehnte sich zu Taylor hinüber. »Also die schöne Galena ist heute dein Ziel?«, fragte sie mit einem anzüglichen Grinsen und spielte mit dem kristallenen Anhänger ihrer Halskette.

Er zuckte die Schultern und grinste in sein Glas mit – wie

ich vermutete – Whiskey hinein. Dann sah er sie augenzwinkernd an. »Vielleicht.«

Natascha seufzte und verdrehte die Augen. »Die Arme ist doch schon seit Jahren in dich vernarrt.«

»Eben«, stimmte Taylor ihr zu. »Da habe ich leichtes Spiel.«

»Als ob es dir was ausmachen würde, kein leichtes Spiel zu haben, das ist doch nur ein Ansporn für dich!«, mischte sich nun auch Frankie ein, lachte aber laut.

»Und dann dürfen wir uns wieder das Gejammer der Damen anhören, die sagen, du seist so ein Scheusal«, entgegnete Natascha, blickte ihn schief an und verschränkte die Arme vor der Brust.

Taylor lachte und leerte sein Glas in einem Zug. Dann stand er auf und ging erneut zum Tresen. Die schöne Galena registrierte ihn sofort, ließ von ihren anderen Kunden ab und kam mit strahlendem Lächeln auf ihn zu.

»Hach, es ist immer dasselbe«, seufzte Natascha.

»Bis irgendwann eine kommt, die ihm den Kopf verdreht und ihm das Herz bricht«, erklärte Frankie.

Natascha nickte zustimmend. Dann nahm sie wieder einen Schluck und wandte sich an mich.

»Also, Sophie, wie gefällt es dir mit uns?«

Ich zuckte die Schultern. »Weiß nicht.«

»Oh, wir sind aber auch eine schlechte Gesellschaft«, versuchte sie sich zu entschuldigen. »Taylor und seine Frauengeschichten sind nun wirklich kein Thema für den Einstieg in eine gute Unterhaltung. – Also, hast du Fragen?«

»Ich nehme an, Taylor hat keine Freundin?«, fragte ich wie aus der Pistole geschossen und Frankie, der soeben einen Schluck aus seinem Glas genommen hatte, begann prustend zu lachen.

»Ich glaube, Natascha meinte Fragen über uns Fairies.« Er lachte immer noch. »Aber nein, Taylor hat keine feste Freundin.«

Nataschas Blick war sehr ernst, als sie sich an mich wandte.

»Ein gut gemeinter Rat von mir, den du dir zu Herzen nehmen solltest: Vergiss Taylor.«

Ich zog die Augenbrauen hoch.

»Ich meine es so, wie ich es sage«, wiederholte sie mit noch eindringlicherem Blick. »Ich sehe doch, wie du ihn ansiehst. Schlag ihn dir aus dem Kopf.«

Ich musste sehr verschreckt ausgesehen haben, denn Frankie mischte sich einlenkend in unser Gespräch.

»Komm schon, Tascha«, sagte er und sah sie an. »Themenwechsel.«

Sie seufzte.

Ich wollte es nicht, aber mein Blick schweifte zurück zu Taylor. Er war wie ein Magnet für mich, wie er lässig am Tresen stand, eine Hand wie so oft in der Hosentasche vergraben. Er flirtete mit Galena, die wohl ihre restliche Kundschaft komplett vergessen zu haben schien.

Ob er mich wohl auch einmal so ansehen würde?

Ich wurde aus meinen Gedanken gerissen, als Natascha sich neben mir erhob und quietschend ihren Stuhl zurückschob.

»Komm, Sophie, gehen wir ein wenig an die frische Luft.«

Ihre ernste Stimme und ihr vehementer Blick duldeten keinen Widerspruch und so stand ich auf und folgte ihr durch die vielen Menschen und auch Fairies, wie ich jetzt wusste, nach draußen.

* * *

Wir verließen die Bar und sie führte mich an den abgelegenen Strand. Einige Pärchen spazierten im Mondlicht, manche lagen auch im Sand und betrachteten die Sterne. Das laute Rauschen der Wellen, die sich am Ufer brachen, wirkte beruhigend auf mich.

Lange Zeit saßen wir einfach nur nebeneinander auf einem morschen Baumstumpf, den wohl die Brandung angespült hatte, und sagten nichts. Wir hörten einfach nur auf die Stille der Nacht und die Geräusche des Meeres. Die Musik der Bar dröhnte nur ganz leise und dumpf in der Ferne.

»Ich kann verstehen, wenn du nicht so sein willst wie wir. Wie benehmen uns dir gegenüber hochnäsig. Vielleicht hätten wir heute nicht ausgehen sollen, es tut mir leid«, brach Natascha schließlich das Schweigen.

Ich antwortete lange nichts darauf. Atmete ein und aus und spielte mit meinen nackten Zehen im Sand.

»Hm, auf der einen Seite will ich so sein wie ihr. Ich stelle es mir toll vor, so auszusehen wie ihr, diese Magie zu besitzen, diese Kraft, die Wirkung auf andere Menschen ...«

»Und nicht nur das«, unterbrach mich Natascha. »Wir sind in der Lage, anderen zu helfen. Wir wollen unsere Magie für das Gute nutzen, wir setzen unsere Elementarkräfte für die Umwelt ein, versuchen die Menschen zu verändern, zum Umdenken zu bewegen. Auch wenn man das in deiner Welt nicht unbedingt bemerkt, glaub mir, wir sind da für euch.«

Ich schwieg, ließ ihre Worte auf mich wirken. Für das Gute nutzen? Die Umwelt? Menschen verändern? Sie hatte recht, bisher hatte ich davon nichts mitbekommen. In den Nachrichten wurde ständig von dem katastrophalen Zustand unseres Planeten geredet, davon, dass wir Menschen etwas tun müssten, um die Umwelt zu schützen. Doch von einem wirklich großen, globalen Umdenken waren wir doch meilenweit entfernt, oder? Man hörte nur immer wieder von Kriegen, Gewaltverbrechen, Umweltkatastrophen …

Wahrscheinlich hatte sie in meinen Gedanken gelesen, denn sie beantwortete meine unausgesprochenen Fragen prompt.

»Die Geist-Elementarier versuchen eure Staatsoberhäupter zu beeinflussen. Wir bieten ihnen Hilfe an, natürlich nicht direkt – denn unsere Magie soll im Verborgenen bleiben. Das ist für uns und die Menschen besser. Aber wir haben ihnen die alternativen Energien nähergebracht, wie man die Kraft der Elemente sinnvoll nutzt, nicht auf eine Weise, die die Erde ausbeutet. Es ist ein langwieriger Prozess, euch Menschen auf den richtigen Pfad zu führen. Wir versuchen ihnen bei den Pflanzen zu helfen, vor allem in Ländern, in denen Hunger herrscht, damit alternative Nahrungsmittel entstehen können. Aber es ist ein langer Weg. Gerade ist es uns gelungen, ein riesiges Meeresgebiet als Naturschutzgebiet abzugrenzen. Es geht voran, irgendwie.«

Sie lächelte matt.

Ich wartete einen Moment, überlegte, wie ich ihr meinen Standpunkt genau darlegen konnte. Obwohl – sicher las sie schon längst wieder meine Gedanken und wusste ohnehin, was ich sagen wollte.

»Das alles hört sich super an, Natascha, wirklich. Ihr seid tolle Wesen. Wunderschön, habt magische Kräfte, verbessert die Welt, kämpft gegen das Böse. Aber ...«

Ich brach ab, suchte nach den richtigen Worten.

Sie sah mich geduldig an.

»Aber«, fuhr ich schließlich fort, »ich kann mich irgendwie so nicht sehen. Ich bin ... hm, wie soll ich das sagen? Ich bin das alles nicht. Ich meine, ich bin ein Mensch, der bisher nur an sein Leben dachte. Ich ging wie jeder andere zur Schule, habe jetzt Pläne für meine Zukunft, will einen Job, Geld verdienen, irgendwann heiraten, Kinder kriegen. Bisher habe ich – zugegeben – nicht viel Gedanken an die Umwelt verschwendet, außer dass ich recyceln soll. Ich besitze nicht mal Zivilcourage! Schaue lieber weg, als zu handeln. Und ich hoffe, du verurteilst mich hierfür nicht, aber ...«

Sie legte mir beschwichtigend die Hand auf den Oberarm.

»Sophie, ich verurteile hier niemanden. Ich habe dir schon

einmal erzählt, dass ich wie du einmal eine Frisch-Gezeichnete war. Ich hatte dieselben Pläne, dieselben Ängste und Sorgen. Ich wollte Mediendesignerin werden und hatte mich auch schon an einer Hochschule beworben, dann wurde ich gezeichnet und alles kam anders.«

»Hast du es schon einmal bereut, eine Fairy zu sein?«

Auf diese Frage hin verzog sie prüfend den Mund und sah mich sehr nachdenklich an. Ihr Blick wanderte nach vorn, auf die Wellen, die sich vor uns im Sand brachen.

»Nein«, sagte sie schließlich sehr entschieden. »Keinen einzigen Moment. Und das ist die Wahrheit. Ich sage das nicht, um dich zu überzeugen, das musst du mir glauben, Sophie. Denn es ist ja nicht so, dass ich alle meine Träume aufgeben musste. Gut, Mediendesign ist es nicht geworden. Aber ich helfe anderen Menschen, verschaffe ihnen die Möglichkeit zu einem neuen Leben, zu einem neuen Anfang, und ich kann immer noch heiraten und Kinder bekommen.«

»Wann verändere ich mich?«, fragte ich weiter.

Natascha seufzte. »Am Beltane-Fest, wenn du erweckt wirst.«

»Erweckt?«

»Ja, wir versammeln uns dort auf einer Insel, sie trägt den Namen Beltana, und feiern gemeinsam das Beltane-Fest. Dort werden alle Frisch-Gezeichneten mit einem besonderen, magischen Wasser benetzt und somit erweckt. Und dann werden sich deine Kräfte voll entwickeln und dein wahres Aussehen wird sich zeigen.«

»Wann ist Beltane?«

»In der Nacht zum ersten Mai. Ich weiß, das hört sich für dich vielleicht an wie eine Ewigkeit, aber glaub mir, die Zeit vergeht schneller, als du denkst. Unser Schuljahr beginnt wie bei den Menschen im September und endet im Juli. Sie werden dich auf der Akademie gut auf Beltane vorbereiten. Es gibt Ferien, wir nennen das Erholungszeit, im Winter um Weihnachten. Dann zwei Wochen nach Beltane und im August einen ganzen Monat.«

Ich überlegte wieder. Sollte ich mich für ein Leben als Fairy entscheiden? Das hörte sich alles wirklich gut an. Der einzige Haken war die Sache mit dem »Vergessenwerden«. Ich wollte nicht, dass meine Freunde, meine Familie mich vergaßen. Meine Oma ... seit dem Tod meines Opas vor drei Jahren war ich alles, was ihr noch geblieben war, und sie war alles, was für mich Familie bedeutete. Ich konnte nicht ohne sie leben.

Außerdem konnte ich mir beim besten Willen keine Fairy vorstellen, die hochgradig Heuschnupfen und Asthma hatte! Wie sähe das denn aus? Womöglich stellte sich heraus, ich war Erd-Elementarierin und allergisch gegen meine eigene Magie?

Wenn Natascha meine Gedanken gelesen hatte, ließ sie es sich nicht anmerken, denn sonst hätte sie vermutlich gelacht. Aber sie blickte ernst aufs dunkle Meer hinaus. Wahrscheinlich hatte sie meinem inneren Monolog einmal nicht beigewohnt.

Doch da gab es noch eine weitere Sache, die ich wissen musste.

»Meinst du, ich habe als Fairy eine Chance bei Taylor?«

Sie seufzte, lächelte aber matt.

»Ich hatte befürchtet, dass diese Frage kommt. Aber wie ich schon sagte, schlag ihn dir aus dem Kopf. Taylor fängt nichts Festes mit Frauen an. Das hat er mir einmal gesagt. Er liebt die Frauen – für eine Nacht – und verlässt sie dann wieder. Und er sorgt dafür, dass auch sie ihn vergessen, indem er sich anschließend so scheußlich wie möglich benimmt, damit sie ihn auf jeden Fall vergessen wollen. Das ist seine Art, das Leben zu genießen, und vielleicht auch ein klein wenig, um sich zu schützen. Er möchte es so und ich werde den Teufel tun, es ihm zu vermiesen. Er ist ein wunderbarer Seeker, gewissenhaft und verantwortungsbewusst. Er würde sein Leben für unsere Schützlinge geben. Aber privat ist er einfach ein Idiot. Vergiss ihn, Sophie.«

Ich starrte aufs Meer hinaus, hörte wieder den Wellen zu und dem vereinzelten Stimmengewirr der Pärchen rings um uns. Dann seufzte ich, ließ den Kopf hängen und gestand Natascha: »Ich hab mich, glaub ich, von Anfang an ein bisschen in ihn verliebt.«

Sie lächelte mild. »Und das ist der Grund, warum Taylor, Frankie und ich nur auf männliche Schützlinge angesetzt werden wollen. Sie verlieben sich, wenn, dann in mich und ich halte mich so gut es geht von ihnen fern. Ich bin dazu da, sie zu beschützen – aus der Distanz. Die meiste Arbeit erledigen

Taylor und Frankie. Wir arbeiten gut auf diese Weise. Dass wir auf dich gestoßen sind, war reiner Zufall.«

Ich seufzte. »Ja, Taylor hat so etwas erwähnt.«

Sie nickte. »Eigentlich waren wir nur auf der Durchreise. Wir haben vor einer Woche unseren letzten Schützling in Barcelona abgegeben und wollten uns hier übers Wochenende ausruhen. Dann ist Taylor vor drei Tagen über dich gestolpert. Er hat eine Fairy in dir erkannt und wir haben uns bei der Zentrale erkundigt, ob bereits Seeker auf dich angesetzt sind. Dann kam die erstaunliche Auskunft, dass du überhaupt nicht in unserer Datenbank registriert bist. Das ist, soweit ich weiß, noch nie vorgekommen. Wir konnten es uns nicht erklären, aber Taylor war sich absolut sicher, dass du eine Fairy bist. Die Zentrale setzte uns daraufhin kurzerhand als deine Seeker ein, weil wir ja sowieso gerade in der Nähe waren, und dann hat Taylor dich gezeichnet. Du warst absolut außerplanmäßig und es war auch nicht unsere Absicht, dass Taylor dich so umgarnt, dass du dich unweigerlich in ihn verlieben musstest! Aber so ist er einfach, immer der Charmeur in Person.«

Sie machte eine Pause und lächelte.

»O Mann, ich komm mir jetzt irgendwie bescheuert vor«, gab ich zu und legte meinen Kopf auf die Knie, die ich fest umklammert hatte.

»Das brauchst du nicht. Weißt du, auch ich bin am Anfang seinem Charme erlegen, glaub mir. Ich denke, das passiert jeder Frau früher oder später.«

Ich sah interessiert auf. »Und was ist passiert?«

»Na, was wohl? Taylor hat mir dann ziemlich deutlich zu verstehen gegeben, dass er nur ein einziges Mal an mir interessiert war – du musst wissen, das war, bevor wir gemeinsam als Seeker unterwegs waren. Danach haben wir uns nicht mehr gesehen, bis wir einander zugeteilt wurden. Ich war entsetzt und hatte mich geweigert mit ihm zusammenzuarbeiten. Frankie, den ich zu dem Zeitpunkt bereits gut kannte, weil wir zusammen auf der Akademie waren, hat mich schließlich überredet. Er meinte, Taylor sei ein absolutes Ausnahmetalent. Er wurde schon mit fünfzehn Jahren gezeichnet, war der Beste seines Akademie-Jahrgangs und schloss die Seeker-Ausbildung in nur zwei Jahren ab, ein Jahr früher als üblich, und das mit Auszeichnung! Außerdem ist er ein Dreifach-Elementarier! Das ist in unserer Welt extrem selten und Frankie meinte, wir könnten nur davon profitieren, mit ihm zu arbeiten, und er hatte recht.«

Ich blickte auf meine Zehen, die sich in den kühlen Sand gebohrt hatten.

Natascha stand auf und klopfte sich den Schmutz der Baumstammrinde von den Beinen und dem Po. Ich machte ebenfalls Anstalten aufzustehen, doch sie drückte meine Schultern wieder nach unten.

»Bleib doch noch ein wenig hier sitzen. Ich behalte dich im Auge, keine Sorge. Kein Shuk wird es wagen, sich dir auch nur auf zehn Schritte zu nähern«, verkündete sie augenzwinkernd. »Denk in Ruhe über alles nach, was ich dir über uns erzählt habe. Du hast noch Zeit bis morgen Abend. Überleg dir deine Entscheidung gut. Und lass bitte in keiner Weise deine Gefühle für Taylor darin einfließen! Das könntest, nein, das *würdest* du bitter bereuen, glaub mir.«

Damit drehte sie sich um und ließ mich allein.

KAPITEL 3

Ich saß gemeinsam mit Natascha beim Frühstück in der großen, luxuriösen Frühstückshalle des Hotels. Frankie und Taylor lagen offensichtlich noch in den Federn.

»Was gedenkst du heute zu machen?«, wollte die Seekerin von mir wissen und biss herzhaft in ein Marmeladenbrot.

Ich sah gedankenverloren aus dem Fenster. »Ehrlich gesagt, wollte ich ein wenig für mich sein, ein wenig zum Strand gehen. – Wenn das möglich ist.«

Sie sah mich lange ernst an. »Eigentlich ist es das nicht. Wie du weißt, könnten jederzeit die Shuk auftauchen. Aber ich denke, du brauchst das heute. Wäre es daher für dich in Ordnung, wenn ich mit zum Strand käme? Ich kann mich in eine Bar setzen und in der Nähe bleiben, nur für alle Fälle. Ich störe dich nicht und lass dir deine Ruhe, versprochen.«

Ich nahm einen Löffel Cornflakes zu mir und überlegte. »Ja, das dürfte in Ordnung gehen. Danke.«

In dem Moment betrat ein offensichtlich sehr gut gelaunter, pfeifender und bis über beide Ohren grinsender Taylor den Speisesaal.

Natascha lächelte und winkte ihm zu, woraufhin er lässig zu uns herüberschlenderte.

»Guten Morgen, die Damen. Hoffe, ihr habt gut geschlafen.« Dabei machte er eine spielerische Verbeugung und warf dann händereibend einen Blick hinüber zum Kaffeeautomaten. »Ich freue mich jetzt auf meinen Morgenkaffee!«

Damit ging er hinüber zum Buffet, an dem sich bereits viele hungrige Hotelgäste tummelten.

»Na, da hat aber einer besonders gute Laune«, stellte ich stirnrunzelnd fest.

Natascha grinste. »Unser Sonnenschein. – Taylor ist eigentlich fast immer gut gelaunt. Aber anscheinend hat ihm der gestrige Abend gut gefallen.«

Ich überlegte und ließ die Geschehnisse Revue passieren. Ich war noch eine Weile am Strand gewesen, Natascha wohl wissend als Bodyguard in meiner Nähe, und hatte über die Fairies nachgedacht. Anschließend hatte ich gemeinsam mit den dreien noch einen Cocktail getrunken, bis wir dann gegen ein Uhr zurück ins Hotel gefahren waren. Meiner Ansicht nach gab es keinen wirklichen Grund dafür, so blendender Laune zu sein, es sei denn …

Taylor riss mich aus meinen Gedanken, indem er sich mit einem Glas Orangensaft in der einen Hand und einem Teller voll Brötchen, Marmelade, Butter, Honig und was weiß ich, was sich da noch so alles türmte, in der anderen neben mich setzte und seine Ausbeute vor sich auf den Tisch stellte.

»Ich glaube, Frankie hat eine Wette verloren«, verkündete er triumphierend

Natascha verdrehte die Augen. »Tut er das nicht immer? Um was habt ihr diesmal gewettet?«

An mich gewandt meinte Taylor: »Frankie verliert immer gegen mich!« Und in Richtung Natascha fügte er hinzu: »Wir haben gewettet, dass ich es nicht schaffe, ihn zehnmal hintereinander bei *Feuer/Wasser/Erde/Wind gegen Geist* zu schlagen!«

»Oh, Taylor, manchmal seid ihr solche Kinder!«

Ich bemerkte den langen Blick, den Taylor ihr zuwarf, und fragte mich unwillkürlich, hatte er etwa noch Gefühle für sie? Konnte das sein?

Hach, was würde ich dafür geben, wenn er mich einmal so ansähe!

»Und? Was machen wir heute Schönes?«, fragte Taylor weiter. Seine Augen wanderten zurück zu mir. »Hast du Lust auf Surfen? Ich könnte es dir beibringen. Macht herrlich viel Spaß!«

Sosehr mich der Gedanke auch begeisterte, mit Taylor in Badekluft in den Wellen herumzutoben, musste ich mich doch zusammenreißen. Ich wollte wirklich allein sein heute. Zwar hatte ich meine Entscheidung so gut wie gefällt, aber dennoch wollte ich meinen letzten Tag genießen, ohne von diesem umwerfenden Jungen abgelenkt zu werden.

»Sophie und ich wollen an den Strand«, kam Natascha mir zuvor und etwas lauter und ernster fügte sie hinzu: »Allein!«

Er zog die Augenbrauen hoch. »Soso, allein! Ein Frauentag also. In Ordnung, ich verstehe.« Irgendwie hörte sich das nicht mehr ganz so gut gelaunt an wie noch vor wenigen Minuten.

»Sag bloß, du bist jetzt sauer?« Natascha sah ihn verwundert an. »Hör zu, Sophie möchte allein sein und sich in Ruhe überlegen, wie sie sich entscheiden wird, und ich werde in ihrer Nähe bleiben und auf sie aufpassen, zufrieden?«

Er nickte und hob beschwichtigend die Arme. »Hey, alles in Ordnung. Dann machen Frankie und ich eben einen Männertag.«

Damit schien das Thema für ihn erledigt.

Für Natascha auch, denn sie kramte in ihrer Handtasche und reichte ihm einen kleinen, gelblich schimmernden, eckigen Kristall, der aussah wie eine zackige Raute. Ich reckte neugierig das Kinn, um den Stein besser betrachten zu können – sicherlich hatte er irgendetwas Fairy-Magisches an sich, doch sofort umschloss ihn Taylor mit seiner Hand und ließ ihn in seiner Hosentasche verschwinden.

»Unser nächster Auftrag?«, fragte er ernst mit erwartungsvollem Blick.

Natascha nickte. »Borneo.«

Taylor verdrehte die Augen und bemerkte sarkastisch: »Na prima. Das ist ja ganz in unserer Nähe!«

Natascha zuckte mit den Schultern und nahm einen Schluck Kaffee. »Immerhin lassen sie uns noch eine Woche Erholung, nachdem uns jetzt ja sozusagen der Urlaub gestrichen wurde.«

Ich starrte auf meine Cornflakes-Schüssel, in der nur noch ein paar aufgeweichte Krümel herumschwammen, und wusste, dass ich der Grund für diese Urlaubsstreichung war.

Auf einmal war mir sehr seltsam zumute. Ob es vom Essen oder vom Gespräch der beiden kam, konnte ich nicht sagen. Sie waren beide gut gelaunt, es war ein vollkommen normales Gespräch zwischen zwei Freunden und Kollegen, und dennoch hatte ich plötzlich nur noch einen Gedanken. Weg von hier!

Ich schob meinen Stuhl zurück und stand auf.

»Bitte entschuldigt mich, ich gehe kurz noch ein wenig auf mein Zimmer. Und nein, Natascha, du brauchst mich nicht zu begleiten, das schaffe ich auch allein.«

Den letzten Satz hatte ich rasch hinzugefügt, als ich bemerkt hatte, wie Natascha ebenfalls Anstalten machte aufzustehen.

Schnell drehte ich mich um und eilte aus dem Speisesaal. Ich wollte weg, nur weg, und so verließ ich fluchtartig das Hotel. Ich wusste nicht, ob die beiden mein kleines Täuschungsmanöver durchschaut hatten, wahrscheinlich schon, aber es war mir egal. Sie würden mich sowieso zu jeder Zeit wiederfinden, wenn sie mich schon seit drei Tagen beobachteten.

Ich rannte zu einem Taxi, ließ mich zum Strand fahren und bezahlte mit den wenigen paar Groschen, die ich noch vom letzten Abend übrig hatte. Dann schlüpfte ich aus dem roten Kleid, das ich immer noch trug. Darunter hatte ich einen roten Bikini angezogen, das Einzige, was heute Morgen an Unterwäsche auf meinem Zimmer vorhanden gewesen war, und wieder zweifelsohne von Natascha – er war leider ein wenig eng und knapp. Aber das war mir jetzt auch egal. Ich stürzte mich ins Wasser und genoss die herrliche Abkühlung und das salzige Nass auf meiner Haut. Rückenschwimmend ließ ich mich von den Wellen tragen und blickte hinauf in den wolkenlosen Himmel.

Wieso hatte mein Leben nicht einfach so weitergehen können wie bisher? Dann läge ich wahrscheinlich jetzt mit Lina und Jana am Strand, wir würden die letzten Nächte bereden, uns köstlich amüsieren und am Abend wieder losziehen. Feiern, lachen, tanzen und dann glücklich nach Hause fahren, in unsere neuen jeweiligen Leben.

Aber nein, mir musste ja so ein heißer Typ mit seiner Clique begegnen und alles auf den Kopf stellen! Ich konnte es immer noch nicht glauben, dass ICH etwas Besonderes sein sollte. Jemand mit übernatürlichen Kräften und Fähigkeiten – ich? Träumte ich etwa noch immer? Dann musste es aber ein sehr realistischer Traum sein. Tief in meinem Inneren wusste ich, dass es kein Traum war. Es fühlte sich richtig an, mit Taylor, Natascha und Frankie zusammen zu sein. Ich konnte es nicht erklären, aber ein Teil von mir sagte mir ganz deutlich, dass es meine Bestimmung war, eine Fairy zu sein.

Ein anderer Teil jedoch klammerte sich vehement an mein jetziges unspektakuläres, normales, menschliches Leben und ich wusste nicht, welchem Teil davon ich nachgeben sollte.

»Hey, heißes Bindi! Geht das im Wasser nicht ab?«, rief mir da jemand aus einigen Metern Entfernung zu.

Ich erschrak so heftig, dass ich ein wenig Wasser schluckte und keuchte und prustete. Es war Lina, die mich da angesprochen hatte, und ohne nachzudenken, winkte ich ihr freudig zu.

»Hey, Lina, Mann, ist das schön euch wiederzusehen! Ihr wisst gar nicht, wie ich euch vermisst hab!«

Überglücklich schwamm ich ihr entgegen und entdeckte ganz in ihrer Nähe auch Jana. Ich musste die Tränen zurückhalten, die mir in den Augen brannten, und wischte mir eilig einmal übers Gesicht. Doch als ich bei ihnen angekommen war, stockte ich. Beide sahen mich verwundert und auch ein wenig ratlos an.

»Kennen wir uns?«, fragte Lina überrascht und kniff die Augenbrauen zusammen.

»Ich ... ähm, ähm ...«, begann ich, wusste aber nicht, was ich sagen sollte.

»Ah, ich glaube, sie war vorgestern doch auch im *St. Trop* oder nicht? Ich hab dich zusammen mit einem heißen Typen rausgehen sehen!«, bemerkte Jana augenzwinkernd.

Sie hatten mich also doch nicht ganz vergessen!

»Ja, ja ich bin mit ihm raus, aber da ist nichts gelaufen, und als ich reinkam, wart ihr weg!«, log ich.

»Hat er 'ne Freundin?«, fragte Lina – typisch!

»Ähm, nein, glaube nicht«, sagte ich verlegen.

»Hey, wie heißt du eigentlich?«, wollte Jana freundlich von

mir wissen und ich sah ihr lange in die Augen. Sie hatte mich doch vergessen.

»Sophie«, antwortete ich.

»Schöner Name«, erwiderte sie und lächelte mich an. »Ich bin Jana und das ist Lina.« Sie deutete auf meine ehemalige Freundin.

»Seid ihr zu zweit hier im Urlaub?«, bohrte ich weiter. Ob sie mich wohl erwähnen würden?

Doch Jana nickte. »Ja, nur wir beide. Ganz schön aufregend hier in Lloret, nicht wahr? – Und du? Bist du allein hier?«

Ich schüttelte schnell den Kopf und versuchte die Tränen, die sich bereits wieder in meinen Augen sammelten, zu verbergen.

»Nein ... nein ... wir ... wir sind zu viert«, stammelte ich und sah schnell weg.

»Cool, vielleicht könnten wir ja was zusammen unternehmen? Heute Abend vielleicht? Lina und ich haben noch nichts Bestimmtes vor.« Jana war mit Feuereifer bei der Sache, wenn sie jemand Neues kennenlernte, der ihr sympathisch war. Wahrscheinlich fragte sie sich in ihrer scheinbaren Erinnerung schon den ganzen Urlaub über, was sie wohl geritten hatte, allein mit Lina hierherzufahren, und war froh über jede neue Bekanntschaft.

»Ja, ja, das wäre ... äh, sicher nett«, stotterte ich. Würde es in Ordnung gehen, wenn ich mich mit meinen alten Freundinnen verabredete? Aber eigentlich musste ich mich ja bis heute Abend entschieden haben. Würde ich am Abend überhaupt noch hier in Lloret sein?

»Wir wohnen im Hotel Helios, das ist gleich die große Straße hier hoch. Kann man gar nicht verfehlen. Sollen wir uns da heute treffen? In welchem Hotel wohnst du mit deinen Freunden?«, plapperte Jana munter weiter und ich konnte aus den Augenwinkeln sehen, wie Lina bereits die Augen verdrehte.

»Jetzt dräng dich doch nicht so auf«, fuhr sie schließlich dazwischen und an mich gewandt fügte sie hinzu: »Sorry, meine Freundin ist manchmal einfach zu übereifrig.«

Ich lächelte matt. »Nein, schon in Ordnung. Ich würde mich gerne mit euch treffen. Sagen wir, um ...«

»Sophie?«, unterbrach mich eine tiefe Männerstimme und ich drehte mich hastig nach ihr um.

Keine zehn Meter von mir entfernt schwamm Frankie im Wasser.

»Ja?«, gab ich zurück.

»Ich gehe wieder raus aus dem Wasser«, sagte er, als wären wir beide gemeinsam hierher an den Strand zum Schwimmen gegangen. »Kommst du mit?«

Ich zögerte kurz, nickte aber dann und verabschiedete mich hastig von Jana und Lina.

»Hey«, hörte ich Jana noch rufen. »Was ist jetzt mit heute Abend?«

Doch ich tat so, als hätte ich es nicht mehr gehört.

Zurück an Land reichte Frankie mir sein Handtuch. Er

selbst triefte noch vor Nässe, doch das schien ihn nicht groß zu stören. Er rubbelte sich die kurzen Haare mit den Händen trocken und sah mich schräg an.

»Ich wollte nicht davonlaufen«, erklärte ich kleinlaut. »Ich wollte einfach nur …«

»Du brauchst dich nicht zu rechtfertigen«, unterbrach er mich. »Hast du Lust auf einen Kaffee oder einen kühlen Smoothie? Ich kenne ein herrliches Café mit traumhaftem Ausblick.«

Ich schluckte und erwiderte leise: »Klar, warum nicht.«

Dann folgte ich ihm zum Auto.

Wir schwiegen, während er den Motor eines weißen Cabriolets mit offenem Verdeck startete, ihn aufheulen ließ und durch die Stadt schoss, dass ich mich unwillkürlich vorne am Armaturenbrett festkrallte.

In weniger als fünfzehn Minuten hatten wir die Innenstadt hinter uns gelassen und fuhren eine schmale Gasse die Klippen hinauf. Oben angekommen folgte Frankie noch mehreren Wegbiegungen, bis er schließlich auf einem kleinen Kiesparkplatz hielt. Er öffnete mir die Beifahrertür und ich stieg mit sehr wackeligen Knien aus und blickte erst einmal an mir herunter. Ich trug das enge rote Kleid von Natascha und hoffte nur, dass ich es in den nächsten Minuten nicht vollkotzte.

Frankie führte mich zu einer kleinen, gemütlichen Bar, vielmehr einem Café, das direkt an einer Klippe lag und in der Tat einen herrlichen Ausblick über die Stadt und vor allem das

Meer bot. Wir setzten uns auf die Veranda und überblickten das Panorama.

Ich seufzte. »Schönes Fleckchen hier.«

»Nicht wahr? Dieses Café kennen nur wenige. Ich bin zufällig mal mit Natascha hier vorbeigekommen. Wir haben uns beide sofort in dieses Lokal verliebt.« Er grinste breit und bestellte bei der Kellnerin zwei Smoothies.

Schweigen legte sich über unseren Tisch. Ich sagte nichts, da ich nicht wusste, was ich mit dem sonst eher mürrischen Südländer hätte reden sollen, und er sagte wahrscheinlich nichts, weil er seinerseits nicht wusste, was er mit einem jungen Teenager wie mir anfangen sollte. Doch da hatte ich mich geirrt.

»Sophie, ich wollte dir nur noch einmal in Erinnerung rufen, dass du deine Freundinnen und dein altes Leben nicht aufgeben MUSST. Wir lassen unseren Schützlingen die Wahl, wie du weißt.«

Er seufzte, verschränkte die Arme hinter dem Kopf und blickte mit seinen dunklen Augen aufs Meer hinaus.

»Ich will dir mal ein Beispiel geben. Hast du *Harry Potter* gelesen?«

Ich nickte stumm.

»Gut«, fuhr er fort. »Nehmen wir mal Harry Potter.«

Dann stutzte er, grübelte und sagte schnell: »Nein, Harry selbst ist vielleicht nicht ganz das richtige Beispiel. Er hatte ja nicht wirklich ein tolles Leben bei den Dursleys, bevor er auf die Hogwarts-Schule kam.«

»Du kennst dich aber gut aus.« Ich schmunzelte.

»Ich bin auch ein großer *Harry Potter*-Fan!«, gab er zu und lächelte wieder breit.

Jetzt musste ich sogar lachen. Das hätte ich dem Angst einflößenden Mann mit den breiten Schultern gar nicht zugetraut. Er sah eher so aus, als sei er ein eingefleischter Fan von sämtlichen *Saw*-Filmen.

»Okay, Hermine«, räusperte er sich. »Hermine ist, denke ich, ein gutes Beispiel. Sie hatte ein wunderbares Leben, bevor sie erfuhr, dass sie eine Hexe ist. Sie hatte nette Eltern, ging auf eine gute Schule, hatte Freundinnen ...«

»Sie musste ihr bisheriges Leben auch nicht komplett aufgeben!«, unterbrach ich ihn.

»Nein, aber darauf will ich ja hinaus«, entgegnete er. »Stell dir vor, wenn sie die Wahl gehabt hätte – eine Wahl zwischen ihrem Hexen- und ihrem Muggeldasein. Meinst du, sie hätte es bereut, wenn sie sich gegen die Zauberer und Hexen entschieden hätte und ihr normales, nettes Leben als Zahnarzttochter fortgeführt hätte?«

Ich dachte nach. »Hm, ich denke nicht«, sagte ich schließlich und Frankie nickte.

»Das denke ich auch nicht. Denn zu diesem Zeitpunkt wusste sie ja noch nicht, was sie verpassen würde. Sie würde nie Harry oder Ron kennenlernen, mit ihnen keine unzähligen Abenteuer durchstehen müssen, sich nie in Ron verlieben, nie rothaarige Kinder mit ihm haben.«

»Aber dafür würde sie wahrscheinlich ein normales, ruhiges Leben führen«, warf ich dazwischen. »Vielleicht wäre sie auch Zahnärztin geworden, wie ihre Eltern, hätte während des Studiums einen netten Kommilitonen kennengelernt, den sie schließlich geheiratet hätte und der mit ihr dann die Praxis ihrer Eltern übernommen hätte. Ich glaube nicht, dass dieses Leben unbedingt schlechter gewesen wäre.«

»Das stimmt. Schlechter wäre es mit Sicherheit nicht gewesen als das Leben als Hexe. Aber was denkst du, was wäre es gewesen?«

Er sah mich mit interessierten, neugierigen Augen an und brannte förmlich auf meine Antwort.

Ich seufzte. »Es wäre normal gewesen.«

»Richtig«, nickte er. »Normal und schätzungsweise stinklangweilig.«

Die Kellnerin kam mit den Drinks an unseren Tisch. Ich nahm meinen Smoothie und begann mit dem Strohhalm darin herumzustochern.

»Du meinst also, ich habe die Wahl zwischen einem langweiligen und einem aufregenden Leben?« Mein Satz hörte sich mehr wie eine Feststellung als wie eine Frage an, aber Frankie antwortete dennoch.

»Das habe ich so nicht gesagt. Ich sagte nur, dass Hermines Leben ohne Zauberei höchstwahrscheinlich deutlich langweiliger gewesen wäre. Was aus deinem Leben wird, das bestimmst ganz allein du.«

Ich stocherte weiter und starrte tief in das Glas mit der dunkelroten, bröckeligen Eisflüssigkeit.

»Weißt du, ich denke an meine Großmutter. Ich war gerade mal zwei Jahre alt, als meine Eltern bei einem Verkehrsunfall beide ums Leben kamen. Ich kann mich eigentlich kaum mehr an sie erinnern. Aber meine Großmutter hat mich aufgezogen. Sie war mein Ein und Alles und ich ihres. Jetzt ist sie alt und klammert sich mit ganzer Macht an mich. Klar, denn ich bin ja alles, was sie noch hat. Wenn ... wenn ich aus ihrem Leben verschwinde, ich weiß nicht, was dann aus ihr wird. Dann wird sie ja quasi denken, dass ich mit meinen Eltern bei dem Unfall vor sechzehn Jahren gestorben bin, oder wie? Oder denkt sie, meine Eltern hätten nie ein Kind gehabt? Das sind die Fragen, die mir vor allem auf der Seele brennen, Frankie.«

Er nickte und nahm einen tiefen Schluck von seinem ebenfalls dunkelroten Smoothie.

»Ich hatte damals meine erste feste Freundin«, begann er zu erzählen. »Ich war total verliebt in sie, und am Abend bevor ich gezeichnet wurde, gestand sie mir, dass sie schwanger von mir war. Ich war damals erst siebzehn, sie sechzehn, ich ging noch zur Schule, sie ebenfalls. Wir hatten beide keinen Job, unsere Eltern hätten uns wahrscheinlich umgebracht oder verstoßen, wenn sie davon erfahren hätten, aber dennoch versprach ich ihr, dass ich zu ihr halten würde und alles für sie und das Baby, sollte sie sich dafür entscheiden, tun würde. Am Abend darauf habe ich mich heillos betrunken. Es war ein Leichtes für meinen Seeker, mir die Flüssigkeit zu geben und mir das Wort ›*Pruebame*‹ zu entlocken.« Er schwieg eine Weile und hing seinen Gedanken nach.

»Du hast sie im Stich gelassen und dein Wort gebrochen«, stellte ich nüchtern fest und sah ihn ernst und sogar mit ein wenig Abscheu an.

Er nickte und starrte mit gesenktem Kopf auf den Boden. »Ich war ein elender Feigling. Für mich war das Leben als Fairy eine willkommene Wende in meinem Leben. Mein damaliger Seeker sagte mir nur, dass Rosana – so hieß meine Freundin – mich vergessen würde und dass sich schon alles regeln würde. Ich glaubte ihm und verschwendete keinen weiteren Gedanken mehr an sie. Erst Jahre später, als ich meine Ausbildung an der Akademie bereits abgeschlossen hatte, kamen plötzlich die Gewissensbisse meines alten Ichs in mir hoch. Und so beschloss ich nach Rosana zu suchen.«

Ich sah neugierig auf. »Und? Hast du sie gefunden?«

Er nickte. »Ja, und ich habe sie auch besucht. Natürlich kannte sie mich nicht und sie wollte mir auch gleich wieder die Tür vor der Nase zuwerfen, da habe ich mich als guter Bekannter ihrer Eltern ausgegeben und sie so davon überzeugen können, dass ich mit guten Absichten gekommen war. Sie hat mich eingelassen und wir haben lange geredet.«

»Und? Wie ist es ihr ergangen?«, wollte ich interessiert wissen.

»Zu meinem Erstaunen gut. Sie erklärte mir, sie habe sehr jung den Mann ihrer Träume kennengelernt, einen gewissen Raul, habe ihn geheiratet und sei mit ihm nach Denver gezogen. Dort habe ich sie auch besucht. Nach ihrem Jurastudium arbeitete sie eine Zeit lang als Anwältin, bevor sie schließlich mit Mitte dreißig Zwillinge bekommen hatte, Enrique und Julio. Auf meine Frage, ob das ihre einzigen Kinder seien, antwortete sie mit Ja.«

Er ließ die Worte eine Weile auf mich wirken und wartete meine Reaktion ab.

»Dein ungeborenes Baby ist quasi mit dir verschwunden?«

Er nickte. »Es scheint wohl so. Aber seit diesem Tag war ich so unendlich erleichtert. Mein alter Seeker hatte recht behalten. Für deine Familie und deine engsten Vertrauten ist gesorgt, wenn du dich für die Fairies entscheidest. – Aber ich möchte dir auch von dem anderen Weg erzählen.«

»Dem anderen Weg?«, fragte ich verblüfft.

Er nickte. »Ja, ich denke, du solltest davon wissen. Für den Großteil der Frisch-Gezeichneten sind die Eltern, beziehungsweise ihre Familie, sehr, sehr wichtig und sie würden sie niemals für ein ungewisses Leben als magisches Wesen verlassen. Deshalb stellen wir alle Frisch-Gezeichneten, die sich für ein Leben als Fairy entscheiden, vor eine weitere Wahl. Es gibt die Möglichkeit, die eigene Familie wiederzusehen, und diese behält die Erinnerung, wird in sämtliche Fairy-Angelegenheiten eingeweiht, wird aber unter das magische Siegel der Verschwiegenheit gestellt, sodass keinerlei Informationen nach draußen dringen. Ebenso wird diese Familie mit Schutzzaubern belegt und strengstens überwacht. Alle Familienmitglieder werden zudem dazu aufgefordert, dass – sollte es nötig sein – sie mit den Fairies in Angelegenheiten, die Menschen betreffend, zusammenarbeiten. Dies ist kein Muss, wird aber von vielen menschlichen Fairy-Angehörigen gemacht. Sie fühlen sich dann als etwas Besseres, quasi wie Geheimagenten, obwohl ihre Aufgaben meist nur in Botengängen oder kleineren Informationsbeschaffungen liegen.«

»Aber?« Ich zog die Augenbrauen hoch und reckte ihm den Kopf leicht entgegen.

»Aber die Frisch-Gezeichneten dürfen – solange ihre Ausbildung noch nicht abgeschlossen ist – keinen Kontakt zu ihren Angehörigen haben, aus Sicherheitsgründen.«

»Aha.« Ich nickte und verarbeitete in Gedanken das eben Gehörte, noch immer vollkommen perplex. Wollte ich das für meine Oma? Sie würde sich an mich erinnern, aber zu was für einem Preis für eine alte Frau?

»Die andere Möglichkeit ist die, dass die Erinnerung an die Frisch-Gezeichneten komplett aus den Köpfen der Familienangehörigen gelöscht und deren Leben quasi umgestaltet wird. Ich habe mich – wie du weißt – für diese Alternative entschieden, weil ich es als das Beste für meine Eltern und meine damalige Freundin erachtete, wenn ich komplett aus ihrem Leben verschwand.«

Ich überlegte immer noch. Meine Oma würde mich nicht vergessen, im Gegenteil sie würde mich als ein Mitglied einer anderen Wesensart sehen. Würde sie das vielleicht stolz machen? Sollte ich mich für diese Variante entscheiden oder ihre Erinnerung an mich ganz löschen lassen? Was wäre besser für sie?

Indessen seufzte Frankie tief. »Leider stehst du nicht vor dieser Wahl.«

»Was? Wie bitte?« Ich blickte ihn ungläubig an. »Wieso ich nicht?«

»Weil du leider nicht in unseren Datenbanken gestanden hast und wir deshalb nicht schon dein gesamtes Leben überwacht haben.«

»Wie? Was? Leben überwacht?«

Er schluckte.

»Natürlich überwachen wir auch die Menschen, die noch vor ihrer Zeichnung stehen. Aus Sicherheitsgründen. Nicht, damit die Shuk sie noch vor uns finden. Daher weben wir schon seit ihrer Geburt Schutzzauber über sie und ihre Angehörigen, die nach der Zeichnung entweder gelöscht oder ausgeweitet werden, je nachdem für welches Leben sich der Frisch-Gezeichnete für sich und für seine Familie entscheidet. Da du jedoch in den Datenbanken nie aufgetaucht bist, haben wir nie Schutzzauber für dich und deine Großmutter weben können, und sie jetzt komplett neu zu erstellen, das wäre zu kompliziert und aufwendig. Daher hast du diese Wahl nicht – deine Großmutter wird dich vergessen, wenn du dich für uns entscheidest.«

Ich schüttelte ungläubig den Kopf. Das durfte doch alles nicht wahr sein!

»Nur weil ich nicht in diesen verdammten Datenbanken auftauche, muss meine Oma mich also vergessen, oder wie?« Tränen traten mir in die Augen.

»Ruhig, Sophie. Ich weiß ja auch, wie schrecklich unfair das ist, und ich weiß, es ist nur ein sehr, sehr schwacher Trost, aber wenn du dich davon überzeugen willst, wie es deiner Großmutter geht, besuch sie doch einfach in drei Jahren, wenn du deine Ausbildung abgeschlossen hast. Du wirst sehen, alles wird sich fügen.«

Als ich schwieg und verbissen begann in meinem Smoothie herumzustochern, fügte er hinzu: »Vielleicht entschließt sich deine Großmutter, in ein Heim zu gehen, und lernt dort auf ihre alten Tage noch einen netten älteren Herrn kennen, mit dem sie ihren Lebensabend verbringt. Das alles ist möglich.«

»Also willst du mich auch einfach nur überreden mich für die Fairies zu entscheiden«, schlussfolgerte ich schließlich, verschränkte die Arme vor der Brust und sah ihn prüfend an.

Doch er schüttelte den Kopf. »Nein. Ich dachte, es wäre richtig, dich über diese zweite Wahl in Kenntnis zu setzen. Spätestens auf der Akademie hättest du früher oder später im Gespräch mit deinen Zirkelkameraden davon erfahren. Ich möchte, dass du deine Entscheidung in Ruhe triffst und dich nicht aus Schuldgefühlen deiner Oma gegenüber gegen uns oder aus Vorfreude auf dein neues Aussehen und auf deine neuen Kräfte für uns entscheidest. Ich möchte, dass du dich aus vollem Herzen für ein Leben als Fairy entscheidest oder für ein normales Leben mit deinen Freunden und deiner Großmutter als Mensch. Darum geht es mir einzig und allein.«

Ich sah auf die Straße hinaus, die an dem Café vorbeiführte, und dachte nach. Schließlich blickte ich ihm ernst in die Augen und stellte die Frage, die ich schon längst hätte stellen sollen.

»Frankie?« Meine Stimme klang brüchig.

Er blickte auf, zog erwartungsvoll die Augenbrauen hoch.

»Werde ich als Fairy gesund sein?«

Er runzelte die Stirn, schien nicht zu verstehen, was ich mit dieser Frage ausdrücken wollte. Dann erzählte ich ihm von meinen Allergien, dem Asthma, den Anfällen.

Er blickte mich ernst an und nickte verständnisvoll.

»Sophie«, begann er dann mit ruhiger Stimme zu sprechen. »Als Fairy bist du absolut makellos. Keine Krankheit der Menschen wird dich mehr überkommen können. Du wirst dich auch nicht mehr lebensgefährlich verletzen können – es sei denn bei einem magischen Gefecht. Folglich werden alle deine Krankheiten, sämtliche Narben und sonstigen Makel von dir abfallen, sobald du als Fairy an Beltane erwachst.«

Ich schluckte, war unfähig zu atmen, mich zu bewegen. Stocksteif saß ich auf dem Stuhl, umklammerte krampfhaft die Lehne, als wollte ich mich daran festhalten, und ließ seine Worte auf mich wirken.

Gesund, makellos.

Gesund.

Keine Anfälle.

Keine Atemnot.

Das war ein wirklich guter Grund, für den es sich lohnte, sein menschliches Leben aufzugeben.

Doch konnte, nein durfte ich so egoistisch sein?

Wieder kam mir meine Oma in den Sinn. Meine liebe Oma.

Wie sie für mich gekocht, mich ins Bett gebracht, mich getröstet hatte, wenn ich weinte, wie sie mich aufgebaut hatte, als mehrere Versetzungen in die nächste Klasse gefährdet waren, wie sie mich ermutigt hatte meinen eigenen Weg im Leben zu gehen. Nein, ich konnte sie nicht im Stich lassen. Unmöglich!

Und doch ...

Eine Erinnerung stahl sich in mein Gedächtnis.

Es war Ende April, ein ungewöhnlich heißer und sonniger Tag. Die Bäume standen schon in voller Blüte und eine warme Brise trieb den Blütenstaub vor sich her, über die Straßen der Stadt. Eigentlich hätte ich es mir denken können! Gerade an so einem Tag hatte ich mein Spray vergessen! Wie konnte man nur so doof sein?

Ich erreichte keuchend unseren Wohnblock, sperrte die Haustür auf und hielt mich schwer atmend an der Tür fest. In meiner Kehle pfiff und rasselte es, unnatürlich verkrampft hoben sich meine Schultern bei jedem Atemzug und das Schlimmste stand mir noch bevor! Ich schluckte und kämpfte mich hinüber zum Geländer des Treppenhauses. Eine gefühlte Milliarde Stufen lagen zwischen mir und dem vierten Stock, in dem sich unsere Wohnung und das erlösende Medikament befanden. Wieso nur wurde ausgerechnet heute der Aufzug gewartet? Meine Lungen schrien nach Luft, die ich ihnen nur in unregelmäßigen Stößen geben konnte. Die Bewegung meiner Muskeln beschleunigte meinen Herzschlag und sorgte dafür, dass sich meine

Atemwege nur noch mehr verengten und mir das Vorankommen weiter erschwerten.

Als ich die Wohnung erreichte, konnte ich gerade noch auf die Klingel drücken, unfähig den Schlüssel zu benutzen, bevor ich zu Boden sank, nach Atem rang, mir an die Brust fasste und immer wieder hustete, was das Ganze noch weiter verschlimmerte.

Nach einer gefühlten Ewigkeit öffnete meine Oma.

Mit nur einem Blick überriss sie die Situation, kehrte mir den Rücken und eilte – so schnell es ihr mit ihren über achtzig Jahren überhaupt noch möglich war – ins Badezimmer. Wenig später tat ich den erlösenden Atemzug über das Inhalationsspray und merkte förmlich, wie sich meine Lungen wieder öffneten, Sauerstoff eindrang und mein Körper sich beruhigte.

Meine Oma stützte mich, führte mich hinüber zum Wohnzimmer, wo ich mich sofort auf die Couch fallen ließ.

Aus den Augenwinkeln bemerkte ich, wie sie mich sorgenvoll anblickte, den Rücken gebeugt, das Gesicht eingefallener und noch faltiger als sonst. Sie sah schlecht aus, bedrückt.

Doch sie ließ es sich nicht anmerken, strich mir immer wieder beruhigend über das Haar.

Einige Stunden später konnte ich per Zufall ein Telefongespräch mit anhören, das sie im Wohnzimmer führte.

»Ja, sie hatte wieder einen Anfall. Ich glaube, es wird schlimmer«, hatte sie erzählt.

Die Person am anderen Ende der Leitung antwortete in einem langen Monolog, auf den meine Oma mit bedrückter, gebrochener Stimme reagierte.

»Ich schaffe das bald nicht mehr. Ich bin keine vierzig oder fünfzig mehr. Ich schaffe es ja selbst kaum, mich zu versorgen. Aber du hast recht, sie geht ja bald ihre eigenen Wege. Das wird auch hart für mich, sehr hart sogar. Aber es wird besser werden. Für mich und für sie.«

Diese Erinnerung war noch nicht alt. Genauer gesagt, war es wenige Monate vor meiner Abreise nach Lloret gewesen. Das Bild, wie sie dort hinter mir an der Lehne der Couch gestanden hatte, so besorgt, so angsterfüllt, und später so gebrochen am Telefon, hatte sich in mein Gehirn gebrannt. Mir war klar geworden, dass sie es mit mir nicht immer so einfach hatte, wie ich es mir einredete. Ich war sogar in mancher Hinsicht eine Belastung für sie.

Diese Erkenntnis hatte mich wie ein Schock getroffen und irgendwie hatte ich sie verdrängt.

Vielleicht war sie ohne mich besser dran?

Vielleicht würde Frankie recht behalten und sie würde sich für ein Heim entscheiden, in dem sie sich zurücklehnen und in Ruhe ihren Lebensabend genießen konnte – ohne sich Sorgen um eine junge Frau machen zu müssen, die ihren Alltag mit immer schlimmer werdenden Allergien und Anfällen zu meistern hatte.

Vielleicht war es für uns beide das Beste, wenn ich mich für ein gesundes, neues Leben entschied.

Wir saßen noch eine Weile dort, ohne etwas zu sagen, und es tat gut, mit Frankie zu schweigen. Er hatte eine unglaublich beruhigende Wirkung auf mich und schaffte es sogar, dass ich irgendwann wieder laut lachen konnte, indem er die Stimmung mit einem kleinen Witz auflockerte.

Es dämmerte bereits, als er schließlich aufstand und mich ernst ansah. Ich wusste, dass der Zeitpunkt gekommen war, an dem ich mich entscheiden musste.

»Soll ich dich mit in unser Hotel nehmen oder zurück an den Strand bringen?«, fragte er, einfach so. Es war eine normale Frage, aber sie bedeutete so viel mehr.

Wenn ich mit ihm in unser Hotel zurückfuhr, bedeutete dies das Ende meines menschlichen Lebens und den Neuanfang als Fairy, als magisches Wesen. Wenn er mich allerdings zum Strand brachte, würden meine Freundinnen Lina und Jana – da war ich mir ziemlich sicher – sich wieder an mich erinnern und wir würden einen letzten gemeinsamen Abend in Lloret verbringen, bevor es dann morgen zurück nach Deutschland gehen würde. Ich sah Frankie lange an und atmete tief ein.

»Bring mich zurück in unser Hotel.«

Als ich diesen Satz ausgesprochen hatte, schloss ich die Augen und atmete langsam aus. Es war vorbei, ich hatte mich entschieden. Als ich die Augen wieder öffnete, streckte Frankie mir die Hand entgegen.

»Willkommen.«

Mehr sagte er nicht, aber sein Blick sprach tausend Bände und ich wusste, dass ich in ihm einen wirklich guten Freund gewonnen hatte.

Als wir bezahlten, verriet er mir eine weitere überragende

Fairy-Eigenschaft, nämlich als ich verwundert feststellte, dass ich mich mit dem Kellner in perfektem Spanisch unterhalten konnte.

Die Fairies waren in der Lage, jede Sprache dieser Welt zu sprechen, und das ganz ohne Unterricht! Und plötzlich freute ich mich auf mein neues Leben! Freute mich auf die Magie, auf die Schönheit, die Kraft und Wunder einer neuen, fantastischen Welt.

* * *

Es war achtzehn Uhr, als wir in unserem Hotel eintrafen, und Natascha erwartete uns bereits in der Lobby. Sie kam auf mich zu und nahm mich einfach in die Arme.

»Willkommen«, sagte auch sie und drückte mir einen Kuss aufs Haar. Kein Wort darüber, dass ich weggelaufen war oder woher Frankie und ich so spät kamen. Nichts, einfach nur ein freundliches »Willkommen«.

»Du hast Glück«, sagte sie weiter. »Die Akademie ist noch immer in Barcelona, also knapp eine Stunde Fahrt entfernt. Taylor holt bereits unser Gepäck.«

Ich nickte nur und ließ mich auf ein Sofa fallen, während Natascha und Frankie die letzten Check-out-Formalitäten an der Rezeption erledigten.

Wenig später fuhren wir in dem weißen Cabrio in atemberaubender Geschwindigkeit aus der Stadt. Taylor saß am Steuer, der Wind zerzauste ihm die dunklen Haarsträhnen, neben ihm saß Natascha und genoss den Fahrtwind. Ich befand mich dicht neben Frankie auf der engen Rückbank und konnte dem Wind, der mir ins Gesicht blies und mir beinahe die Luft zum Atmen raubte, nichts Positives abgewinnen. Frankie lachte mir aufmunternd zu.

Die drei genossen es, sie waren ein Team, und wieder einmal waren sie erfolgreich gewesen. Wieder einmal hatten sie eine neue, junge Fairy rekrutiert. Und das mit wenig Anstrengung, wie mir schien.

Wir sprachen nicht viel, jeder hing seinen eigenen Gedanken nach. Wohin die drei wohl als Nächstes unterwegs waren, überlegte ich. Ach ja, Borneo, hatte Natascha gesagt. Das lag meines Wissens nach irgendwo bei Malaysia. Ein neuer Fall. Ein weiteres Mädchen, dem Taylor den Kopf verdrehen konnte. Aber nein, Natascha sagte, ihnen wurden immer nur Jungen zugewiesen.

Ich betrachtete die vorbeifliegende Landschaft, die gelben, von der Sonne ausgebleichten Wiesen, die morschen Holzzäune, die staubigen Wege. Das alles war Spanien. Die Sonne, die langsam am Horizont versank, hier und da eine Hütte, ein kleiner Laden mit vergilbtem, verbogenem Schild über der Tür.

Nach etwa einer halben Stunde Fahrt bog Taylor auf einen Rastplatz ab.

»So, auftanken«, meinte er und sprang lässig vom Fahrersitz. Natascha streckte und dehnte sich und Frankie gähnte lautstark neben mir.

»Na komm, auch ein wenig die Beine vertreten?«, wandte sich Taylor an mich und ich nickte. Er reichte mir die Hand und half mir beim Aussteigen. Dabei verhedderte ich mich natürlich im Sitzgurt und stolperte geradewegs in seine Arme.

»Hoppla.« Er lächelte mich an seine Brust gedrückt an und mir schlug das Herz bis zum Hals. Ich atmete seinen Geruch ein, ein seltsamer Duft nach Feuer und Wasser, eigenartig, aber nicht unangenehm – im Gegenteil. »Aufpassen.«

Dann ließ er mich los und wandte sich der Zapfsäule zu.

Ich verbarg mein heißes Gesicht und lief ein wenig hin und her. Natascha war bereits in dem kleinen Tankstellenladen verschwunden und Frankie lehnte wie Taylor am Wagen und beobachtete die Ziffern, die anzeigten, wie viel Benzin in das Fahrzeug floss.

Ich strich mir eine Haarsträhne aus dem Gesicht und sah mich ein wenig um. Es war nicht viel los an dieser verlassenen Tankstation. Ein Lkw stand im hinteren Bereich, sein Fahrer stand gedankenverloren daneben und tippte auf seinem Smartphone herum. Dann war da noch ein Kleintransporter, dessen Besitzer gerade im Laden verschwunden war. Ein weiterer Wagen fiel mir ins Auge, er war pechschwarz, ein BMW mit verdunkelten Scheiben, der frisch poliert in der untergehenden Sonne glänzte. Irgendetwas sagte mir, ich solle mir den Wagen genauer ansehen, und so drückte ich – ich wusste auch nicht genau, wieso ich das tat, normalerweise hätte ich mich so etwas nie getraut! – meine Handfläche an die Scheibe und versuchte durch das dunkle Glas etwas im Inneren zu erkennen, erfolglos. Ich seufzte und wollte mich gerade umdrehen, da öffnete sich die hintere Beifahrertür und eine große, schwarzhaarige Frau in einem flatternden hellblauen Sommerkleid stieg auf mörderisch hohen Absätzen aus und sah mich von oben bis unten abschätzend an. Sie war sehr schön und elegant, aber was mich an ihr auf Anhieb faszinierte, war ihre Ausstrahlung. Sie wirkte gleichzeitig anziehend und abstoßend, hypnotisch und unantastbar auf mich, definitiv einzigartig, und so war es wohl nicht verwunderlich, dass ich sie mit offenem Mund anstarrte. Ihre Augen waren hinter schwarzen Brillengläsern verborgen, aber ich fühlte, wie sie durchdringend auf mich blickten. Sie wollte sich gerade wegdrehen, als sie stutzte und mich erneut lange musterte. Irrte ich mich, oder schaute sie auf mein Prueba, das Natascha mit einem magischen Zauber unsichtbar gemacht hatte? War es etwa doch noch zu sehen? Aber nein, ich hatte meine Stirn vor unserer Abfahrt in einem Handspiegel genau überprüft und definitiv nichts mehr von den schönen kristallblauen Steinen sehen können.

»Wie heißt du?«, fragte sie mit einer schönen, freundlichen, hellen Stimme.

»Äh, äh, Sophie«, antwortete ich leicht stammelnd.

»Evelyn, freut mich«, meinte sie mit einem zufriedenen Nicken.

»Steig ein!«, wies sie mich dann plötzlich an.

Wie bitte? Was? Ich sollte einsteigen?

Und doch, da war etwas an der Art, wie sie es sagte, was keinen Widerspruch duldete.

Alles in mir sträubte sich dagegen, aber meine Beine bewegten sich wie von selbst auf den Rücksitz zu. Panik überkam mich! Sosehr ich mich auch konzentrierte, mein Körper gehorchte mir nicht mehr! Ich zitterte und versuchte gewaltsam meine Beine aufzuhalten, doch ich taumelte immer weiter. Evelyn lächelte mich an.

»Gut so, steig ein. Wir haben noch eine lange Fahrt vor uns.«

Mein linkes Bein schob sich wie von selbst in den Wagen, und mein Oberkörper duckte sich, als sich auch mein Hinterteil in das Fahrzeug setzte.

Da ertönte ein Pfiff und Taylors Stimme gellte über den Platz: »Hey! Sophie! Was tust du da?«

Ich zwang meinen Kopf nach hinten zu blicken und warf ihm einen panischen, Hilfe suchenden Blick zu. Ich wollte ihm zurufen, schreien, aber mein Mund war wie zugeklebt. Er sah den schwarzen BMW, dann Evelyn und war mit einem Satz bei mir. Plötzlich stürmten vier Männer herbei, die sich ihm in den Weg stellten. Alle trugen sie luftige bunte Sommerkleidung, hatten übergroße Muskeln und verbargen ihre Augen hinter schwarzen Sonnenbrillen. Was war das nur für eine Gruppe? Aber der besorgte und entschlossene Gesichtsausdruck von Taylor, seine angespannte Körperhaltung und die zu Fäusten geballten Hände verhießen nichts Gutes.

Mir brach der Schweiß aus, Hilfe suchend sah ich mich im

Wagen um, in dem ich inzwischen Platz genommen hatte, mein Körper gehorchte mir immer noch nicht. Ich saß stocksteif da, konnte mittlerweile weder meinen Kopf drehen noch meine Arme oder Beine bewegen oder schreien! Aber innerlich schrie und weinte ich! Ich hatte Angst, schreckliche Angst! Meine Augen weiteten sich, ich atmete stoßweise ein und aus, sah, wie die Männer draußen begannen, gegen Frankie, Taylor und Natascha zu kämpfen. Jetzt konnte ich sehen, was es bedeutete, eine Ausbildung zum Seeker gemacht zu haben. In Windeseile erschuf Taylor einen Feuerball nach dem anderen, ließ Flutwellen aus dem Nichts entstehen, drehte und wand sich im Kreis und schleuderte seine magischen Waffen nach den Widersachern, von denen ich mir langsam sicher war, dass es Shuk sein mussten. Natascha verpasste einem einen harten Kinnhaken und wich geschickt seinen Angriffen aus. Es schien, als wäre sie ihm immer einen Schritt voraus – natürlich, sie las seine Gedanken! Frankie indessen stand einfach nur stocksteif da, blickte jedoch mit verbissener Miene einem der Männer ins Gesicht und urplötzlich wurde der Gegner von Wurzeln gepackt, die wie aus dem Nichts aus dem Boden schossen, die dicke Teerschicht durchbrachen und ihn in die Luft wirbelten.

Auf Evelyn achtete in dem Chaos niemand, die sich hinters Steuer des BMWs setzte, den Schlüssel ins Schloss steckte, mir böse durch den Rückspiegel zugrinste und losfuhr, ungeachtet der Tatsache, dass sich noch immer der Zapfhahn im Tank befand. Es krachte und Benzin spritzte auf die Straße.

Evelyn grinste mich immer noch an, ließ mit dem elektrischen Fensterheber das Fahrerfenster mit einem Surren herab und schnippte etwas, das aussah wie ein brennendes Zündholz, auf den Asphalt. Tränen rannen mir übers Gesicht, als hinter mir die ganze Tankstelle in einem gewaltigen Feuerpilz explodierte. Ich saß immer noch stocksteif da und in mir schrie und weinte ich vor Schock, Entsetzen und unglaublicher Angst. Ich merkte, wie meine Unterlippe zu zittern begann und sich langsam wieder ein Gefühl in meinen Beinen einstellte. Die Kontrolle über meinen Körper kehrte zurück.

»Willkommen bei den Goldkindern«, sagte Evelyn und lachte laut auf, während sie das Gaspedal voll durchdrückte und wir mit 200 km/h über die Straße donnerten.

Goldkinder? Was war das denn für eine Gruppe? Mit Sicherheit eine magische und eine, die es wohl in Seekerkreisen zu bekämpfen galt. Frankie, Taylor und Evelyn hatten keinen Augenblick gezögert und sie sofort angegriffen.

O Gott, waren die drei tot? Nein, versuchte ich mir Mut zu machen. Frankie hatte mir gesagt, dass eine Fairy nicht durch menschliche Verletzungen sterben konnte. Andererseits, war diese Frau hinter dem Steuer menschlich? Nein, an so etwas durfte ich gar nicht denken. Doch ich konnte nicht verhindern, dass mir die Tränen über das Gesicht rannen bei dem Gedanken, dass meine Seeker soeben ... Ich musste hier raus. Sie hatten für mich gekämpft, vielleicht ihr Leben gelassen. Das durfte nicht umsonst gewesen sein!

Doch wie? Hilfe suchend sah ich mich im Wagen um. Was

sollte ich tun? Wohin brachte sie mich? Was hatten sie mit mir vor? Ich klammerte mich krampfhaft an den kleinen Haltegriff über dem Fenster, als Evelyn eine Rechtskurve in atemberaubender Geschwindigkeit schnitt.

»W … w … was haben … Sie mit mir vor? W … wohin b … bringen S … Sie m … m … mich?«, stammelte ich.

»Zu unserem Boss.« Mehr hatte Evelyn nicht dazu zu sagen.

In dem Moment, als die Sonne hinter dem nächsten Berg verschwand und wir nun in die Dunkelheit der Nacht eintauchten, nahm sie ihre Sonnenbrille ab und ich konnte im Rückspiegel sehen, was sich dahinter verbarg. Ich erstarrte. Ihre Augen waren wunderschön! Sie funkelten und glänzten in einem warmen, satten Goldton und über ihren Augenbrauen glitzerten kleine kristallene, goldene Steine, wie bei den ausgebildeten, erfahrenen Fairies. Soweit ich das sehen konnte, hatte sie auch ein goldgrün schimmerndes Prueba.

»Sind … sind Sie eine Fairy?« Meine Stimme war fast nur ein Flüstern, doch sie antwortete sofort.

»Ja und nein.« Dabei setzte sie ein Lächeln auf, das ihre Augen jedoch nicht erreichte.

Ja und nein? Was sollte das nun wieder bedeuten? Warum hatte mich bisher niemand auf die Goldkinder vorbereitet? Oder war das nur ein anderer Name für Shuk?

Ich hatte keine Zeit, weiter darüber nachzudenken, denn Evelyn fluchte laut, riss plötzlich wild am Lenkrad und versuchte verzweifelt den Wagen wieder unter Kontrolle zu bekommen, der gefährlich ins Schleudern geraten war. Ein Blick vor uns durch die Windschutzscheibe verriet mir auch, warum. Die zuvor ebene, gerade und ziemlich breite Teerstraße hatte sich in eine hügelige Buckelpiste verwandelt. Der ebenmäßige Asphalt bröckelte, riss schließlich auf und wand sich vor uns in Wellen wie eine graue Schlange. Stein und Geröllbrocken, sowie vereinzelt Moos und Gras wirbelten in der Luft und um unseren Wagen herum, in dem wir beide hin und her geschüttelt wurden.

Plötzlich drückte uns ein heftiger Ruck nach vorne, die vorderen Airbags lösten aus und Evelyns Kopf wurde in einen von ihnen hineingepresst. Ich, die ich auf der Rückbank saß, wurde mit voller Wucht in die Sitzgurte gedrückt, was mir für einen kurzen Moment die Luft zum Atmen raubte. Der Wagen bewegte sich nicht mehr. Irgendetwas musste ihn zum Stehen gebracht haben. Ich keuchte, löste mich langsam aus der Starre. Mir taten sämtliche Knochen weh, mein Kopf dröhnte, doch ich hatte nur einen Gedanken: *Jetzt oder nie!*

Ich rüttelte am Türgriff. Verdammt! Die Tür ließ sich nicht öffnen.

Evelyn hustete, richtete ihren Kopf auf und drückte den Airbag beiseite. Über den Rückspiegel erhaschte ich einen kurzen Blick in ihr Gesicht und zuckte zusammen. Ihre Augen funkelten vor Zorn!

Mithilfe ihrer inzwischen nackten Füße stieß sie die Fahrertür auf und sprang aus dem Wagen. Sie warf noch einen schnellen Blick auf die Rückbank, genauer gesagt direkt in meine Augen, und ich merkte, wie die Lähmung, die mich an der Tankstelle ergriffen hatte, wieder einsetzte. Panik überkam mich erneut – ich konnte mich nicht mehr bewegen!

Evelyn indessen, das konnte ich aus den Augenwinkeln sehen, blickte mit wild entschlossenem Blick auf das, was hinter unserem Wagen lag. Sie war im Begriff, Anlauf zu nehmen, da wurde sie von etwas, das aussah wie eine riesige Wurzel, am Hals gepackt und brutal in die Höhe gerissen – hinaus aus meinem Blickfeld. Ein dumpfer Schlag über meinem Kopf ertönte. Irgendetwas – oder irgendjemand? – war auf dem Autodach gelandet und hatte es leicht eingedrückt.

Ich versuchte krampfhaft irgendwie wieder die Kontrolle über meinen Körper zu bekommen, starrte verzweifelt aus dem Fenster, doch ich konnte außer ein paar Lichtblitzen, die hin und wieder aufleuchteten und dann ebenso schnell wieder verschwanden, nichts erkennen. Schreie drangen dumpf an mein Ohr, ebbten ab, wurden ersetzt durch Rufen und Gepolter. Jemand oder etwas rüttelte am Wagen, doch ich sah niemanden.

Mein Herz raste, mir brach der Schweiß aus und langsam fühlte ich, wie die bekannte Enge in meiner Brust einsetzte. Schon hörte ich das Pfeifen in meiner Stimme, noch leise, aber bereits jetzt hob und senkte sich mein Brustkorb mit großer Anstrengung. Mein Körper begann sich zu verkrampfen, und je mehr er das tat, desto mehr erschwerte er es sich, den notwendigen Sauerstoff zu erhalten.

Ruhig, Sophie, du musst ganz ruhig bleiben, ermahnte ich mich selbst. Nur wenn ich selbst meinen Körper unter Kontrolle bekam, mich zwang ruhig zu atmen, mich nicht zu verkrampfen, konnte ich den Anfall vielleicht abmildern. Doch das war inmitten des um mich herum herrschenden Naturchaos, der Bedrohung durch diese fremde Frau und der Tatsache, dass ich mich nicht bewegen konnte, nicht gerade einfach. Verzweifelt schielte ich auf meine Hosentasche, in der sich eine kleine Delle abzeichnete – mein Asthmaspray, das mir Natascha auf mein Drängen hin freundlicherweise in einer Apotheke noch vor unserer Abreise besorgt hatte. Für alle Fälle. Nur ein Sprühstoß ... Fieberhaft versuchte ich meine Hände zu bewegen. Irgendwie musste ich an die Tasche gelangen können! Meine Finger waren nur Zentimeter davon entfernt ...

Da, ein Schatten! Er bewegte sich in der Dunkelheit vor dem Auto, doch ich konnte nicht sehen, ob es sich dabei um Evelyn handelte oder um jemand anders. Hoffnung keimte in mir auf, wurde jedoch sofort zerschlagen, als ich einen der Männer erkannte, die Evelyn begleitet und meine Freunde angegriffen hatten. Er zumindest hatte das Feuer an der Tankstelle überlebt.

Er streckte die rechte Hand aus und erschuf einen Feuerball, den er am Auto vorbeischleuderte. Auf diesen Angriff hin erzitterte der Boden und ich wurde im Wagen hin und her geworfen. Das Zittern des Erdbodens verstärkte sich. Die Gurte schnürten meine Schultern und meine Taille ein und der Anfall wurde immer stärker. Ich keuchte, hustete, fing an zu würgen.

»Hilfe!«, begann ich zu rufen. »Ich bin hier drin! Bitte!«

Mehr konnte ich nicht sagen, denn ein erneuter Hustenanfall krümmte meinen Körper zusammen, der jedoch sofort wieder von der zwanghaften Lähmung erfasst und in eine gerade Position gedrückt wurde. Es war eine einzige Qual und die Panik und Angst schnürten mir die Kehle schneller zu, als es bei einem normalen Anfall üblich war.

Ich keuchte, hustete, meine Atmung war ein einziges Rasseln, Pfeifen und Stocken.

Dann überkam mich Dunkelheit.

* * *

»Tötet sie! Tötet sie, bevor es zu spät ist!«, flüsterte es in meinem Kopf.

»Ohne sie wird es nicht passieren!«

»Wir müssen sie töten, jetzt sofort!«

Die Stimmen bedrängten mich, ich wälzte mich hin und her und nach einer weiteren Ewigkeit, in der hinter meiner Stirn ein dumpfes Chaos herrschte, setzte ich mich auf. Ich befand mich auf einer hölzernen Pritsche, in einem feuchten, modrigen Keller. Wie es schien, ohne Licht, ohne frische Luft. Neben mir stand ein Eimer mit stinkendem Wasser. Mein Kopf dröhnte und ich fühlte mich, als würde ich komplett aus blauen Flecken bestehen. Was hatte man mir angetan? Wo war ich? Ich sah an mir herab. Mein Körper war dünn! Unglaublich dünn!

Ich bemerkte Haare an mir, ellenlange Haare, dir mir in wunderschönen Wellen und gelockten Spitzen bis knapp über die Hüften fielen, inzwischen jedoch reichlich zerzaust und verfilzt. Ich wollte aufstehen, war aber zu zittrig. Die Stimmen kamen mir wieder in den Sinn.

»Wir hätten verhindern sollen, dass sie erwacht!«

»Tötet sie, tötet sie!«

Die Welt um mich herum verschwamm und nahm eine andere Gestalt an.

* * *

Ich saß an einem Lagerfeuer, trug kratzige Wollkleidung, dicke, gebauschte Röcke und eine Decke über den Schultern, die mich vor der beginnenden Kälte schützen sollten. Meine überlangen Haare fielen mir über den Rücken wie ein Mantel, ich umklammerte einen kleinen Zinnbecher und blickte in die züngelnden Flammen. Jemand setzte sich zu mir auf den kurzen Holzstumpf. Es war ein junger Mann mit wunderschönen tiefblauen Augen wie das Meer und blonden Haaren, die ihm zerzaust in die Stirn fielen. Er war göttlich schön!

Ernst blickte er mir in die Augen. »Du stehst in meiner Schuld, das weißt du?«

»Wie könnte ich das je vergessen?«, hörte ich mich verächtlich sagen, mit einer Stimme, die ich nicht von mir kannte. »Du versäumst es ja nie, mich daran zu erinnern!«

Er lächelte und sah hinauf zu den Sternen.

»Oh, wie habe ich diesen Trotzkopf doch vermisst! Bist du mir denn überhaupt nicht dankbar?«

Ich sagte nichts darauf, sondern sah weiterhin ernst in die Flam-

men und bemerkte ganz genau, wie er mich von Kopf bis Fuß musterte.

»Was?«, meinte er schließlich, aber mit einem Schmunzeln im Gesicht. »Hätte ich dich etwa vom Mob töten lassen sollen? Wäre dir das lieber gewesen?«

»Nein, natürlich nicht«, gab ich widerstrebend zu.

Er legte einen Finger sanft an mein Kinn und drehte meinen Kopf zu sich. Meine Haut kribbelte an der Stelle, wo er mich berührte.

»Du bist ein Biest!« Seine Augen leuchteten.

»Du auch!«, schimpfte ich, aber meine Stimme klang bei Weitem nicht mehr so zickig wie vorhin.

Diese wahnsinnig blauen Augen! Ich verlor mich in ihnen, ignorierte das trotzige Gefühl in mir, versank in diesem Blau.

Ein Blau, das dem Dunkel in den Augen von Taylor in nichts nachstand.

Moment, Taylor? Wer war das?

Taylor ... Taylor ... Dieser Name, dieser Name ...

»Taylor ... Taylor ... Taylor ... O mein Gott, Taylor«, sagte ich keuchend.

»Schschsch, wir sind gleich da, keine Sorge.«

Das war doch Frankies Stimme?

Ich öffnete die Augen.

Über mir flog der sternenklare Nachthimmel nur so dahin und kühle Luft umfing mich. Ich lag auf dem zurückgeklappten Beifahrersitz eines Wagens, wahrscheinlich des weißen Cabrios, neben mir saß ein ziemlich ernster, mitgenommener Frankie am Steuer und sah mit hartem Blick auf die Straße.

»Wo ... wo bin ich? Was ... was ist passiert?«, fragte ich und keuchte auf, als ich Schmerzen in meinen Schultern und im Bauch spürte.

»Wir sind immer noch auf dem Weg nach Barcelona. Eine Shuk hatte dich in ihrer Gewalt«, erklärte Frankie.

»Evelyn«, stöhnte ich.

»In der Tat. Sie ist uns nicht unbekannt. Verdammtes Biest«, grinste er und ich merkte, dass er eine fette Zigarre rauchte.

»Taylor? Natascha?«, fragte ich mit zitternder Stimme.

Frankies Blick war sehr ernst, aber dann lächelte er.

»Keine Sorge, das bringt uns nicht um. So ein Feuer setzt uns lediglich für einige Zeit außer Gefecht. Es war nicht mit Magie erschaffen. Die beiden sichern den Tatort, wenn du so willst. Sie versuchen die Spuren übernatürlicher Mächte zu vertuschen, was in diesem Fall nicht schwierig sein wird. Sieht ja alles ganz menschlich aus, das Zündholz, das Benzin.«

Ich sank erleichtert in meinen Sitz zurück, setzte mich jedoch sofort wieder auf, als mich die Erinnerung mit voller Wucht einholte.

»Die ... die Straße, sie war plötzlich so hügelig und dann war da eine Wurzel, sie hat Evelyn gepackt und nach oben gerissen! Ich ... ich hatte einen Anfall! Und einer der Männer hat einen Feuerball erschaffen! Er ...«

»Ruhig, Sophie, ganz ruhig!« Frankie legte mir sanft eine seiner großen Hände auf die Schultern. »Beruhige dich. Es ist alles gut, du bist in Sicherheit.«

»Aber ... aber wie?«, stammelte ich und versuchte meine Atmung wieder unter Kontrollen zu bekommen. Sonst würde ich gleich den nächsten Anfall haben.

»Mir gelang es mit meiner Erdmagie, Evelyn aufzuhalten. Leider ist mir einer der anderen gefolgt und wir hatten ein kleines ... Duell. – Nun ja, als ich zum Wagen kam, warst du bewusstlos, hast aber geatmet, wenn auch schwer. Ich habe dich zu dem Wagen getragen, den ich mir kurzerhand von einem netten Herrn geborgt hatte.«

Ich warf ihm einen schiefen Seitenblick zu, woraufhin er lachte. »Ich gebe ihn zurück – auch wenn es schon ein heißer Schlitten ist. – Ich stelle ihn zurück! Ehrenwort!« Dann fuhr er fort.

»Hier im Auto hat sich deine Atmung langsam beruhigt. Du warst zwar immer noch recht zappelig, hast dich hin und her geworfen in deiner Bewusstlosigkeit, aber es setzte kein weiterer Anfall ein.«

Ich nickte und ließ das Gesagte auf mich wirken. Frankie hatte mich gerettet. Ich hatte einen Anfall überlebt ohne Medikament! Und dann auch noch einen dermaßen heftigen Anfall, bei dem ich gleich bewusstlos gewesen war! Konnte es sein? Wirkte sich bereits die Fairy-Magie auf mich aus?

Ich versuchte mich im Sitz aufzusetzen und bemerkte,

dass meine Schultern schmerzten, ebenso wie meine Magengegend.

»Ah«, stöhnte ich.

Auf Frankies besorgten Blick hin schüttelte ich jedoch beschwichtigend den Kopf.

»Ist nicht so schlimm. Vermutlich von den Gurten, die mich im Auto ein wenig gedrückt haben. Der Schmerz ist auszuhalten.«

Er kniff die Augen zusammen und blickte nach vorn.

»Wir sind gleich da. Auf der Akademie sollen sie dich kurz untersuchen, ob dir auch nichts fehlt. Die Körper von Frisch-Gezeichneten sind zwar robuster und widerstandsfähiger als die von normalen Menschen, aber dennoch kann eine kleine Untersuchung nicht schaden.«

Ich nickte und blickte ebenfalls nach vorn.

Die Lichter einer großen Stadt kamen immer näher. Unser Ziel. Barcelona!

KAPITEL 4

Wir fuhren eine Weile durch die von vielen Lichtern erhellte Innenstadt. Ich sah hohe Häuser, Palmen, die sich im Abendwind wiegten und die Straßenränder säumten, es ging vorbei an Einkaufsstraßen und kleinen Gässchen, die hier und da von der Hauptstraße abzweigten. Ich konnte mich jedoch nicht richtig konzentrieren und so nahm ich die Stadt nur wie in Trance wahr.

Vage bekam ich mit, wie Frankie an mehreren Toren hielt und von Wachmännern durchgewunken wurde. Ich vernahm das Rauschen von Wellen und wusste so, dass wir uns in Küstennähe befanden. Schließlich kamen die Masten von Schiffen in Sicht – Segler, Jachten, Boote. Wir waren am Hafen angelangt.

Ein weiteres Tor, ein weiterer Wachmann. Doch diesmal zeigte Frankie ihm keinen Ausweis und musste auch keinen Passierschein unterzeichnen. Interessiert rückte ich mit dem Kopf ein Stück weit nach vorn, um besser sehen zu können. Soweit ich das erkannte, hielt der Mann einen rötlich schimmernden Kristall an Frankies Stirn. Ein kleiner Blitz zuckte auf, sein ansonsten verborgenes Prueba leuchtete für einen

Moment grün und der Stein in den Händen des Mannes glühte. Der Wächter nickte und winkte uns durch.

Frankie nickte dem Wachmann ebenfalls zu und setzte unsere Fahrt fort.

Ich sah hinauf in den Sternenhimmel – Frankie hatte sich ein Auto mit Panoramadach gestohlen, nein pardon, geborgt. Ich war müde, so unendlich müde, wollte nur noch schlafen. Hoffentlich konnte ich bald in ein Bett fallen.

»Hey, Sophie, nicht einschlafen«, ermahnte Frankie mich. Dann stellte er den Motor des Wagens ab, grinste breit und sagte: »Wir sind da.«

Ich blinzelte ihn verwundert an, drehte dann den Kopf und meine Augen weiteten sich vor Überraschung, Staunen und unglaublicher Bewunderung.

Wir befanden uns an einem Anlegesteg und vor uns lag das wohl unglaublichste, größte und tollste Schiff vor Anker, das ich je gesehen hatte.

»Wahnsinn!«, stieß ich aus und schlug mir die Hand vor den Mund.

Es schien die Ausmaße einer schwimmenden Stadt zu haben und strahlte so weiß, dass es sogar in der Nacht noch leuchtete und glänzte. In seinen Bug waren unzählige Kristalle eingelassen und glitzerten um die Wette. Am Heck und an der Seite verrieten weitere funkelnde Edelsteine, dass es sich hier um die »MS Fairytale« handelte.

Überwältigt wandte ich mich an Frankie, der soeben einen weißen Koffer aus dem Auto auf den geteerten Anlegeplatz wuchtete. Ich erkannte den Koffer, den Natascha noch in Lloret für mich gepackt hatte, während ich mit Frankie unterwegs gewesen war, und mir erst kurz vor unserer Abfahrt übergeben hatte. Sie war sich so sicher gewesen, dass ich mich für die Fairies entscheiden würde, und jetzt? Wo war sie jetzt? Mein Blick fiel zurück auf den Mega-Liner vor mir. »Ein Schiff?«

»Aye«, lachte Frankie und hielt seine rechte Hand wie ein Matrose an seine Schläfe. »Deine Akademie, die MS Fairytale. Na komm, ich habe uns angekündigt. Du wirst bereits erwartet.«

Er half mir aus dem Wagen und wollte mich stützen. Doch ich winkte ab. Die Schmerzen waren mehr wie ein Muskelkater und daher noch gut erträglich. Er nickte, nahm den Haltegriff des Koffers und zog ihn rollend hinter uns her.

Über einen weißen Steg gelangten wir zum Schiffseingang. Die schiere Größe des Luxusliners überwältigte mich. Wie viele Decks hatte der Dampfer? Zwanzig? Dreißig? Ich konnte sie kaum zählen. Schüchtern setzte ich einen Fuß auf den hellen Teppichboden und stand schließlich mit beiden Beinen auf dem Schiff – zwei weiß bekleideten Fairies gegenüber, deren Pruebas im hellen Licht der Innenbeleuchtung glitzerten und die mich von Kopf bis Fuß musterten. Frankie stellte sich vor mich, tippte an sein Prueba und hielt dann die rechte Hand symbolisch vor seinen Mund. Die beiden Fairies taten es ihm gleich und traten anschließend einen Schritt zur Seite.

»Das ist unsere Begrüßung und die offizielle Bitte, an Bord gehen zu dürfen«, wandte sich Frankie an mich.

»Oh.« Schnell bemühte ich mich die Geste zu imitieren. Die beiden Wachen – ich vermutete, dass es sich um solche handelte – lächelten mich an und erwiderten auch mir die Begrüßung.

Frankie schob mich vorwärts. »Schön, nicht?«

»Schön?«, fragte ich, immer noch mit Fassungslosigkeit in meiner Stimme. »Das ist der absolute Hammer!«

Ungläubig drehte ich mich von links nach rechts, während Frankie mich zum strahlenden Foyer führte. Die Wände waren allesamt verspiegelt und mit funkelnden Steinen verziert, ebenso wie die unzähligen Treppen, die sich blitzend und strahlend nach oben zu den weiteren Decks hinaufschraubten. Das Foyer war ausgestattet mit schneeweißen Möbeln, gläsernen Tischen, Springbrunnen, Palmen und funkelnden Lampen und Lichtern. Vereinzelt saßen hier und da noch einige Leute auf den Sofas und in den Sesseln, im Großen und Ganzen herrschte kaum Betrieb. Hinter einer verspiegelten, riesigen Rezeption, die ebenso wie alles andere funkelte und strahlte, lächelte mir eine wunderschöne Fairy entgegen. Sie trug ein lilafarbenes Prueba zur Schau, mit wunderschön geschwungenen, verästelten Linien um die Augenbrauen, an die sich mehrere kleine violette Steine anordneten.

»Du musst Sophie sein«, meinte sie, drehte sich kurz um und nickte einer silbernen Statue zu, die dort wohl zur Dekoration aufgestellt war. Zunächst dachte ich, sie hätte nicht mehr alle Tassen im Schrank, dann jedoch löste sich der saphirblaue Kristall, den die Statue als Prueba auf der Stirn trug, und flog wie von Geisterhand auf mich zu. Dabei leuchtete er wie ein kleines blaues Irrlicht. Summend positionierte es sich vor meinem Prueba und ich musste nach oben schielen, um sehen zu können, was es weiter mit mir machte. Es schien mein Bindi irgendwie zu scannen, denn das Summen wurde lauter, verstummte dann abrupt und der Irrlicht-Saphir flog wieder davon, diesmal jedoch zu der Dame mit dem violetten Prueba. Bei ihr angelangt, verweilte er kurz über deren Bindi, bevor er sich wieder auf der Stirn der Statue positionierte und sein Leuchten verlosch.

Völlig perplex starrte ich es weiterhin an, bis mich Frankie aus meinen Gedanken riss.

»Und? Gefällt es dir hier?«

»Äh, wie ... was? Gefallen?«, stotterte ich und riss meinen Blick von dem blauen Kristall los. »Hammer. Ich bin gespannt, was mich hier noch so alles erwartet. Was ist das für ein Ding?« Mit einem Kopfnicken deutete ich auf den Saphir.

»Wir bedienen uns magischer Quarzkristalle, um sämtliche Informationen zu speichern und weiterzugeben. Sie werden durch Erd-Elementarier hergestellt und können Informationen über Jahrtausende speichern. Du kannst sie dir in etwa wie eure USB-Sticks vorstellen, doch sie können noch viel, viel mehr. Das wirst du im Laufe der Zeit alles lernen.«

Ich nickte, immer noch völlig im Bann des Steins.

»Und das ist eine Schule?«, fragte ich weiter.

»Eine Akademie«, verbesserte Frankie. »Wir haben die Erfahrung gemacht, dass unser Schulen am sichersten sind, wenn sie sich in ständiger Bewegung befinden und nicht an einem Ort verweilen, wie die der Menschen.«

Ich nickte. In dem Moment kehrte die Fairy zurück, in der Hand zwei weiß glitzernde kleine Kristalle.

»Frankie, du bekommst deine übliche Kabine. Ich nehme an, Taylor und Natascha reisen morgen an?«

Ich hob interessiert eine Augenbraue. Taylor und Natascha würden ebenfalls hier einchecken? Vorfreudig machte mein Herz einen Satz.

»Vorerst nur ich«, sagte Frankie nüchtern und nahm seinen Kristall in Empfang.

»Sophie, der Unterricht beginnt erst in zwei Wochen, du hast also noch Zeit, dich mit dem Schiff und allem vertraut zu machen. Da du – nun ja – ein wenig verspätet zu uns gestoßen bist, konnten wir dir leider keine Kabine mit einer gleichaltrigen Frisch-Gezeichneten zuweisen. Du wirst die Kabine – vorübergehend natürlich – mit einem Mädchen aus einer der oberen Stufen teilen. Ich hoffe, das macht dir nichts aus?«

Ich schüttelte den Kopf. Dann nahm ich ehrfürchtig den Kristall entgegen, den sie mir in die Hand legte. Wie schön er war! Er sah beinahe aus wie ein kleiner, wunderschön geschliffener Diamant, wäre er nicht an manchen Stellen matt und an anderen wieder beinahe durchsichtig gewesen.

»Hierauf sind deine Stundenpläne, ein Deckplan, Zeitpläne, Wahlfächer und weitere Unterlagen gespeichert. Um die Informationen einzusehen, musst du den Kristall lediglich kurz an dein Prueba führen, den Namen dessen sagen, was du sehen möchtest, zum Beispiel *Stundenplan*, und ihn anschließend vor deine Augen halten. Schon zeigt sich die Information. Ich möchte dich bitten dir alles genau durchzusehen. Am ersten Schultag, dem ersten September, finden sich die Schüler und Schülerinnen der Vorstufe hier im Hauptfoyer ein und gehen dann gemeinsam mit einer Lehrkraft auf Deck 8, das Unterrichtsplateau. Bis dahin wünsche ich dir einen angenehmen, noch zirkelfreien Aufenthalt auf der MS Fairytale.«

Ich schluckte und fragte mich, was wohl das Wort »zirkelfrei« genau bedeutete, dann entdeckte ich fein eingearbeitete Ziffern, die beinahe unscheinbar mitten im Kristall aufleuchteten. 9147.

»Deine Kabinennummer«, erklärte mir Frankie auf meinen fragenden Blick hin. »Komm mit, ich bringe dich hin.« Er nahm meinen Koffer und führte mich zu den vergoldeten Aufzügen am anderen Ende des Foyers. Mit klopfendem Herzen stieg ich zu ihm in die Aufzugkabine.

»Wie geht's dir? Hast du noch Schmerzen?«, fragte er und blickte mich prüfend an, während er den Knopf für die Neun drückte.

Ich hielt einen Moment inne und fühlte in meinen Körper. Seltsam, sie waren weg. Einfach so! Wie war das möglich?

»Sie sind weg!«, sagte ich triumphierend und beobachtete, wie die Zahl über der Aufzugtür langsam nach oben zählte.

»Hier auf dem Schiff herrschen mächtige Energien, sie

schützen und heilen die Schüler und verbergen uns zudem vor normalen Sterblichen – und natürlich vor den Shuk. Nur auf der Akademie bist du wirklich sicher. Deshalb solltest du – wenn du das Schiff doch verlassen möchtest – nur in Begleitung von erfahrenen Fairies gehen. Und auch wenn du im Moment keine Schmerzen mehr hast, würde ich dir wie gesagt raten dich morgen von einem Fairy-Heiler auf Deck 5 untersuchen zu lassen – in Ordnung?«

Ich nickte. Da ertönte ein »Bing«, die Aufzugtüren öffneten sich und gaben den Blick frei auf weißen Teppichboden, marmorne Wände, glitzernde Kronleuchter und einen Gang, gesäumt von vielen weißen Holztüren. Wir folgten den goldenen Schildern an den Kabinentüren und standen schließlich vor der 9147.

»Also dann, gute Nacht«, meinte Frankie und reichte mir meinen Koffer.«

»Gute Nacht«, brachte ich kläglich heraus.

»Keine Sorge, wir sehen uns sicher morgen.« Er grinste, drehte sich um und ließ mich allein vor der weißen Tür zurück.

»Ach ja, du musst den Kristall vor den Scanner halten!«, rief er mir noch zu, bevor er hinter der nächsten Wegbiegung verschwunden war. Mit klopfendem Herzen untersuchte ich die Tür nach etwas, das aussah wie ein Scanner, und entdeckte ein geschlossenes, weißes Auge, das sich kaum von der Tür abhob. Erschrocken zuckte ich zurück. War das der Scanner? Etwas Hilfe suchend blickte ich mich um. Doch da war niemand.

Entschlossen wandte ich mich dem Auge zu, holte den Stein aus der Tasche und hielt ihn nahe an den vermeintlichen Scanner. Nichts geschah.

»Hm, hm«, räusperte ich mich, doch das Auge blieb weiterhin geschlossen.

Ich entschied mich zu drastischeren Maßnahmen, nahm die zarten Wimpern zwischen Zeigefinger und Daumen und versuchte das Lid nach oben zu ziehen, doch es schnellte sofort wieder zurück. Zuvor hatte ich jedoch noch eine hellblaue Iris erkennen können. Frustriert atmete ich aus.

»Du musst sie freundlich bitten aufzuwachen. Dein Scanner hier ist etwas eigenwillig, eine kleine Diva«, sagte da jemand neben mir und ich zuckte erschrocken zusammen.

Ich drehte den Kopf. Da war ein junger Fairy, schwarzhaarig, groß, mit einem grünen Prueba, das bereits zwei weitere Steine links und rechts über den Augenbrauen besaß. Also ein Fairy, der bereits länger in Ausbildung war.

Er kam entschlossen auf mich zu, nahm mir, ohne zu zögern, den Kristall aus der Hand und räusperte sich.

»Liebste Elvira, hier ist ein nettes Mädchen, das heute noch auf sein Kabinenzimmer möchte. Hättest du daher die Güte, kurz aufzuwachen?«

Einen Moment lang geschah gar nichts. Dann jedoch regte sich der Scanner, blinzelte, öffnete sich schließlich und blickte mich mit seiner hellblauen Iris an. Das Auge registrierte etwas verschlafen den Kristall und ließ die Tür mit einem Klicken aufspringen.

»Schnell, bevor sie wieder einschläft!«, sagte der Fairy augenzwinkernd und verschwand im Zimmer nebenan, noch ehe ich mich für die Hilfe bedanken konnte. Ich schob die Tür nach innen und betätigte den Lichtschalter.

Vor mir befand sich ein kleiner Raum, rechts gesäumt von einem weißen Holzgarderobenschrank, links von einer kleinen hölzernen Tür, die vermutlich ins Badezimmer führte. Ich stellte meinen Koffer vor einem kleinen weißen Sofa und einem Glastisch gegenüber des Schranks ab und betrachtete das große, weiß bezogene Doppelbett mit dem ovalen Guckloch dahinter, das den Blick freigab auf die offene See. Die linke Seite der Bettdecke war zurückgeschlagen und zerknüllt, auf dem Nachttisch lagen Taschentücher, ein Kajal, eine silberne Uhr und ein kleiner Spiegel und überall in der Kabine befanden sich Kleidungsstücke, achtlos auf den Boden geworfen, dazu High Heels und Pumps und auch einige Ballerinas. Ich stieß die Tür zu dem kleinen Badezimmer auf, das lediglich Dusche, WC und ein breites marmornes Waschbecken enthielt. Meine neue Zimmergenossin war nicht zu Hause. Auch gut, hatte ich für einen Moment meine Ruhe, die ich dringend benötigte. Ich musste die Geschehnisse der letzten Zeit erst einmal richtig verdauen. Doch zunächst musste ich auspacken und meine Klamotten und Utensilien in den wenigen noch verbliebenen Platz der Kabine verstauen. Außerdem war ich gespannt, was Natascha mir alles eingekauft hatte.

Ich klappte den Koffer auf und staunte nicht schlecht. Neben einem Beautybeutel, sportlichen Schuhen und »normalen« Kleidungsstücken wie Jeans, Pullover, T-Shirts und Tops befand sich darin auch ein weißes kurzes Abendkleid aus fließender Seide mit mörderischem Ausschnitt, eine kleine Schmuckschatulle mit edlen Ohrringen, Ketten und Armreifen und einer silbernen Uhr. Auch fand ich ein paar High Heels mit mindestens 10-cm-Absatz darin, passend zum Kleid mit weißer Seide überzogen und mit einem kleinen Stein verziert. Ich räumte die Sachen in ein noch freies Abteil im Schrank – ja, da war tatsächlich noch ein klein wenig Platz! – stellte den Beautybeutel auf eine Ablage im Badezimmer, zog mich aus und schlüpfte in ein Nachthemd. Dann ließ ich mich völlig erschöpft aufs Bett sinken und betrachtete meine Arme und Beine. Ich hatte ein paar blaue Flecke und Schürfwunden, die aber bereits verblassten. Eine seltsame Macht war hier am Werk und ich war jetzt Teil davon. Es war meine Entscheidung gewesen.

Vollkommen erledigt fielen mir die Augen zu und ich driftete ab ins Land der Träume.

* * *

Die Welt stürzte ein. Feuerbälle krachten auf den Erdboden, entfesselten Explosionen von gewaltigem Ausmaß – der Planet zerbarst, glühende Lava ergoss sich über fruchtbaren Boden, das Wasser überschwemmte noch vorhandenes Land und holte sich so alles zurück, was ihm einst genommen worden war.

Fassungsloses Entsetzen überkam mich, ich weinte und schrie, doch keiner konnte mich hören. Es war alles vorbei und doch erkannte ich, dass nicht alle Hoffnung verloren war. Die Hoffnung lebte, sie lebte in ihr.

* * *

Wild keuchend setzte ich mich im Bett auf und sah mich entsetzt um. Sonnenlicht fiel durch die runden Fenster und beleuchtete die helle Kabine. Kabine? Ach ja, richtig. Ich war ja auf der Schiffsakademie. Ich würde eine Fairy werden.

Entsetzen überkam mich, als die Ereignisse des vergangenen Abends mich einholten und erneut auf mich einstürmten. Die Shuk! Es war furchtbar gewesen und doch hatte ich es überstanden und war jetzt hier. Vielleicht war diese Begegnung mit dem Bösen notwendig gewesen, um mich nicht leichtsinnig werden zu lassen.

Mein Blick fiel auf den großen Spiegel an der Seite. O mein Gott, ich sah noch kein bisschen schön aus. Im Gegenteil, meine Haare standen mir zu Berge, ich hatte tiefe Augenringe und über allem prangte das vollkommen neue kristallblaue Prueba, an das ich mich erst noch würde gewöhnen müssen.

Neben mir bewegte sich etwas im Bett und erschrocken fuhr ich zusammen. Da lag jemand! Ach ja, hatte ich ja vollkommen vergessen. Ich teilte meine Kabine mit einer anderen Fairy.

Und diese Fairy war schön! Umwerfend schön! Sie hatte

lange blonde Locken, eine tolle Figur, wie ich am Umriss der dünnen Decke erkennen konnte, in die das Mädchen gewickelt war, einen sonnengebräunten, makellosen Teint, wohlgeformte Lippen und ein Gesicht, für das Männer töten würden. Ein schneeweißes Prueba glitzerte im hellen Sonnenlicht und formte, wenn ich richtig sah, ein verschnörkeltes C. Zwei weitere kleine Steine prangten zudem links und rechts über jeder Augenbraue. Sie gähnte und blinzelte. Dann grinste sie mich an und ihre blauen Augen strahlten.

»Guten Morgen!«, sagte sie fröhlich, setzte sich auf und streckte mir ihre perfekt manikürte rechte Hand entgegen.

»Ich bin Claire, deine aktuelle Mitbewohnerin. Besser, wir arrangieren uns gut. – Meine Güte, du siehst übel aus! Alles in Ordnung?« Den letzten Satz hatte sie wohl hinzugefügt, als sie sich an das helle Tageslicht gewöhnt hatte und meinen Zustand registrierte.

»Sophie, angenehm, und ja, es geht mir gut. Ich hatte nur …«, ich suchte nach den richtigen Worten, »… eine harte Nacht.« Kurz ergriff ich ihre dargebotene Hand.

Claire nickte kurz.

»Wem sagst du das!« Sie lächelte und schwang sich aus unserem gemeinsamen Bett. Vor dem Spiegel angekommen, musterte sie sich mit einem wohlwollenden Nicken. Ich hatte recht gehabt, sie hatte die perfekte Figur, in jeder Hinsicht.

Dann verschwand sie im Badezimmer und ich hörte wenig später das plätschernde Wasser der Dusche. Oh, wie ich diese Beltane-Zeremonie doch herbeisehnte! Umgeben von all diesen makellosen Frauen und Männern kam ich mir vor wie das hässliche Entlein inmitten von tausend Schwänen.

Ich stand ebenfalls vom Bett auf und warf einen Blick aus dem Guckloch. Vor der MS Fairytale lagen noch weitere Kreuzfahrtschiffe vor Anker, doch in Sachen Größe und Schönheit konnte es keines mit ihr aufnehmen. Die Sonne stand schon hoch am Himmel und das blaue Wasser glitzerte, als hätte man es mit kleinen Kristallen besprengt. Ein schöner, heißer Sommertag stand uns bevor und ich konnte ihn an Bord eines der tollsten Luxusliner der Welt erleben. Langsam fing ich an mein Dasein als angehende Fairy zu genießen.

Claire trat aus dem Badezimmer, nur mit einem knappen Handtuch bekleidet, das ihre schlanken, gebräunten Oberschenkel knapp bis zur Hälfte bedeckte.

»Hast du heute schon was vor?«, fragte sie und schüttelte ihr feuchtes Haar aus.

»Na ja, ich wollte mir ein wenig das Schiff ansehen«, sagte ich wahrheitsgetreu.

»Na wunderbar, ich kann dir alles zeigen«, sagte sie und ließ vor mir das Handtuch fallen. O mein Gott, so ein perfekter Körper.

Rasch wandte ich mich ab. »Ich ... ich geh dann auch mal duschen«, stammelte ich und eilte an ihr vorbei ins Bad.

»Klar, mach das«, sagte sie nur und suchte sich aus ihrem Kleiderschrank neue Klamotten aus.

Das heiße Wasser tat gut. Ich stand etwas länger als unbedingt nötig unter dem warmen Wasserstrahl und sann über meine Situation nach. Einerseits hatte ich Angst. Vor der neuen Schule, vor den neuen Mitschülern, den Anforderungen, die an mich gestellt wurden. Was, wenn ich diesen nicht gerecht wurde? Wenn ich zu schwach war? Ich schüttelte den Kopf und versuchte die schlechten Gedanken zu vertreiben. Andererseits freute ich mich auf mein neues Leben als übermenschliche Kreatur. Was für Fähigkeiten würde ich haben, was für ein Aussehen? Wie würde sich mein Leben weiter gestalten?

»He, bist du ertrunken, oder was?«, hörte ich von draußen Claire rufen.

Hastig drehte ich das Wasser ab und langte nach einem der weißen Handtücher, die über einer goldenen Stange an der Wand neben der Dusche hingen.

»Komme gleich!«, rief ich hastig und begann mich abzutrocknen.

Wenig später stand ich in einer kurzen Dreiviertel-Jeans und einem weißen ärmellosen Top vor dem Spiegel und versuchte mich irgendwie mit Make-up zu verschönern, was nur mäßig funktionierte. Meine noch feuchten Haare kräuselten sich um mein Gesicht und ich seufzte, als hinter mir die Gestalt von Claire in dunkle Hotpants schlüpfte und sich eine rote Bluse unter der Brust verknotete. Den trainierten, flachen Bauch ließ sie frei und ihre blonden Locken fielen ihr wie ein goldener Vorhang über den Rücken.

»Also dann, auf geht's!«, sagte sie fröhlich und gemeinsam verließen wir unsere Kabine.

»Was dagegen, wenn wir erst mal frühstücken?«, fragte sie und als Antwort begann mein Magen zu knurren.

»Ich fasse das als *Nein* auf.« Sie grinste wieder und schon standen wir vor dem Aufzug.

* * *

Wenig später befanden wir uns auf Deck 14, auf dem Weg zur »Sunset Cafeteria«, wie Claire mir verriet. Sie befand sich vorn am Bug. Dunkle Mahagoni-Tische gruppierten sich um die Fenster, hinter denen sich der Hafen Barcelonas erstreckte und dahinter das offene Meer. Viele Grünpflanzen und Aquarien bildeten natürliche Raumteiler zwischen den Tischen und einer großen, auf Hochglanz polierten Bar, die wie der Sonnenuntergang in allen Rot- und Goldtönen schimmerte.

Es war zehn Uhr morgens, Frühstückszeit, und daher waren bereits fast alle Tische besetzt. Drei Mädchen winkten uns schon von Weitem zu, eine Schwarzhaarige mit unglaublich intensiven grünen Augen, eine Blondine mit kurzen, wilden Haaren und ein brünettes Mädchen mit Bob-Frisur. Freundinnen von Claire, wie ich vermutete.

»Sophie, das sind Rachel, Natalie und Tina«, stellte Claire munter vor. Woher nahm sie nur in aller Frühe diese gute Laune? »Leute, das ist Sophie, meine neue Mitbewohnerin.«

Die schwarze Rachel, die blonde Natalie und die brünette Tina musterten mich von oben bis unten und begrüßten mich dann freundlich. Wir mussten einen Stuhl zur Sitzgruppe hinzustellen, damit auch ich mich setzen konnte, denn die Freundinnen hatten natürlich nur für Claire einen Platz frei gehalten.

Verstohlen musterte ich die älteren Fairies um mich herum und schielte immer wieder auf die Pruebas zwischen ihren Augen.

»Und, Sophie, du bist frisch gezeichnet, nicht wahr?«, meinte Rachel und nippte an ihrem Cappuccino.

Ich nickte beklommen. Natürlich war es mir schon von Weitem anzusehen, dass ich frisch gezeichnet worden war. Ich fiel hier wahrscheinlich auf wie ein bunter Hund.

»Ach, ich erinnere mich noch gut an die Zeit vor meinem Beltane-Fest«, sagte Natalie und stützte den Kopf seufzend auf ihre rechte Hand. »Das war furchtbar! Ich war dick, hatte eine fette Hornbrille und überall Pickel!«

Ungläubig starrte ich sie mit offenem Mund an.

»Was? Das glaubst du nicht?«, fragte sie amüsiert. »Na, dann pass auf.« Damit kramte sie in ihrer Handtasche und schob mir wenig später ein kleines Passbild zu.

Darauf war ein junges, pummeliges Mädchen von etwa sechzehn Jahren abgebildet, mit einer runden Brille, Sommersprossen, unzähligen Pickeln und zwei Zöpfen. Mit offenem Mund verglich ich sie mit dem Mädchen, das mir gegenübersaß. Sie hatte einen ebenmäßigen Porzellanteint, zartrosa Lippen, unglaublich strahlende saphirblaue Augen mit dichten schwarzen Wimpern und eine gute Figur. Die kurzen Haare passten perfekt zu ihrem Aussehen und brachten die smaragdgrünen großen Ohrringe optimal zur Geltung. Ihr ebenso intensiv grünes Prueba sah aus wie eine schöne Baumkrone, deren Äste sich leicht über ihre Augenbrauen erstreckten. Eine gewisse Ähnlichkeit zwischen den beiden war nur zu erkennen, wenn man wirklich ganz genau hinsah.

Claire neben mir begann zu kichern. »Ja, du sahst wirklich krass aus, Natalie. Dagegen war ich ja fast schon hübsch!«

Ich sah sie fragend an, doch sie winkte lachend ab. »Keine Chance! Ich habe alle Bilder von mir vor meiner Fairy-Zeit vernichtet und will auch nicht daran erinnert werden!«

Eine Kellnerin – zweifelsohne auch eine Fairy, wie ich unter anderem an dem lila Prueba erkennen konnte – kam vorbei und nahm meine und Claires Frühstücksbestellung auf.

»Und? Wie lange wart ihr noch gestern?«, fragte die brünette Tina und strich sich eine wellige Haarsträhne aus dem Gesicht.

Natalies und Rachels Blicke wanderten geheimnisvoll zu Claire, die die Augen vielsagend aufschlug und zur Seite sah.

»Also, WIR …«, Natalie wies auf sich und Rachel, »… sind kurz nach dir gegangen. Aber Claire ist noch mit einem Kerl zurückgeblieben. Also, Claire, wann bist du denn gegangen?«

Claire schmunzelte und grinste dann über beide Ohren. Aha, daher also die morgendliche gute Laune.

»Ich war um fünf im Bett«, sagte sie dann.

»Allein?«, riefen Rachel, Natalie und Tina wie aus einem Mund und rutschten mit ihren Stühlen näher an Claire heran, deren Grinsen noch breiter wurde.

»Nein«, antwortete sie und machte Platz für die Kellnerin, die unser Frühstück brachte.

Als diese unseren Tisch wieder verlassen hatte, fragte Tina mit offenem Mund: »Wie? Du hast ihn mit auf deine Kabine genommen? Das hätte ich nicht von dir gedacht!«

»Mann, Tina!« Claire lachte. »Keine Sorge, ich habe ihn NICHT mit auf meine Kabine genommen. Sophie war bereits in meinem Bett, deshalb war ich nicht allein heut Nacht.«

Damit nahm sie in aller Seelenruhe einen Schluck von ihrem Kaffee und die anderen lachten. Ich lachte mit und ließ meinen Blick durch die Cafeteria wandern.

Überall wunderschöne, makellose Mädchen und Jungen, die miteinander scherzten und lachten. Aber hier und da sah ich auch welche, die nicht so überirdisch schön waren und mehr oder weniger wie ich schüchtern in einer Ecke saßen und die anderen neugierig beobachteten. Zweifelsohne waren auch sie frisch gezeichnet – so wie ich.

Ich nahm einen Schluck von meiner heißen Schokolade, die besser schmeckte als alles, was ich wohl bisher getrunken hatte, da setzte mein Herz für einen Moment aus.

Niemand anders als Taylor betrat soeben das Café. Er sah wie immer umwerfend aus. Mit einer dunklen Jeans und einem schwarzen Muskelshirt bekleidet, das einen kleinen Streifen gebräunte Haut über dem dunkelbraunen Ledergürtel frei ließ, stand er lässig da und redete mit einer Kellnerin an der Bar. Die braunen, fast schwarzen Haare hingen ihm wie immer strähnig in die Stirn und die dunklen Augen streiften suchend über die Gäste an den Tischen, bis sie an mir hängen blieben. Er winkte mir kurz zu, sagte dann etwas zu der Kellnerin und steuerte geradewegs unseren Tisch an.

Die Unterhaltung unter den vier anderen Mädchen erstarb abrupt und Tina flüsterte: »O mein Gott, Taylor Tayugan kommt zu uns rüber!«

»Echt?«, flüsterte Claire zurück, die mit dem Rücken zur Bar saß und Taylor somit nicht sehen konnte. Als Rachel und Tina nickten, setzte Claire sich stocksteif auf und kämmte mit den Fingern durch ihre langen Locken. Dann drehte sie sich um, setzte ein verführerisches Lächeln auf und sagte zu Taylor, der gerade unseren Tisch erreicht hatte: »Hi!«

Er blieb verwundert stehen, sah sie ebenfalls an und sagte – genau wie sie: »Hi!«

»Was führt dich zu unserem Tisch, Tayugan?«, flirtete Claire und sah ihn von unten nach oben durch ihre dichten Wimpern an.

»Eigentlich wollte ich Sophie ...«, seine dunklen Augen wanderten zu mir, »... fragen, wie es ihr geht, aber wie ich sehe, ist sie ja bei euch in den besten Händen.«

Er lächelte mich charmant an.

»Und wie geht es dir? Und Natascha?«, fragte ich mit klopfendem Herzen. Wie konnte er mich so aus der Fassung bringen? Das war doch nicht normal.

»Uns geht es gut. Natascha und Frankie frühstücken ein Deck über uns im Café de Paris. Solche Auseinandersetzungen wie gestern kennen wir. Hauptsache ist, dass es dir gut geht und wir dich sicher hergebracht haben.«

Damit zwinkerte er mir zu, drehte sich um und verließ unser Café, ohne sich auch nur noch einmal nach mir umzudrehen. Seufzend stützte ich den Kopf auf beide Hände.

»Sag jetzt nicht, Taylor Tayugan ist dein Seeker?«, riss Claire mich aus meinen schwärmerischen Gedanken.

Ich nickte, wunderte mich kurz, warum ich von seinem zweiten Namen noch nie etwas gehört hatte, und nahm wieder einen Schluck von meiner Schokolade. Hatte dieser zweite Name eine besondere Bedeutung?

»Wahnsinn! Er ist wohl der berühmteste Seeker auf diesem Erdball! Er ist ein Dreifach-Elementarier und ein absolutes Ausnahmetalent! Es heißt, er habe seine Seeker-Ausbildung in nur zwei Jahren abgelegt. An den kommt nur noch ein Engel ran!«, sagte Tina fasziniert.

»Engel? Es gibt Engel?« Von dieser Tatsache war wiederum ich fasziniert.

Claire nickte. »Ja, aber nur zwölf. Das sind Männer, sag ich dir – gut gebaut, magisch, absolut überirdisch und auch noch unsterblich!«

Vor meinem inneren Auge tauchten Bilder der Chippendales mit Flügeln auf und ich musste unwillkürlich grinsen.

* * *

Nach dem Frühstück nahmen die vier mich mit auf einen Rundgang über das Schiff und ich kam aus dem Staunen gar nicht mehr heraus. Es gab so vieles zu entdecken und zu bewundern.

Auf Deck 14 befand sich außer der Sunset-Cafeteria noch ein weiteres Café, das Zanzibar-Café, das sich um den großen Aqua-Park mit drei Swimmingpools und mehreren Whirlpools gruppierte, und dahinter befand sich der große MS Fairytale Spa- und Wellnessbereich. Darüber auf Deck 15 lag das Café de Paris, in dem immer noch Taylor, Frankie und Natascha frühstückten, sowie ein Indoor-Swimmingbereich. Deck 16 war einer der obersten, vorderen Bereiche des Schiffes und beherbergte die Sportanlagen, wie Squash- und Tennisbereich, große Sport-, Gymnastik- und Kletterhallen, eine Kampfarena und eine 10-spurige Laufbahn, auf der bereits einige Fairies ihre Runden drehten.

»Was liegt im hinteren Bereich?«, fragte ich Claire und deutete auf das Heck, das mit verdunkeltem Glas abgedeckt war.

»Oh, das, das ist die Royal Area. Dort wohnen ein paar der Lehrer und Professoren. Die meisten Suiten stehen jedoch leer. Die Fairytale wird übrigens rein von Wassermagie angetrieben«, fuhr Claire stolz fort und lehnte sich an die Reling. »Insgesamt steuern fünfundzwanzig Wasser-Elementarier das Schiff, das somit vollkommen ohne Benzin auskommt. Des Weiteren stammt die Elektrizität sowie die Heizung von Feuer-Elementariern und die Pflanzen an Bord werden rein durch Erdmagie gedüngt und erhalten.«

Ich war beeindruckt und lehnte mich ebenfalls wie sie über die Reling, um vielleicht einen Blick darauf erhaschen zu können, wie diese Magie funktionierte. Doch außer den Wellen die sich an den Seiten und dem Bug des Schiffes brachen, war von hier oben nichts Genaueres zu sehen.

* * *

Mit dem Aufzug fuhren wir hinab auf Deck 7, wie mir der gedrückte Knopf im Aufzug verriet.

»Was ist mit den anderen Decks?«

»Ach, da gibt's nichts zu sehen«, erklärte mir Tina. »Da sind nur die ganzen Kabinen beziehungsweise auf Deck 8 die Unterrichtsplateaus, die momentan sowieso geschlossen sind.«

Es machte »Bing« und wir standen im Foyer von Deck 7.

Hier befand sich die beeindruckende Rainbow Bar, die, wie der Name schon verriet, in allen Farben des Regenbogens schillerte. Daneben lag die in Creme und Brauntönen gehaltene Caffè-Latte-Bar, sowie die Bar »The Mexican«, die ganz nach mexikanischem Vorbild gestaltet war, mit vielen Kakteen, Sand und Möbeln aus Korb und Holz. Im hinteren Teil des Schiffes auf Deck 7 befand sich ein Museum über die Geschichte der Fairies, das im Moment jedoch geschlossen war.

Auf Deck 6 lagen die zwei größten Restaurants des Schiffes – das Golden-Sunset-Restaurant, das in goldgelben und weißen Tönen glänzte, und das Bloody-Mary-Restaurant mit blutroten, sehr eleganten Samtmöbeln und edlen Kronleuchtern. Auf diesem Deck gab es zudem allerlei Geschäfte und Läden, die sich um einen wunderschönen, im italienischen Stil gestalteten Hauptplatz gruppierten, die Piazza, wie Rachel mir erklärte. Hier gab es sogar ein ganzes Spiel-Casino, wie ich erstaunt feststellte.

»Hier findest du auch alles, was dein Shoppingherz schneller schlagen lässt«, schwärmte Tina. »Aber zurzeit sind alle Läden geschlossen. Die öffnen erst wieder, wenn wir auf See gehen.«

Auf Deck 5, dem untersten der Passagierdecks, lag im vorderen Teil des Schiffes die erste Etage des zweistöckigen Bloody-Mary-Restaurants, das Hauptfoyer mit der Rezeption, an der ich eingecheckt hatte, sowie etwas, das wie ein großes Theater aussah mit unzähligen silbernen Sesseln, die wie Kinositze in nach oben gehenden Reihen angeordnet waren, mehreren höher gelegenen Logen und einer großen Bühne, die sich hinter einem silbernen Vorhang verbarg.

»Ist das ein Kino?«, fragte ich.

»Manchmal schauen wir hier Kinofilme an, ja. Aber hier finden auch Akademieveranstaltungen statt sowie Tanzabende, Bälle und offizielle Feiern«, erklärte Claire.

* * *

Den restlichen Nachmittag verbrachten wir faulenzend im Poolbereich, lasen Klatschzeitschriften, dösten in der Sonne oder planschten im Wasser, wobei ich meistens neidisch zusah, wenn die anderen ihre gebräunten Körper im Pool zur Schau stellten.

»Ich hab für heut Abend einen Tisch im Bloody Mary reserviert«, verkündete Rachel und sprang elegant mit dem Kopf voraus in das kühle Nass.

»Wundervoll! Endlich wieder zivilisierte Nahrung, nicht nur immer Fastfood!«, jubelte Tina und wurde zur Strafe von Natalie unter Wasser getaucht. Es zischte, als daraufhin ein Feuerstrahl nach oben schoss und Natalie nur knapp verfehlte.

Tina war eine Feuer-Elementarierin, ebenso wie Claire, Natalie beherrschte die Erde und Rachel war eine der seltenen Geist-Elementarierinnen, die eine Desideria werden konnten, von denen mir Taylor schon erzählt hatte. Sie war in der Lage, Wünsche zu erfüllen. Doch sie selbst war nicht besonders glücklich darüber.

»Es ist Segen und Fluch zugleich«, erzählte sie mir. »Die Ausbildung ist wahnsinnig schwierig. Stell dir vor, jemand bittet dich flehend um die Erfüllung seiner Wünsche und du tust ihm den Gefallen, nur um festzustellen, dass er damit unglücklich geworden ist, weil er sich das Falsche gewünscht hat. Verstehst du? Sich das Richtige zu wünschen ist für Fairies und Menschen gleichermaßen schwierig und fast unmöglich. Die meisten werden nicht glücklich, wenn ihre Wünsche auf magische Weise in Erfüllung gehen.«

* * *

Am Abend stand ich prüfend in dem langen weißen Seidenkleid von Natascha vor dem Spiegel, stöckelte in den hohen Pumps von links nach rechts und erntete dafür von Claire wohlwollende Blicke.

»Du siehst sehr schön aus!«

Ich wurde rot und freute mich über ihr Kompliment.

Und wenig später saßen wir in den mit rotem Samt bezogenen Sesseln und genossen unser Abendessen, für mich zartes Fischfilet, dazu Kartoffeln in einer einmaligen Soße, von der ich allerdings nicht wusste, was sie alles enthielt.

»Wer hat heute Morgen eigentlich mein Frühstück bezahlt?«, fragte ich, weil es mir plötzlich wieder eingefallen war.

»Ich hab für alle gezahlt«, meinte Rachel und zuckte mit den Achseln. »Du gibst halt einfach beim nächsten Mal was aus.«

»Nein, ich will keine Schulden«, protestierte ich und zückte meinen Geldbeutel. »Wie viel bin ich dir schuldig?«

Sie grinste mich an, als ich ihr einen Zwanzig-Euro-Schein vor die Nase legte.

»Mädchen, mit diesem Geld kannst du dir auf der Fairytale gar nichts kaufen.«

Ich erschrak. Ich wusste ja, dass ich hier auf einem Luxusliner der Extraklasse war und dass hier sicher horrende Preise herrschten, aber an die Bezahlung hatte ich noch keinen einzigen Gedanken verschwendet. Um Gottes willen! Ich konnte mir diese Schule womöglich gar nicht leisten! Darüber hätten

Taylor und Natascha ja ruhig mal ein Wörtchen verlieren können, wie sich hier die Finanzierung so gestaltete.

Claire nahm den Geldschein und stopfte ihn zurück in meine Geldbörse. Dann holte sie ihre aus der Tasche und legte zwei goldene Münzen vor mir auf die dunkle Tischplatte. Eine halbmondförmige und eine Münze mit Zacken wie eine Sonne.

»Wir haben eine andere Währung«, erklärte sie mir. »Monde zählen in etwa so viel wie Cent und Sonnen wie Euro. Jede Fairy bekommt beim Check-in ein Startguthaben von fünfhundert Sonnen an der Rezeption auf ihr Kabinenkonto geschrieben. Pro monatliche Leistungen, seien es gute Noten, gewonnene Kämpfe und so weiter, gibt es Lohn, meistens gewinnt man hundert bis fünfhundert Sonnen pro Leistung, je nach Schwierigkeitsgrad. So finanzieren wir unseren Unterhalt hier.«

Ich war fasziniert. Ein vollkommen neuer Ansporn für gute Noten. Je besser die Leistung, desto mehr Geld, das ich zur Verfügung haben würde.

»Ich kann also praktisch über meine Kabine zahlen?«, fragte ich.

Claire nickte. »Als Bezahlung gibst du einfach deinen Kristall her, die buchen das dann automatisch ab. Wenn du Bargeld brauchst, das gibt es an der Rezeption, auch Euro, Dollar, Yuan und so weiter, falls du mal außerhalb der Fairytale unterwegs sein solltest.«

* * *

Ich war begeistert und auch sehr erschöpft, als ich mich am Abend in Richtung meiner Kabine aufmachte. Die Mädchen und ich hatten noch lange Zeit im Restaurant gesessen und geschwatzt, bis die vier sich dann dazu entschlossen hatten, noch ein wenig in eine Bar zu gehen. Ich, die ich von den vielen Eindrücken komplett erschlagen war, wollte mich einfach nur schnell ins Bett legen und schlafen.

Nachdem ich mich von ihnen verabschiedet hatte, stand ich jedoch noch eine Zeit lang oben auf Deck 16 an der Reling und ließ die kühle Nachtluft und das Rauschen der Wellen, die leise gegen den Schiffsrumpf schwappten, beruhigend auf mich wirken. Ich war endlich angekommen, dort, wo mir mein Gefühl sagte, dass ich hierhin gehörte. Das fühlte ich jetzt mehr denn je. Ich schloss die Augen, holte tief Luft und atmete lange und entspannt wieder aus.

»Das Schiff tut dir gut«, hörte ich da eine bekannte Stimmte und ich zuckte erschrocken zusammen.

Taylor stand, an die Reling gelehnt, ein paar Meter von mir entfernt, und beobachtete mich mit ernster Miene. So hatte er mich noch nie angesehen.

»Du siehst toll aus«, sagte er dann und warf einen anerkennenden Blick auf das weiße Seidenkleid. Ich wurde knallrot und eine plötzliche Hitze breitete sich über meinen ganzen Körper aus.

»Danke«, stammelte ich und wandte mich schnell ab.

Ich hörte, wie er langsam auf mich zukam, und mein Herz begann laut zu pochen. Meine Hände umklammerten schwitzig die kühle Reling. Er stellte sich neben mich, faltete die Hände über dem Geländer ineinander und blickte hinüber zur Stadt.

»Irgendetwas ist schon mit dir passiert, ich komme nur noch nicht drauf, was.« Er lächelte und warf mir einen Seitenblick zu. Meine Augen ruhten auf seinem linken Unterarm, der so dicht neben meinem lag. Ich brauchte nur ein kleines Stück an ihn heranzurücken und sie würden sich berühren.

»Ich … ich entspanne mich langsam«, sagte ich schließlich, was definitiv im Moment nicht der Wahrheit entsprach, rückte ein wenig von ihm ab und blickte ebenfalls wie er auf die Lichter Barcelonas.

Er nickte. »Ich sagte ja, das Schiff tut dir gut.«

Wir schwiegen eine Weile und sahen beide auf die tausend Lichter vor uns. Von fern dröhnte Autohupen von der Stadtmitte herüber.

»Es war die richtige Entscheidung«, sagte ich schließlich und lehnte mich noch weiter über die Reling.

»Das kannst du jetzt noch nicht beurteilen. Warte ab, bis der Unterricht beginnt, bis du weißt, welche Fähigkeiten du hast, wie du dich entwickelst.«

Ich nickte und schwieg wieder. Wie peinlich! Natürlich konnte ich jetzt noch nicht sagen, ob es die richtige Entscheidung war, wo ich doch noch so viel über meine neue Welt lernen musste.

»Was bedeutet dein zweiter Name?«, wollte ich schließlich wissen.

»Tayugan ist mein Fairy-Name. So hieß einst der Fairy, dessen Seele in mir wiedergeboren wurde. In dem ich seinen Namen hinter meinen menschlichen stelle, erkenne ich uns als eine Person an«, erklärte er. »Verstanden?«

Ich schüttelte den Kopf. »Ja und nein.«

Er lächelte. »Glaub mir, bald wirst du alles verstehen.«

Ich seufzte und blickte wieder nach vorn auf das Wasser, in dem sich die wabernde Silhouette des Schiffes spiegelte.

»Bist du heute gar nicht mit Natascha und Frankie unterwegs?«, fragte ich weiter.

Er drehte sich mit dem Rücken zur Reling und blickte hinauf in die Sterne.

»Nein, die beiden wollen ein wenig für sich sein. Da störe ich nur.«

Ich sah ihn erstaunt an. »Frankie und Natascha?«

Er nickte und ich starrte ihn weiterhin ungläubig an. »Ja, sie sind seit zwei Wochen ein Paar.«

Ich sah wieder mit wirrem Blick hinaus auf die Stadt. Wie hatte mir das nicht auffallen können? Aber was hätte mir denn bitte schön auffallen sollen? Die beiden waren ja so gut wie nie zusammen unterwegs.

»Sie halten es geheim«, erklärte Taylor. »Es ist meistens nicht gut, wenn Seeker, die der gleichen Gruppe angehören, ein Paar sind. Sie stellen oftmals die Sicherheit ihres Partners über die des Schützlings, was sehr gefährlich sein kann. Schon viele perfekte Seeker-Teams wurden so zerstört.«

Seine Stirn legte sich in Falten und er sah wieder nachdenklich hinauf in den klaren Sternenhimmel.

»Es macht dir zu schaffen, nicht wahr?«, fragte ich und hätte mir gleichzeitig ins Gesicht schlagen können. Welcher Teufel ritt mich, dass ich ihn über solch intime Details ausfragte?

Zu meinem Erstaunen nickte er.

»Natascha war und ist die einzige Frau, die mir – glaube ich – je etwas bedeutet hat, und das will einiges heißen.«

O ja, sagte ich in Gedanken und dachte an den Abend in Lloret de Mar zurück, als mich die drei in diese Strandbar mitgenommen hatten.

»Ich meine, sie ist eine tolle Frau, oder nicht? Stark, selbstbewusst, talentiert ...«

»Ähm, natürlich ist sie das.« Was sollte ich darauf schon anderes sagen?

Er schwieg wieder und hing seinen Gedanken nach. Dann drehte er sich plötzlich ruckartig zu mir um und meinte: »Hast du Lust, an der kleinen Bar dort drüben noch was mit mir zu trinken? Ich finde, es ist noch zu früh, um ins Bett zu gehen.«

Und ehe ich mich's versah, befand ich mich neben ihm auf einem Barhocker und nippte an einem Caipirinha. Stolz hatte ich festgestellt, dass sich Taylor mein Lieblingsgetränk gemerkt hatte, was zwar nicht stimmte, aber ich weigerte mich noch immer, mit ihm Sex on the Beach zu trinken.

Wir redeten über belanglose Dinge, das Wetter, den Luxus

auf dem Schiff, das Schiff selbst, wie es mir hier gefiel, wie meine neuen Freundinnen so waren und so weiter. Es tat mir gut, mit ihm zu reden. Er verstand meine Sorgen wegen der bevorstehenden Aufgaben, meine Angst, dass ich dem Vertrauen in mich nicht gerecht würde, und dass ich an meinen Fähigkeiten zweifelte.

Wir hatten wohl auch bereits ein wenig zu viel getrunken, sonst hätte ich ihm das alles wohl nicht erzählt.

»Sophie«, begann Taylor und sah mir verdächtig tief in die Augen. »Du bist jetzt schon eine tolle Person. – Wie wirst du erst sein, wenn das Beltane-Fest vorüber ist!«

Mein Gesicht wurde heiß, ich fing leider an kindisch zu kichern.

»Nein, ich meine das ernst«, sagte er schon ein wenig lallend. »Du bist faszinierend. Und du wirst sehen, du wirst an jeder Herausforderung wachsen, jede Prüfung, jede scheinbar unlösbare Aufgabe wird dich reifen lassen. Mit der Zeit lernst du mit deinen Fähigkeiten und Eigenschaften besser umzugehen, und das Wissen und Wesen deiner Fairy-Seele werden dir dabei helfen.«

»Das sagst du jetzt nur, um mich aufzuheitern!«, protestierte ich gespielt. Er schüttelte den Kopf.

»Nein, das sage ich nicht nur so. Ich glaube, du wirst einmal eine ganz große Fairy werden. Da bin ich mir sicher.«

Damit legte er seine Hand auf meine und mir schoss es heiß durch den ganzen Körper. Er sah mich intensiv an, nicht so, wie er die Kellnerin in der Strandbar angesehen hatte, nein, anders. Irgendwie so, als sähe er tief in mich hinein, in mein tiefstes Innerstes, und was er dort entdeckte, schien ihn wohl wirklich zu faszinieren. Sein Blick wandelte sich. Zunächst wirkte er erstaunt, verwundert, dann plötzlich sehr ernst, fasziniert, sog mich mit seinen Augen förmlich ein ...

Küss ihn!, schrie alles in mir, aber ich war doch nicht verrückt! Wenn ich ihn jetzt küsste ...

»Ach, hier bist du«, zerstörte eine weitere bekannte Stimme diesen einzigartigen Moment.

Natascha kam auf uns zu und sie sah wieder einfach nur atemberaubend aus. Und sofort war Taylors Hand weg.

* * *

Die zwei Wochen bis Schulanfang vergingen wie im Flug. Ich verbrachte sie fast ausschließlich an Deck der Fairytale mit Claire und ihren Freundinnen. Wir sonnten uns im Poolbereich, genossen abends den einen oder anderen Drink in den Bars oder feierten in der kleinen Disco, die den Namen »Elements« trug. Hin und wieder wurde im Theater ein guter Film gezeigt, den wir uns ansahen.

Ab und zu kamen Taylor, Natascha und Frankie vorbei und wir aßen gemeinsam und verbrachten schöne Abende an Deck. Seit dem Abend, an dem ich Taylor beinahe geküsst hätte, waren wir beide nicht mehr allein miteinander gewesen und ich hatte das Gefühl, dass er mir aus dem Weg ging. Hatte ich etwas Falsches gesagt oder getan? Aber ich wusste nicht, was. Immer wieder kamen mir seine Worte in den Sinn. »Du bist faszinierend.«

* * *

Viel zu schnell kam der Tag, an dem das Schiff ablegte, der einunddreißigste August, und ich mich von meinen Seekern verabschieden musste. Ich stand an der Reling und blickte zu Natascha, Taylor und Frankie hinab, die mir freudig zuwinkten. Irgendwie war ich nicht glücklich. Für mich fühlte es sich an wie der Abschied von meiner Familie und ich musste ein paar Tränen hinunterschlucken. Wie sehr ich mich an die drei gewöhnt hatte, merkte ich erst jetzt.

Lange stand ich an der Reling und blickte auf die immer kleiner werdende Skyline von Barcelona hinab, und je weiter wir uns vom Festland entfernten, desto trauriger wurde ich. Da legte mir jemand von hinten die Hand auf die Schulter. Es war Claire, die mich mitleidig ansah.

»Hey, nicht traurig sein! Du wirst sehen, für dich beginnt jetzt ein ganz neues Leben! – Komm, ich spendier dir ein Eis«, sagte sie und wischte mir eine Träne von der Wange.

Ich verzog die Mundwinkel zu einem verkrampften Lächeln und schüttelte den Kopf.

»Danke, das ist sehr nett von dir, aber ich muss ein wenig allein sein. Es ist so viel passiert in den letzten Wochen.«

»Und wird erst noch passieren. Sophie, mach einen Cut hinter dein altes Leben! Hier wird dir so unendlich viel geboten!«, meinte Claire, drehte sich um und zwinkerte mir zu. »Falls du doch noch ein Eis willst, du findest mich an der Poolbar.«

Ich schüttelte erneut den Kopf. Nein, ich wollte jetzt wirklich kein Eis.

Stattdessen zog ich mich in meine Kabine zurück und blieb dort den restlichen Tag. Auf mein Abendessen verzichtete ich komplett. Ich war nervös und hatte ein komisches Bauchziehen. Ich versuchte zu lesen, dann sah ich ein wenig fern. Es gab einige Sender, die nur die Fairies empfangen konnten, doch da ich weder die dort gezeigten Promis noch die Serien oder übersinnlichen Sendungen verstand, half mir das auch nicht weiter. Claire kam um zweiundzwanzig Uhr in die Kabine, fragte mich kurz, ob ich mich mit ihr noch über den morgigen Tag unterhalten wolle. Auf meine Verneinung hin hüpfte sie kurz entschlossen noch unter die Dusche und schlief wenig später neben mir ein.

Irgendwann legte ich mich auch in die Kissen und konnte natürlich wie erwartet nicht einschlafen. Ich wälzte mich hin und her, torkelte mindestens ein Dutzend Mal auf die Toilette, zählte Schäfchen, versuchte es mit Meditation – zwecklos.

Schließlich war ich dann wohl doch eingeschlafen, denn um Punkt sechs ertönte ein schrilles Summen und riss mich aus dem Tiefschlaf. Claire drehte sich neben mir noch einmal um und murmelte etwas von »Nur noch fünf Minuten«.

Ich seufzte und schob meine Beine über den Bettrand.

Nach einer erfrischenden Dusche, ausgiebigem Hairstyling

und Make-up stand ich schließlich etwas unschlüssig vor dem großen Spiegel im Zimmer und wusste nicht, was ich anziehen sollte. Jeans und T-Shirt? Oder doch einen Rock?

»Claire, was meinst du?«, fragte ich schließlich meine immer noch schlummernde Zimmergenossin.

»Hm?«, brummelte es unter der Bettdecke.

»Was ich anziehen soll«, wiederholte ich meine Frage nun etwas lauter.

Sie schreckte daraufhin hoch und sah mich mit aufgerissenen Augen an. Ich musste unwillkürlich lachen angesichts ihrer Haare, die in alle Richtungen abstanden, ihres zerknautschten Gesichts und der Augenringe.

»Wie spät isses?«, nuschelte sie und kroch aus den Federn.

»Kurz nach halb sieben«, antwortete ich und drehte und wendete mich vor dem Spiegel.

»Verdammt! Ich treffe mich um sieben mit den anderen zum Frühstück! Das schaff ich doch niemals! Warum hast du mich nicht geweckt?«, herrschte sie mich an, warf mit Decken und Kissen um sich, stolperte über sämtliche Schuhe auf dem Gang und ließ die Badezimmertür mit einem Knall hinter sich ins Schloss fallen.

Ich grinste und rief ihr durch die verschlossene Tür zu: »Du hast ja nichts gesagt!« Dann entschied ich mich für eine schwarze Jeans und ein rotes, schlichtes T-Shirt mit Rundhalsausschnitt und kurzen Ärmeln, löste kurzerhand meine komische Hochsteckfrisur, band meine Haare stattdessen zu einem einfachen Zopf und verließ das Zimmer.

In der Sunset-Cafeteria auf Deck 14 traf ich wie erwartet auf Claires Freundinnen Rachel, Natalie und Tina, die alle drei nicht sonderlich erstaunt waren, als ich berichtete, dass Claire verschlafen hatte.

»Jedes Mal das Gleiche.« Rachel biss in ein Marmeladenbrötchen.

»Ja, unser Dornröschen kommt einfach nicht aus den Federn, da wirst du die nächsten Tage und Wochen noch deine Freude mit ihr haben, Sophie«, kicherte auch Tina.

Ich nickte und nippte an meinem Kaffee. Ich war heute nicht wirklich zum Scherzen aufgelegt. Vielmehr war ich wieder an den vielen Frisch-Gezeichneten interessiert, die sich hier und da um einige Tische gruppierten. Sie alle kannten sich bereits, nur ich bewegte mich immer in einer Gruppe Oberstufler.

»Na, aufgeregt?«, riss mich Rachel aus meinen Gedanken und sah mich mit einem mitfühlenden Blick aus ihren kastanienbraunen Augen an.

Ich nickte seufzend. »Schon, ich weiß ja gar nicht, was genau auf mich zukommt.«

»Ach«, winkte Tina ab. »Die ersten Tage sind nicht so wild. Bisschen Theorie und dann kommen die Tests.«

»Was für Tests?« Ich sah sie erschrocken an und hätte mich beinahe an meinem Kaffee verschluckt.

»Keine Panik, es wird nur getestet, was du für besondere Fähigkeiten hast. Welche Art Elementarier du bist oder welche Geistfähigkeiten du hast«, erklärte Tina seelenruhig und erreichte damit, dass ich die Augen nur noch weiter aufriss.

»Aber … aber ich kann von alldem nichts«, sagte ich und stellte meine Tasse auf den Tisch.

»Das denkst du.« Rachel tippte mir freundschaftlich auf den Oberarm. »Du wirst ganz schön Augen machen, was du alles kannst! Ich hätte mir damals auch nicht träumen lassen, dass ich eine Geist-Elementarierin mit dem Talent zur Desideria bin.«

* * *

Als ich mich um halb acht auf den Weg hinunter ins Hauptfoyer machte, war ich nervlich am Ende. Ich zitterte, mein Herz raste und ich bekam ständig schwitzige Hände. Ich zwang mich ruhig durchzuatmen und locker und lässig die gläsernen Stufen hinabzugehen, die von Deck 6 in die Empfangshalle führten. Aus den Augenwinkeln sah ich, dass bereits viele Jungen und Mädchen in den eleganten Ledermöbeln saßen, und ich wusste natürlich auch, dass mich ihre Blicke verfolgten.

Gott, ist die hässlich! Gott, ist die pummelig!

So oder ähnlich dachten sie von mir, dessen war ich mir sicher. Endlich in der Halle angekommen, ließ ich mich auf eines der hinteren Sofas fallen und schielte auf die Uhr. Erst Viertel vor acht. Noch eine Viertelstunde!

Ich verkroch mich tief in dem Leder und zog den kleinen Kristall aus der Tasche, den ich bei meinem Eintreffen auf der

MS Fairytale erhalten hatte. Ich drehte und wendete ihn im hellen Licht, sodass er verschiedene Farben reflektierte, studierte die geschwungenen Zahlen, die meine Kabinennummer verrieten. Meine Gedanken kreisten um die Tests, von denen die Mädchen gesprochen hatten. Welche Art Elementarier würde ich wohl sein? Bisher hatte ich noch keinen einzigen Gedanken daran verschwendet und schalt mich insgeheim dafür. Ich war umgeben von Magie und hatte nie auch nur ein Mal darüber nachgedacht, welche Magie ich selbst besaß?

»Hey, bist du eigentlich sitzen geblieben oder hast die Beltane-Zeremonie nicht überstanden?«

Ich sah auf und blickte in ein Paar hellgraue Augen, die mich forsch und auch etwas herausfordernd musterten. Sie gehörten zu einem blassen Gesicht, umrahmt von schwarzen, halblangen Haaren, das wiederum einem ziemlich dünnen Mädchen in einem knappen lila Faltenrock, hellgrauen Strümpfen, seltsamen Plateau-Turnschuhen und einem lila Pullover gehörte. Ich starrte sie an, mein Blick wanderte über ihr lila Prueba, das sie ... sah ich richtig? Hatte sie das Prueba mit schwarzem Kajal umrandet?

Ihre Augen folgten meinem Blick und sie grinste.

»Ziemlich cool, was? Glaube, bis jetzt ist noch niemand drauf gekommen, dass man sein Prueba mit etwas Eyeliner noch verschönern kann!«

Ich nickte und schluckte. Mit Sicherheit war von den anderen Fairies noch niemand drauf gekommen, nicht aber weil es cool war, sondern weil es einfach nur furchtbar aussah.

»Also«, fuhr sie fort und sah mich wieder unverwandt an, »bist du nun durchgefallen, oder was?«

»Durchgefallen? Wieso?«, erwiderte ich und zog die Augenbrauen hoch.

»Na ja, ich hab dich schon ein paarmal gesehen, du hängst immer mit Fairies aus dem C-Zirkel ab«, sagte sie und warf sich einen Kaugummi ein.

»Von dem was?«

»Na, dem C-Zirkel, der oberen Stufe der älteren Fairies«, sagte sie ruhig und betrachtete eingehend ihre lila lackierten Fingernägel.

»Ach, du meinst Claire und ihre Mädels!«, sagte ich und atmete aus. »Claire ist meine Zimmergenossin. Sie war so nett und hat mir alles gezeigt und mich ihren Freundinnen vorgestellt. Ich hänge mit ihnen ab, aber ...«

Ich wusste nicht recht, wie ich es sagen sollte. Doch das lila Mädchen nahm mir diese Entscheidung einfach ab.

»Aber du hast das Gefühl nicht so recht dazuzugehören, nicht wahr? Willkommen im Klub, mir geht es irgendwie ähnlich. Aber da muss man drüberstehen. Wie heißt du eigentlich?«

Sie sah mich mit fragendem Blick an.

»Oh, Sophie, mein Name ist Sophie«, sagte ich lächelnd und reichte ihr die Hand.

»Lila«, stellte sie sich vor und flüsterte mir ins Ohr, während wir einen kurzen Händedruck austauschten: »Eigentlich ja Leila, aber angesichts meines lila Bindis dachte ich mir,

Lila hört sich einfach cooler und passender an, und ich habe meine ganzen Klamotten auf Lila umgestellt. Mein Vorbild war meine Seekerin, Green, und dreimal darfst du raten, wie sie sich gekleidet hat.«

»Ich vermute mal, nicht lila.« Ich lächelte sie an.

»Nein«, entgegnete Lila lachend und ich stimmte mit ein.

»Ich nehme an, Sophie ist dein richtiger Name?«, fragte sie dann und ich nickte.

»Ist auch ein schöner. Passt zu dir.« Dann meinte sie: »Ich hoffe ja, ich bekomme nach Beltane einen richtig coolen Fairy-Namen, wie Lalarine oder so.«

Ich sah sie nachdenklich an. Welchen Fairy-Namen ich wohl erhalten würde?

In dem Moment schritt eine große, sehr schlanke, dunkelhaarige Frau in einem dunkelblauen, schicken Hosenanzug die gläserne Treppe zum Foyer herab. Ihre langen braunen Locken wippten bei jedem Schritt und sie wirkte auf mich wie ein Model aus einem Katalog für Business-Kleidung. Ein ernst dreinblickendes Model. Ihr Alter war natürlich schwer einzuschätzen. Aber angesichts ihres beeindruckenden Pruebas, das sich in wellenförmigen Linien, versehen mit unzähligen kleineren und größeren, bunt schillernden Steinen, über ihre Augenbrauen erstreckte, musste sie sicher bereits einige Hundert Jahre alt sein.

Am Fuß der Treppe blieb sie stehen und erst jetzt bemerkte ich das samtene rote Säckchen, das sie in einer Hand hielt.

»Guten Morgen«, sagte sie laut und es wurde mucksmäuschenstill in dem hallenden Foyer. »Mein Name ist Lauren Ishanti und ich leite bis zum Beltane-Fest Ihren Zirkel. – Ich werde zunächst Ihre Namen verlesen, um sicherzugehen, dass auch jeder hier ist, und Ihnen einen Kristall aushändigen. Auf diesem Stein werden sämtliche Zirkel-Lektionen, Ergebnisse, Talente und Eigenschaften von Ihnen festgehalten. Er wird Ihr persönlicher ständiger Begleiter auf dem Schiff werden. Daher möchte ich Sie ersuchen ihn nicht zu verlieren.«

Allgemeines Gemurmel brach aus und viele standen von ihren Sofas auf, um sich um Miss Ishanti zu gruppieren. Ich blieb sitzen und beobachtete meine neuen Zirkelkameraden.

Viele davon kannte ich bereits vom Sehen aus den letzten Wochen auf der Fairytale. Ich war den einen oder anderen an den Bars, in den Restaurants, Cafés und im Poolbereich begegnet. Einige waren besonders aufgetakelt, andere trugen weite Kleider, ein paar hatten sogar Piercings in Nasen und Ohren. War das bei Fairies erlaubt? Die meisten jedoch waren »normal« gekleidet. Nicht zu eng, nicht zu aufreizend – so wie ich eben.

»Elisabeth Montague«, las Lauren Ishanti gerade vor, blickte dabei in den kleinen Kristall in ihrer Hand, und eine zierliche, kleine Rothaarige mit unzähligen Sommersprossen und einem sehr filigranen Bindi, das in mattem Grün strahlte, erhob sich schüchtern. Sie nahm den hellblauen Quarzkristall entgegen und eilte dann schnell wieder zurück zu ihrer kleinen Gruppe von Mädchen.

»Ralph Nero«, fuhr die Zirkel-Leiterin fort und ein schwarzhaariger Junge, der lässig in einem der breiten Sessel lehnte, hob seine Hand und grinste siegessicher. Er sah gut aus, dessen war er sich offensichtlich auch bewusst und hatte eine umwerfende, durchtrainierte Figur. Dann erhob er sich, um auch seinen Stein abzuholen.

Miss Ishanti verlas weitere Namen und aus allen Richtungen der Halle erschienen Jungen und Mädchen in meinem Alter, um sich den Kristall abzuholen.

»Lila Rebellion«, ertönte Miss Ishantis Stimme erneut.

»Hier!«, rief Lila neben mir laut, stand auf und trippelte der eleganten Fairy entgegen.

Miss Ishanti musterte sie von oben bis unten kritisch, überreichte ihr den Stein und wandte sich dann wieder ihrer Liste zu.

»Mann, ist das aufregend«, murmelte Lila mir ins Ohr, als sie sich wieder neben mir niederließ, und ich grinste leicht.

Was war bitte am Verlesen einer Anwesenheitsliste aufregend?

»Sophie Kramer.«

Ich hob den Finger und begegnete den strengen grünen Augen der Lehrerin, die mich kurz von oben bis unten streiften. Ich stand auf, kam auf sie zu und nahm den kühlen, geschliffenen Kristall entgegen, der in allen Blautönen schillerte und funkelte. Er war wunderschön.

Nach drei weiteren Namen ließ unsere sogenannte Zirkel-Leitung, wie sie sich bezeichnet hatte, den Kristall wieder verschwinden und meinte: »So, der erste Schritt wäre geschafft. Wenn Sie mir nun alle bitte auf Deck 8 zu den Unterrichtsplateaus folgen würden.«

Damit drehte sie sich um und wandte sich den verspiegelten Aufzügen zu.

»Bitte immer zehn Personen in einen Aufzug. Oben am Empfang treffen wir uns wieder«, sagte sie weiter und drückte, nachdem sich neun weitere Personen zu ihr in den engen Raum gedrängt hatten, auf den Knopf mit der 8.

Ich wartete mit Lila und den verbliebenen Schülern, unter ihnen auch der coole Ralph und die zierliche Elisabeth, vor dem anderen Aufzug, der soeben Deck 7 passierte, wie uns die versilberte Anzeige über der Schiebetür verriet.

»Ich bin ja schon so gespannt, was uns alles erwartet«, japste Lila neben mir.

In dem Moment verkündete ein »Bling« hinter uns, dass der Aufzug neben uns eingetroffen war.

Wir stiegen in den verspiegelten Raum, drückten auf die 8 und schon setzte sich der Raum in Bewegung.

Oben angekommen, fanden wir uns an einer goldenen Rezeption wieder, vor der sich bereits Lauren Ishanti und die restlichen Mitglieder unserer Klasse oder unseres Zirkels, oder wie das in Fairy-Kreisen auch immer genannt wurde, versammelt hatten.

»So, wir sind vollzählig«, sagte Lauren und wandte sich an ihre Schüler.

»Ihr müsst wissen, der Unterricht, die Schulungen und Kurse finden genau genommen nicht auf dem Schiff statt.

Hier befinden sich lediglich Portale, die uns in Räume transportieren, die sich in Teilen aus anderen Dimensionen befinden.«

Daraufhin brach großes Gemurmel aus.

»Andere Dimensionen? Krass!«, rief Ralph und grinste übers ganze Gesicht.

Ich war ebenfalls überrascht und begeistert von der Tatsache, dass sich der Unterricht auf dieser Akademie in anderen Welten abspielen sollte, und konnte es kaum mehr erwarten, eines dieser Portale zu betreten.

Keine zehn Minuten später war es mucksmäuschenstill. Nichts regte sich, kein Gemurmel, kein gedämpftes Reden, als wir leise hinter Miss Ishanti durch die vielen verwinkelten und mit Teppich ausgelegten Gänge schlichen. Es gab jede Menge Türen, alle dicht an dicht, sodass so gut wie nichts von den Wänden zu sehen war. Und das Merkwürdige war, keine Tür glich der anderen. Eine war weiß, die andere blau, die dritte hatte einen goldenen Türrahmen, die vierte einen überdimensionalen schwarzen Griff, die fünfte präsentierte sich mit bunten Bemalungen, die wie Pflanzen oder Blumen aussahen, wieder eine andere war mit hölzernen Schnitzereien verziert und so gab es unzählige weitere in sämtlichen Farben und Formen.

Schließlich sperrte unsere Lehrerin eine ganz gewöhnliche dunkelbraune Holztür auf. Ich war fast ein wenig enttäuscht, denn ich hatte insgeheim gehofft, sie würde eine der schillernden bunten Türen öffnen.

Zunächst war hinter der Tür nichts zu sehen außer rabenschwarzer, stockfinsterer Nacht.

Ich wartete inmitten der Gruppe von Frisch-Gezeichneten auf eine magische Bewegung oder einen Spruch oder Ähnliches von Miss Ishanti, damit etwas Licht in die Dunkelheit kam, doch sie wies uns mit einem Kopfnicken an, den finsteren Raum zu betreten, was wir schließlich noch etwas zögernd taten.

Ich folgte Lila und schob einen Fuß über die hölzerne Türschwelle.

Kaum hatte ich das Portal betreten, vernahm ich erstaunte Rufe und euphorisches Gemurmel der anderen Frisch-Gezeichneten. Langsam drang auch etwas Licht durch die Finsternis oder meine Augen gewöhnten sich an die Schwärze. Ich nahm unzählige hell leuchtende Punkte über unseren Köpfen wahr, die wie Sterne in der Nacht glühten, und bei näherer Betrachtung sah ich, dass es sich auch um Sterne handelte. Ein Blick auf den Boden, der nur aus Glas zu bestehen schien, und ich erkannte dasselbe darunter. Es sah so aus, als stünden wir auf einem gläsernen Plateau mitten im Weltall!

»Der helle Wahnsinn!«, rief Lila neben mir aus und drehte sich begeistert im Kreis, um die endlose Weite dieses Universums auf sich wirken zu lassen.

Ralph auf der anderen Seite hatte die Hände in den Hosentaschen vergraben und stieß einen anerkennenden Pfiff aus.

Hinter uns ertönte das Klackern von Absätzen, als sich uns jemand mit schnellen, energischen Schritten näherte, und

Miss Ishanti lief an uns vorbei in die Mitte der Gruppe von Frisch-Gezeichneten, die sich bereits in sämtliche Himmelsrichtungen zerstreut hatten.

Sie machte eine große Handbewegung von der gläsernen Plattform nach oben, so als wolle sie jemanden zu sich winken, da erschienen plötzlich gläserne Kugeln, die wenige Zentimeter über dem Plateau schwebten. Sie waren auf einer Seite offen und im Innern befanden sich weiße Sitzkissen. Ich hatte solche modernen Kugelstühle schon einmal in einem Möbelhaus gesehen, nur dort schwebten sie nicht, sondern baumelten an einer Feder von der Decke. Sie sahen toll aus und hier inmitten dieses Weltraumszenarios wirkten sie wie kleine Raumschiffe. Zudem bildeten sie einen Kreis um die Lehrerin, die uns soeben anwies Platz zu nehmen.

Die Kissen waren sehr bequem, man fühlte sich wie in einem Glaskokon und hatte einen Allround-Blick über das All.

Miss Ishanti wartete geduldig in der Mitte der Gruppe, dann räusperte sie sich und es wurde still.

»Der Weltraum, unendliche Weiten. Wir schreiben das Jahr ...«, hörte ich Ralph links von mir und ich musste unwillkürlich lachen.

Ein vernichtender Blick der Lehrerin und wir beide schwiegen augenblicklich und sahen betreten zu Boden, doch ich konnte mir ein kleines weiteres Grinsen nicht verkneifen. Mir war derselbe Gedanke gekommen.

»Zunächst eine Bemerkung zu dem Wort *Zirkel*. Wie Sie sehen, sind alle Sitzmöglichkeiten hier im Kreis angeordnet.

Das wird bei sämtlichen Lektionen und Kursen so sein. Daher bezeichnen wir unsere Unterrichtsgruppen nicht als Klassen, sondern als Zirkel. Aber dies nur kurz zur Erklärung.« Sie machte eine kleine Pause, in der sie die Augen schloss. Als sie sie wieder öffnete, bohrten sich ihre Blicke beinahe in jeden Einzelnen von uns.

»Ihre Seeker sind angewiesen Ihnen nur das Nötigste von unserer Welt, unserer Existenz, unserem Wesen zu erzählen«, begann Miss Ishanti und ihre Stimme klang, als stünde sie direkt neben mir und nicht einige Meter weit entfernt. »So wissen die meisten von Ihnen nur, dass wir makellose, schöne Wesen sind, in der Lage, auf irgendeine Weise Magie zu praktizieren, und dass Sie alle hier sich dafür entschieden haben, ein Teil unserer Welt zu werden. Doch wer weiß genau, warum wir auf der Erde sind? Welchen Platz wir in dieser Welt einnehmen? Welche Rolle wir spielen?«

Betretenes Schweigen.

Sie verschränkte die Arme vor der Brust und drehte sich ein paarmal im Kreis, während sie weitersprach.

»Die Antwort ist einfach. Wir gehören im Prinzip nicht hierher.«

Ich sah auf. Es war mucksmäuschenstill. Niemand regte sich oder wagte auch nur laut zu atmen. Alle hingen wie gebannt an den Lippen der dunkelhaarigen Frau.

»Wir sind unnatürliche Bewohner dieser Welt, die in den Körpern einiger Menschen wiedergeboren wurden.«

Mir schossen sämtliche Szenen aus dem Film *Seelen* in den

Kopf, bei dem Außerirdische die Körper von Menschen besetzt und übernommen hatten. Waren Fairies Außerirdische? Mir wurde heiß und kalt. Wenn ich das vorher gewusst hätte! Außerirdische! In mir befand sich womöglich ein Wesen von einem anderen Planeten! Ich wollte schreien, es aus mir herausreißen! Wieso hatte niemand auch nur ein Sterbenswörtchen darüber verloren? Nicht Taylor, nicht Natascha, nicht Frankie, nicht Claire und ihre Gruppe! Und ich verstand.

... sind angewiesen Ihnen nur das Nötigste über uns zu erzählen ...

Als hätte sie unsere Gedanken gelesen, fuhr Miss Ishanti fort uns zu beschwichtigen.

»Ich verstehe, wenn Sie jetzt Angst haben. Aber das ist ganz natürlich. Und ich verstehe auch, wieso sich manche von Ihnen jetzt betrogen fühlen. Sie haben sich für ein Leben als Fairy entschieden, dachten, Ihnen würde an einer Zauberschule Magie beigebracht, dachten, Sie würden sich in einer besonderen Zeremonie verwandeln, schöner werden, makelloser, ohne Schwächen. Und das alles ist auch richtig und entspricht der Wahrheit. Ich rufe Ihnen in Erinnerung, dass man Sie darüber informiert hat, dass in Ihnen die Seele einer Fairy wiedergeboren wurde. Diese Seele hat Ihren Körper nicht besetzt. Sie werden so, wie Sie sind, nicht verschwinden. Sie werden sich lediglich verändern. Ihr Aussehen, Ihr Körper, Ihr Wesen. Aber das alles wussten Sie bereits, als Sie sich für ein Leben als Fairy entschieden haben. Denken Sie daher noch einmal an die Gründe, die Sie dazu bewogen haben, sich für uns zu entscheiden, und urteilen Sie nicht vorschnell.

Und all die Versprechungen, die man Ihnen gemacht hat, sind wahr. Wir werden Sie in Magie unterweisen, Sie werden stark sein, ein einzigartiges, übernatürliches Wesen in dieser Welt.«

Sie machte eine Pause und blickte prüfend in die Augen jedes Einzelnen. Ich dachte an meine Gründe, meine Oma, meine Krankheit. Ich wollte gesund sein, ich wollte stark sein, ich wollte ein neues Leben beginnen, ich wollte niemandem mehr eine Last sein.

»Wer uns Fairies verstehen will, muss unsere Geschichte kennen, muss wissen, wieso wir hier sind. Und diese Geschichte möchte ich Ihnen heute näherbringen.«

Wie von Zauberhand erschien plötzlich über unseren Köpfen ein Planet, der in sämtlichen Blau- und Violett-Tönen leuchtete und der Erde nur entfernt ähnelte.

»Das ist die Parallelwelt Ayrion, die Heimat aller Fairies«, erklärte die Lehrerin.

Das Bild des Planeten verschwand, stattdessen sahen wir, wie es auf der Oberfläche Ayrions aussah. Eine seltsam glitzernde Welt mit bunten Pflanzen und Tieren in sämtlichen Farben und Formen, wie ich sie noch nie gesehen hatte. Die Wesen dazwischen waren mir jedoch bekannt. Es waren schöne, anmutige Männer und Frauen mit wunderschönen, glitzernden Steinen auf der Stirn – Pruebas.

»Wir lebten mithilfe unserer Elementarmagie in Einklang mit der Natur, den Pflanzen und Lebewesen und es ging uns gut.«

Sie schwieg kurz und ließ die Worte in dieser Weltall-Dimension auf uns wirken, bevor sie fortfuhr.

»In unserer damaligen Sprache lautete unser Name –« Der Name, den sie nannte, war ein einziges Zischen und Brummen und absolut nicht zu verstehen. Wir Schüler warfen uns verwirrte Blickte zu.

»Ein Wort, das heute nur noch sehr wenige aussprechen, geschweige denn verstehen können. Wir bezeichnen uns nun als die Fairies.«

Ein Bild von einem neugeborenen Fairy-Baby erschien. Es lag in einer gläsernen Wiege, umringt von seinen Eltern und weiteren Fairies, und hatte zu meiner Überraschung noch kein Prueba auf der Stirn.

»Unter uns gab und gibt es dreizehn besonders mächtige Fairies, die sogenannten Urfairies – auch unter dem Namen Schicksalsfairies bekannt. Immer drei von ihnen erscheinen, wenn ein neues Fairy-Kind das Licht der Welt erblickt, und überbringen magische Gaben. Wir unterscheiden heute zwei Arten von Fairies. Die geborenen Fairies und die wiedergeborenen Fairies, aber dazu kommen wir noch in einer weiteren Zirkeleinheit. Jede der Schicksalsfairies kann das Kind entweder mit einer Elementarkraft oder einer besonderen Eigenschaft, zum Beispiel Fantasie, Gutmütigkeit, Aufrichtigkeit und so weiter, beschenken. Nie jedoch mit beidem. So erhält das Kind meist eine Elementarkraft und zwei Eigenschaften, die seinen Charakter besonders auszeichnen. In wenigen, seltenen Fällen kam es jedoch bereits vor, dass ein Fairy-Kind mit zwei oder sogar drei Elementarkräften beschenkt wurde. Deshalb gibt es vereinzelt herausragende Ausnahmetalente unter uns, die zwei oder sogar drei Elemente beherrschen können. Die Urfairies selbst können alle fünf Elemente beherrschen, auch die Geistmagie. Unter ihnen gab es zudem eine besondere Fairy, die dreizehnte. Ich sage bewusst ›gab‹, doch dazu später. Sie konnte den Fairy-Kindern ein besonderes Schicksal zuweisen, gut oder schlecht. Sie erschien, wenn, dann zusätzlich zu den drei anderen Schicksalsfairies und Ihr Auftauchen verhieß selten etwas Gutes – in den meisten Fällen wählte sie ein schlechtes, tragisches Schicksal, denn Tanian war böse und niederträchtig. Wegen ihr gab es bald viele vom Schicksal gezeichnete Fairies. Ihr Fluch zeigte sich auf eine sehr groteske Weise. Sie alle besaßen wunderschöne goldene Augen und goldene Pruebas, weswegen sie auch die Goldkinder genannt wurden und sich teilweise sogar heute noch so nennen. Sie wollten sich an Tanian rächen und schlossen sich zu einer Rebellengruppe zusammen, die sich die Shuk nannte. Leider geriet diese Gruppierung außer Kontrolle und sie griffen bald auch alle anderen Wesen in Ayrion an, und wie Sie mit Sicherheit alle wissen, gibt es die Shuk leider auch hier in dieser Welt.«

Sie seufzte und ich dachte an meine Begegnung mit dieser Evelyn zurück. Deswegen hatte sie von »Goldkindern« gesprochen. Ich erinnerte mich noch sehr gut an die goldenen Augen und das gleichfarbige, wunderschöne Prueba.

»Dann gab es noch eine besondere Herrscherfamilie in Ayrion.«

Ein palastähnliches Gebilde erschien inmitten unserer Runde, das dem Elfenbeinpalast aus der *Unendlichen Geschichte* nicht unähnlich sah. Alles erstrahlte in unnatürlichem, fast schon grellem Weiß und glänzte und glitzerte mit der Sonne um die Wette.

»Die Tragödie begann mit König Korolyan.« Die Stimme von Miss Ishanti veränderte sich merklich, wurde tiefer und bedauernder. »Als seine Frau, Königin Tamalia, schwanger wurde und ein Mädchen gebar, wurde der König von einem ehrgeizigen Wunsch für seine Tochter ergriffen. Er wollte, dass zwölf der Schicksalsfairies an der Wiege der Prinzessin Aurora erscheinen sollten und jede ihr eine Gabe überreichen sollte. Sie würde somit alle fünf Elemente beherrschen und weitere sechs gute Eigenschaften in sich vereinen. Es erklärt sich von selbst, wieso er Tanian, die dreizehnte, nicht einlud. Die Urfairies überlegten lange, entschieden sich aber angesichts der Tatsache, dass es sich bei dem jungen Mädchen um die zukünftige Herrscherin handelte, dem Wunsch des Königs nachzukommen. So wurde Aurora mit allen fünf Elementen und sämtlichen guten Eigenschaften beschenkt. Als jedoch Cayuga, die zwölfte Schicksalsfairy, dem Leben der Prinzessin gerade eine erfüllte und glückliche Liebe schenken wollte, erschien eine wütende, zutiefst enttäuschte Tanian und verfluchte Aurora und mit ihr alle Fairies. Noch ehe die Sonne an ihrem zwanzigsten Geburtstag untergehe, würde sie sterben und mit sich alle Fairies in den Tod reißen. Tanian war so in Rage, dass es ihr selbst vollkommen egal war, dass sie mit diesem Fluch auch ihr eigenes Ende besiegelte. Sie verschwand danach so schnell, wie sie gekommen war. Doch glücklicherweise konnte Cayuga den Fluch der bösen Schicksalsfairy mildern und prophezeite, dass Aurora und alle Fairies ins Leben zurückkehren würden.«

»Das ist ja fast wie bei Dornröschen«, zischte Lila zu meiner Linken und ich schluckte, als ich bemerkte, wie Miss Ishantis Kopf sofort in unsere Richtung schnellte. Natürlich hatte sie Lilas Einwurf gehört.

»Das ist richtig.« Sie warf Lila einen prüfenden Blick zu, der jedoch nicht unbedingt böse wirkte. »Viele unsere Geschichten haben es geschafft, dass sie hier in dieser Welt als Märchen wiedererzählt und weitergegeben werden. Daher können Sie sich sicher auch vorstellen, wie es weiterging.«

Sie machte eine Pause, sah sich in der Runde um.

»Ich nehme an, Aurora hat sich an keiner Spindel gestochen?«, warf eine Blondine ein, die mir schräg gegenübersaß.

Miss Ishanti lächelte. »Nein, so etwas gab es nicht in Ayrion. Aurora starb an ihrem zwanzigsten Geburtstag durch die Hände von Tanian und mit ihr wurde unsere gesamte Welt zerstört.«

Der blau-lila Planet erschien wieder in unserer Mitte, nun brannte darauf jedoch ein großes Feuer, das sich rasend schnell ausbreitete und den ganzen Ball in gleißendes Licht tauchte, der wenig später in Tausende Teile explodierte.

Geschockt fuhr ich in meiner Glaskugel zusammen. Die

Bilder vor uns wirkten so real, dass ich meinte hautnah dabei zu sein und am eigenen Körper mitzuerleben, wie die Hitze sämtliches Leben und schließlich diese gesamte Welt versengte.

Für einen Moment war Miss Ishanti wieder ohne Hintergrundbild inmitten unseres Sitzkreises zu sehen, bis ein neuer Planet erschien. War das die Erde, unsere Welt? Ich warf einen genaueren Blick auf den rötlich glitzernden Erdball und verneinte die Frage für mich. Wenig später tat es auch Miss Ishanti.

»Das ist die Parallelwelt Talaon, in der wir Fairies nach dem Inferno wiedergeboren wurden. Es dauerte insgesamt fünftausend Jahre, bis alle Fairies in den dort lebenden Wesen einmal wiedergeboren worden waren. Die Talaoner verfügten ebenfalls wie die Menschen hier nicht über Magie, doch sie schafften es auch so, in ihrer Welt in Einklang mit der Natur und den Wesen zu leben. Wir Fairies waren glücklich, bis zum den Tag, an dem Prinzessin Aurora im Alter von zwanzig Jahren wiedererweckt wurde. Sie durfte gerade mal sieben Monate als Fairy erleben, bis Tanian sie erneut tötete und der Fluch sich wiederholte.«

Der Planet vor meinen Augen zerbarst wie der zuvor mit einem ohrenbetäubenden Knall. Wieder konnte ich die Hitze spüren, die von dem Inferno ausging und dessen Flammen nach mir zu lecken schienen.

Jetzt erschien die Erde. Ich erkannte sie sofort an den leuchtenden Blautönen und den bekannten Silhouetten der verschiedenen Kontinente. Innerlich schalt ich mich, wieso ich den roten Planeten vorher für die Erde gehalten hatte.

»Wie lange leben die Fairies schon hier?«, wollte ein Mädchen wissen, das irgendwo mir gegenüber hinter der Abbildung der Erde sitzen musste.

»Seit knapp eintausendfünfhundert Jahren«, antwortete Miss Ishanti.

»Und wurde Aurora schon wiedergeboren?«, fragte ein Junge zwei Plätze rechts neben mir drängend.

Die Lehrerin schüttelte den Kopf. »Nein.«

»Was ist mit Tanian?«, kam es wieder aus der Richtung hinter der Erde.

Miss Ishanti seufzte. »Ja, sie wurde hier bereits wiedergeboren, mehrfach sogar ...«

Sie wollte noch mehr sagen, wurde aber unterbrochen. Diesmal kam die Frage von der rothaarigen Elisabeth.

»Was heißt mehrfach?«

»Mehrfach bedeutet, dass unsere Fairy-Seele nach dem Tod des Menschen immer und immer wieder ins Leben zurückkehrt, in einem neuen Menschen. Das ist Bestandteil unseres Fluchs. Wir führen ein ständiges Leben in Wiedergeburt, ohne die Möglichkeit, jemals Frieden zu finden, ständig verbunden mit der Angst, dass sich die Geschichte wiederholt – so lange, bis der Fluch gebrochen wird.« Ihre Augen wurden leer, traurig, beinahe melancholisch und ich fragte mich, wie oft sie wohl schon wiedergeboren worden war. Du meine Güte, das wievielte Leben war wohl meines hier?

»Können wir uns als Fairy an unsere alten, vorherigen Leben erinnern?«, fragte Ralph und stützte den Kopf interessiert auf seine Hand.

Miss Ishanti nickte, zögerte aber dann. »Ja und nein. Nach der Beltane-Zeremonie können wir uns an Bruchstücke aus unseren vorigen Leben erinnern, je nachdem, was für uns besonders wichtig oder bedeutend war. Wir erinnern uns an Gefühle, Emotionen, Schicksalsschläge. Aber selten an jedes Detail und jedes Ereignis in den vorherigen Leben.«

»Und diese Tanian wurde hier in unserer Welt bereits wiedergeboren, richtig? Mehrfach, wie Sie sagten?« Ich hörte, wie meine eigene Stimme laut durch den Raum hallte.

Miss Ishanti schloss die Augen. Als sie sie wieder öffnete, war die Melancholie komplett daraus verschwunden.

»Ja, Tanian wurde bereits mehrmals hier in dieser Welt wiedergeboren, aber ihre Schwestern schafften es, sie jedes Mal sofort zu töten, und Anfang des letzten Jahrhunderts gelang es uns letztendlich, ein Mittel zu schaffen, durch das zumindest sie nicht mehr wiedergeboren werden kann.«

Ich wollte fragen, wie genau dieses Mittel denn funktionierte, aber Ralph kam mir mit einer anderen Frage zuvor.

»Kann dieser Fluch denn gebrochen werden?«

»Das weiß nur Tanian selbst«, antwortete die Lehrerin prompt. »Wir vermuten und hoffen, dass, sollte Aurora wiedererwachen, sie ihr zwanzigstes Lebensjahr vollenden kann. Und wie ich bereits sagte, kann Tanians Seele mittlerweile nicht mehr zurückkehren. Somit schließen wir aus, dass sie Aurora tötet.«

»Wie genau funktioniert dieses Mittel?«, stellte ich endlich meine Frage.

»Das …«, setzte Miss Ishanti an, wurde jedoch erneut unterbrochen.

»Aber Aurora könnte auch noch auf anderem Wege sterben, nicht wahr? Sie muss nicht unbedingt durch Tanians Hände sterben. Es könnte einfach ein Shuk kommen und sie töten, zum Beispiel.« Diese Frage kam von Lila, die neben mir an ihren Fingernägeln kaute. Aber eigentlich war es mehr eine Feststellung oder Schlussfolgerung.

»Das ist richtig. Daher sagte ich, dass wir hoffen, dass Aurora ihr zwanzigstes Lebensjahr vollenden kann, sollte sie wiedererwachen.«

Lautes Stimmengewirr setzte ein, als jeder seine Gedanken aussprechen wollte, doch Miss Ishanti hatte sich dafür entschieden, nichts mehr zu diesem Thema zu sagen, und winkte sämtliche Fragen mit einer Handbewegung ab.

»Wir Fairies setzen unsere Kraft für die Natur ein. Wir versuchen so gut es geht den Menschen zu helfen, auch wenn sich das schwierig gestaltet. Wir sind zu wenige im Vergleich zur Bevölkerung dieser Welt und außerdem wollen wir im Verborgenen agieren. Die Menschen fürchten sich schnell vor dem Unbekannten, vor allem vor Wesen aus anderen Welten. Außerdem müssen wir sie vor dem Bösen aus unseren eigenen Reihen schützen, denn mit den guten Fairies wurden natürlich auch die verfluchten Fairies, die Shuk, wiedergeboren.«

»Wir helfen den Menschen also, sind aber wahrscheinlich der Grund, wieso die Erde früher oder später in die Luft fliegt, sollte Aurora wiedererwachen?«, brachte Ralph die Situation in seiner gewohnt lässigen Art auf den Punkt.

»Wir sind Segen und Fluch zugleich, das ist richtig. Aber ich habe große Hoffnung für uns. Denn hier in dieser Welt existieren Wesen, die wir zuvor nicht kannten. – Engel.«

In unserer Mitte erschienen einige junge Männer mit schönen, weit geschwungenen Flügeln. Sie waren wie die Fairies allesamt schön und strahlten eine Stärke und Macht aus, wie ich es noch nie zuvor erlebt hatte – und das war nur eine Projektion!

Die Männer verschwanden allesamt, bis nur noch einer in der Mitte übrig blieb und ich stutzte.

»Hier sehen wir …«

»Azarael!«, keuchte Lila neben mir atemlos und beendete damit Miss Ishantis Satz vorschnell.

Dann flüsterte sie mir zu: »Mein Seeker hat mir von den Engeln erzählt. Das ist Azarael, der oberste von ihnen!«

Ich starrte weiterhin auf den Engel, dessen Abbild in überdimensionaler Größe nur wenige Zentimeter vor mir schwebte. Ich hätte nur eine Hand nach ihm auszustrecken brauchen, so nah war er mir. Er hatte strahlende, meerblaue Augen und halblanges blondes Haar, das ihm zerzaust in die Stirn fiel.

Und ich kannte ihn.

Ich kannte ihn aus meinen Träumen, vielmehr aus einem immer wiederkehrenden Albtraum, in dem ich vor einer wütenden Meute davonlief, die mich lynchen wollte, und immer er es war, der mich rettete. Wieso träumte ich von einem Engel, den ich noch nie zuvor gesehen hatte?

* * *

»Und wieder einmal stehe ich in deiner Schuld«, sagte ich und fuhr mir durch die zerzausten, verfilzten Haare. Ich trug eine dunkle, kratzige Raulederhose und eine sehr leichte, für meine Verhältnisse zu freizügige Bluse, die den Ansatz meines Busens (seit wann war dieser so üppig?) allzu deutlich zeigte.

Azarael stand gebückt über einem Feuer und stocherte mit einem Stock in der Glut herum.

»Ich kann schon gar nicht mehr zählen, wie oft ich dich bereits gerettet habe, aber du musst mir nicht danken«, murmelte er, drehte sich um und kam auf mich zu, in der Hand hielt er ein Fleischstück, das vermutlich mal ein Kaninchen oder Ähnliches gewesen war.

»Guten Appetit, du hast sicher schon seit Wochen nichts mehr gegessen außer Wasser und Brot«, sagte er und kam gefährlich nahe.

Wie aufs Stichwort begann mein Magen zu knurren. Er hatte recht. Ich ...

* * *

Etwas stieß von außen gegen meine gläserne Sitzkugel und warf mich etwas unsanft zur Seite.

»He, träumst du?«, fragte Lila und warf mir einen vorwurfsvollen Blick zu. »Wie kann man bei so einer Story rumträumen! Das ist unsere Geschichte!«

Ich sah sie betreten an, murmelte ein kleines »Sorry« und richtete meinen Blick erneut in die Mitte des Kreises, in dem mittlerweile die Bilder von verschiedenen Jungen und Mädchen gezeigt wurden. Sie waren etwa in meinem Alter, hatten noch den ein oder anderen Pickel im Gesicht, waren groß und schlaksig oder klein, dicklich, dünn, hässlich oder hübsch – so unterschiedlich, wie Teenager eben waren. Aber alle hatten etwas gemeinsam: Sie trugen bereits das Prueba auf der Stirn.

»Seit nun etwa eintausendfünfhundert Jahren werden hier in dieser Welt Menschen geboren, die die Seelen von Fairies in sich tragen«, erklärte Miss Ishanti, »und die an einer Beltane-Zeremonie im Alter zwischen siebzehn und neunzehn als Fairies erweckt werden. Mit der Erweckung verändert sich das Aussehen, die Fähigkeiten, Talente und sogar der Charakter und das Wesen des Gezeichneten. Als besonderes Zeichen tragen die jungen Fairies bereits das sogenannte *Prueba,* ein kleines aus Diamanten, Perlen und Kristallen bestehendes Muster, auf der Stirn, fest verwachsen mit der Haut. Dieses Zeichen zeichnet uns aus, und je mehr wir reifen und an Erfahrung gewinnen, desto mehr breitet es sich aus, bis es sich letztendlich über die gesamte Stirn erstrecken wird. Jedes Prueba ist absolut einzigartig, weil es sich individuell mit jeder Fairy weiterentwickelt, und dient somit auch der Identifikation, ist quasi wie ein Fingerabdruck.«

Miss Ishanti machte eine Handbewegung und die frisch gezeichneten Teenager verschwanden. Stattdessen tauchten nun kleine Kinder in unserer Mitte auf, die spielend hin und her jagten, weinten, auf dem Schoß ihrer Mutter saßen und von ihr ein Buch vorgelesen bekamen.

»Wie ich bereits kurz angesprochen habe, unterscheiden wir mittlerweile zwei Arten von Fairies. Die Fairies, die wiedergeboren wurden und erst erweckt werden müssen, und solche, die bereits als Fairies geboren werden. Die Kinder von uns Fairies kommen ohne jegliche Magie zur Welt. Diese erhalten sie erst beim Besuch der Schicksalsfairies, der wenige Tage nach der Geburt erfolgt. Die Eltern müssen die Urfairies formell einladen, was über einen speziellen Kristall geschieht, der ihnen am Tage der Geburt des Kindes überreicht wird. Man kann diese Zeremonie in etwa mit einer Taufe vergleichen.«

Lilas Finger schnellte in die Luft, und noch ehe Miss Ishanti sie richtig aufgerufen hatte, begann sie bereits loszureden.

»Verstehe ich das richtig, können sich Eltern auch dafür entscheiden, die Urfairies nicht einzuladen und somit ihr Kind menschlich zu lassen?«

Miss Ishanti nickte. »Ja, das ist richtig.«

»Und dann hat das Kind nie mehr die Möglichkeit, eine Fairy zu werden, nur weil die Eltern es so entschieden haben?«, fragte ein rothaariger Junge.

Die Lehrerin schüttelte den Kopf. »Nein, das wiederum ist falsch. Auch eine geborene Fairy ohne magische Fähigkeiten hat die Möglichkeit, sich an Beltane in eine Fairy zu verwandeln, wenn sie das möchte. Sie erhält dann sozusagen nachträglich ihre Fähigkeiten bei der Beltane-Zeremonie. Aber dies kommt sehr, sehr selten vor. Es gehört bei uns zur Tradition und zum guten Ton, sein Kind von den Urfairies beschenken zu lassen. Wer das nicht tut, riskiert, von der Fairy-Gesellschaft ausgeschlossen zu werden.«

Sie machte ein paar Schritte in die Mitte unseres Kreises und das Bild der spielenden Kinder erlosch.

»Werden die geborenen Fairies auch auf einem Schiff unterrichtet und was geschieht mit ihnen an Beltane?«, wollte ich wissen.

Miss Ishanti wandte sich mir zu, antwortete aber in Richtung aller Zirkelmitglieder.

»Die geborenen Fairies werden ebenso auf Schiffen unterrichtet, allerdings auf separaten und nicht gemeinsam mit Wiedererweckten. Ihre Ausbildung beginnt jedoch ebenso wie Ihre im Alter von siebzehn bis neunzehn Jahren, abhängig von Reife und Talent. Die Beltane-Zeremonie ist für geborene Fairies einfach nur ein Spektakel, dem sie gerne beiwohnen. Sie werden sich an diesem Tag nicht besonders verändern, da sie bereits richtige Fairies sind.«

Miss Ishanti wanderte zurück in die Mitte des Kreises und blickte prüfend reihum.

Dann machte sie eine große, einladende Geste in die Mitte

des Kreises und jetzt erschienen die Bilder einzelner Fairy-Frauen in der Mitte. Sie trugen allesamt lange, fließende Gewänder, die ihre Körper wie leichte Wellen umwaberten, hatten sehr lange Haare und jede von ihnen strahlte eine seltsame Ruhe und Macht aus. Ihre Blicke zeugten von der Erfahrung und Reife mehrerer Tausend Jahre Lebzeit. Kein Zweifel, das mussten die Urfairies sein.

»Seit dem letzten Jahr sind elf der Schicksalsfairies wieder vereint, denn am letzten Beltane-Fest wurde Helena Ambrosora, die elfte der Urfairies, die die Eigenschaft der besonderen Schönheit verleiht, wiedererweckt. Bereits in ihren Tests hatte sie außergewöhnlich gute Ergebnisse, war eine Fünffach-Elementarierin, und daher wussten wir, wie besonders sie war. Sie wurde auf der MS Fortune ausgebildet und befindet sich seitdem in der Obhut ihrer Schwestern, der anderen Schicksalsfairies.«

Lila streckte den Finger in die Luft und wurde mit einem Nicken aufgerufen.

»Also, im Fall, dass sich unter uns eine Fairy mit außergewöhnlich guten Ergebnissen befindet, könnte es sein, dass sie Aurora ist?«

Sie war irgendwie ganz blass, noch blasser als zuvor und knetete aufgeregt ihre Hände.

Miss Ishanti antwortete ernst.

»Nun, wenn sich herausstellen sollte, dass sich innerhalb Ihres Zirkels eine Fünffach-Elementarierin befindet, stehen die Chancen fünfzig zu fünfzig, dass es sich entweder um

Cayuga, die zwölfte Urfairy, oder Aurora, die Prinzessin handelt.«

»Oder um Tanian«, fiel ihr Lila ins Wort.

»Von der ich bereits sagte, dass sie nicht wiedererweckt werden kann.« Miss Ishanti kniff die Augen zusammen. Ich konnte diesen Blick nicht deuten, war sie etwa sauer? Oder einfach nur sehr angestrengt? Aber mit diesem Blick machte sie deutlich, dass dieses Thema nun für sie erledigt, endgültig erledigt war, indem sie ein anderes aufgriff. »Und nun teile ich Ihnen mit, für welche Tests Sie in den kommenden Wochen vorgesehen sind.«

Ein mulmiges Gefühl breitete sich in meiner Magengegend aus, obwohl ich gar nicht wusste, wieso.

»Also, ich weiß nicht, wie es *dir* geht, aber ich möchte weder als diese Cayuga noch als Aurora wiedergeboren werden. Ich möchte eine normale Fairy werden, so weit das möglich ist«, flüsterte ich Lila zu, die ernst vor sich auf den Boden starrte.

»Hm, also, wenn schon jemand Besonderes, dann wäre ich lieber Cayuga als Aurora. Lieber diejenige, die alles zum Guten wendet, als die, die verflucht ist.«

Ich sah sie mit zusammengekniffenen Augenbrauen misstrauisch an.

»Hey«, grinste sie da aufmunternd. »Du bist ja ganz blass. Jetzt mach dir nicht in die Hose! Komm schon! Wie groß ist wohl die Chance, dass ausgerechnet wir beide Cayuga und Aurora sind? Jetzt müssen wir erst mal diese Tests über uns ergehen lassen – das wird sicher wahnsinnig aufregend.«

Und sie sollte recht behalten. Nach Ende dieser ersten knappen Theorie-Einheit, in der ich die Urgeschichte aller Fairies erfahren hatte (und mir rauchte immer noch der Kopf davon), führte uns Miss Ishanti zurück auf das Schiff und an vielen weiteren Türen vorbei zu einem blauen Portal.

»Wir werden bereits vom ersten Team erwartet«, erklärte sie, hielt einen Kristall vor einen Scanner, ein blaues Auge wie das vor meiner Kabine, nur nicht ganz so divenhaft wie Elvira. Dann ging mit einem Zischen die Tür auf. Wie bei einem Aufzug schoben sich zwei blau glühende Wände auseinander und blauer Nebel stieg uns entgegen.

Ich hustete zweimal, dann folgte ich meinen Zirkelkameraden in den Dunst hinein.

KAPITEL 5

Als sich meine Augen ein wenig an das grelle, blaue Licht und den dunstigen Nebel, der den ganzen Boden bedeckte, gewöhnt hatten, konnte ich einzelne Konturen ausmachen. Neben meinen Zirkelkameraden nahm ich die Umrisse von Miss Ishanti und weiteren Personen wahr, die heftig gestikulierend mit ihr diskutierten.

»Das hier ist einfach alles der absolute Wahnsinn!«, keuchte Lila neben mir und auch ich fing an mich um die eigene Achse zu drehen, um den ganzen Raum betrachten zu können.

Doch so sehr ich mich auch bemühte, ich konnte auch hier keine Begrenzungen entdecken. Alles bestand aus hellem Licht oder Nebel, wieder wie im Weltall – nur war der Himmel diesmal nicht dunkelblau und von Sternen oder dem Firmament bedeckt, sondern alles war in dieses grelle, hellblaue Licht getaucht – versehen mit Nebelschwaden und vereinzelt leuchtete hier und da etwas Undefinierbares in der Ferne auf.

Ein wenig verängstigt drängten wir Frisch-Gezeichneten uns aneinander, alle unsicher, was mit uns geschehen würde.

Miss Ishanti trat wieder vor uns.

»Wir werden euch in Teams von je sechs Personen aufteilen, die in unterschiedlichen Disziplinen getestet werden. Somit werden lange Wartezeiten vermieden«, erklärte sie, sah kurz auf und begann dann die Namen der einzelnen Teams vorzulesen.

* * *

Ich hatte das Glück (oder Pech?) mit Lila in einem Team zu sein. Auch Ralph Nero, der hübsche Junge, der stets lässig seine Hände in den Hosentaschen vergraben hatte und an einem Kaugummi kaute, um wohl noch cooler zu wirken, gehörte dazu.

Die anderen drei Teilnehmer unserer Gruppe waren Mädchen, alle recht hübsch, schlank und ziemlich groß. Eine von ihnen, ich glaubte, sie hieß Tanja, hatte lange blonde Locken, umwerfend blaue Augen und ein Porzellangesicht, das dem einer Puppe ziemlich gleichkam. Die anderen beiden hießen Susanna und Melody und glichen beide zwei Barbiepuppen, mit ihrer großen, schlanken Figur und den blonden langen Haaren. Die drei hätten glatt als Drillinge durchgehen können, hätten sie nicht vollkommen unterschiedliche Gesichtszüge.

»Ich hoffe, wir werden einzeln bewertet und nicht als Gruppe«, sagte Tanja und musterte vor allem mich und Lila von oben bis unten abschätzig.

»Wie sollte das bitte schön denn gehen?« Lila stellte sich ihr mit vor der Brust verschränkten Armen entgegen. »Wie willst du in einem Gruppentest herausfinden, wer welches Element beherrschen kann?«

Tanja zuckte mit den Achseln. »Keine Ahnung. Ich hoffe nur, dass meine Leistung nicht von der Leistung der Gruppe hinuntergezogen wird.«

Lila verdrehte die Augen und wedelte mit der rechten Hand vor den Augen auf und ab, um mir damit zu zeigen, dass sie der Meinung war, diese Tanja habe wohl einen an der Klatsche.

»Gruppe sieben!«, rief da Miss Ishanti und meinte uns damit.

Tanja bedachte uns noch einmal mit einem intensiven Blick, der uns wohl warnen sollte keine Dummheiten zu machen, dann machte sie auf dem Absatz kehrt und drehte uns den Rücken zu. Die beiden Barbie-Blondinen folgten ihr. »Na, mit der werde ich garantiert nicht warm!«, zischte Lila und schüttelte verächtlich den Kopf. »Hochnäsig und eitel.«

Ich seufzte. Solche Mädchen gab es irgendwie an jeder Schule. Ich hoffte nur, dass ich nicht allzu viel mit dieser Tanja zu tun haben müsste.

Den Blick auf den Boden gerichtet, trottete ich unserer Gruppe nach zu Miss Ishanti. Auch Ralph, der von einer anderen Gruppe langsam zu uns herübergeschlendert kam, stellte sich lässig dazu.

»Wo bist du die ganze Zeit gewesen? Und wieso bist du bei einer anderen Gruppe? Du bist doch uns zugeteilt, das hast du ganz genau gehört!«, giftete Lila ihn an, aber er grinste nur.

»Hey, was hast du denn für ein Problem? Ich bin doch da, also ganz cool bleiben.«

Und wieder wanderten seine Hände in die Hosentaschen.

»Ihr Team wird zunächst auf Wasser und Feuer getestet«, erklärte Miss Ishanti soeben.

»Tanja ...«, begann sie, und noch ehe sie den Nachnamen von Barbie Nummer eins verkünden konnte, trat diese eifrig vor.

»Hier, Miss Ishanti. Wir können sofort beginnen.«

»Du bist die Erste«, sagte die Lehrerin streng und meinte zu uns anderen: »Bitte folgt mir.«

Sie führte uns weiter durch den Nebel, bis dieser sich etwas lichtete und den Blick freigab auf einen mit einer Reling gesicherten Steg, der über ein großes Wasserbecken führte, das locker die Größe von drei bis vier Fußballfeldern besaß. Mitten auf dem Steg stand eine Frau mit langen meerblauen Haaren, die sich leicht kräuselten. Sie trug eine blaue Kutte und sah irgendwie aus wie eine Nixe – nur ohne Fischschwanz. Als wir näher kamen, bemerkte ich auch, dass ihre Haut leicht glitzerte, wie Schuppen bei einem Fisch, nur dass es eben keine waren. Ihr blau schillerndes Prueba sah aus wie ein Wassertropfen, und wie kleine Wellen erstreckten sich weitere kleine Steine bogenförmig über ihre Augenbrauen hinauf zum Haaransatz.

»Mein Name ist Merlana«, stellte sie sich vor. »Ich werde Sie auf die Beherrschung des Elements Wasser testen.«

Wir nickten alle klamm und ich merkte, wie meine Handflächen schwitzig wurden. Jetzt wurde es also ernst, meine erste magische Prüfung! Was mich hier wohl erwartete? Wie ich abschnitt? Und wenn ich nun gar keine magischen Fähigkeiten besaß? Bis jetzt war mir noch nie etwas Ungewöhnliches an mir aufgefallen, nicht wie bei Harry Potter zumindest, der ja mit Schlangen sprechen konnte, bevor er zum Zauberer ausgebildet wurde.

»Keine Sorge«, fuhr Merlana fort und lächelte uns milde an. »Ihre Aufgabe ist einfach. Sie müssen lediglich mit diesem Krug hier Wasser in ein Glas einschenken, bis es randvoll ist.«

Sie nickte Tanja zu, die daraufhin mit vor Aufregung rot glänzenden Wangen vortrat. Sie rieb sich die Hände und sah Merlana erwartungsvoll an, die jedoch nur auf einen gläsernen Tisch deutete, auf dem sich ein Tonkrug mit Wasser befand.

»Nur zu.« Die Prüferin nickte in Richtung der blonden Barbie, die sie verständnislos ansah.

»Und wo ist das Glas?«, fragte sie dann und stemmte die Hände in die Hüften.

Merlana sah kurz auf.

»Eben das ist ja die Aufgabe«, sagte sie und lächelte nach wie vor milde.

Tanja sah sie ungläubig an.

»Das ist doch nicht Ihr Ernst? Ich soll Wasser in ein unsichtbares Glas füllen?«

Merlana schüttelte den Kopf. »Nicht unsichtbar. Es ist tatsächlich kein Glas vorhanden. Aber wenn Sie ein gewisses

Talent an Wassermagie besitzen, wird es Ihnen gelingen, das Wasser so zu formen, dass es nicht auf die Tischplatte fließt. Am perfektesten wäre natürlich, wenn das Wasser die Form eines Glases oder einer Tasse annehmen würde, aber das wäre für den Anfang zu viel verlangt. Mir würde es schon reichen, wenn Sie eine Kugel oder ein sonstiges Gebilde zustande bringen. – Also, fangen wir an.«

Tanja schluckte ein paarmal, dann stellte sie sich mit entschlossenem Blick vor dem Wasserkrug auf, atmete tief ein und aus und umfasste den töpfernen Haltegriff. Sie schloss die Augen, um sich zu konzentrieren, wie ich vermutete, und kippte den Krug leicht, sodass ein paar Tropfen Wasser hervorquollen. Sie tropften fast lautlos auf die Tischplatte und blieben als kleine Wasserperlen liegen.

Tanja versuchte es noch einmal, traute sich aber wieder nicht mehr als nur ein paar Wassertropfen herausfließen zu lassen.

»Wenn ich Ihnen einen Tipp geben darf: Schütten Sie so viel Wasser aus wie möglich, und beginnen Sie dann es zu formen«, sagte Merlana geduldig.

Tanja wischte sich mit dem Handrücken über die Stirn und ich konnte mir ein kleines schadenfrohes Grinsen nicht verkneifen. Hochmut kam eben vor dem Fall. Aber schnell rügte ich mich innerlich. Ich sollte nicht so spotten, wer wusste schon, wie ich mich gleich anstellte? Leider würde ich das ja bald erfahren.

Unsere blonde Barbie hatte inzwischen den halben Krug

Wasser auf die Tischplatte geleert und versuchte nun mit zusammengebissenen Zähnen irgendwie das Wasser zu formen. Sie strich mit den Handflächen über die Platte und versuchte zu verhindern, dass Wassertropfen auf den Boden flossen.

»Genug«, hielt Merlana sie auf und seufzte. »Sie sind wohl nicht für die Wassermagie geeignet. Die Nächste bitte – oder *der* Nächste.«

Den beiden anderen Mädchen, Susanna und Melody, erging es ähnlich – obwohl Melody sogar einige Tropfen zurück in die Mitte des Tisches fließen lassen konnte, ohne dass sie sie berührte. Aber auch das war Merlana zu wenig und sie schickte sie weiter.

Ralph war ebenso erfolglos wie Tanja, nur veranstaltete er mit dem Krug gleich eine ganze Wasserschlacht, da er den kompletten Inhalt mit voller Wucht auf den Tisch kippte, sodass es nur so spritzte und wir anderen Umstehenden auch den ein oder anderen Tropfen abbekamen.

Merlana schüttelte grimmig den Kopf, aber Ralph grinste nur von einem Ohr zum anderen, steckte wieder lässig die Hände in die Hosentaschen und trottete von dannen.

Dann war Lila an der Reihe.

Entschlossen nahm sie den Krug in die rechte Hand, hob ihn ein wenig vom Tischrand hoch und goss etwa die Hälfte davon auf die Mitte der gläsernen Tischplatte. Mit der linken Handinnenfläche machte sie eine Bewegung und das Wasser sammelte sich zu einem Kreis.

Merlana sah interessiert auf und zog die Augenbrauen hoch.

Doch Lila machte noch weiter. Sie hatte den Krug inzwischen beiseitegestellt und bildete mit ihren Händen eine Schale oder ein Gefäß, in das das Wasser hineinfloss und sich nun zwischen ihren Handflächen verteilte. Dort blieb es wie eine Kugel liegen.

»Genug«, sagte Merlana und nickte anerkennend. »Lila Rebellion, ich gratuliere, Sie sind eine sehr begabte Wasser-Elementarierin. Willkommen in meinem Zirkel.«

Dann machte sie eine einladende Geste in meine Richtung und ich trat vor.

Ich zitterte vor Aufregung und zwang mich zur Ruhe, indem ich einmal tief ein- und wieder ausatmete.

Keine Panik, Sophie, du schaffst das! Und selbst wenn du die Aufgabe nicht lösen kannst, ist ja nicht so schlimm, vielleicht bist du ja eine Erd-Elementarierin oder Feuer-Elementarierin so wie Taylor, versuchte ich mir Mut zu machen und nahm – wie ich es bei Lila gesehen hatte – den Krug mit der rechten Hand auf. Ich hob ihn ein wenig hoch und goss dann etwa die Hälfte davon auf den Tisch, konnte allerdings nicht verhindern, dass es Richtung Tischrand floss und langsam nach unten tropfte.

Konzentriere dich! Konzentriere dich! Ich schloss die Augen und versuchte verzweifelt irgendetwas an der Tatsache zu ändern, dass das Wasser nun eben immer davonfloss, schaffte es allerdings nicht. Mit einem letzten leisen »Plopp« befand sich nun der halbe Inhalt des Krugs auf dem Boden.

Merlana seufzte. »Schade, na ja, immerhin *eine* neue Schülerin. – Die Wasser-Elementarier sterben demnach nicht ganz aus.« Sie zwinkerte uns zu, drehte sich dann um und winkte das nächste Team, das hinter uns bereits in den Startlöchern stand, zu sich.

»O Mann, ich bin eine Wasser-Elementarierin, ist ja stark«, keuchte Lila neben mir und ihre Wangen waren knallrot vor Freude.

Ich beglückwünschte sie knapp und freute mich für sie.

* * *

Der nächste Test fand an einer großen Feuerschale statt, vor der sich bereits Tanja und die Blondinen aufgebaut hatten und eifrig tuschelten.

»Gott, wie mir die jetzt schon auf die Nerven gehen«, sagte da Ralph zu uns, der sich unbemerkt neben mich und Lila gestellt hatte.

»Wir sollten sie umbenennen in Barbie, Skipper und Shelly«, spottete auch Lila und ich lachte.

»Jep, das könnte man machen«, stimmte ich zu.

Da trat ein Mann in einer schwarzen Lederkluft zu uns. Er sah aus, als wäre er gerade von einem Motorrad gestiegen, hatte sogar Lederhandschuhe übergestreift und steckte in derben, breiten Stiefeln, die vorne mit metallenen Schutzkappen versehen waren. Sein feuerrotes Prueba glühte beinahe und weitere schwarz-goldene Steine gruppierten sich wie Feuersteine auf seiner Stirn.

»Ich bin Falk, aber Sie dürfen mich gern Fancy nennen, wie alle meine Schüler, und ich soll Sie heute prüfen, wie gut Sie mit dem Feuer spielen können«, sagte er und warf uns einen durchdringenden Blick zu.

Fancy war ein schöner Mann, groß, breitschultrig mit einem Dreitagebart, wilden tiefschwarzen Haaren, vielen Muskeln und – er war cool. Ich hatte schon von ihm gehört. Claire und ihre Freundinnen schwärmten allesamt für ihn.

»Sie sind mit Sicherheit eine Wasser-Elementarierin, nicht wahr?«, fragte er da und sah zu meinem Erstaunen mich an.

»Wie? Ich?«, stotterte ich und deutete mit meinem Zeigefinger auf meine Brust.

Er grinste. »Na ja, wer so ein schönes blaues Prueba hat …«

Verlegen schüttelte ich den Kopf. »Ich … nein … ich …«

»Schade, da wird Merlana wieder mal traurig sein. Sonst jemand?«

Er blickte in die Runde und Lila zeigte stolz auf.

»Ja, ich, ich bin eine Wasser-Elementarierin!«

Wenn Blicke töten könnten, wäre Lila sofort zu Boden gefallen bei dem Blick, der ihr aus Tanjas Augen in dem Moment entgegenschoss.

»Sehr gut!«, lachte Fancy. »Dann müssten Sie bei meiner Prüfung ja mit Donner und Gloria versagen! Kommen Sie doch gleich mal her.«

Lilas Euphorie war verschwunden und Tanjas Gesicht zierte wie immer das bekannte überhebliche Lächeln.

»Was muss ich tun?«, fragte Lila und versuchte ihre leicht zittrige Stimme wieder unter Kontrolle zu bringen.

»Eigentlich ist es wie alle Initialtests nicht schwer, zumindest für diejenigen, die ein gewisses Elementartalent dafür besitzen«, erklärte Fancy und stellte sich hinter die Feuerschale. »Sie halten Ihre Hand ins Feuer – so wie ich ...« – Oh, er machte es uns sogar vor! »Und holen mit einer kleinen Bewegung, so als ob Sie einen Apfel pflücken wollten, einen kleinen Feuerball heraus und schleudern diesen von sich weg.«

Mit einem Krachen landete seine Feuerkugel – so groß wie ein Basketball – im hinteren Teil dieses überdimensionalen Kosmos.

»Das ist alles«, sagte Fancy wieder und stellte sich amüsiert grinsend, die Hände in den Hüften, vor seine Prüflinge.

Ich sah, wie Lila schluckte, und drückte ihr spontan die Daumen. Auch Ralph neben mir war angespannt, wie ich zu meinem Erstaunen bemerkte. Nur Tanja, Melody und Susanna (wie hatte Ralph sie noch einmal genannt? Barbie, Skipper und Shelly – bei den Namen musste ich immer wieder grinsen) standen da, betrachteten desinteressiert ihre Fingernägel und sahen von oben herab zu, wie Lila sich blamierte.

Sie griff kurz ins Feuer und zog ihre Hand sofort mit einem Aufschrei zurück.

»Ups, das war wohl nichts«, verkündete Fancy und strich ihr sanft über die Schulter. »Alles okay?«

»Ich ... ich glaube schon«, stotterte Lila ein wenig schockiert und rieb sich die leicht gerötete Hand.

»Dieses Feuer hier ist magisch verändert, es kann Sie also verletzen. Seien Sie daher vorsichtig. Wenn Sie keine Feuer-Elementarierin sind, können Sie aus diesem Element hier keine Kugel ziehen.«

Er klopfte ihr leicht auf den Rücken und winkte Ralph zu sich.

Barbie und ihre beiden »Schwestern« tuschelten aufgeregt und sahen immer wieder gehässig zu Lila hinüber.

»Ignorier die drei einfach«, sagte ich zu ihr. »Du warst toll.«

»Na ja, vielleicht bei der Wasserprüfung. Hier habe ich ja auf ganzer Linie versagt«, sagte sie resigniert und rieb sich immer noch die Hand.

»Hey, du kannst nicht in allen Elementen gut sein. Du bist nun mal eine Wasser-Elementarierin. Sei doch froh, dass du das weißt«, versuchte ich sie aufzubauen.

»Aber ich wollte doch so gern auch eine Feuer-Elementarierin sein! Eine seltene Zweifach- oder sogar Dreifach-Elementarierin«, meinte sie trotzig. Ich grinste und zuckte mit den Achseln.

»Man kann nicht alles haben.«

In dem Moment bemerkten wir ein leises Krachen und sahen hinüber zur Feuerstelle. Fancy lachte laut und klopfte einem strahlenden Ralph auf den Rücken.

»Ja sieh mal einer an, ein prächtiger Feuer-Elementarier. Herzlichen Glückwunsch, Ralph.«

Ralph nahm die Glückwünsche dankend entgegen und warf mir und Lila ein breites Grinsen zu. Tanja, die als Nächstes an die Reihe kam, bedachte Ralph tatsächlich mit einem anerkennenden Nicken und ging erhobenen Hauptes zum Feuer. Sie war sich ihrer Sache wohl ganz sicher, denn ohne zu zögern, streckte sie ihre rechte Hand ins Feuer – schrie aber sofort auf.

Fancy trat zu ihr und riss sie vom Feuer weg, da sie sich weigerte die Hand wieder aus den Flammen zu ziehen.

»Seien Sie doch nicht dumm!«, rief er ihr ins Gesicht und betrachtete ihre Hand, die bereits kleine Blasen warf. »Wenn Sie sich am Feuer verbrennen, ist es doch wohl offensichtlich, dass Sie dieses Element nicht beherrschen können, oder?«

»Ich dachte, vielleicht kommt das ja noch und der Schmerz ist nur anfänglich«, verteidigte sie sich und sah fasziniert mit an, wie er sich um ihre Hand kümmerte.

Er schüttelte den Kopf und auch ich fragte mich, wie man nur so dumm sein konnte.

»Sie.« Er wandte sich an Lila, die sofort herbeieilte.

»Wie gut kennen Sie sich an Deck aus?«

»Äh, ziemlich gut«, gab Lila zu und ich wusste, das war nicht gelogen.

»Dann bringen Sie sie zum Krankendeck und lassen ihre Hand von einem Heiler versorgen. Und dann geben Sie Lauren, äh, ich meine, Miss Ishanti Bescheid, dass dieses Mädchen hier die weiteren Element-Tests zu einem späteren Zeitpunkt ablegen wird.«

Ich hätte sie auch zum Krankendeck bringen können, überlegte ich kurz. Ich hatte gleich nach meiner Ankunft Frankies

Rat befolgt und mich von einem Heiler durchchecken lassen, der jedoch außer ein paar bereits schwindenden blauen Flecken und einigen wenigen, ebenfalls abheilenden Prellungen und Muskelverspannungen nichts hatte entdecken können – Gott sei Dank. Aber als ich Lila so mit der jammernden Barbie im Schlepptau beobachtete, wie sie sich zu Miss Ishanti vorarbeiteten, die sich ganz in der Nähe mit einem älteren Mann unterhielt, dessen mit Moos durchzogener Bart fast bis zum Boden reichte, war ich froh, dass Fancy nicht mich um diesen Gefallen gebeten hatte.

Was ist denn das für ein Waldschrat?, fragte ich mich unwillkürlich und blickte wieder auf den Mann bei Miss Ishanti. *Wie alt er wohl war? Mit Sicherheit mehrere Hundert, wenn nicht sogar fast tausend Jahre alt!* Aber ich hatte keine Zeit, weiter darüber nachzudenken, da Fancy mich aufforderte zum Feuer zu gehen.

Beklommen stellte ich mich vor die Schale. Da sollte ich wirklich reingreifen? Mir kam wieder das Bild von Tanjas verbrannter Hand in den Sinn. Schrecklich. Sobald ich nur den Hauch von Schmerz empfand, musste ich mich sofort zurückziehen, schärfte ich mir ein. Dann schloss ich die Augen und hielt mit angehaltenem Atem meine rechte Hand ins Feuer.

In Erwartung eines stechenden Schmerzes zuckte ich zusammen, doch er blieb aus. Alles, was ich spürte, war ein warmes Kribbeln, das bald meinen ganzen Arm erfüllte und mich leicht kitzelte.

Ich lächelte unwillkürlich und öffnete die Augen. Ja, meine

Hand befand sich noch immer in den Flammen und es tat nicht weh! Ich griff tiefer hinein und auf einmal fühlte es sich an wie eine Gel-artige Substanz, die ich deutlich anfassen und herausnehmen konnte. Ich holte eine kleine Feuerkugel heraus und warf sie hinter mich.

Ich war eine Feuer-Elementarierin! Wie Taylor! Wahnsinn!

Fancy grinste mich an.

»Wunderbar! Willkommen in meinem Zirkel!«, sagte er und sah mich anerkennend an. »Du bist zwar nicht so begabt wie unser anderer Neuling hier …«, er warf Ralph einen Seitenblick zu, »… aber mit ein wenig Training wird das schon.«

Na toll, und schon war meine Freude wieder verflogen. Nicht so begabt wie unser Neuling hier? Ich war immerhin froh überhaupt irgendeine magische Fähigkeit zu haben, und es war auch noch Feuermagie, und dann war ich in den Augen des Lehrers nicht begabt genug? Na und? Ich war immerhin eine Feuer-Elementarierin!

Mit Genugtuung nahm ich die neidischen Blicke von Skipper und Shelly wahr – ein kleiner Trost. Ach ja, und nicht zu vergessen, Barbie persönlich war mit verbrannter Hand auf dem Weg zum Krankendeck.

Ralph umarmte mich überschwänglich und ich grinste.

»Herzlichen Glückwunsch«, murmelte er an meinem Ohr.

»Das kann ich nur zurückgeben«, sagte ich und löste mich aus der Umarmung.

»Schon ein irres Gefühl mit dem Feuer, oder? Hat es sich bei dir auch so matschig angefühlt?«, fragte er und ich nickte.

»Ich glaube, das liegt daran, dass es magisch verändert wird«, fuhr er fort und warf einen prüfenden Blick zurück zur Feuerschale.

»Schon möglich«, pflichtete ich ihm bei.

Interessiert beobachteten wir beide, wie sich Skipper und Shelly bei der Feuerprüfung anstellten, und drückten beide die Daumen, dass sie KEINE Feuer-Elementarier waren.

Und unsere Hoffnung wurde erfüllt. Beide zogen schon nach den ersten Sekunden die Hände aus den Flammen und stießen enttäuschte und frustrierte Seufzer aus.

Als wir uns schon auf den Weg aus dem Portal machen wollten, rief uns Fancy noch einmal kurz zu sich.

»Hey, ihr beiden, Unterrichtsbeginn ist nächsten Montag um exakt neun Uhr, Portal dreiundzwanzig, und seid mir ja pünktlich! Ich trainiere hart mit meinen Schülern und es gibt nichts, was ich mehr verabscheue als Unpünktlichkeit – verstanden?«

Wir nickten ehrfürchtig.

»Gut, dann noch einen schönen Tag.«

Damit wandte er sich seiner nächsten Gruppe von Prüflingen zu.

* * *

In den Prüfungen Erde und Luft am nächsten Tag versagte ich jämmerlich.

Bei Erde sollte ich dafür sorgen, dass sich eine Schlingpflanze um einen Holzstab wand, aber bei mir regte sie sich keinen Zentimeter. Im Gegenteil, sie verdorrte sogar halbwegs. Ralph hatte ebenso wenig Glück. Bei ihm verdorrte sie zwar nicht, aber der elektrische Schlag, den er bei ihrer kurzen, ungewollten Berührung abbekommen hatte, reichte, um sich fluchend in eine Nische zurückzuziehen.

Lila hingegen hatte mehr Glück. Wider Erwarten des Waldschrats, der sich zu unserer Belustigung als Mr Woody, der Erd-Elementarier-Lehrer, herausstellte, hatte Lila ein Händchen für die Erde. Nach nur wenigen Minuten hatte sich die Liane spiralförmig um den Holzstock gewunden und sprachlos starrte Dr. Woody abwechselnd auf das Gewächs und auf seine neue Schülerin.

»Wasser- und Erd-Elementarierin«, sagte er anerkennend und stützte sich auf seinen Stab. »Das hat es schon länger nicht mehr gegeben. Ich gratuliere Ihnen, junge Dame.«

Lila wurde rot und schüttelte dem alten Mann zögernd die faltige Hand.

»Ich fass es nicht, du bist Wasser- und Erd-Elementarierin!«, keuchte auch Ralph und starrte Lila an, als wäre sie das achte Weltwunder.

Die Luft-Prüfung verlief bei mir wieder sehr trostlos.

Der Test war simpel. Man sollte mit dem Rücken zu einer brennenden Kerze stehend die Flamme auspusten. Bei mir flackerte es noch nicht einmal, im Gegenteil, die Flamme wurde noch größer und größer und brachte die Kerze vollends zum Schmelzen.

»Feuer-Elementarier! Unmöglich!«, war der Kommentar der Luft-Elementarier-Lehrerin Miss Flouting dazu, die mich mit einem leicht amüsierten Blick bedachte und schleunigst eine neue Kerze besorgte.

Auch Ralphs Prüfung endete nicht gerade positiv. Er vernichtete die Kerze zwar nicht so wie ich, aber der Furz, den er statt eines magischen Luftzugs von sich gab, brachte alle zu herzhaftem Lachen, vor allem als er dann noch behauptete, das sei in der Tat ein magischer Lufthauch gewesen.

Lila allerdings schaffte es wieder, ohne sich auch nur zu bewegen oder überhaupt zu atmen, die Flamme vollständig zu löschen. Alle flippten vollkommen aus. Eine Dreifach-Elementarierin! Eine der wenigen neben Taylor! Der helle Wahnsinn!

Aber ich begann langsam mir wegen ihrer Fähigkeiten Sorgen zu machen. Wenn Sie jetzt auch noch eine Geist-Elementarierin war – aber nein, sie konnte das Feuer ja nicht beherrschen. Daher war ausgeschlossen, dass sie als Fünffach-Elementarierin und damit als potenzielle Aurora oder Cayuga infrage kam. Ich musste mich wohl mit dem Gedanken anfreunden, dass ich gleich zwei der überaus seltenen Dreifach-Elementarier in meinem Bekanntenkreis hatte. Und ich gestand mir ein, dass ich ein klein wenig neidisch auf Lila war, die jetzt eine Gemeinsamkeit mit »meinem« Taylor hatte.

Das sagte ich meiner neu gewonnenen Freundin natürlich nicht, die sich wie eine Schneekönigin über ihre außergewöhnlichen Fähigkeiten freute.

»Das müssen wir feiern! Ich lade euch ein – habt ihr Lust

auf die Mexican Bar?«, sagte Lila voller Euphorie und meinte damit mich und Ralph, die wir natürlich sofort zusagten. Wir freuten uns mit ihr, Ralph natürlich mehr als ich, und beobachteten grinsend, wie Lila im Freudentaumel umherwirbelte und von den restlichen Schülern mehr oder weniger ehrlich beglückwünscht wurde.

Nun fehlte nur noch die morgige Geistprüfung, dann hatten wir die Elementartests hinter uns und wussten, wer welches Element beherrschen konnte.

* * *

Ich lag quer über dem Bett in meiner und Claires Kabine und zappte ziellos durch die Fernsehkanäle. Ein kurzer Blick auf die Uhr an der Wand verriet mir, dass es Viertel vor sieben war.

In einer Viertelstunde traf ich mich mit Lila und Ralph, meinen beiden neuen Freunden, in der Mexican Bar, in der wir das Ergebnis unserer ersten Tests feiern wollten, vor allem Lilas ausgezeichnetes Ergebnis.

Zum ersten Mal, seit ich auf der Fairytale war, hatte ich mich nicht übermäßig herausgeputzt, musste ich doch diesmal nicht mit Claire und ihren Freundinnen mithalten.

Ich trug eine dunkle Jeans, einen leichten, schwarz-weiß gestreiften Pullover und ein weißes Halstuch, dazu leichtes Make-up. Meine Haare trug ich offen, sodass sie mir in sanften Wellen über die Schultern fielen.

Ich war bereits bei Programm 100 angekommen und hatte es schon fast aufgegeben, noch einen halbwegs vernünftigen Sender zu finden, da erschien auf Programmplatz 101 ein Sender, der sich »Fairy Channel One« nannte. Interessiert setzte ich mich auf und verfolgte neugierig die Sendung, die dort soeben gezeigt wurde. Eine brünette Fairy in adrettem rotem Kostüm und einem wunderschönen, rot glitzernden Prueba stand vor einem dunklen Stehtisch und berichtete von der im vergangenen Jahr neu erweckten Schicksalsfairy.

»Man kann wohl davon ausgehen, dass Helena Ambrosora die bisher Beeindruckendste der Schicksalsfairies sein wird. Mit ihrem jugendlichen Charme bezaubert sie bereits jetzt schon die hochrangigsten Fairies. Vorrangig wird sie natürlich ihre Ausbildung fortsetzen – wo das sein wird? Wir dürfen gespannt sein. Man vermutet, dass sie – wie ihre Schwestern bereits vor ihr – die Shangri-Academy besuchen wird. Zum Schutze der jungen Fairy werden auch einige Engel mit ihr reisen. Womit wir zum nächsten Punkt unserer Sendung kommen. Heute wurde uns von den allerhöchsten Kreisen bestätigt, dass der oberste der Engel, Azarael, aus seinem Exil zurückgekehrt ist. Vor ungefähr einem Jahrhundert hatte sich Azarael vermutlich in einen der obersten Gebirgszüge des Himalaja zurückgezogen, so sagen Experten, aus bisher noch unerklärlichen Gründen. Was ihn nun dazu bewogen hat, sich zurück in die Fairy-Zivilisation zu begeben, können wir heute noch nicht mit Bestimmtheit sagen. Man kann jedoch davon ausgehen, dass es mit der Erweckung der elften Schicksalsfairy zusammenhängt. Es ist jetzt zu befürchten, dass eventuell auch Aurora bald wiedererwachen könnte. – Und nun zum Wetter. In den kommenden ...«

Ich schaltete aus und starrte wie gebannt den dunklen Bildschirm an. Azarael hatte sein Exil verlassen – wieso machte mich diese Nachricht so nervös? Ich wusste doch überhaupt nichts von ihm, einmal von den Träumen abgesehen. Aber ich saß stocksteif auf dem Bett und konnte mich nicht rühren. Immer wieder kreisten meine Gedanken um das Bild, das man eben im Hintergrund der Nachrichtensprecherin eingeblendet hatte. Ein Foto des blonden, hochgewachsenen, hübschen Mannes, der mir immer in meinem Träumen das Leben rettete. Wieso nur träumte ich andauernd von ihm?

Ein kurzer Blick auf die Uhr ließ mich aufspringen. Oje, schon kurz nach sieben, ich kam zu spät! Schnell eilte ich aus dem Zimmer, den Korridor entlang zu den Aufzügen.

Die Mexican Bar lag auf Deck 7, also nur zwei Decks unter meiner Kabine. Ich spurtete aus dem Lift und stand auch schon vor dem Café, das mit sandfarbenem Holzboden ausgelegt war. Die Wände bestanden aus beigefarbenem Stein und überall befanden sich Kakteen und seltsame Steinfiguren zur Dekoration. Meine Zirkelkameraden saßen an einem der Ecktische und winkten mir freudig zu, als sie mich sahen.

»Hey, da bist du ja endlich«, rief Lila und umarmte mich überschwänglich.

Zuerst war ich ein wenig überrumpelt, erwiderte dann jedoch die Umarmung herzlich.

»Wir waren so frei und haben für dich ’nen kleinen Hugo mitbestellt – zum Anstoßen«, erklärte Ralph und deutete mit dem Zeigefinger auf ein Sektglas, das mit einem Minzblatt und vielen Eiswürfeln dekoriert war.

»Ja, sorry, dass ich zu spät bin, aber ich hab gerade noch eine Sendung auf diesem Fairy-Sender angesehen, wie hieß er noch gleich … irgendwas mit One …«, erklärte ich und nahm neben Ralph Platz.

»Fairy Channel One vielleicht?«, half mir Lila auf die Sprünge und nippte an ihrem Sektglas.

Ich nickte eifrig. »Ja, die haben da gerade eine Sendung über diese neu erweckte Schicksalsfairy gezeigt und dass Azarael aus dem Exil zurückgekehrt ist.«

»Ja, das zeigen die schon den ganzen Tag. Das ist die Sensation des Tages, dass Azarael zurück ist!«, sagte Lila und nahm nun einen größeren Schluck von dem sprudelnden Getränk.

»Hey, wollen wir nicht erst mal zusammen anstoßen?«, sagte da Ralph und hob sein Glas in die Höhe.

Wir taten es ihm nach und klirrend stießen die bauchigen Gläser aneinander.

»Auf die ersten Tests!«, sagte er und wir erwiderten: »Auf die ersten Tests!«

Dann nahmen wir gemeinsam einen großen Schluck. Es war sehr süß und von dem Alkohol schmeckte man kaum etwas.

»Und als Nächstes stoßen wir auf Azarael an!«, sagte Lila euphorisch und hob erneut ihr Glas.

Ich konnte nichts dagegen tun, aber ich prustete den eben noch genommenen Schluck aus und hustete schwer.

»Wie bitte?«, keuchte ich und sah sie mit verschwommenem Blick an.

»Was hast du denn für ein Problem?« Sie zog die Augenbrauen hoch und sah mich durchdringend an, während Ralph mir besorgt auf den Rücken klopfte. »Ich mein doch nur, dass wir die Rückkehr des wohl mächtigsten Engels in die Zivilisation feiern sollen.«

Ich wusste nicht, wieso mich allein die Erwähnung von Azaraels Namen so aus dem Konzept brachte, bemühte mich aber schnell wieder normal zu werden.

»Also ich würde eher die Erweckung dieser neuen Fee feiern«, versuchte ich schnell das Thema zu wechseln.

»Ach«, winkte Lila ab. »Ob es nun zehn, elf oder zwölf Schicksalsfairies gibt, ist doch im Prinzip egal. Drei würden ja schon reichen.«

Irrte ich, oder hatte sie schon einen leichten Schwips? Wie viele der wirklich schwachen Hugos musste man trinken, um in so kurzer Zeit leicht betrunken zu sein?

Dann fügte sie, plötzlich wieder ganz nüchtern, hinzu: »Was mich viel eher interessiert: Wie will man verhindern, dass Tanian wiedererwacht?«

»Na ja, ich vermute mal, man lässt sie einfach nicht an der Beltane-Zeremonie teilhaben«, murmelte Ralph und begann mit der Tischdeko, einem künstlichen Kaktus in einer Schale mit Kieselsteinen, zu spielen, indem er die Steinchen zuerst aus- und dann wieder einräumte.

»Und woher, du Spaßvogel, willst du wissen, in wem sich die böse Fairy versteckt? Rein theoretisch könnte sie hier sitzen und du würdest es nicht merken. Spätestens bei der Beltane-Zeremonie würde dir dann ein Licht aufgehen«, erwiderte Lila und sah Ralph streng an.

»Nun, eines ist doch klar, diejenige müsste, wenn, dann eine Fünffach-Elementarierin sein und davon sitzt meines Wissens keine mit uns am Tisch. – Wusste man bei Helena von vornherein, dass sie die elfte ist?«, grübelte ich und spielte mit den Wasserperlen, die sich am Rand meines Glases sammelten.

Lila schüttelte den Kopf. »Nicht mit Sicherheit. Natürlich war sie eine Fünffach-Elementarierin. Aber es hat sich dann erst bei der Beltane-Zeremonie gezeigt.«

Und nach einer kleinen Pause fügte sie hinzu: »Es muss der Wahnsinn gewesen sein, als sie erwacht ist. Überall so viel Licht und alles so grell.«

»Woher weißt du das alles so genau?«, bohrte ich weiter nach.

»Von den Erzählungen der älteren Schüler. Frag doch nur mal deine Claire, die kann dir sicher Genaueres sagen«, erklärte mir Lila ein klein wenig schnippisch.

»Wie? Claire war dabei?«

Lila nickte. »Klar. Es gibt nur eine Insel, auf der die Beltane-Zeremonie abgehalten wird, und dort werden ALLE Frisch-Gezeichneten erweckt, von ALLEN Akademien. Also nehme ich mal stark an, dass Claire zumindest als Zuschauerin dabei war, als Helena Ambrosora wiedererweckt wurde.«

* * *

Die nächsten Tage standen ganz im Zeichen des Elements Geist. Aufgrund der Tatsache, dass die Eigenschaften dieses Elements so vielfältig und unterschiedlich waren, gestaltete es sich als äußerst schwierig herauszufinden, wer den Geist beherrschen konnte und wer nicht. Um jeden Zweifel auszuschließen, hatte man so viele Tests entwickelt, dass sie gleich drei Tage in Anspruch nahmen.

Wir mussten versuchen, die Gedanken der Zirkel-Lehrkräfte und anderer Schüler zu lesen, man testete, ob wir Träume und Wünsche erkennen und erfüllen konnten – natürlich nur im Ansatz, denn dazu waren erst ausgebildete Desiderias imstande, es wurde getestet, ob wir andere Wesen Dinge sehen lassen konnten, ob wir Halluzinationen hervorrufen konnten, ob wir Körper und Gedanken kontrollieren konnten, ob wir Telekinese beherrschten ... Am Ende des zweiten Tages rauchte mein Kopf dermaßen von den vielen anstrengenden Tests, dass ich entsetzliche Kopfschmerzen hatte.

Auf der Krankenstation erhielt ich ein eigens für solche

Fälle entwickeltes, glitzerndes Gel, das ich mir auf die Schläfen reiben musste und das augenblicklich wirkte. Aber mir graute schon vor dem dritten Tag.

Als ich auch diesen überstanden hatte, ließ ich mich völlig erledigt auf eine Sonnenliege an einem der Pools fallen, fest entschlossen heute nichts mehr zu tun, was nur im Entferntesten mein Gehirn anstrengte. Nur wenige Minuten später legte sich Ralph zu mir.

»Kluge Idee von dir sich hier zu treffen«, sagte er und rollte ein Handtuch unter seinem Kopf zusammen. »Ich bin total platt. Fühlt sich an, als hätte jemand in mein Gehirn reingegriffen und es einmal kurz zusammengequetscht.«

Ich grinste. Ich fühlte haargenau dasselbe.

»Kleiner Tipp«, antwortete ich müde. »Nicht reden. Dann sind die Schmerzen einigermaßen erträglich.«

»Oder du trägst dieses Gel hier auf. Hab ich von einer Freundin«, sagte er und tupfte mir ein klein wenig des Glitzergels auf den Finger, das ich ihm gestern Abend geliehen und er natürlich nicht mehr zurückgebracht hatte.

Ich rieb mir das Gel dankbar auf die Schläfen und merkte, wie die Kühle die Schmerzen sofort vertrieb.

»Ah, genial, das Zeug!« Es quietschte, als Ralph versuchte sich bequem auf der Liege zu positionieren.

Da hörten wir auf einmal wildes Geschrei.

Ich setzte mich auf, schirmte meine Augen vor der grellen Sonne ab und stutzte, als ich eine wild gestikulierende Lila auf mich zurennen sah. Sie war knallrot im Gesicht und rief uns schon von Weitem zu, doch wir konnten sie leider nicht verstehen.

»Was zum Teufel hat die den gebissen?« Auch Ralph hatte sich aufgesetzt und starrte missmutig in ihre Richtung.

Als sie näher kam, sah ich, dass sie übers ganze Gesicht strahlte und sich wohl über etwas ungemein freute.

Völlig außer Atem kam sie bei uns an und ließ sich erst einmal keuchend auf eine der Liegen fallen.

»Was ist denn los?«, fragte ich stirnrunzelnd.

»Ich ... ich ...« Sie schien kaum Luft zu bekommen, schluckte und versuchte ruhig zu atmen. »Ich ... ich bin eine Vierfach-Elementarierin«, verkündete sie schließlich.

KAPITEL 6

Die Nachricht schlug ein wie eine Bombe. Plötzlich war Lila Gesprächsstoff Nummer eins auf dem Schiff, und nicht nur dort. Überall tauchte ihr Gesicht auf, im Fernsehen, auf Zeitungen und Zeitschriften, selbst auf den ausgewählten, nur den Fairies zugänglichen Seiten im Internet. Sie musste sich weiteren Tests unterziehen, vor allem wurde noch einmal eingehend überprüft, ob sie nicht doch vielleicht das Element Feuer beherrschen konnte und somit eine Fünffach-Elementarierin war. Doch sosehr die Lehrkräfte, Doktoren und Professoren, die bei den eingehenden Tests zurate gezogen wurden, auch bohrten, prüften und untersuchten – Lila blieb dem Feuer gegenüber immun, was natürlich ein großes Rätsel aufwarf. Eine Vierfach-Elementarierin – so etwas dürfte es überhaupt nicht geben. Die Urfairies selbst wurden befragt, verneinten aber einstimmig. Jede konnte einem Fairy-Kind nur ein Element schenken, niemals zwei auf einmal. Ein Element oder eine Eigenschaft, so lauteten die Regeln, die auch in der Vergangenheit niemals gebrochen wurden, da waren sich alle sicher. Der Verdacht, eine vierte Fee habe sich zu einer der Dreierrunden gesellt, wie es Tanian gerne tat, wurde ebenso verneint, und Tanian selbst habe nie ein Element verschenkt. Sie hatte sich stets einen Spaß daraus gemacht, das Kind zu verfluchen oder mit einer besonders garstigen Eigenschaft auszustatten. Rein theoretisch wäre es ihr natürlich möglich gewesen, dem Kind eine Elementarkraft zu übertragen, da sie selbst – wie alle Urfairies – ja auch über die Gabe der fünf Elemente verfügte, doch nie hatte sie es getan. Niemand konnte sich erklären, weshalb Lila fähig war vier Elemente zu beherrschen.

Wenn Lila sich über diese Tatsache Sorgen machte, so zeigte sie es nicht – zumindest nicht öffentlich. Sie gab sich überglücklich und vor allen Dingen stolz, aber ich beobachtete sie oft dabei, wie sie die Stirn in Falten zog, weit in die Ferne auf einen Punkt starrte und in Gedanken versunken war. In solchen Momenten musste ich sehr vorsichtig vorgehen, wenn ich mit ihr sprechen wollte. Entweder sie herrschte mich mürrisch an, was sie später dann wieder bereute und sich schnell entschuldigte, oder sie versank nur noch mehr in dunkles Brüten. Die meiste Zeit jedoch versuchte sie ihre Gedanken durch ihr munteres Geplapper zu verscheuchen und tat so, als ob nichts ihr die gute Laune verderben könnte.

Ralph war, die Leistungen betreffend, in etwa so wie ich, lag im Mittelfeld, was ihm auch voll und ganz genügte – wie mir auch. Wir beide waren froh darüber, mittelmäßige Feuer-Elementarier zu sein, denn wir liebten dieses Element über alles. Allein die Vorstellung, dass wir einmal in der Lage sein würden, nur durch unsere Gedanken Hitze und Flammen zu erzeugen und diese dann zu entfesseln, war einfach überwältigend.

Wer uns jedoch dagegen immens störte, war der Barbie-Klub. Die drei waren allesamt, zugegeben, recht talentierte Luft-Elementarierinnen und zeigten dies gerne in aller Öffentlichkeit – vor allem jedoch in den Zirkeln, in denen wir gemeinsam mit ihnen saßen. Da flatterte plötzlich mein Notizbuch davon oder mein Kristall kullerte – angetrieben von einem starken Windstoß – aus meiner Tasche über den Boden und verschwand im Nirvana des Weltallplateaus, sodass ich mir zähneknirschend von Miss Ishanti einen neuen besorgen musste. Natürlich wusste ich mich zu rächen, denn noch am selben Tag ging wiederum Tanjas Notizbuch einfach so in Flammen auf. Und es war mir egal, dass mir dafür von meinem Konto hundert Sonnen abgezogen wurden. Dafür lud mich Lila – unsere absolute Überfliegerin und Großverdienerin – dann wieder zum Abendessen ein.

»Ahhhh, ich liebe das Wochenende! Kein frühes Aufstehen, nicht zu den Plateaus hetzen, sondern ausschlafen und laaange frühstücken!«, verkündete Ralph soeben, streckte sich und lehnte sich lässig gegen die verspiegelte Wand des Aufzugs.

Wir hatten bereits zwei Unterrichtswochen hinter uns und waren auf dem Weg zur Sunset-Cafeteria auf Deck 14, die zu unserem Frühstücks-Stammlokal geworden war. Unser Stammplatz war ein kleiner runder Tisch mit drei Stühlen, von dem aus man den Indoor-Pool durch eine riesige Glasfront sehen konnte. Dort schwammen am frühen Morgen bereits viele der älteren Schüler und Schülerinnen ihre Bahnen und Lila und ich beobachteten diese fasziniert, wie sie schnell wie Fische durch das Wasser pflügten, hoch oben von den Sprungbrettern absprangen, nur um auf halber Höhe von einer Welle aufgefangen zu werden und auf ihr surfend hinab ins Becken zu gleiten. In diesen Momenten war ich fast ein klein wenig neidisch, kein Wasser-Elementarier zu sein, fragte mich aber dann insgeheim, ob Feuer-Elementarier wohl dasselbe konnten, wenn sie sich – nur mal angenommen – in einen brodelnden Vulkan stürzten. Diese Überlegung behielt ich natürlich für mich, Fancy hätte mich wahrscheinlich für verrückt erklärt.

Heute Morgen wollten wir uns wie üblich an unseren Tisch setzen, als wir feststellten, dass niemand Geringeres als der Barbie-Klub ihn bereits für sich eingenommen hatte. Lila war sofort nach vorn geprescht und hatte sich in ein lautstarkes Wortgefecht mit Tanja gestürzt.

»Das ist *unser* Tisch!« Mit vor der Brust verschränkten Armen stand sie vor den dreien und verzog den Mund zu einem Strich.

»Steht hier irgendwo ein ›Reserviert‹-Schild?«, entgegnete Tanja und rührte seelenruhig in ihrem Cappuccino, was Lila endgültig auf die Palme brachte.

»Du weißt sehr gut, dass wir schon seit Beginn des Schuljahres jeden Tag an diesem Tisch sitzen. Und außer dir weiß das auch der ganze Rest der MS Fairytale, so wie hier jeder seinen angestammten Sitzplatz hat – war eurer nicht immer in der Caffè-Latte-Bar auf Deck 7? Was hat euch denn hierher vertrieben? Wurdet ihr dort nicht mehr geduldet?«

Doch Tanja lächelte Lila nur von oben herab an, rührte weiter in ihrer Tasse und meinte säuselnd: »Ach, wir wollten nur einmal sehen, wie es in einer Bar auf den höher gelegenen Decks ist. Aber keine Sorge, morgen schon werden wir wieder auf Deck 7 speisen, dort ist es viel angenehmer und vor allem luxuriöser.«

Ich verdrehte die Augen, legte Lila eine Hand auf den Oberarm und zog sie vom Tisch weg.

»Komm, dann suchen wir uns halt einen anderen Tisch. Ist doch egal, wo wir sitzen.«

Sie maulte noch irgendetwas vor sich hin, ließ sich dann aber bereitwillig von mir wegziehen. Aus den Augenwinkeln sah ich, wie Ralph die Barbies einfach nur angrinste und im Begriff war, uns zu folgen. Ich stutzte, als ich sah, wie Tanja ihn jedoch am Arm festhielt, ihn fast schon schüchtern anlächelte und mit ihm einige Worte wechselte, die ich leider nicht verstehen konnte. Unschlüssig, ob ich noch einmal umdrehen und auch ihn von der Gruppe wegziehen sollte, blieb ich kurz stehen, entschied mich dann aber auf ihn zu warten. Lila hatte ohnehin mittlerweile einen kleinen Ecktisch ausfindig gemacht.

»Hier haben wir zwar keinen tollen Ausblick auf den Pool, aber das ist immerhin ein größerer Tisch als unser alter«, stellte sie fest und machte es sich genau in der Ecke bequem.

Ich warf noch einmal einen verstohlenen Blick zurück und ließ mich dann auf einen der Stühle fallen, als ich sah, wie Ralph auf uns zukam.

Ich stützte die Ellbogen auf der glatten Tischplatte ab, runzelte die Stirn und fragte, noch ehe er sich setzte, mit erwartungsvoll hochgezogenen Augenbrauen:

»Was wollten die denn von dir?«

Er spielte den Ahnungslosen, setzte sich mir gegenüber, imitierte grinsend meine Mimik und meinte: »Wer denn?«

Ich verdrehte die Augen und lehnte mich weiter vor.

»Du weißt genau, wen ich meine!« Mein Blick wanderte kurz hinüber zu den Barbies, die uns verstohlen beobachteten, und wieder zurück zu ihm.

Er grinste immer noch verschmitzt, dann leckte er sich kurz über die Lippen und griff nach der Speisekarte. »Ob du es glaubst oder nicht, Tanja kann auch nett sein.«

»Welche Tanja? Wir reden doch nicht von derselben, oder wie?«, schaltete sich nun auch Lila in unser Gespräch ein, die bis jetzt verständnislos von einem zum anderen geblickt hatte.

»Jetzt regt euch ab!« Ralph hielt abwehrend die Hände hoch. »Sie hat mich nur gefragt, ob ich auch auf die Party heute Abend komme.«

Ich zog die Stirn kraus und warf Lila einen Seitenblick zu.

»Die Start-up-Party zu Ehren des neuen Schuljahrs?«, fragte ich kurz.

»Welche sonst?« Ohne aufzublicken, studierte er eingehend die Karte.

»Die Barbies sind mir einfach schleierhaft.« Lila klang resigniert.

»Mir nicht«, sagte ich mit leicht verächtlichem Unterton. »Tanja ist offensichtlich scharf auf unseren Ralphi hier. – Und wer kann es ihr schon verdenken.«

Spielerisch verwuschelte ich ihm das Haar. Er schlug schnell nach meiner Hand, ergriff sie am Handgelenk, sah mich ernst an, doch in seinen Augen flackerte es schon wieder amüsiert.

»Nur kein Neid. Aber wenn es dich beruhigt, ich bin nicht im Geringsten an den Puppen interessiert. So, und nun geh ich zum Buffet. Wenn die nette Kellnerin kommt, möchte ich einen heißen Kaffee.«

Damit stand er auf und ließ uns allein. Ich legte den Kopf in meine auf der Tischplatte abgestützte Hand und blickte ihm nachdenklich hinterher.

»Ralph ist wirklich beliebt. Er kommt mit jedem gut aus, ist freundlich, nett ...«

»Ist ab und an unser Zirkelclown«, warf Lila ein und ich lachte.

»Jep«, stimmte ich zu. »Man kann ihm nicht böse sein.«

Lila seufzte. »Nein, kann man nicht.« Dann warf sie einen Seitenblick auf Tanja, Melody und Susanna, die sich wieder ihren eigenen Themen gewidmet hatten und uns keines Blickes mehr würdigten.

»Ich überlege, nicht auf die Party zu gehen«, meinte sie dann leise.

»Wie, nicht gehen? Wie meinst du das? Das ganze Schiff wird da sein, wenn man Claire Glauben schenken kann. Das ist die erste große Feier im Jahr. Also, ich möchte da auf keinen Fall fehlen und Ralph geht auch.«

Sie atmete tief durch und schloss die Augen. »Ich werde auffallen wie ein bunter Hund. Jeder wird mich anstarren – du weißt schon, wegen der Sache mit den vier Elementen.«

Ich zog die Augenbrauen erstaunt hoch. »Sag bloß, das stört dich auf einmal? Du bist doch sonst so stolz darauf. Wenn ich dich erinnern darf, du warst im Fairy Channel One und in sämtlichen Zeitungen! Und jetzt stört dich eine simple Party auf unserem Schiff?«

Sie zuckte mit den Achseln. »Ich weiß ja, es hört sich dumm an, aber dennoch ...«

»Nichts da«, ich schüttelte energisch den Kopf. »Du kommst mit!«

* * *

Als ich nach einer Stunde wieder zurück in meine Kabine kam, traf ich dort auf eine noch sehr zerknautscht wirkende Claire, die auf dem Bett saß, die Beine über den Rand baumeln ließ und sich soeben die wirren Haare aus dem blassen Gesicht strich.

»Morgen«, gähnte sie und rieb sich die Augen.

Ich grinste sie breit an und erwiderte ihren Gruß. »Morgen ist gut. Es ist gleich elf.«

Ich stellte mich vor meinen Kleiderschrank und überlegte, ob ich mich noch einmal umziehen sollte. Es war herrliches Wetter, zu warm für einen langärmligen Pullover. Blauer Himmel, ohne auch nur die kleinste Wolke und dazu strahlender Sonnenschein. Wir befanden uns noch immer im Mittelmeerraum und obwohl es bereits Herbst war und eine kühle Brise wehte, herrschten draußen noch um die zwanzig bis fünfundzwanzig Grad – also Wetter für kurze Ärmel, aber in Verbindung mit langer Jeans. Ich nickte zufrieden und streifte mir den Pulli über den Kopf.

»Oh, verdammt«, murrte Claire und sank zurück in die Kissen. »Dann kann ich mir das Frühstück gleich abschminken.«

»Dafür kannst du bald zum Mittagessen«, versuchte ich sie aufzumuntern.

»Mhm«, grummelte sie wieder und zog ihr Kopfkissen über den Kopf.

»Was ist denn nur los mit dir?«, fragte ich. So kannte ich sie gar nicht. Claire war eigentlich immer gut gelaunt, sogar in den frühen Morgenstunden, in denen sie zwar meistens schlecht aus den Federn kam, es dann aber immer schaffte, in nur wenigen Minuten elegant gekleidet, geduscht und frisiert zum Frühstück zu erscheinen. Sie war stets stilsicher, handelte überlegt und half mir oft, wenn ich Fragen hatte.

Doch heute wirkte sie fast kränklich, wie sie da in den Kissen lag, blass, mit verstrubbelten Haaren, total am Ende.

»Dieses Experiment war doch wohl etwas zu gewagt«, krächzte sie und zog sich die Decke wieder über den Kopf.

Ich zog die Augenbrauen hoch. »Was denn für ein Experiment?«

»Hach, dieser Typ, Jack'Oh, oder wie auch immer er sich nennt, kein Plan, ob das sein wirklicher Name ist, hört sich wenig nach Fairy an – nicht wahr?« Sie lächelte matt und fuhr sich mit einer Hand durch die krausen blonden Strähnen. »Jedenfalls hat er sich uns, mir und Rachel, als Erd-Elementarier-Experte vorgestellt und uns gefragt, ob wir ein Experiment mit ihm wagen wollen. Er hat uns von einer selbst gezüchteten Pflanze erzählt, die uns vorübergehend die Elementarkräfte tauschen lässt«, erklärte sie dumpf und rieb sich den Kopf. Ich sah auf. Die Elementarkräfte tauschen?

»Heißt das, du wolltest Geist benutzen?«

Sie zuckte mit den Schultern. »Ich habe ohnehin nicht daran geglaubt, dass es wirkt. Sonst hätten wir mit Sicherheit davon gehört. Aber ich glaube, er hat uns manipuliert, es zu nehmen. Ich kann mich nur dumpf an die Geschehnisse erinnern.«

»Claire!« Ich sah sie sehr besorgt an. »Du musst zur Krankenstation und wir sollten irgendeinen Lehrer darüber informieren, dass hier jemand herumläuft und den Fairies ein seltsames Kraut gibt.«

Sie lächelte matt und nickte. »Denkst du, daran habe ich nicht gedacht? Ich ...«

Sie stockte, wurde gelb im Gesicht und eilte ins Badezimmer, wo sie sich hörbar erbrach. Ich verzog das Gesicht und grübelte nach. Sollte ich vielleicht einen der Heiler hierherholen? Ich hoffte, dass es nichts Ernstes war und dass sie sich wieder davon erholte. Angst überkam mich, als ich darüber nachdachte, dass sich irgendwo auf diesem Schiff ein kleiner Psychopath herumtrieb, der mit einem seltsamen Kraut bereits erweckte Fairies krank machte. Was würde geschehen, wenn ein Frisch-Gezeichneter diese Pflanze zu sich nahm?

Claire trat zittrig aus dem Badezimmer, hüllte sich in ihren knappen Satin-Bademantel und setzte sich zu mir auf den Bettrand. Als sie meinen besorgten Blick bemerkte, sagte sie aufmunternd:

»Keine Sorge, das wird schon wieder. Heute Abend bin ich wieder fit und begleite dich auf deine erste große Party hier auf dem Schiff.«

Ich schüttelte den Kopf. »Ich bringe dich zu einem Heiler, Claire, und dann melden wir den Vorfall der Akademieleitung.«

Ich war recht stolz auf meinen bestimmenden Unterton und erntete dafür sogar einen anerkennenden Blick von meiner Kabinengenossin.

* * *

Verbissen blickte ich auf meine Hand, mit der ich ein kleines Glas mit Wasser umklammert hielt und warf immer wieder verstohlene Blicke auf die große Uhr schräg gegenüber an der Wand. Ich saß auf einem der weißen Stühle inmitten eines sterilen, weißen Gangs auf dem Krankendeck.

Claire wurde seit einer halben Stunde untersucht und ich konnte es kaum erwarten, bis die Heiler mich zu ihr ließen.

Schließlich – mir kam es wie eine halbe Ewigkeit vor – wurde eine Seitentür geöffnet und eine lächelnde Claire verabschiedete sich händeschüttelnd von einem der Heiler. Ich atmete erleichtert auf. Sie sah schon viel besser aus, nicht mehr so blass, und wirkte auch nicht mehr zittrig. Und die Tatsache, dass sie lächelte, verhieß sicherlich Gutes.

»Alles in Ordnung. Nur eine Magenverstimmung. Ich werde wieder«, sagte sie, als sie neben mir stand.

»Hast du ihnen von diesem Jack'Oh erzählt?«, warf ich sofort ein.

Sie nickte. »Natürlich. Sie werden die Information sofort an die Akademieleitung weitergeben.«

»Dieses Kraut ist unter dem Namen *Aruna-Kraut* bekannt und ruft einen tranceähnlichen Zustand hervor, einer Hypnose nicht unähnlich«, erklärte sie mir weiter, als wir gemeinsam die Krankenstation verließen.

»Was will dieser Typ damit bezwecken, wenn er Fairies in solch einen Zustand versetzt?«, fragte ich und blickte sie noch immer besorgt an.

Sie zuckte mit den Schultern und sah ernst an mir vorbei, fixierte irgendeinen Punkt in der Ferne. »Man weiß, dass die Shuk des Öfteren solch ein Kraut eingesetzt haben, um anderen ihren Willen aufzuzwingen oder aus ihnen gewisse Informationen herauszubekommen.«

Sie blickte abwesend vor sich auf den Boden, hing eigenen

Gedanken nach und in mir zog sich alles zusammen. Shuk? Hier auf dem Schiff?

Claire sah auf, bemerkte meinen verschreckten Blick und lächelte milde. »Hey, keine Sorge! Die Direktion wird alles tun, um diesen Kerl zu finden. Auf diesem Schiff kann man sich nicht verstecken. Sie werden ihn aufspüren und er wird es nicht noch einmal versuchen, glaub mir.«

Sie bemühte sich, mich zu beruhigen, was ihr nicht wirklich gelang. Immer wieder schlich sich eine dunkle Gestalt in meine Gedanken, die versuchte Fairies zu manipulieren.

* * *

»Fassen wir zusammen, auf der Fairytale gibt es seit Kurzem eine Vierfach-Elementarierin, die in sämtlichen öffentlichen Medien war, und jetzt befindet sich auf dem Schiff jemand, der ausgerechnet der Person, mit der eine enge Freundin der Vierfach-Elementarierin zusammenwohnt, ein Kraut gibt, das Halluzinationen hervorruft und durch das man Gedanken kontrollieren kann«, sagte Ralph sehr ernst und wanderte in Claires und meiner Kabine auf und ab. »Und darin sieht niemand einen Zusammenhang?«

»Ralph, Claire hat gerade jetzt eine Unterhaltung mit Dr. Hallin, dem Akademieleiter. Mit Sicherheit wird dabei wirklich jeder Zusammenhang untersucht. Und hör auf hier wie ein aufgescheuchtes Huhn herumzulaufen, du machst mich ganz nervös.« Ich rieb mir zittrig über die Unterarme und warf einen skeptischen Blick auf Lila, die nägelkauend neben mir auf dem Bett saß. Die ganze Geschichte mit Claire nahm sie ziemlich mit, vor allem da Ralph mittlerweile davon überzeugt schien, dass dieser Jack'Oh es eigentlich auf Lila abgesehen hatte.

»Aber denk doch mal nach, Sophie. Wie kann er besser an sie herankommen ...«

Ich unterbrach ihn energisch. »Wenn er es auf Lila abgesehen hätte, wäre es für ihn doch viel einfacher gewesen, ihr direkt das Kraut zu geben, statt dass er es an einer erweckten Fairy ausprobiert! Wir sind erst seit wenigen Wochen auf der Akademie, haben eigentlich noch so gut wie keinen Plan von der Beherrschung unserer Fähigkeiten, wann, wenn nicht jetzt, wäre es für einen Shuk leichter, sie zu manipulieren? Außerdem war ihr Gesicht in fast jeder Zeitung und im Fernsehen. Ich bin mir ziemlich sicher, dass er sie auch in natura erkannt hätte. Diese Idee kannst du dir also abschminken. Dieser Jack hatte es mit Sicherheit NICHT auf Lila abgesehen.«

Ich umarmte das Häufchen Elend neben mir auf dem Bett und warf Ralph einen giftigen Blick zu.

»Aber was hatte er dann vor? Was haben Claire und Rachel Besonderes an sich?«, überlegte er weiter und begann wieder im Kreis zu laufen.

Ich rollte mit den Augen. »Was weiß ich? Rachel ist eine angehende Desideria, vielleicht war sie ja sein eigentliches Ziel?«

Ralph sah auf. »Genau, das wird es sein! Er wollte eigentlich an Rachel herankommen!«

Ich atmete tief durch. »Von mir aus. Aber das soll nicht unser Problem sein. Ich bin mir sicher, Dr. Hallin und die anderen Lehrkräfte haben den gleichen Einfall wie wir und werden sich darum kümmern. Sie haben ohnehin viel mehr Möglichkeiten als eine Gruppe Frisch-Gezeichneter in Ausbildung.«

Ralph schnaufte verächtlich und ließ sich rittlings auf einen Stuhl fallen.

»Und was, wenn nicht?«

»Dann geh hoch und erklär ihnen deine Theorie!«

Ich verdrehte die Augen, genervt von seinem Sherlock-Holmes-Verhalten. Seit wir erfahren hatten, dass die Start-up-Party aufgrund »mangelnder Sicherheitsvorkehrungen« – so lautete die offizielle Erklärung für Claires und Rachels Geschichte – um eine Woche verschoben worden war, saßen wir in meiner und Claires Kabine und versuchten die Beweggründe dieses Jack'Oh zu analysieren, was nun mit einer total verängstigten Lila geendet hatte.

In dem Moment klopfte es an der Zimmertür und wir zuckten zusammen. Im ersten Moment sagte niemand etwas, bis es erneut klopfte, diesmal energischer.

»Claire? Sophie? Seid ihr da?«

Ich atmete erleichtert aus.

»Das ist Andi, von nebenan«, erklärte ich. »Elvira, lass ihn rein!«, forderte ich dann unser Diven-Auge auf, das mir sofort Folge leistete.

Die Tür sprang auf und der schwarzhaarige große Junge mit dem grünen Prueba trat ein, der mir am Tag meiner Ankunft auf der MS Fairytale gezeigt hatte, wie man am besten mit unserem eigenwilligen Türschloss umging.

»Ich habe das von Claire gehört«, sagte er hastig und blickte sich im Zimmer um.

»Wie geht es ihr?«, fügte er hinzu.

»Schon wieder ganz gut. Sie ist noch immer bei Dr. Hallin im Verhör.« Ich stand auf und ging hinüber zu einem der Schränke, die mir gehörten.

»Hat jemand Lust auf ein wenig Schokolade?« Ich wedelte mit einer kleinen Tafel in der Hand herum und las in Lilas Augen, dass sie das jetzt wirklich gut gebrauchen konnte.

Andi stand etwas unentschlossen in der Tür, bis ich ihn bat sich zu uns zu setzen. Die Akademieleitung hatte aufgrund der Vorkommnisse eine Ausgangssperre verhängt und gebeten die Kabinen nicht mehr zu verlassen, woran sich Ralph und Lila natürlich nicht gehalten hatten, aber mit Sicherheit waren sie nicht die Einzigen. Jeder wollte mit anderen über die Sache sprechen, ob nun innerhalb der eigenen Kabine oder außerhalb. Also konnte Andi auch genauso gut bei uns bleiben und mit uns auf Claire warten. Ich hatte sowieso schon die ganze Zeit die leise Vermutung, dass er sie mehr als nur einfach mochte.

»Wisst ihr, wie Claire diesen seltsamen Jack'Oh kennengelernt hat?«, fragte er gerade und nahm auch von der Schokolade.

Ich zuckte mit den Schultern. »Keine Ahnung. Sie hat nur gesagt, dass er sich ihr und Rachel gegenüber als Erd-Elementarier-Experte ausgegeben hat. Wo genau sie ihn getroffen hat, weiß ich nicht.«

Andi nickte.

»Findest du es nicht auch seltsam, dass er sich Claire und Rachel ausgesucht hat? Mit Sicherheit wollte er etwas von Rachel.« Ralph blickte Andi fast schon verschwörerisch an.

»Du meinst, weil sie eine angehende Desideria ist?«, fragte dieser und runzelte die Stirn. Ralph nickte eifrig und sein Gesicht erhellte sich. Endlich hatte er jemanden gefunden, der seine Ansichten teilte! Ich verdrehte die Augen. Bitte nicht! Mir reichte schon *ein* Sherlock.

Ich griff nach der Schokolade. Mist, bereits leer! Wie gefräßig konnte man sein?

»Soll ich neue holen? Ich glaube, ich habe drüben noch ein wenig Süßkram«, bot Andi lächelnd an.

Ich wollte schon verneinen, überlegte es mir dann aber anders. »Das wäre nett.«

Er nickte und verließ das Zimmer.

In der Zwischenzeit konnte Ralph nicht damit aufhören, seine wilden Theorien zu verbreiten. Lila, die immer noch wie ein Häufchen Elend auf dem Bett neben mir hockte, gab keinen Ton von sich – bis Andi mit einer kleinen silbernen Tüte wiederkam und sich ihre Augen aufhellten.

»Minz-Marzipan!«, freute sie sich, als Andi ihr die Tüte

reichte. Dann stutzte sie, warf erneut einen Blick in die Verpackung und sah Andi fragend an.

»Was ist das denn?«

Er setzte sich zu uns Mädchen an den Bettrand. »Eine neue Art von Süßigkeit. Ein Westhang-Weinblatt, selbst gezüchtet und gezuckert«, verkündete er mit gewissem Stolz.

»Aha.« Lila zögerte und nahm eines der kleinen Blättchen aus der Tüte. Der darauf verteilte Zucker glitzerte im Licht der hellen Zimmerbeleuchtung.

»Stopp!«, warf Ralph ein. »Also, wenn wir eines aus der Sache mit Claire gelernt haben, dann, dass wir kein selbst gezüchtetes Gewächs von Fremden annehmen!«

»Ralph!«, fuhr ich ihn an. »Also bitte! Erstens ist Andi kein Fremder, sondern mein Zimmernachbar und Zirkelpartner von Claire, und zweitens sieht dieses Blatt irgendwie lecker aus. – Sicher schmeckt es sehr gut.« Damit nahm ich ebenfalls eines der kleinen ovalen Blättchen aus der Tüte und legte es auf meine Handfläche. Es war irgendwie dicker und schwerer als normale Baumblätter und irgendetwas in mir weigerte sich, ein Blatt zu essen.

Komm schon, Sophie, stell dich nicht so an. Du wirst dir doch wohl ein Blatt in den Mund schieben können, oder?, fragte ich mich selbst und nahm das grün glitzernde Ding zögernd zwischen meinen Zeigefinger und Daumen.

Lila neben mir war sich wohl auch unschlüssig, denn sie hielt es sich abschätzig vor die Augen.

Andi lachte. »Also echt, wenn ihr euch sehen könntet! Wie

heißt es so schön? Was der Bauer nicht kennt, isst er nicht!« Dann fügte er etwas drängender hinzu: »Kommt schon, probiert es! Es schmeckt einfach nur genial!«

Ich zögerte noch immer, bis es mir von der Handfläche flatterte und auf den Boden fiel, von dem Andi es mit immer noch sehr amüsiertem Blick aufhob. Ich sah ihn an und das seltsame Gefühl in meiner Magengegend wurde stärker.

»Kaut – man – das?«, fragte plötzlich Lila neben mir wie in Trance und begann, an dem grünen Gewächs zu schnuppern. »Hihi«, kicherte sie. »Das riecht irgendwie schon lustig.«

Ich sah immer noch direkt in Andis Augen, die plötzlich groß und gelb leuchteten. Ralph daneben schwieg und starrte uns einfach nur an.

Dieses Gelb, so gelb, ich vergaß alles um mich herum, sah nur noch dieses Gelb ... Ich merkte, wie meine Glieder schwer wurden, ich aufstand, mich vorwärtsschleppte, diesem Gelb entgegen, diesem wunderschönen Gelb. Er hatte, was ich brauchte, die Erlösung, die Sorgenfreiheit, das Mittel gegen all meine Probleme ... Er hatte, was ich brauchte ...

Ich erreichte ihn und sank in seine Arme, nahm jedoch keinen Moment lang die Augen von seinem Gesicht. So gelb, so warm, so geborgen, so sicher, sooo ...

* * *

So wie bei ihm. Nur bei ihm fühlte ich mich sicher. Er war es, der immer auf mich aufpasste, der dafür sorgte, dass mir nichts geschah, der immer wie ein Schutzengel um mich war. Und wie dankte ich ihm das? Indem ich mich ständig mit ihm stritt. Es war nicht gerecht, aber wir waren gleichzeitig so widersprüchlich, so ... Wie hatte es Juaron einmal bezeichnet? Ja, wie Katz und Maus – ständig spielten wir miteinander. Juaron? Wie kam ich jetzt auf Juaron? Richtig, die gelben Augen!

* * *

»Juaron?«, stieß ich entsetzt aus und starrte ihn an. Sofort waren der Schwindel und die Trance verschwunden und Andi wich erschrocken zurück.

»Wie hast du mich gerade genannt?«

Ich kratzte mich am Kopf. Ja, wie hatte ich ihn gerade genannt? Juarez? Nein, es war etwas anderes gewesen. Ah, ja!

»Juaron!«, wiederholte ich, ohne genau zu wissen, woher ich diesen Namen kannte, und er wich erneut einen Schritt zurück.

»Woher weißt du das? Wer bist du?« Er war leichenblass geworden und zog sich vor mir Schritt für Schritt zurück.

»Ich bin Sophie, Sophie Kramer«, erklärte ich dämlicherweise.

»Nein, wer bist du wirklich? Wer ist deine Fairy?«, fragte er mit weit aufgerissenen Augen, die jetzt schon fast ins Ockerfarbene übergingen.

»Keine Ahnung, ich bin noch nicht erweckt worden, aber das weißt du doch!«, erklärte ich verwirrt. Woher kannte ich diesen Namen? Und vor allem, anscheinend hatte ich damit voll ins Schwarze getroffen, es war offensichtlich sein richtiger Name.

Jetzt war auch der letzte Funken Farbe aus seinem Gesicht gewichen.

Ihm trat der Schweiß auf die Stirn und er wich immer weiter zurück, rieb sich die Hände an der Hose, sah dann wieder ängstlich zu mir.

»Sag mir, woher kennst du diesen Namen? Woher? Woher? Sag es mir!«, fragte er dann sehr laut und seine Worte hallten in unserer kleinen, sehr spärlich möblierten Kabine wider.

Ich zuckte mit den Achseln. »Ich sagte doch schon, keine Ahnung.«

»Tanian?« Er kniff die Augen zusammen und ging wieder einen Schritt auf mich zu. Dabei sah er mich sehr durchdringend an, so als ob er versuchte etwas oder vielmehr jemanden in mir zu erkennen.

Ich riss die Augen auf. »Tanian?«

Er trat noch näher, schüttelte dann jedoch den Kopf. »Nein, nein, nein, das kann nicht sein. Sie hätten das verhindert. Nicht nach so vielen erfolglosen Versuchen. Nein, nein, nein, ein Irrtum! Ganz klar ...«

Damit drehte er sich um und wollte aus dem Zimmer stürzen. Doch Ralph stellte sich ihm kurzerhand entgegen und verpasste ihm einen Kinnhaken, der ihn taumeln und gegen die Zimmertür prallen ließ.

Ich stand auf, jetzt voller Adrenalin, bemerkte, wie Andi –

oder sollte ich ihn besser Jack'Oh nennen? – sich bereits wieder aufrappelte, nun ein fieses Lächeln auf dem Gesicht.

»Was? Drei Frisch-Gezeichnete gegen mich? Ihr glaubt doch nicht ernsthaft, dass ihr eine Chance gegen mich habt? Ich bin einer der besten Geist-Elementarier überhaupt und kann euch sehen und denken und tun lassen, was immer ich will!«

Und vor unseren Augen verwandelte sich der sympathische Andi von nebenan in einen durchtrainierten Mann mittleren Alters mit schütterem, leicht ergrautem Haar und einem beeindruckenden silbrig glitzernden Prueba, das sich in geraden Linien fast über die ganze Stirn ausbreitete.

Seine Augen begannen wieder diese senfgelbe Farbe anzunehmen und ich spürte, dass ich meinen Körper nicht mehr bewegen konnte. Krampfhaft blickte ich mich um, konnte aber schon bald nicht mal mehr meinen Kopf drehen. War hier vielleicht irgendwo ein Feuerzeug oder ein Zündholz? Ich war noch nicht so weit wie die erfahrenen Fairies, die ein Feuer allein durch Gedankenkraft erzeugen konnten, aber vielleicht konnte ich eine Flamme entsprechend auf ihn lenken. Aber andererseits – *Doofe Idee, Sophie!*, schalt ich mich in Gedanken. *Du kannst dich noch nicht einmal bewegen, wie willst du dann einen Feuerball dirigieren? Du hast gerade erst gelernt, wie man das Feuer überhaupt formt!*

Jack'Oh ging an Ralph, der ebenso wie Lila in derselben Starre feststeckte wie ich, vorbei und kam direkt auf mich zu. Prüfend sah er mir wieder in die Augen.

»Woher kennst du meinen richtigen Namen?«, fragte er erneut und strich mir übers Haar.

Mein Herz schlug mir bis zum Hals, ich verdrehte die Augen, Panik überkam mich.

Ruhig bleiben, Sophie! Ruhig bleiben!, ermahnte ich mich in Gedanken, um einen eventuellen Anfall zu vermeiden, von dem ich wusste, dass er über kurz oder lang kommen würde.

»Ich ... ich weiß es nicht«, stammelte ich.

»Du bist nicht die Vierfach-Elementarierin.« Er umrundete mich stirnrunzelnd, grübelte, ging dann hinüber zu Lila.

»Das bist du. Aber du kennst mich nicht, nicht wahr?«

Ihre vor Angst geweiteten Augen verfolgten ihn zuckend.

»Antworte!«, brüllte er sie schließlich an, ich zuckte selbst in meiner Starre erschrocken zusammen und Lila piepste ein klägliches »Nein«. Erste Tränen rannen ihr aus den Augen.

»Hm, dann nehme ich eben beide«, sagte er zu sich selbst, kramte in der kleinen Tüte nach einem Blatt.

Lilas Augen wanderten zu mir und ich hatte eine Idee. Hier war weder Feuer noch Wasser, aber hier gab es Luft! Jede Menge Luft!

Mit meinen Lippen formte ich das Wort und hoffte, Lila würde verstehen.

Jack hielt inzwischen ein Blättchen zwischen Zeigefinger und Daumen und schob es Lila kurzerhand in den Mund, die jedoch geistesgegenwärtig reagierte und es ausspuckte.

Er holte aus und wollte ihr eine Ohrfeige verpassen, doch plötzlich griff er sich an den Hals, hustete, keuchte, rang nach Atem.

Mein Blick wanderte zu Lila, die den Blick konzentriert auf ihn gerichtet hatte, und langsam merkte ich, wie ich wieder die Kontrolle über meinen Körper gewann.

Ralph ebenso, wie ich sehen konnte, denn er bewegte die Finger und dann die Arme vorsichtig.

Jack stürzte zu Boden, griff sich immer noch an den Hals und die Brust, er versuchte zu atmen, konnte es aber nicht, da Lila ihm die Luft absog. Ein Trick, den sie vor Kurzem gelernt und mir ganz stolz präsentiert hatte, indem sie sämtliche Bettdecken und Kissen auf ihrer Kabine in eine Plastikhülle gesteckt und vakuumiert hatte.

Ralph zögerte keinen Augenblick, nutzte die Chance, packte einen der Stühle und schlug mit voller Wucht auf den am Boden liegenden Jack ein.

»Hol jemanden! Schnell!«, rief er mir zu und schon war ich losgelaufen.

Ich rannte zu den Aufzügen.

Mannschaftsunterkünfte! Mannschaftsunterkünfte!, schoss es mir durch den Kopf. *Nein, nein, nein, jetzt nicht an Titanic denken!*, ermahnte ich mich, als ich realisierte, dass ich Kate Winslet aus dem Film imitiert hatte. Wo waren auf der Fairytale die Lehrkräfte untergebracht?

Bing.

Der Aufzug war da. Ich fiel beinahe hinein und blickte starr auf die kleine Armatur. Da! Mein Blick wanderte über die Anzeige. *Royal Area.* Claire hatte mir gleich zu Anfang von diesem Bereich im hinteren Teil des Schiffs berichtet, der eigentlich für hochrangige Besuche vorgemerkt war, in dem jedoch auch Lehrkräfte untergebracht waren. Ja, dort musste ich hin!

* * *

Wie in einer Art Trance stürzte ich aus dem Aufzug, als sich die Türen öffneten, und auf eine vergoldete Rezeption zu, hinter der sich ein verwundert dreinblickender Fairy befand, der mich sehr kritisch musterte.

»Bitte! Ich ... ich muss zu ... Dr. ... Dr. Hallin!«, keuchte ich aufgeregt und nach Atem ringend. »Bitte! Wir ... wir haben ... Jack'Oh!«

* * *

Wenn diese verdammte Uhr nicht gleich aufhörte so schrecklich laut zu ticken, würde ich demnächst aufstehen und sie gegen die nächstbeste Wand werfen!

Ich rieb immer wieder meine Hände unkontrolliert aneinander, fuhr mir durch die Haare und übers Gesicht und erneut überkamen mich die Bilder der vergangenen Stunde. Der freundliche Andi, der sich als gefährlicher Jack'Oh entpuppt hatte und Lila und mich entführen wollte, das Bild, wie Lila ihn zum Ersticken gebracht und Ralph ihm den Stuhl über den Schädel geschlagen hatte. Wie ich – eine Handvoll Lehrkräfte im Schlepptau – zurück in unsere Kabine gerannt war und dort – Gott sei Dank – noch alles so vorgefunden hatte, wie ich es verlassen hatte, samt meinen zwar recht mitgenommenen, aber gesunden Freunden.

Und jetzt saßen wir hier, an der Royal Reception im hinteren, oberen Bereich des Schiffes, hockten zusammengesunken in einem der vielen goldglänzenden halbrunden Sofas unter dem Panoramadach, über dem der Mond und die Sterne leuchteten, als wäre nichts geschehen.

Ticktack, ticktack, ticktack.

Die überdimensionale Uhr über der Rezeption schritt unaufhörlich voran, und das in einer – für meine Ohren – schrecklichen Lautstärke. Ich wusste natürlich, dass mich das Ticken nur deshalb so störte, weil es ansonsten mucksmäuschenstill in dem kleinen Foyer war und wir bereits schon seit einer ganzen Stunde so dasaßen, kein Wort miteinander sprachen und die Geschehnisse im Kopf immer und immer wieder durchgingen.

»Aber Mr Hockley – wir *müssen* sie aufnehmen!«, hörte ich da plötzlich eine harte, strenge Männerstimme. Sie kam aus einem angrenzenden Raum und wurde immer lauter.

»Ist das Dr. Hallin?«, flüsterte Lila und in ihren Augen flackerte noch immer die Angst.

Ich nickte, denn auch ich hatte unseren Akademieleiter an der Stimme erkannt. Der andere war demnach Mr Hockley, der Kapitän der Fairytale, der sich nun zu Wort meldete. Die beiden hatten sich uns knapp während eines von Miss Ishantis ersten Theoriezirkeln vorgestellt.

»Ausgeschlossen, eine Kursänderung zu diesem Zeitpunkt wäre zu auffällig«, verneinte er soeben.

»Die Schwestern verlassen sich auf uns!«, hörten wir nun Miss Ishantis Stimme, die beinahe flehend klang, und sie setzte hinzu: »Ein Anlegen in ein bis zwei Wochen muss zugesagt werden können.«

Der Kapitän grummelte etwas Unverständliches, was sich wie »Wir werden sehen« anhörte, dann tauchten die drei im Foyer auf und kamen auf uns zu.

Miss Ishanti lächelte, als sie uns erblickte, und damit fiel augenblicklich die Anspannung von mir ab. Dann jedoch wandelte sich ihr Blick wieder, wurde ernst und sie bedachte uns drei mit ihren uns inzwischen sehr bekannten durchdringenden Augen.

»Sie hatten sehr großes Glück, ich hoffe, das ist Ihnen bewusst«, begann sie und nahm gegenüber von uns Platz.

»Was hätten wir denn tun sollen?«, warf Ralph ein, aber er klang nicht ganz so selbstbewusst wie sonst.

»Es war Andi, mein Zimmernachbar, den ich jetzt seit fast zwei Wochen jeden Tag für wenige Sekunden gesehen habe und der immer nett und freundlich war«, sagte ich, obwohl ich es eigentlich gar nicht vorgehabt hatte, mich überhaupt zu Wort zu melden.

Miss Ishanti nickte verständnisvoll.

»Wir vermuten, die Shuk haben Andreas Orinion in der letzten Woche bei einem der Landgänge gekidnappt und ihn durch Jack'Oh ersetzt, nachdem sich die Nachricht über die Vierfach-Elementarierin verbreitet hatte«, erklärte sie sachlich. »Wie genau sie dies geschafft haben, ist uns nach wie vor ein Rätsel. Eigentlich ist es nicht möglich, unsere Prueba-Scans zu täuschen. – Jedenfalls haben wir es Ihnen zu verdanken, dass es durch Ihren sehr mutigen Einsatz geglückt ist, ihn zu fangen.«

Sie lächelte uns kurz an, wurde aber sofort wieder ernst.

»Dennoch möchte ich Sie erneut darauf hinweisen, dass Sie sehr viel Glück hatten.«

»Ich glaube, das ist uns bewusst, Miss Ishanti«, vernahm ich da die leise Stimme Lilas neben mir.

Ich blickte sie an. Sie hatte noch immer glasige Augen, aber ihr Gesichtsausdruck zeugte von einer großen Entschlossenheit.

Miss Ishanti nickte.

»Wir werden das Schiff genauestens auf weitere potenzielle Gefährdungen kontrollieren und die Sicherheit an Bord erhöhen, damit der Unterricht wie gewohnt fortgeführt werden kann. – Und auf Sie, Lila Rebellion, haben wir ein besonderes Auge. Ihnen wird nichts passieren.«

Sie lächelte Lila milde an, legte sogar kurz die Hand auf ihre. Dr. Hallins und Mr Hockleys Dankesworte fielen knapp aus, die Ermahnungen, alles Ungewöhnliche in unserer Nähe sofort zu melden, dafür umso länger.

Und so konnten wir uns schon bald wieder auf den Weg zurück in unsere Kabinen machen.

»Hätte ich erwähnen sollen, dass Andi ... ähm ... Jack ... mich Tanian genannt hat?«, fragte ich leise, als wir bereits im Aufzug standen.

»Spinnst du? Niemals!« Ralph schüttelte energisch den Kopf. »Du kannst nicht Tanian sein, schon vergessen? Du bist keine Fünffach-Elementarierin! – Warum also schlafende Hunde wecken?

»Aber es war schon komisch, oder?«

Auf diese Frage erwiderten weder Ralph noch Lila etwas. Beide sahen mich einfach nur sehr ernst an.

* * *

In dieser Nacht konnte ich lange nicht einschlafen. Claire war zur Beobachtung zurück aufs Krankendeck beordert worden, trotz ihrer Beteuerung, ihr gehe es gut, und ich fühlte mich schrecklich allein.

Als mir dann endlich die Augen zufielen, sank ich in einen sehr unruhigen Schlaf und einen verwirrenden Traum.

Ich saß an einem Lagerfeuer und hielt ein undefinierbares Stück Fleisch an einem krummen Ast in die Flammen. Mir gegenüber saß niemand Geringeres als Jack'Oh und nagte bereits an dem durchgebratenen Getier. Er war in seltsame Felle gehüllt, stank nach Urin und Kot, seine Arme und Beine waren mit Dreckkrusten verschmiert, sein Haar verfilzt – aber dennoch erkannte ich ihn sofort.

»Ich verstehe nicht, wieso du immer noch hier bist! Wenn du mein Haustier wärst – ich hätte dich schon längst erledigt«, sagte ich angewidert und blickte ihn herablassend an. Er ließ sich davon nicht im Geringsten beirren, sondern bohrte weiterhin seine gelben Zähne in das Fleisch.

»Das liegt daran«, brachte er schmatzend und mit einem schelmischen Grinsen im Gesicht hervor, »dass sie um einiges gütiger ist als du!«

Er kicherte und ich schüttelte mich vor Ekel.

»Nein, mein Lieber, das liegt einfach nur daran, dass du ihr nachläufst wie ein räudiger Köter und die ganze Drecksarbeit für sie erledigst. Zu mehr bist du doch nicht zu gebrauchen!« Ich blickte starr in die tanzenden Flammen und zwang mich dazu, ihn nicht weiter zu beachten, was jedoch gar nicht so einfach war.

Er hatte indessen aufgehört zu kauen und sah mich jetzt mit einer Mischung aus Wut und Entschlossenheit an.

»Ich bin zu nützlich. – Was meinst du, wozu ich die Menschen bringen könnte, wenn ich wollte?« Er grinste sein schreckliches Grinsen und reckte seine gelben, teilweise bereits verfaulten Zähne nach vorn.

Dann änderte sich das Bild. Ich sah ein unglaublich schönes blondes Mädchen mit großen Locken, die ihr bis über die Hüften reichten, strahlend blauen Augen und einer zierlichen Figur. Sie stand am Rande einer zerklüfteten Felsenlandschaft und sah mit träumerischem Blick aufs Meer hinaus. Zu ihren Füßen rauschte die Gischt. Die hohen Wellen brachen sich ohrenbetäubend an den mächtigen Felsen und der harsche Wind spielte mit ihrer Lockenmähne. Ich ver-

suchte zu ihr durchzudringen und rief nach ihr, doch ohne Erfolg. Sie schien mich gar nicht wahrzunehmen. Dann, als es so schien, als hätte ich sie endlich erreicht, und sie mir den Kopf und ihr wunderschönes Gesicht zuwandte, lächelte sie matt und sprang zu meinem Entsetzen hinunter in die Brandung. Ich schrie vor Verzweiflung laut auf.

Das Bild änderte sich abermals. Ich rannte einen gewölbten steinernen Kellergang entlang. Mein Herz hämmerte im Gleichklang mit meinen eiligen Schritten, die in den abzweigenden Gängen widerhallten. In Panik stürzte ich in sämtliche Räume, die ich finden konnte, doch was ich zu finden erhoffte, befand sich nirgends. Schließlich stürzte ich in einen Raum und dort auf einer hölzernen Pritsche lag das blonde hübsche Mädchen, das sich in der vorigen Vision die Klippen hinabgestürzt hatte. Ich eilte zu ihr, hob ihren Kopf an und betrachtete das leblose Gesicht. Aus den Mundwinkeln rann Schaum.

* * *

Ich schreckte hoch, atmete schwer, war schweißgebadet und sah mich hektisch nach allen Seiten um. Dann knipste ich das Licht an und fand mich in meiner Kabine auf der MS Fairytale wieder. Ein Blick auf den Wecker verriet mir, dass es sechs Uhr morgens war.

KAPITEL 7

Seit unserem beängstigenden Zusammentreffen mit dem mysteriösen Jack'Oh waren einige Wochen vergangen. Der seltsame Drogendealer war noch immer in aller Munde, obwohl er sofort in Gewahrsam der Defenderre übergeben wurde und damit vom Schiff verschwunden war. Zudem waren sämtliche Soldaten sowie einige Seeker auf die Suche nach dem Verbleib des richtigen Andreas Orinion angesetzt worden.

Die Fairytale war bereits seit mehreren Monaten aus Sicherheitsgründen nicht mehr vor Anker gegangen und weilte schon seit über einem Monat im Mittelmeerraum.

Es war Donnerstagabend. Claire war mit einem gewissen Brian ausgegangen, wie mir eine kleine Notiz verriet. Diesen Namen hatte ich ja noch nie gehört. Musste wohl eine neue Eroberung von ihr sein. Vielleicht war er auch eine Ablenkung wegen Andi, für den – wie ich hatte feststellen müssen – sie wohl mehr empfunden hatte.

Ich seufzte, ließ mich auf unser breites Doppelbett fallen, drehte mich auf den Bauch und betätigte die Fernbedienung für unseren kleinen Flachbildfernseher. Nachdem ich eine

Weile ziellos durch die Programme gezappt hatte, landete ich wie üblich beim »Fairy Channel One« – kurz FC1 – und drehte sofort den Ton lauter.

Am unteren Bildrand lief gerade in großen roten Buchstaben das Wort »EILMELDUNG« von links nach rechts durchs Bild, dahinter prangte das Logo des FC1 und darüber das kleine Wörtchen »Live«, ebenso rot hervorgehoben. Eine blonde Fairy in einem grünen T-Shirt mit ungewöhnlich gezacktem rosa Prueba, das sich über ihre Augenbrauen bis hinunter zu den Schläfen erstreckte, machte ein sehr ernstes Gesicht und verkündete mit dramatischer Miene: »In allen Großstädten weltweit haben radikale Terrorgruppen der Shuk Anschläge verübt, bei denen mehrere Tausend Menschen und auch Fairies getötet wurden. Des Weiteren wurden hundert junge, ungezeichnete Menschen und solche, die im Begriff waren, gezeichnet zu werden, verschleppt und werden nun gefangen gehalten. Unsere Korrespondentin in New York, Kathleen Abernathe, berichtet von den dramatischen Ereignissen.«

Die Blondine blickte zur Seite, ein weiteres Bild erschien am linken Rand, das eine kurzhaarige Brünette mit ähnlich gezacktem Prueba zeigte, die sich mitten auf dem Time Square befand und ebenfalls mit sehr ernster Miene die heutigen Anschläge schilderte.

»Es ist kurz nach zwanzig Uhr, als sich hier, inmitten der Metropole, dramatische Szenen ereignen. Dunkelgrauer Nebel verdichtet die Straßen, dann ertönen die ersten Schreie und Chaos bricht aus. Viele befürchten einen neuen Terroranschlag wie damals am 11. September 2001 und rennen in Panik durch die Straßen, überall liegen bereits Tote und Verwundete. Michael Johnson, ein junger Fairy-Student hier in New York, der sich zum Zeitpunkt der Anschläge in einem der Fastfood-Restaurants befand, erzählt.«

Das Bild zeigte einen jungen Farbigen, der von einer weiteren Journalistin interviewt wurde.

»Ich saß hier an diesem Tisch ...«, er deutete auf einen kleinen Ecktisch, »... wollte gerade in meinen Burger beißen, als ich draußen plötzlich Schreie hörte. Schlagartig ist Tumult ausgebrochen, viele haben durcheinandergeschrien, es war die Rede von einem neuen Terroranschlag auf Amerika. Ich habe meinen Rucksack gepackt und versucht das Lokal zu verlassen. Von draußen drang dieser Nebel herein und mir war klar, hier handelt es sich um keinen menschlichen Angriff. Ich habe sofort versucht meine Sinne zu schärfen und habe auch gleich ein paar der Shuk gesehen. Sie waren, soweit ich das erkennen konnte, alle vermummt, aber dennoch gelang es mir, gegen einige von ihnen zu kämpfen und ein paar der Menschen in Sicherheit zu bringen. Aber es waren einfach zu viele und wir waren zu überrascht und irgendwie auch wie gelähmt. Ich habe einige Defenderre gesehen, die versucht haben die Shuk zurückzudrängen, aber für jeden Getöteten schienen drei neue nachzukommen. Sie verschleppten viele junge Menschen, den Rest töteten sie.«

Der junge Mann verschwand aus dem Bild und Kathleen Abernathe erschien wieder in einem separaten Bild.

»Der örtlichen Defenderre-Staffel zufolge fand dieser Angriff ganz gezielt statt, zu einem Zeitpunkt, als sich viele Ungezeichnete auf den Straßen befanden. Sie waren demnach das Ziel der Shuk. Die Vermutung liegt daher nahe, dass es ein Leck im Sicherheitssystem gegeben haben muss. Fairy-Präsidentin Josephine Amalie Andrews wird im Laufe der nächsten Stunde eine genauere Erklärung zu den Vorfällen abgeben. – Kathleen Abernathe live aus New York.«

Die Blondine erschien wieder im rechten Bild. Sie nickte dem linken Bild, in dem Kathleen Abernathe noch immer mit ihrem Mikrofon zu sehen war, kurz zu: »Vielen Dank, Kathleen«, und wandte sich dann wieder direkt an die Zuschauer.

»Diese Szenen fanden in allen großen Weltstädten etwa zur selben Zeit statt, in New York, London, Paris, Madrid, Berlin, Tokio, Peking, Moskau, um nur einige zu nennen ...«

Ich wurde durch wildes Gepolter an der Kabinentür aus meiner Starre gerissen, sprang auf und hastete zur Tür. Draußen standen Ralph und Lila.

»Hast du die Nachrichten schon gehört?«, fragten sie außer Atem.

»Wenn du die Sache mit den weltweiten Shuk-Angriffen meinst, ja«, nickte ich. »Ich sehe mir gerade die Live-Sondersendung auf FC1 an.«

»Auf dem ganzen Schiff herrscht Chaos«, berichtete Ralph und eilte an mir vorbei zum Fernseher.

»Wieso denn auf dem Schiff?«, wollte ich wissen.

»Na ja«, erklärte Lila. »Die Angriffe haben vorwiegend jungen Fairies und Menschen gegolten, die gezeichnet hätten werden sollen. Vielleicht gelingt es ihnen, unsere Schiffe irgendwie zu enttarnen, und sie greifen uns an.«

Wir sahen uns an und erinnerten uns beide an das Gespräch zwischen Miss Ishanti, Dr. Hallin und Mr Hockley im Foyer.

»Meinst du, sie haben von diesen Angriffen gewusst?«, fragte Lila leise und sah mich mit geweiteten Augen an. Ich schüttelte den Kopf.

»Nein, in dem Gespräch ging es ja nur um eine Kursänderung und irgendeine Aufnahme. Ich glaube nicht, dass sie von den Angriffen wussten. Wenn, dann hätten sie doch die Defenderre informiert, oder?«

Lila nickte. »Ja, du hast recht.«

Wir setzten uns auf den Bettrand, konnten jedoch den vielen verschiedenen Interviews, die FC1 überall auf der ganzen Welt arrangiert hatte, nicht mehr recht folgen.

Ich konnte mich noch gut an den 11. September 2001 erinnern, als die Bilder über den Einsturz des World Trade Center auf allen Kanälen liefen. Dies hier war ähnlich, nur irgendwie viel schlimmer. Die Shuk hatten zum weltweiten Kampf aufgerufen und sie hatten es auf Frisch-Gezeichnete und solche, die es hätten werden sollen, abgesehen. Wenn das stimmte, waren die Akademien wirklich als Nächstes deren Zielscheibe und vor allem das Beltane-Fest barg somit das allerhöchste Risiko.

* * *

Am nächsten Tag waren die Angriffe in aller Munde. Schon beim Frühstück, das wir wie üblich in der Sunset-Cafeteria einnahmen, wisperten uns von allen Seiten die Worte »Angriffe«, »Shuk«, »haben es auf Frisch-Gezeichnete abgesehen«, »Gefahr für die Akademien« et cetera entgegen. Lila, Ralph und ich schwiegen eine Weile beklommen, nicht weil wir uns nichts zu sagen gehabt hätten, sondern vielmehr, weil wir das Thema bereits am vergangenen Abend immer und immer wieder diskutiert hatten. Dabei hatten wir uns auch in einer Endlosschleife das Gespräch zwischen Miss Ishanti, dem Akademieleiter und dem Kapitän vor Augen geführt und versucht mögliche Zusammenhänge zu er-kennen.

Alles in allem war uns doch recht mulmig zumute, als wir uns wenig später auf den Weg zum Unterrichtsplateau machten und kurz darauf eine felsige Dimension betraten, die zu allen Seiten von hohen, kargen, spitz aufragenden Bergen umgeben war.

Miss Ishanti erwartete uns bereits mit sehr ernstem Gesicht, umringt von den gläsernen Stühlen, und unterbrach das allgemeine Stimmengewirr, das immer zu Beginn einer Zirkeleinheit herrschte, mit einem lauten:

»Guten Morgen, ich verstehe Ihr Kommunikationsbedürfnis nach den gestrigen Ereignissen und gerne bin ich bereit Fragen zu beantworten, sofern dies in meiner Macht steht.«

Langsam beruhigte sich unser Zirkel und sah gebannt nach vorn.

Miss Ishanti atmete tief ein und aus und schritt langsam von links nach rechts.

»Die gesamte Fairy-Welt ist erschüttert von den gestrigen Angriffen und ich bin sicher, dass sich die Präsidentin noch heute im Laufe des Tages zu den Vorkommnissen und weiteren Vorgehensweisen der Regierung äußern wird, was ja bereits angedeutet wurde ...«

»Wieso hat die Regierung denn bis jetzt noch nichts offiziell gesagt?«, wurde sie von einem schmächtigen Jungen unterbrochen, von dem ich wusste, dass er einer der wenigen Geist-Elementarier im Zirkel war. Sein Name, war glaube ich, Benjamin – ich war mir jedoch nicht sicher, da ich weder in einer Test- noch in einer Elementargruppe mit ihm gewesen war.

»Die Regierung hat sicher gute Gründe, aber ich denke, dass zunächst jegliches Beweismaterial weltweit gesammelt und ausgewertet werden muss. Die genauen Hintergründe der Anschläge können aktuell nur vermutet werden«, erklärte Miss Ishanti und argumentierte damit genauso wie die Fairy-Fernsehsender.

»Es heißt, sie hatten es auf Frisch-Gezeichnete abgesehen«, rief Tanja, unsere Barbie, und zum ersten Mal war ich an einer ihrer Fragen wirklich interessiert.

»Wie ich bereits sagte, die Hintergründe für die Angriffe sind immer noch ungeklärt. Allerdings wird vermutet, dass sie es auf Menschen abgesehen hatten, die wohl in unserer Datenbank für eine zukünftige Zeichnung vorgesehen waren.

Viele dieser jungen Menschen wurden entführt und die Defenderre und Seeker setzen mit Sicherheit bereits alles daran, dass sie gefunden und befreit werden können.«

»Auf FC1 hat man berichtet, dass man ein Leck im Sicherheitssystem vermutet«, sagte Ralph in üblich coolem, sachlichem Ton.

Miss Ishanti nickte. »Ja, diese Vermutung liegt natürlich nahe, vor allem weil die Shuk wohl sehr genau die Menschen unterschieden, die zu den Auserwählten für die Zeichnung zählten. Nur diese wurden entführt, alle anderen größtenteils getötet oder schwer verletzt.«

»Ist es möglich, dass die Shuk selbst erkennen können, wer eine potenzielle Fairy ist?«

Miss Ishanti schüttelte energisch den Kopf. »Nein, das ist nicht möglich. Wenn sie es könnten, hätten wir schon viel, viel mehr ungezeichnete Menschen an sie verloren. Sie erkennen Frisch-Gezeichnete erst, sobald sie bereits das Prueba tragen.«

Mir kam meine Begegnung mit der Shuk Evelyn in den Sinn, damals an der Tankstelle. Sie hatte mich eindeutig als Frisch-Gezeichnete erkannt, aber zu dieser Zeit trug ich ja bereits mein Prueba und war auf dem Weg zur MS Fairytale gewesen.

»Können die Shuk Menschen zeichnen?«, fragte Lila und Miss Ishanti verzog den Mund zu einer schmalen Linie.

»Leider ja, aber sie haben dazu ihre eigenen Methoden.«

»Wenn sie Menschen zeichnen können, dann können sie sie sicherlich auch erwecken, oder? Wie wir bei der Beltane-

Zeremonie?«, fuhr Lila weiter fort und Miss Ishantis Blick wurde noch ernster, falls das überhaupt möglich war. Sie atmete einmal durch, bevor sie antwortete.

»Nachdem sie sie gezeichnet haben, beginnt wie bei euch die Ausbildung – im Falle der Shuk könnte man es auch als Gehirnwäsche bezeichnen. Bereits nach einem halben Jahr, wie bei euch, beginnen sie sie zu verwandeln. Wie genau sie das machen, ist uns bis heute schleierhaft, aber danach sind sie brutal, grausam, wahre Verbrecher und den Befehlshabern der Shuk absolut loyal ergeben.«

Ich seufzte und hob den Finger, um ebenfalls eine Frage zu stellen, die mich mehr als alles andere beschäftigte: »Was ist, wenn die Shuk einen Menschen in die Finger bekommen, der von uns Fairies soeben gezeichnet wurde, können sie diesen dann als Shuk erwecken?«

Miss Ishanti nickte seufzend. »Ja, das ist der Grund, warum unsere Seeker so gut in Kampftechniken ausgebildet werden. Sie haben es immer wieder mit Shuk zu tun, die hinter ihren Frisch-Gezeichneten her sind. Für die Shuk sind von uns frisch Gezeichnete am Wertvollsten, weil sie bereits Einblicke in unsere Welt erhalten haben, eventuell bereits ihre Ausbildung begonnen haben und nur noch erweckt werden müssen. – Aber keine Sorge«, beschwichtigte sie uns angesichts der entsetzten Blicke, die ihr plötzlich von allen Seiten entgegenstarrten. »Hier auf der MS Fairytale seid ihr absolut sicher. Noch nie ist es den Shuk gelungen, eine der Akademien anzugreifen oder auch nur zu betreten. Darüber hinaus wurden seit dem gestrigen Tag auf allen Akademien die Sicherheitssysteme erweitert und die Routen geändert, auf der Fairytale sind diese Standards ja bereits nach dem Vorfall mit Andreas Orinion erhöht worden. Darüber wollte ich euch eigentlich zu einem späteren Zeitpunkt am heutigen Tag noch informieren, doch wir können dies sicherlich auch schon vorziehen. Es ist euch sicher noch nicht aufgefallen, aber wir haben in Absprache mit dem Kapitän und den anderen Akademien den Kurs der Fairytale geändert. Zusätzlich werden wir Lehrkräfte zum Schutz von euch Schülern überall auf den Korridoren postieren und Patrouille gehen. Auch werden wir verstärkt bei sämtlichen Schüler-Events anwesend sein.«

Auf diese Worte hin herrschte im Zirkel betretenes Schweigen.

* * *

»Die wollen uns doch nur verarschen und in Sicherheit wiegen«, maulte Claire am Abend in unserer Kabine, während sie sich für eine erneute Verabredung mit Brian, den ich immer noch nicht zu Gesicht bekommen hatte, fertig machte.

Ich zuckte die Achseln. »Keine Ahnung. Aber wenn es so ist, bist du doch eh nicht auf der Zielscheibe der Shuk. Wenn, dann haben sie es auf Frisch-Gezeichnete wie mich abgesehen.«

»Du vergisst wohl den Vorfall mit Jack'Oh. Er hatte es unter anderem auf mich abgesehen«, seufzte sie und strich mir im Vorbeigehen über den Kopf. »Aber im Grunde glaube ich, dass wir zurzeit noch nie irgendwo sicherer waren als hier auf einem der Schiffe.«

»Bist du schon mal einer Shuk begegnet?«, fragte ich unvermittelt und blickte starr auf den Boden.

Claire schüttelte den Kopf und ließ sich nachdenklich neben mir auf dem Bett nieder. »Nein, nicht so wirklich jedenfalls. Jack'Oh gab sich ja als solcher vor uns nicht zu erkennen. Er wirkte wie ein normaler Erd-Elementarier. Du etwa?«

Ich nickte stumm und sie sah mich bestürzt an. Dann erzählte ich ihr von meiner Begegnung mit Evelyn, wie sie mich verschleppt hatte und ich von Frankie gerettet worden war.

Claire drückte betreten meinen Kopf an ihre Schulter. »Sophie, ich hatte ja keine Ahnung. Warum hast du nie etwas davon erzählt?«

Ich zuckte die Schultern. »Weiß auch nicht. Ich war einfach so froh, dass ich das alles hinter mir hatte und auf dem Schiff ein neues Leben anfangen konnte. Weißt du, diese vielen Menschen, die von den Shuk verschleppt worden sind, ich hätte leicht eine von ihnen sein können. Was wohl mit ihnen passiert? Miss Ishanti hat uns erzählt, dass sie einer Gehirnwäsche unterzogen werden?«

Claire nickte und strich mir immer wieder über den Kopf. »Ja, man sagt das. Aber ganz sicher weiß man es nicht, da von den Shuk ja noch nie jemand zu uns übergetreten ist.«

»Und ich habe oft so seltsame Träume, immer werde ich

verfolgt und gejagt.« Ich versuchte die Tränen zurückzuhalten, doch leider gelang es mir nicht.

Claire wiegte mich in ihrem Arm. »Hey, das haben wir alle. Miss dem Ganzen nicht zu viel Bedeutung zu. Seltsame Träume gehören zum Leben einer Fairy dazu. Ich habe, bevor ich an Beltane erweckt wurde, ständig von meinem früheren Fairy-Ich geträumt. Du musst wissen, wir alle wurden in irgendeinem früheren Leben verfolgt und gejagt. Vor allem im Mittelalter, als viele von uns auf den Scheiterhaufen als Hexen und Ketzer verbrannt wurden. Also mach dir darüber nicht zu viele Gedanken und sei einfach froh, dass du das Glück hattest, von drei so tollen Seekern betreut zu werden, die in der Lage waren, dich so fantastisch zu beschützen.«

Ich nickte und lächelte sie an. »Danke dir. Es tat gut, sich auszusprechen.«

»Ich bin ja auch die weltbeste Zuhörerin!«, sagte sie, stand auf und stellte sich wieder vor den Spiegel.

»Und wie sehe ich aus?«, fragte sie.

»Fragst du das jetzt allen Ernstes? Du weißt doch verdammt genau, wie gut du immer aussiehst!«, entgegnete ich lachend.

»Ja, schon«, lachte sie zurück. »Aber ich muss es einfach immer noch bestätigt wissen.«

»Also gut, du siehst verdammt heiß aus!«, bestätigte ich ihr. »Ist das was Ernstes zwischen dir und diesem Brian?«, wollte ich dann wissen, woraufhin ich nur ein verschmitztes Lächeln und ein verschwörerisches Achselzucken von ihr erntete.

Da klopfte es an unserer Kabinentür.

»Oh, Brian«, säuselte ich und verzog das Gesicht zu einer Grimasse. Claire packte das nächstbeste Kissen und warf es mir an den Kopf, bevor sie zur Tür eilte. Doch draußen stand nicht wie erwartet Brian, sondern Claires Freundin Rachel. Hinter ihr, auf dem Korridor, herrschte große Aufregung. Überall drängelten sich Schüler und Schülerinnen aneinander vorbei in Richtung der Aufzüge.

»Was ist denn da los?«, fragte ich und erhob mich verwirrt vom Bettrand.

»Die Präsidentin hält eine Ansprache im Fernsehen. Es wird öffentlich unten im Theater gezeigt und die Lehrkräfte wollen, dass die gesamte Akademie zusieht. Also kommt, bevor die besten Plätze schon weg sind!«

Claire und ich warfen uns vielsagende Blicke zu und stürmten dann hinaus auf den Gang, den anderen hinterher zu den Aufzügen, hinunter auf Deck 6 und 7.

* * *

Das Theater war ein großer Saal mit hell- und dunkelgrauen, in festen Reihen eingebauten Sesseln sowie drei übereinanderliegenden Logen und war im Prinzip nichts anderes als ein gigantischer Kino- oder Musicalsaal mit einer Bühne und einem silbernen Vorhang. Die Wände waren mit tiefrotem Teppichboden bezogen, ebenso der Fußboden, und dämmten somit den Schall. Hier und da gab es verspiegelte Säulen, die die Logen stützten, sowie glänzende Deckenleuchten.

Als wir eintrafen, waren die besten Plätze in den vorderen Reihen bereits belegt. Als ich mich umsah, entdeckte ich Lila und Ralph, die in einer Seitenloge Platz genommen hatten und mir wild winkten. Anscheinend hatten sie mir einen Sitzplatz frei gehalten. Ich gab Claire und ihren Freundinnen rasch Bescheid und eilte dann zu meinen Freunden hinüber.

In Windeseile füllte sich das große Theater, das Platz für die ganze Schule inklusive Lehrkräfte in der vordersten Reihe bot. Immenses Stimmengewirr und Getöse erhoben sich, so lange, bis vorne der silberne Vorhang zur Seite gezogen wurde und die große Leinwand, die sich dahinter verbarg, zu flackern begann. Das Logo des Fairy Channel One erschien, sowie das Wort »Sondersendung«.

Eine Reporterin meldete sich zu Wort, begrüßte die Zuschauer und erklärte dann, dass sie nun live zur Ansprache der Fairy-Präsidentin Josephine Amalie Andrews schalten würden.

Das Bild wurde kurz schwarz, dann erschien ein kleiner Raum, so ähnlich wie das Oval Office des amerikanischen Präsidenten, nur um einiges größer und prunkvoller. Die Wände waren allesamt verspiegelt und mit wunderschönen Armleuchtern versehen, der Boden glänzte in weißem Marmor, ebenso wie der große Schreibtisch in der Mitte des Büros, hinter dem eine strenge Frau mittleren Alters saß mit brünettem, welligem Haar, einer wahnsinnig großen Oberweite, die sie unter einem hellen Pullover und schwarzem Blazer verbarg, und einer großen, aber nicht hässlichen Nase. Die Frau war schön, strahlte jedoch eine Härte und Ernsthaftigkeit aus, die vermittelte, dass mit ihr nicht zu spaßen war. Ihr Prueba war tiefschwarz, durchzogen von rubinroten Steinen und Ranken, die sich über ihre ganze Stirn hangelten. Ich hatte Josephine Amalie Andrews, die Präsidentin der gesamten Fairy-Welt, bereits schon öfter im Fernsehen gesehen, meistens bei öffentlichen Empfängen oder Besuchen. Dies war der erste offizielle Bericht von ihr, den ich seit meiner Zeichnung sah. Da unsere Königsfamilie diesem schrecklichen Fluch zum Opfer gefallen und auch seither in dieser Welt keines ihrer Mitglieder wiedergeboren worden war, die Fairies jedoch aufgrund von immer wiederkehrenden Streitereien und Gerechtigkeitsproblemen den dringenden Bedarf und Wert eines Oberhauptes erkannt hatten, nahmen sie sich kurzerhand ein Beispiel am Rechtssystem der Menschen und ließen eine Regierung, den sogenannten Rat der Fairies, wählen, zu dem auch die Urfairies zählten und von dem wiederum der Präsident ernannt wurde.

Josephine Amalie Andrews räusperte sich, faltete ihre Hände ineinander und sprach dann direkt in die Kamera.

»Guten Tag, meine lieben Fairy-Brüder und -Schwestern. Gestern sind wir alle, unser Leben, ja unsere gesamte Freiheit, Opfer von mutwilligen und bösartigen Anschlägen unserer Feinde geworden. Es gab Anschläge auf allen Teilen dieser Erde, die sowohl uns Fairies als auch gewöhnliche Menschen betroffen haben. Tausende Leben wurden plötzlich ausgelöscht oder zerstört. Die schrecklichen Bilder haben uns mit Fassungslosigkeit erfüllt, mit schrecklicher Trauer, aber auch mit einem stillen Groll. Diese Massenangriffe sollten aller Wahrscheinlichkeit zuallererst dazu dienen, uns einzuschüchtern, die Stärke der Shuk zu demonstrieren, und leider auch dazu, uns zu zeigen, dass sie in der Lage sind, unsere schwächsten Mitglieder, die Frisch-Gezeichneten, anzugreifen. Wie bereits vermutet wurde, haben die Shuk diesen Anschlag schon seit Jahren geplant und er begann mit diversen magischen Attacken auf unsere Sicherheits- und auch die Regierungszentrale, die wir bisher immer gekonnt abwehren konnten. Diese Angriffe sollten uns jedoch nur verwirren und in Sicherheit wiegen. Bei jedem Versuch, in unsere Magie-Zentren einzudringen, gelang es ihnen offensichtlich, sich Daten bezüglich der Frisch-Gezeichneten sowie derer anzueignen, die erst noch gezeichnet hätten werden müssen. In einem einzigen vernichtenden Schlag holten sich die Shuk am gestrigen Tage über fünfhunderttausend ungezeichnete Menschen sowie weitere fünfzigtausend frisch gezeichnete Fairies, die von ihren Seekern hätten auf die Akademien gebracht werden sollen.«

Sie hielt kurz inne und ein erschrockenes Luftholen fuhr durch das Theater. Diese Zahlen waren bis dato unbekannt gewesen und jetzt, da sie so offen angesprochen wurden, erschütterten sie jeden.

»Wir müssen und dürfen leider auch nicht ausschließen«, fuhr die Präsidentin fort, »dass auch einige Seeker von uns in den Plan der Shuk eingeweiht waren und nun zu den Shuk übergelaufen sind. Diese müssen sich bereits vor Monaten, wenn nicht sogar vor Jahren heimlich der Allianz der Shuk angeschlossen und undercover weiter bei uns gearbeitet haben. Diese Art der Infiltration hat mit Sicherheit auch in allen offiziellen Büros und Militärstellen stattgefunden. Unsere oberste Priorität muss es daher jetzt sein, unsere Frisch-Gezeichneten auf den Akademien zu schützen und sämtliche Schwachstellen in offiziellen Ämtern aufzudecken. Wir werden daher verstärkt Sicherheitspersonal auf den Akademien einsetzen, ebenso werden vermehrt Defenderre in allen Großstädten zum Einsatz kommen. Zudem werden wir genaue Untersuchungen veranlassen, um sowohl Menschen als auch Fairies in der ganzen Welt vor weiteren Angriffen zu schützen. Alle zukünftigen Vorgehensweisen bedürfen einer genauen Abklärung mit dem Rat der Fairies. Hierzu werden wir in den nächsten Tagen und Monaten mehrere Sitzungen abhalten.«

Sie holte tief Luft und ihre Miene wurde noch ernster als zuvor. »Die Vermutung liegt nahe, dass die Shuk mit der Rekrutierung noch nicht gezeichneter Menschen und noch nicht erweckter Fairies ein besonderes Ziel verfolgen, nämlich die dreizehnte Schicksalsfairy, Tanian, wiederzuerwecken, die sie ja bereits vor vielen Jahrhunderten so erfolgreich anführte.«

Großes Stimmengewirr und Gemurmel setzten im Theater ein. Vielen war dieser Hintergrund für die Anschläge neu, klang jedoch angesichts der Brutalität und Härte der Vorgehensweise durchaus plausibel und einleuchtend.

»Hierzu sind wir in engem Kontakt mit den Schicksalsfairies, vor allem der ältesten Schwester Calenleya und den Engeln. Alle Urfairies versichern, dass eine Erweckung Tanians ausgeschlossen ist. Ob die Shuk stattdessen Cayuga wiedererwecken und auf ihre Seite ziehen wollen, bleibt unklar. Es ist wahrscheinlicher, dass sie nach Aurora suchen, um den Fluch auszulösen. Daher werden wir, der hohe Rat der Fairies und auch die Schicksalsschwestern, alles daransetzen, die Prinzessin vor ihnen zu finden. Natürlich werden wir die anstehenden Abschlussfeierlichkeiten zu Samhain in diesem Jahr und Beltane im kommenden Jahr aufs Äußerste und Gründlichste bewachen.

Niemand von uns wird den gestrigen Tag jemals vergessen. Doch wir müssen fortfahren und alles in unserer Macht Stehende tun, damit sich solch ein Tag nicht noch einmal wiederholt. Ich bedanke mich für Ihre Aufmerksamkeit und seien Sie versichert, dass Ihnen in unserer Obhut nichts passieren kann.«

Das Bild aus dem Büro verschwand und die Reporterin erschien erneut, jedoch maßen ihr die jungen Fairies im Theater keinerlei Bedeutung mehr zu und begannen wild durcheinanderzureden.

»Ganz ehrlich, das mit Tanian und Aurora habe ich mir insgeheim auch schon gedacht. Liegt ja auch auf der Hand«, sagte Ralph und nickte uns verschwörerisch zu.

»Ne, niemals hab ich an so was gedacht.« Lila schüttelte vehement den Kopf. »Ich dachte eher, die wollen halt ihre Truppen zahlenmäßig aufbessern.«

»Ich bin nur gespannt, was es bedeutet, dass sie die Sicherheit auf den Akademien verstärken wollen. Heißt das, hier rückt bald das Militär an?«, fragte ich und kratzte mich am Kinn.

»Vielmehr stellt sich die Frage: Haben die Fairies überhaupt ein Militär? Wir wissen einfach noch viel zu wenig über die Politik und die Einsatzmittel der Fairies, als dass wir genau sagen könnten, was die Regierung tun kann, um uns besser zu schützen«, erklärte Ralph wie immer sehr sachlich.

* * *

Am Freitagabend nach den ganzen aufwühlenden Ereignissen verabredeten Ralph, Lila und ich uns im Café de Paris, das sich auf dem obersten Deck, dem Deck 15, gleich neben den zwei Whirlpool-Anlagen befand. Es war eines der noch erschwinglicheren Cafés und Restaurants, von dem aus man einen herrlichen Ausblick über das ganze obere Deck, den Poolbereich sowie die sternenklare Nacht hatte. Es war grauweiß gekachelt, mit kleinen runden Tischen und blutroten Sesseln möbliert und gleichzeitig schlicht und edel gehalten. Am schönsten war wohl die verspiegelte Decke mit den fein eingearbeiteten Strasssteinen, die das ganze Café in ein herrliches Glitzermeer tauchten. Wir hatten einen der begehrten Sitzplätze am Fenster ergattert und soeben unsere Getränke erhalten.

»War eine heftige Woche«, meinte Lila und nippte an ihrem Kiba, den sie in einem sehr hohen Glas mit allerlei Fruchtdekoration erhalten hatte.

Ich nickte nur und sog über meinen versilberten Strohhalm an dem süßen Fruchtcocktail, der vor meiner Nase stand.

»Stell dir mal vor, du bist noch gar nicht gezeichnet und wirst einfach von den Shuk angegriffen und verschleppt«, plapperte Lila weiterhin munter drauflos.

»So was will man sich gar nicht vorstellen.« Ralph schüttelte den Kopf. »Mir tun vor allem auch die Frisch-Gezeichneten leid. Sie wussten ja sicherlich bereits von den Shuk, hatten sich wahrscheinlich gerade erst für ein Leben als Fairy entschieden und stehen gleich mitten im Kampf gegen das Böse. Das muss doch der absolute Horror sein!«

Ich schwieg und musste wieder an mein Erlebnis mit Evelyn denken. Wie leicht es mir doch hätte so ergehen können!

»Weiß man eigentlich, wie die Menschen sich diese Angriffe erklären?«, wollte Lila weiter wissen.

»Wie wohl, mit Terroranschlägen natürlich. Das ist doch das Einleuchtendste«, sagte Ralph und nahm einen tiefen Schluck seines Cappuccinos. Der Milchschaum blieb an seiner frisch rasierten Oberlippe hängen und wir Mädchen kicherten. Etwas beschämt wischte er sich das Weiß aus dem Gesicht und verzog das Gesicht zu einer komischen Grimasse. Das lockerte die ganze Situation ein wenig auf und wir beschlossen stillschweigend, das Thema zu wechseln.

»Weiß eigentlich jemand, wann endlich unsere Start-up-

Feier stattfindet? Ein bisschen Ablenkung nach den vielen schrecklichen Ereignissen würde uns sicher guttun«, fragte Lila seufzend und rührte in ihrem Glas. Unsere Start-up-Feier war nach unserem Zusammentreffen mit Jack'Oh auf unbestimmte Zeit verschoben worden und nach den weltweiten Shuk-Angriffen glaubten wir nicht mehr daran, dass in nächster Zeit auf der MS Fairytale überhaupt wieder eine Party stattfinden würde. Die Stimmung war seltsam gedrückt, jeder hatte Angst.

»Also, mir ist die Lust am Feiern irgendwie vergangen. So hatte ich mir mein Leben als Fairy nicht vorgestellt«, meinte Ralph und leerte seinen Cappuccino in einem Zug. Dann winkte er der blonden Kellnerin.

Sie stöckelte auf ihren sehr hohen, gewagten Absätzen herbei und griff nach einem Kristall, den sie um den Hals trug, um Ralphs weitere Bestellung aufzunehmen.

»Ich bekomm noch einen Kiba«, sagte er und deutete mit dem Finger auf Lilas Fruchtsaftgetränk.

Die Kellnerin nickte und stöckelte wieder davon.

Ich starrte aus dem Fenster hinaus in die klare Nacht. Es war schwer, etwas draußen zu erkennen, da sich mein Gesicht in der Scheibe spiegelte, aber dennoch meinte ich in der Ferne so etwas wie eine Stadt ausmachen zu können. Da waren zu viele Lichter in Erdbodennähe, als dass dies noch hätten Sterne sein können. Ich stutzte und setzte mich aufrechter in meinen Sessel. Dann hielt ich die Hände links und rechts an meine Schläfen, drückte mich gegen die Scheibe, um meine Augen gegen das Licht abzuschirmen, und verengte sie zu Schlitzen.

»Alles klar, Sophie?«, wollte Ralph von mir wissen und riss mich aus meinen Gedanken.

»Was, wie?«, fragte ich und erst da wurde mir bewusst, dass die beiden mir wohl eine Frage gestellt haben mussten, da sie mich so erwartungsvoll ansahen.

»Wir haben uns gefragt, ob wir mal schauen sollen, was im Theater heute so geboten wird. Ist doch blöd, wenn wir hier rumsitzen und dann ins Bett abhauen. Was machen Claire und ihre Clique?« Lila stützte ihren Kopf auf die Handflächen.

»Hm, keine Ahnung«, sagte ich nachdenklich. »Theater ist 'ne gute Idee.«

Mein Blick stahl sich zurück nach draußen.

»Sag mal, hast du da draußen ein U-Boot gesehen, oder was?«, fragte Ralph und sah mich misstrauisch an. Ich schüttelte lachend den Kopf, wurde aber gleich wieder ernst.

»Nein, es ist nur ...«, setzte ich an, brach dann aber ab.

»Was?«, bohrte Ralph nach.

»Ach, wahrscheinlich sehe ich Gespenster«, winkte ich ab. »Aber das da draußen sieht mir verdammt nach einer Stadt aus, wenn auch in weiter Ferne.«

Jetzt drückten auch Ralph und Lila ihre Gesichter gegen die Scheibe und versuchten etwas in der Dunkelheit zu erkennen.

Ralph sah mich als Erster wieder an. »Ich glaube, du hast recht«, stimmte er mir zu und sah erneut nach draußen.

»Aber sollten wir nicht weit weg vom Festland sein?«, widersprach Lila und ihre Stimme klang etwas gedämpft, weil sie noch immer an der Scheibe klebte.

Ich zuckte die Achseln. »Keine Ahnung, ich dachte eigentlich auch. Unten am Schwarzen Brett, neben der Rezeption, ihr wisst schon, wo immer die Tagesroute angezeigt wird, steht wahrscheinlich eine neue Route.«

»Aber was ist das für eine Stadt? Tunis?«, fragte Ralph.

»Keine Ahnung. Wir steuern ja auch nicht darauf zu«, versuchte ich zu erklären und drehte mich demonstrativ weg von der Scheibe.

»Hm, eigentlich schon«, murmelte da Lila immer noch gegen das Glas.

»Wie?«

Jetzt drückten auch Ralph und ich uns wieder gegen das Fenster und mussten feststellen, dass Lila recht hatte. Die Lichter der Stadt kamen näher und das Schiff schien präzise darauf zuzusteuern.

»Was denkst du, wann haben wir die Stadt erreicht?«, fragte ich Ralph. Dieser zuckte die Achseln und warf einen Blick auf seine Armbanduhr.

»Ich schätze, spätestens heute Nacht so gegen drei, wenn wir die Geschwindigkeit beibehalten. Wahrscheinlich werden wir noch ein wenig drosseln, sollten wir dort tatsächlich vor Anker gehen.«

»Vielleicht fahren wir auch daran vorbei«, meinte Lila.

»Aber schon seltsam. Was hat das zu bedeuten? Sind das

die neuen Sicherheitsvorkehrungen auf dem Schiff?«, meinte ich und kaute nervös an meinem Daumennagel herum.

»Was weiß ich, vielleicht steigen ein paar heiße Defenderre zu«, sagte Lila und zog verschwörerisch die Augenbrauen hoch.

»Oder ein paar Shuk«, entgegnete ich sarkastisch.

»Wir sollten diesen ungeplanten Stopp verfolgen«, meinte Ralph.

»Na ja, du weißt ja nicht, ob er ungeplant ist«, bemerkte ich und leerte meinen Kiba. »Ich denke, wir sollten erst einmal auf der Infotafel nachsehen.«

Ralph stand auf und verließ das Café. Lila sah mich verwundert an.

Ich zuckte mit den Schultern. »Er wird auf dem Infoboard im Korridor nachsehen.«

Tatsächlich. Wenig später kam er wieder und meinte mit gerunzelter Stirn: »Also, laut der aktuellen Route dürften wir nicht einmal in die Nähe einer Stadt kommen. Wir halten uns mitten auf dem Mittelmeer auf und meiden die Küsten – so steht es auf dem aktuellen Infoboard.«

»Dann ist das sogenannte aktuelle Infoboard eben noch nicht auf dem aktuellen Stand«, erwiderte ich erneut.

»Oder man möchte nicht, dass die Schüler von dem neuesten Kurswechsel Wind bekommen.« Ralph lehnte sich in seinem Sessel zurück und verschränkte die Arme vor der Brust.

»Ja, aber wenn wir irgendwo halten, bekommt das doch das ganze Schiff mit«, sagte Lila.

»Nicht, wenn wir erst um drei Uhr nachts vor Anker gehen.« Ich legte den Kopf schief und sah Ralph erwartungsvoll an. Dieser nickte zustimmend.

»Wenn wir nachts um drei halten, bekommen das nur etwa die zwanzig bis dreißig Prozent derjenigen mit, die zu dieser Zeit noch wach sind.«

»Wie wir«, erklärte ich bestimmt und erntete von Lila einen erstaunten, von Ralph einen verschwörerisch grinsenden Blick.

»Du willst Wache schieben?«, fragte Lila mit offenem Mund.

Ich nickte.

* * *

Und da saßen wir nun, um zwei Uhr nachts, auf einem absolut stockfinsteren Deck 15, eingemummelt in Decken und dicken Jacken, jeder auf einer der Sonnenliegen im Whirlpoolbereich. Ich hatte mir eine Thermoskanne voll heißem Kaffee zwischen die Knie geklemmt und wärmte meine kalten Hände an einer dampfenden Tasse. Meine Augen waren vom Schlaf noch verklebt, über meine Frisur redeten wir besser nicht und auch mein ganzer Körper protestierte, indem er sich irgendwie noch sehr gelähmt anfühlte. Aber wie hatte Ralph so schön gesagt? »Jeder Detektiv muss Opfer bringen.«

Er hatte übrigens ziemlich gut gelegen mit seiner Vermutung, die unbekannte Stadt gegen drei zu erreichen. Bereits jetzt konnten wir die Lichter eines Hafens deutlich erkennen, sowie einige Schiffe, die hier und dort ankerten. Ob es sich wie vermutet um die Stadt Tunis handelte, konnte ich nicht sagen, da ich selbst noch nie dort gewesen war. Ralph und Lila waren sich ebenfalls nicht sicher. Lila war vor einigen Jahren mit ihren Eltern hier im Urlaub gewesen, wie sie berichtet hatte, aber konnte jetzt natürlich im Dunkeln auch nicht zu hundert Prozent garantieren, dass es sich wirklich um die Hauptstadt Tunesiens handelte.

Das Einzige, was wir mit Sicherheit sagen konnten, war, dass die MS Fairytale sehr präzise auf die Stadt Kurs nahm und höchstwahrscheinlich dort auch vor Anker gehen oder zumindest halten würde, und das allein bestätigte schon unseren Verdacht, dass hier etwas äußerst Mysteriöses vor sich ging.

Ralph rieb sich die Handflächen und zog ein kleines kristallenes, rundes Glas aus seiner Jackentasche, das aussah wie ein Monokel und in das er nun zielsuchend starrte.

»Ich glaube, wir halten auf einen der großen Kais zu«, verkündete er und ich verdrehte die Augen.

»Ach nein, worauf sollten wir denn wohl sonst zuhalten? Da wird sich dann wohl ein Anlegeplatz befinden«, sagte ich und rieb mir meine Oberarme. Verdammt, war das plötzlich kalt hier in der Nacht. Tagsüber ließ es sich durchaus noch im leichten T-Shirt an Deck aushalten, aber jetzt wurde deutlich, dass es eigentlich bereits Herbst, ja fast sogar schon Winter war.

Ralph indessen ignorierte meinen Kommentar und starrte weiterhin durch das Fernglas.

»Ich glaube, dort warten Leute auf uns«, war seine nächste Äußerung und er versuchte, das Gerät noch schärfer einzustellen, indem er an einem Rädchen drehte.

»Dann lass sie doch warten«, gähnte Lila und mummelte sich noch tiefer in ihre Decke, die Augen hatte sie bereits geschlossen, so sehr war sie an dem Geschehen interessiert.

»Hey«, flüsterte ich ihr zu und rüttelte an ihrem Knie, zumindest vermutete ich, dass es sich um ihr Knie handelte. »Schläfst du etwa?«

»Hm, was?«, gähnte sie zurück und blinzelte mir schläfrig entgegen. »Ich? Schlafen? Niemals.«

Damit streckte sie sich und positionierte sich so, dass sie mit dem Rücken zu mir lag. Ich verdrehte die Augen. Von wegen »niemals«. Natürlich schlief sie!

Und recht hatte sie, denn es dauerte noch geschlagene dreißig Minuten, bis wir endlich in den Hafen einliefen und Ralph kein magisches Fernglas mehr brauchte, um zu erkennen, was dort am Kai vor sich ging.

Jetzt, da auch ich etwas sehen konnte, war meine Schläfrigkeit wie verflogen und gebannt drückte ich meine Nase gegen die Glasscheibe, die uns vor dem Wind schützte. Ralph hatte in der Zwischenzeit ebenfalls sein Fernglas beiseitegelegt und wagte kaum mehr zu atmen, so gespannt starrte er auf das Geschehen vor uns.

»Sollten wir nicht Lila wecken?«, flüsterte ich ihm zu, doch er schüttelte den Kopf.

»Warte noch, bis wir angelegt haben. Mal sehen, was dann passiert. Ich glaube, es reicht, wenn sie dann wach ist.«

Ich nickte und starrte wieder nach draußen.

Am Kai vor uns befand sich eine Anlegestelle, wohl auch für Kreuzfahrtschiffe, und auf dem sehr breiten Steg davor standen mindestens zwei Dutzend dunkle Gestalten, die reglos auf die Ankunft unseres Luxusliners warteten. Waren das Geister? Sie schienen sich kaum zu bewegen oder bildete ich mir das in der Dunkelheit nur ein?

Keinerlei Lampen oder sonstige Lichter erhellten die Gesichter. Lediglich das Herannahen unserer Schiffsleuchten sowie einige umstehende Straßenlaternen ließen die Umrisse der Menschen – ich vermutete, dass es sich um solche oder zumindest um Fairies handelte – erkennen.

»Sind das Shuk?«, fragte Ralph leise und sprach damit meine größte Sorge aus, von der ich nicht einmal wagte mir auszumalen, was alles geschehen würde und könnte, sollte sie sich bewahrheiten.

Ich zuckte mit den Achseln und schluckte. »Von hier oben und bei der Dunkelheit schwer zu erkennen.«

Indessen kam Leben auf die unteren Decks. Das Schiffspersonal bereitete das Anlegen an Steuerbordseite vor. Gedämpft hörten wir, wie Befehle gerufen, Seile ausgeworfen und vertäut wurden, wie das Schiff immer langsamer wurde und sich allmählich in eine Anlegeposition manövrierte. Schließlich bereitete man alles für das Ausklappen der Landestege vor, wie ein Quietschen und Knarren verriet.

»Seltsam, dass sonst von den Schülern niemand wach ist«, flüsterte ich und starrte gebannt auf die Geschehnisse unten am Kai.

»Ein paar sind sicher wach geworden und gucken von ihren Balkonen aus zu oder aus den Gucklöchern«, entgegnete Ralph. Auch er nahm keine Sekunde die Augen von der Scheibe.

»Sind das Shuk?«, ertönte da Lilas schläfrige Stimme, in die sich auch ein Hauch Angst mischte. Ich hatte gar nicht bemerkt, dass sie aufgewacht war und sich nun, wie wir, an die Reling klammerte und durch die Fensterscheibe starrte.

»Ich vermute, eher weniger«, versuchte ich sie und eigentlich uns alle drei zu beruhigen. »Ich glaube ehrlich gesagt nicht daran, dass die Fairytale anhält, nur um in einer Nacht-und-Nebel-Aktion ein Dutzend Shuk an Bord zu holen. Wenn, dann fallen die doch mit Glanz und Gloria über uns her, oder?«

Ralph wandte mir den Kopf zu und sah mich mit einer Mischung aus Angst und Hoffnung an. Dann drehte er sich schnell wieder zur Scheibe um. Lila schien meine Äußerung zu ignorieren und drückte sich nun mit ihrem ganzen Körper gegen die Reling.

»Da! Die Ersten steigen ein!«, verkündete sie entsetzt.

Ich richtete meinen Blick sofort auf die breite Rampe, die das Schiff nun mit dem Steg verband. Die ersten Gestalten kamen in dem schummrigen Licht in Sicht. Sie trugen allesamt

Schwarz. Ob ihre Kleidung jedoch tatsächlich so dunkel war oder nur in der spärlichen Beleuchtung in der Nacht so wirkte, konnte ich nicht sagen. Fest stand, dass sie von irgendjemandem mit der für Fairies üblichen Geste begrüßt wurden, der mitten auf der Rampe stand.

»Ist das Mr Hockley?«, fragte Lila.

Ralph nickte. »Ich glaube schon, und das neben ihm ist Dr. Hallin.«

»Was hat das nur alles zu bedeuten?«, fragte ich – mehr zu mir selbst als in die Runde.

Nachdem die ersten zehn geheimnisvollen Passagiere das Schiff betreten hatten, erschien jemand, der eindeutig nicht Schwarz trug, wie ich nun klar erkennen konnte. Die Frau – ich vermutete, dass es sich um eine Frau handelte, denn kein Mann hatte so eine zarte Figur – war in hautenge Jeans gekleidet mit einem dicken weißen Parka darüber. Eine Kapuze verdeckte leider ihr Gesicht, jedoch quoll links und rechts von ihrem Hals eine üppige, goldblond schimmernde Lockenpracht hervor.

Ich kniff die Augen zusammen, denn plötzlich überkam mich ein seltsames Gefühl. Ich kannte diese Person, auch wenn ich sie nicht sehen konnte. Mein ganzer Körper, meine Seele wusste, dass diese Person mit mir verbunden war, auf welche Weise, vermochte ich nicht auszumachen, aber es war definitiv so. Mein Atem ging schneller und wie gebannt verfolgte ich die Schritte der zierlichen Gestalt, die gerade mit Dr. Hallin und Mr Hockley die übliche Fairy-Begrüßung vollzog – sie tippten sich mit der rechten Hand an ihr Prueba und dann an den Mund.

Irrte ich mich oder gingen die beiden anschließend sogar ein wenig vor ihr in die Knie? Wie bei einem Hofknicks? Ich konnte es nicht mit Sicherheit sagen und jetzt hatte die Frau auch bereits das Schiff betreten und war aus meinen Augen verschwunden. Ihr folgten mindestens noch fünfzehn weitere dunkel Gekleidete, dann war der Kai menschenleer.

Befehle und eiliges Getrappel verrieten, dass die Männer bereits wieder dazu angehalten wurden, das Schiff zum Ablegen vorzubereiten.

»Was war denn das für eine Aktion?«, sagte Lila und ließ hörbar ihren Atem entweichen. Dabei wischte sie sich mit ihrer Hand eine Haarsträhne aus dem Gesicht und drehte sich weg von der Scheibe zu uns.

Ralph blickte abwechselnd von mir zu ihr. »Keine Ahnung. Auf jeden Fall haben wir neue Passagiere bekommen.«

Ich atmete immer noch schnell, kniff die Lippen zu einem Strich zusammen und versuchte meine Gedanken zu sortieren. Diese Frau, diese Frau – woher kannte ich sie? Blonde Locken – das konnten sehr viele Personen aus meinem Umfeld sein. Gehörte sie zu meiner menschlichen Vergangenheit? Wenn ja, warum wurde sie dann wie in einer geheimen Mission an Bord gebracht? Vielleicht war sie bei einem der Anschläge verletzt worden und musste nun heimlich auf eine der Akademien gebracht werden. Warum aber dann die vielen Begleiter? Und verletzt hatte sie nicht ausgesehen.

»Sophie?«, riss Ralph mich aus meinen Gedanken und ich sah auf. Er und Lila hatten sich beide von ihren Liegen erhoben und waren im Begriff, ihre Sachen zusammenzupacken.

»Kommst du auch? Wir wollen hier weg«, erklärte er und stopfte eilig seine Decke in den Rucksack.

»Wie weg?« Ich stand ebenfalls auf, ignorierte meinen schmerzenden und sich sträubenden Körper, der doch recht unbequem auf der steifen Liege verharrt hatte.

»Weg! Das Ganze stinkt zum Himmel!« Ralph schnallte sich bereits den Rucksack auf die Schulter. »Überleg doch, die Shuk könnten die gesamte Akademieleitung manipuliert und vielleicht sogar infiltriert haben. Nach den weltweiten Angriffen trau ich denen alles zu. Und jetzt steigt mitten in der Nacht eine Gruppe Fremder an Bord.«

»Und wo willst du hin? Das Schiff verlassen?« Ich hielt ihn am Arm fest, sah ihm tief in die Augen.

»Fürs Erste ja«, erklärte er und erwiderte meinen ernsten Blick. »Wenn nicht jetzt, wann dann? Sobald das Schiff wieder ablegt, haben wir keine Chance mehr, diesen Gestalten zu entkommen!«

Er drehte sich um und setzte sich in Bewegung, Lila folgte ihm, flüchtete sich Schutz suchend hinter ihn.

Ich rang mit mir. Sollte ich ihnen folgen? Aber was dann? Was würden wir in dieser fremden Stadt machen? Wenn uns die Shuk dort entdeckten, waren wir genauso geliefert. Doch was, wenn Ralph recht behielt und sie sich bereits auf dem Schiff befanden?

Meine Freunde waren schon hinter einer Wegbiegung verschwunden, als ich mich auch endlich in Bewegung setzte und ihnen hinterhereilte.

»Wir sollten abwarten, Ralph«, sagte ich keuchend, als ich die beiden vor den Aufzügen erreicht hatte.

»Vielleicht sind es gar keine …«

»Vielleicht, wäre, hätte, wenn!« Er hob lamentierend die Hände nach oben. »Ich habe immer noch Kontakt zu meinen Seekern, von denen ich überzeugt bin, dass sie nicht von den Shuk manipuliert wurden. Sobald wir auf dem Festland sind, kontaktiere ich sie«, erläuterte er mir seinen Plan, als wir in einen der Aufzüge traten.

Mein Herz raste, wir waren alle drei wie unter Strom – reagierten wir vielleicht zu panisch? Doch Ralphs Vorgehensweise klang einleuchtend. Er wollte uns retten, uns in Sicherheit bringen, denn nach den vergangenen Ereignissen war es fast schon unmöglich, dass dieser nächtliche Stopp kein Unheil bringen würde.

Der Aufzug fuhr leise nach unten.

Niemand von uns sprach ein Wort.

Hoffentlich schafften wir es noch rechtzeitig vom Schiff, bevor wir wieder ablegten. Oder war es möglich, einen Sprung ins Wasser zu riskieren und das restliche Stück zu schwimmen?

Zitternd betrachtete ich die Anzeige, die mir verriet, dass wir soeben Deck 9 passiert hatten. Nur noch wenige Decks, dann hätten wir das Hauptfoyer erreicht und damit den ersehnten Ausgang.

Doch auf Deck 6 hielt der Aufzug plötzlich, ein Deck früher als geplant. Jemand wollte zusteigen.

Die Aufzugtüren öffneten sich und mein Herz setzte für einen Moment aus.

KAPITEL 8

Der große, dunkelhaarige Junge, der mir gegenüberstand, sah mich nicht minder überrascht an als ich ihn.

»Sophie?« Er blieb mitten in den offenen Aufzugtüren stehen, verharrte in seiner Bewegung und musterte mich.

Ich konnte gar nichts sagen, blickte ihn einfach nur an. Sein wirres Haar, die tiefdunklen, fast schwarzen Augen, das leuchtend rote Prueba zwischen seinen Brauen, das ich heute zum ersten Mal in voller Pracht sehen konnte. Mit allem und jedem hätte ich in dem Moment gerechnet, einem Dutzend wild entschlossener Shuk, wütenden Lehrkräften, fliehendem Personal – aber nicht mit ihm!

»Was machst du hier mitten in der Nacht?«, fragte er und ich erwachte allmählich aus meiner Starre.

»Ich … äh …«, begann ich, ermahnte mich aber innerlich mich endlich zusammenzureißen. »Taylor, wie schön«, kam es schließlich leise aus meinem Mund.

»Dasselbe könnten wir dich auch fragen!« Ralph stellte sich vor mich und rettete so die Situation.

»Ich …« Taylor sah sich vorsichtig um. Dann trat er zu uns in den Aufzug. »Ich bin gerade eben erst angekommen.«

Ralph stand immer noch zwischen uns, machte sich größer, als er eigentlich war, und verschränkte beschützend die Arme vor der Brust.

»Erstens: Wer bist du? Zweitens: Wieso gehst du mitten in der Nacht an Bord? Drittens: Wer sind die anderen, die mit dir angekommen sind? Und viertens: Wer war diese Frau, die mit euch eingestiegen ist?«

»Aber Ralph, das ist doch Taylor Tayugan«, zischte Lila neben ihm leise. »Sophies Seeker.«

Ralph zuckte nur kurz mit den Schultern, ohne seine Position zu verändern. »Also kommen wir zu zweitens. Wieso nachts?«

Taylor seinerseits blieb ganz ruhig stehen, musterte Ralph von oben bis unten und schenkte ihm ein überlegenes Lächeln.

»Zweitens ist das geheim und drittens und viertens geht euch nichts an. Ihr werdet es noch früh genug erfahren.«

»Klingt alles nicht sehr beruhigend für mich. Hört sich vielmehr an, als seien wir in Gefahr.« Ralph kniff die Augen zusammen und Taylor seufzte. Dann änderte sich sein Ton, wurde versöhnlicher.

»Ihr seid nicht in Gefahr, falls es das ist, was euch Sorgen bereitet. Im Gegenteil. Ich bin hier, um das Schiff zu schützen.«

Er machte Anstalten, die Nummer 18 am Aufzug-Armaturenbrett zu drücken, doch Ralph hielt ihn davon ab, indem er den Knopf drückte, der dafür sorgte, dass die Aufzugtüren erneut aufgingen. Dann wandte er sich an mich und Lila.

»Ich traue ihm nicht. Kommt ihr jetzt mit, oder was?«

Er war also immer noch fest entschlossen das Schiff zu verlassen. Ich hingegen wollte jetzt unbedingt bleiben. Ich hielt Ralph am Arm fest und versuchte so sanft wie möglich ihn zum Bleiben zu überreden.

»Ralph, ich vertraue ihm. Wenn er sagt, dass ich nicht in Gefahr bin, dann glaube ich ihm das. Und du solltest es auch tun.«

Ich erkannte, dass ich Erfolg hatte. Die Anspannung wich langsam aus Ralphs Körper und er sackte irgendwie leicht in sich zusammen.

»Ich vertraue Sophie«, mischte sich nun auch Lila ein. »Also bleibe ich auch. Es hat doch keinen Sinn, jetzt das Schiff zu verlassen, Ralph. Was wollen wir denn in einer fremden Stadt, ohne Schutz? – Außerdem ist es sowieso zu spät.«

Und richtig. Das Schiff bewegte sich wieder, was bedeutete, dass wir den Hafen verließen. Ralph biss die Lippen aufeinander.

»Ihr wolltet das Schiff verlassen?« Taylor sah mich direkt mit hochgezogenen Augenbrauen an.

Die Versuchung war da, jetzt eingeschüchtert auf den Boden zu starren und seinem bohrenden Blick damit auszuweichen, doch ich zwang mich ihn ebenfalls anzusehen.

»Das ist doch angesichts der Vorkommnisse der letzten Woche nicht so abwegig, wenn man mitbekommt, dass mitten in der Nacht ein paar Dutzend Leute an Bord gehen, oder etwa nicht?«

Ich sah, wie es in ihm arbeitete, wie er nachdachte, schließlich den Mund verzog und nickte.

»Ich versichere euch noch einmal, ihr seid nicht in Gefahr. Ihr könnt beruhigt wieder zurück in eure Kabinen gehen«, sagte er schließlich und drückte auf die Nummer 18.

Der Aufzug setzte sich surrend in Bewegung und ich atmete tief durch.

»Wenn du das sagst, glaube ich dir.« Damit drückte ich die Nummer Neun der Armatur.

Immer wieder warf ich verstohlene Blicke auf meinen Seeker. Er trug dunkle Jeans und ein weißes Hemd, dazu schwarze Freizeitschuhe und um den Hals an einer eng geschnürten Kordel einen schwarzen, schön geschliffenen kleinen Kristall. Er hatte den Blick auf die Anzeige im Aufzug gerichtet und sah genau in dem Moment zu mir herüber. Als sich unsere Blicke trafen, lächelte er mich kurz an und mein Herz tanzte wie wild in meiner Brust, in meinem Bauch kribbelte es und am liebsten wäre ich jetzt ganz allein mit ihm in diesem Aufzug stecken geblieben, egal was um uns herum passierte, egal wie viele Shuk das Schiff auch stürmen mochten … aber die Realität holte mich schnell zurück auf den Boden der Tatsachen, denn wir erreichten Deck 9, mein Deck.

Langsam, fast widerwillig, schob ich mich aus der Kabine, drehte mich noch einmal zu ihm um, Ralph und Lila vollkommen ignorierend, die mit mir ausgestiegen waren.

»Also dann.« Taylor nickte mir zum Abschied zu, dann schlossen sich die Kabinentüren wieder und er verschwand.

* * *

Das gesamte Wochenende über geschah nichts an Bord, was nur im Entferntesten mit der Ankunft von Seekern oder sonstigen fremden Personen zu tun hatte. Man bekam sie auch nicht zu Gesicht, weder Taylor noch sonst jemanden, der auch nur den Anschein machte, zum Schutz an Bord positioniert worden zu sein. Ralph, Lila und ich warteten die ganze Zeit über, dass sich irgendjemand dazu äußerte; der Kapitän, der Akademieleiter, oder vielleicht Miss Ishanti. Aber nichts. Kein Anschlag an den Infoboards, keine Durchsagen, keine Versammlung im Theater – einfach nichts. Stattdessen immer wieder Sondersendungen im Fernsehen über die Shuk-Angriffe, Sicherheitsmaßnahmen der Regierung und so weiter.

Dann kam der Montag und mit ihm wieder eine Theorie-Einheit bei Miss Ishanti. Wir befanden uns erneut in der Weltraumdimension und ich lag viel mehr in meiner gläsernen Kugel, als dass ich darin saß, und gähnte. Neben mir hatte Lila eingehend den Blick auf ihren Kristall geheftet und ließ somit die letzte Einheit vor ihrem inneren Auge noch einmal Revue passieren.

Da hörten wir klackernde Schritte und eine ungewohnt zerzauste Miss Ishanti eilte mitten in den Zirkel und sah uns der Reihe nach an.

»Guten Morgen.« Der leise, überaus strenge Ton, den sie bei diesen wenigen Worten anschlug, zeigte tausend Mal mehr Wirkung als jede geschriene, um Ruhe bittende Ermahnung. Der Zirkel verstummte augenblicklich und starrte mit neugierigen, aber auch respektvollen Blicken in die Mitte.

Miss Ishantis Blick wanderte reihum und schließlich sagte sie:

»Ich muss Ihnen etwas mitteilen.«

Falls es überhaupt möglich war, wurde es nun noch stiller im Raum. Man hätte eine Stecknadel fallen hören können, hätte es so etwas in dieser Dimension gegeben – was ich bezweifelte.

»In der Nacht von Freitag auf Samstag ist eine hohe Persönlichkeit an Bord gegangen. Ihr habt dies vielleicht nicht mitbekommen, da der Kurs heimlich ohne Ankündigung und Anmeldung an den Infotafeln geändert wurde und wir zudem nachts in einer Stadt angelegt haben.«

Ralph blickte mich an und ich nickte kurz.

»Zum Schutz dieser Person gingen zusätzlich mit ihr zwanzig Seeker und ein Engel an Bord.«

Jetzt brach das Schweigen und Gemurmel erhob sich. Ein Engel? Wer war es? Jeder träumte insgeheim von diesen jungen schönen Männern, um die sich Legenden rankten. Wunderschön und unerreichbar fern. Und jetzt befand sich einer von ihnen in unmittelbarer Nähe hier an Bord der Fairytale! Wie aufregend!

»Ich bitte um Ruhe!«, rief Miss Ishanti jetzt schon etwas

lauter und strich sich durch das Haar. Sie wirkte heute sehr gereizt und abgespannt, was mich verwunderte. Normalerweise war sie die Ruhe selbst, die nichts aus der Fassung bringen konnte, nicht einmal ein weltweiter Angriff der Shuk wie vor einigen Tagen.

»Um es kurz zu machen«, fuhr die Lehrerin fort. »Es ist Helena Ambrosora, die elfte Schicksalsfairy.«

Jetzt war die Zirkelrunde nicht mehr zu halten und alle begannen wild durcheinanderzureden.

»Ambrosora! Wahnsinn!«, kreischte Barbie, und Skipper und Shelly klatschten hysterisch.

»O mein Gott, davon hab ich geträumt! Hab ich es nicht zu euch gesagt? Eine der Urfairies wird zu mir kommen! Ich werde ihre beste Freundin werden, sie wird mich um Rat fragen und ich sie!«, plapperte Tanja aufgeregt und ich fragte mich, ob sie gleich begann zu hyperventilieren.

Ich verdrehte nur die Augen und hörte mit einem Ohr zu, wie Lila nachdenklich sagte: »Ambrosora also war der nächtliche Besucher. Deswegen auch die vielen Begleiter.«

»Mhm«, nickte ich und stützte die Hände auf meine Armgelenke. Wieso nur war sie mir dann so bekannt vorgekommen? Dieses seltsame Gefühl konnte ich mir doch nicht eingebildet haben? Oder doch?

Ich schüttelte den Kopf. Woher sollte ich sie denn kennen? Wahrscheinlich hatte ich da zu viel hineininterpretiert.

»Helena wird ihre Ausbildung an unserer Akademie weiter fortführen, da es der Regierung und ihren Schwestern nach den Vorkommnissen der letzten Zeit zu riskant war, sie an der für ihren Rang vorgesehenen Schule zu lassen. Sie ist sehr talentiert und daher immens wertvoll für uns. Sie an die Shuk zu verlieren wäre entsetzlich«, setzte Miss Ishanti wieder an, als der allgemeine Trubel sich einigermaßen gelegt hatte. »Da dieses Schiff bereits auf eventuelle weitere manipulierte Fairy-Schüler kontrolliert wurde und seit Monaten nicht mehr angelegt hat, ist dies der im Moment sicherste Ort für sie. Ich und das gesamte Lehrerkollegium verbieten Ihnen aus diesem Grund mit außenstehenden Personen, die nicht der Besatzung der MS Fairytale angehören, und sei es nur Ihr Seeker, über die Urfairy hier an Bord zu sprechen. Wer dies missachtet, wird der Akademie verwiesen, versetzt und muss mit einem Strafverfahren rechnen. Merken Sie sich meine Worte. Ich werde es nicht noch einmal wiederholen.«

Alle schluckten, sahen betreten zu Boden und nickten stumm.

»Gut. Der Engel Arion hat sich dazu bereit erklärt, Ambrosora zu begleiten, wofür wir sehr dankbar sind.« Sie drehte sich ein paarmal im Kreis und atmete kurz durch.

»Wer kann mir sagen, für welche besondere Eigenschaft Ambrosora bekannt ist, welche sie einem neugeborenen Fairy-Kind schenken kann?« Ihr Blick wanderte zu mir und irgendwie fühlte ich mich dadurch angesprochen.

»Die Gabe der Schönheit«, antwortete ich, ohne mit der Wimper zu zucken. Ich erschrak selbst über die Kälte in meiner Stimme, so hatte ich gar nicht klingen wollen und fügte rasch in etwas milderem Ton hinzu: »Helena Ambrosora verleiht die Gabe der Schönheit.«

Miss Ishanti nickte zufrieden.

»Ja, sie verleiht die Schönheit. Wer kann mir sagen, welche Eigenschaften die anderen Urfairies weitergeben können?«

Nun wurde Skipper aufgerufen, die die Eigenschaften irgendwie sehr hektisch herunterratterte, so als täte sie Tag und Nacht nichts anderes.

»Die erste Fee, Calenleya, gibt Geduld, die zweite, Ahilea, gibt Klugheit, die dritte, Mandaya, gibt Gesundheit, die vierte, Keona, gibt Reichtum, die fünfte, Siona, gibt Beherztheit, die sechste, Orima, gibt Wahrheitsliebe, die siebte, Tatanka, gibt Güte, die achte, Valandriela, gibt Fantasie, die neunte, Yarvala, gibt Freigiebigkeit, die zehnte, Dimeloe, gibt Begabung, die elfte, Ambrosora, gibt Schönheit, die zwölfte ...«

Hier wurde sie von Miss Ishanti unterbrochen, die sich vor Lila aufgebaut hatte, dieser prüfend in die Augen sah und leise fragte: »Und die zwölfte Fee, Lila? Was ist die Gabe der zwölften Fee?«

Lila schluckte. Sie wusste ganz genau, warum die Lehrerin ausgerechnet sie das fragte. Mit ihren außergewöhnlichen Begabungen stand sie ganz oben auf der Liste der möglichen Wiedergeburten für Cayuga, der zwölften Urfairy oder Prinzessin Aurora, sollte sich doch noch irgendwie herausstellen, dass sie das fünfte Element beherrschen konnte.

»Die Gabe der zwölften Fee, Cayuga, ist die Fähigkeit, die wahre Liebe zu empfinden.«

»Sehr gut«, nickte Miss Ishanti.

»Und Tanian, die dreizehnte Fee, ist das Schicksal selbst«, fügte ich in sehr merkwürdigem Ton hinzu, ohne dass mich jemand gefragt hatte und ohne dass ich es überhaupt beabsichtigt hatte. Was war denn nur heute mit mir los? Ich schlug einen strengen Ton an, ohne dass ich es wollte, ich meldete mich zu Wort, ohne dass ich es wollte?

Miss Ishanti warf mir einen seltsamen Blick zu, nickte dann jedoch. »Das ist richtig, Sophie.«

Ihr Blick bohrte sich förmlich in meinen und ich wurde das Gefühl nicht los, dass irgendetwas mit ihr nicht stimmte. Etwas belastete sie und bereitete ihr Kopfzerbrechen, schon allein das zerzauste Äußere war ein Indiz hierfür.

»Irgendwas ist da passiert«, sagte Lila leise neben mir.

Ich stützte den Kopf in die Hände und zog die Stirn in Falten.

Der restliche Unterricht verlief ohne weitere Zwischenfälle. Der Name Helena Ambrosora wurde nicht weiter angesprochen und Miss Ishanti kehrte langsam zu ihrer natürlichen Verfassung zurück, wurde sicherer und ruhiger, indem sie die Rolle der Fairies in der Welt erklärte, wie wir versuchten den Zustand des Planeten mithilfe unserer Elementarkräfte zu verbessern oder die Menschen vor den Shuk und anderen bösen Wesen wie Vampiren oder Hexen, die es bereits vor der Wiedergeburt der Fairies in dieser Dimension gegeben hatte, zu beschützen. Irgendwann schweiften meine Gedanken wie von selbst zurück zu der Urfairy.

Helena Ambrosora – ich hatte mal einen Artikel über sie gelesen in irgendeiner Zeitschrift, die Claire in unserer Kabine hortete. Sie war sehr groß, hatte absolute Modelmaße – 90/60/90, hätte ich fast gesagt –, blonde Locken wie ein Rauschgoldengel und dazu passend einen blutroten Kussmund. Alles in allem einer lebendigen Puppe nicht unähnlich.

Helena war sehr intelligent, man munkelte sogar, sie könne Gefühle, Erinnerungen, ja ganze Vorstellungen und Gedanken beeinflussen – eine Gabe, die selbst unter den Schicksalsschwestern selten war.

Ein Kristall, der mir von Ralph zugeworfen wurde, riss mich aus meinen Überlegungen. Ein kurzer Blick auf Miss Ishanti, die zum Glück mit ihrem eigenen Kristall beschäftigt war, und ich kniff die Augen zusammen, tauchte in das matte Leuchten des hellen Steins ein und las die Nachricht.

Heute Abend Essen im Bloody Mary? Denke, wir haben was zu besprechen wegen HA.

In Gedanken verfasste ich, während mir Lila mit gerunzelter Stirn von der Seite aus zusah, eine Antwort, die prompt in der Mitte des Kristalls zu sehen war.

Sorry, bin bisschen knapp bei Kasse. Pizza holen und auf Kabine reden? Claire ist heute aus mit Brian! Wer ist HA?

Dann warf ich den Kristall zurück. Zum Glück war Miss Ishanti mittlerweile immer noch mit ihrem Kristall beschäftigt (was machte sie nur damit?) und bemerkte uns nicht.

Ralphs Antwort ließ daher nicht lange auf sich warten.

Geht klar. HA = Helena Ambrosora! Wie doof seid ihr Weiber?

Ich verweigerte die Antwort, versuchte empört die Arme vor der Brust zu verschränken, musste aber letztendlich über meine eigene Dummheit lächeln. Klar war HA Helena Ambrosora. Wer sonst?

* * *

So kam es, dass wir diesen Abend in Kabine 9147 verbrachten, ich quer auf dem Bett liegend und Lila und Ralph auf dem Sofa sitzend, den Prospekt der einzigen Pizzeria an Bord, die den sehr einfallsreichen Namen »La Pizza« trug, studierend.

»Ich glaub, mir reicht heute eine Margherita«, sagte Lila und ließ sich zurück in die Kissen fallen.

»Ich nehm eine Tonno – mit extra Knoblauch, damit es hier mal so richtig stinkt, wenn Claire von ihrem Date zurückkommt«, verkündete Ralph und verschränkte lächelnd die Arme hinter dem Kopf.

»Falls sie zurückkommt«, gab ich grinsend zurück und

fügte hinzu: »Dann nehm ich Spaghetti Carbonara. Mir ist irgendwie nicht mehr nach Pizza.«

Damit ging ich vor die Tür und säuselte unserem Auge so höflich, wie ich nur konnte, zu: »Liebste Elvira, könntest du bitte in der Pizzeria etwas für uns bestellen?«

Es dauerte eine Weile, bis sich zögernd und unendlich langsam ihr Lid öffnete, sie blinzelte und mich missmutig musterte. Sie öffnete und schloss das Lid ein weiteres Mal, was ich als Ja wertete und die Bestellung aufzählte. Schließlich kullerte ein kleiner Kristall wie eine Träne aus dem Auge, in dem ich lesen konnte, dass es etwa dreißig Minuten dauern würde, bis die Pizzen und die Nudeln fertig waren. Ich bedankte mich knicksend bei Elvira und ging zurück in die Kabine.

»Also, was haltet ihr von dieser ganzen Helena-Ambrosora-Geschichte?«, fragte Lila geradeheraus.

»Wie meinst du das, ›Geschichte‹?«, wollte ich wissen und stopfte mir ein Kissen unters Kinn.

»Na ja«, meldete sich Ralph stattdessen zu Wort. »Warum sie hier plötzlich auftaucht, im Schlepptau tausend Bodyguards und einen Engel?«

»Das hat Miss Ishanti doch gesagt und ich finde, es ist auch mehr als klar. Sie war auf ihrem alten Schiff nicht mehr sicher und man will nicht riskieren, dass die Shuk sie in die Fänge bekommen«, erklärte ich und seufzte tief.

»Ja schon, aber warum zeigt sie sich dann nie? Es hat sie noch keiner gesehen, oder?«, fragte Lila weiter mit seltsamem Unterton in der Stimme.

Ich horchte auf und begann zu kombinieren, worauf sie hinauswollte.

»Wie? Du meinst, es ist gar nicht Ambrosora?«

Sie zuckte mit den Achseln. »Könnte doch sein. Ich meine, es ist einleuchtend, dass sie auf ihrem alten Schiff nicht mehr sicher war und man sie hier auf einem der Schiffe für die nicht so Berühmten unterbringt, damit sie nicht auffällt und so. Das ist alles klar. – Was aber, wenn es jemand anders ist? Jemand, der versteckt werden muss? Jemand, bei dem es zu gefährlich wäre, wenn er entdeckt würde?«

Ich bekam große Augen. »Wen meinst du?«

»Jemand wie … keine Ahnung … was weiß ich …« Sie strich sich durch die Haare.

»Aurora?«, antwortete Ralph stattdessen.

»Nein, niemals«, entgegnete ich kopfschüttelnd und setzte mich im Bett auf. »Das glaube ich nicht.«

»Überleg doch mal genau, Sophie«, sagte Ralph ruhig. »Ist dir heute nicht etwas an Miss Ishanti aufgefallen? Sie wirkte so komisch, so zerstreut und so ganz anders als sonst. So als hätte sie uns nicht die Wahrheit gesagt.«

»Jaja, aber das kann doch wer-weiß-was bedeuten! Vielleicht ist irgendetwas anderes passiert. Die Lehrer sind doch alle durch den Wind. Selbst Fancy kommt mir in letzter Zeit ein wenig zerstreut vor!«, entgegnete ich und das stimmte sogar. Fancy – unser Lehrer für die Feuermagie – war tatsächlich in letzter Zeit nicht ganz bei der Sache. Oft ertappten wir ihn dabei, dass er während Erklärungen innehielt und den Faden verlor, oder er zeigte uns eine Feuerübung, stoppte und hing seinen Gedanken nach. Wenn wir ihn dann etwas fragten, war er meist sehr verwirrt und kurz angebunden.

»Natürlich weiß Fancy auch etwas. Aus diesem Grund ist er so«, sagte Ralph und verschränkte die Arme vor der Brust.

»Ich weiß nicht«, meinte ich zögerlich. »Es könnte doch auch einfach nur sein, dass sie alle Angst haben, dass die Shuk herausfinden, wo sich Ambrosora befindet, und ihre ganze Schule in großer Gefahr sehen.«

»Hm, kein schlechter Einfall«, gab Lila zu und setzte sich in den Schneidersitz.

»Ach, ich will mir eigentlich darüber gar nicht den Kopf zerbrechen, weswegen sich unsere Lehrer so komisch verhalten«, versuchte ich die beiden von diesem Thema abzubringen. »Ralph, du hast am Wochenende Geburtstag, hast du eigentlich vor zu feiern? Oder sollen wir uns einfach in eine der Bars setzen und deinen Ehrentag gemütlich zu dritt verbringen?«

»Äh, na ja.« Ralph wurde plötzlich ganz rot und ich begann zu grinsen.

»Was ›na ja‹? Hast du etwa ein Date?« Neugierig bekamen Lila und ich große Augen und rückten unwillkürlich näher an ihn heran.

»Sag, wer ist es?«

Er schüttelte vehement den Kopf. »Nein, kein Date. Es ist nur, mich haben bereits einige aus dem Zirkel gefragt, ob ich nicht eine Party im Elements geben würde. Und … sie haben auch schon alles für Freitag organisiert.«

Lila und ich sahen uns stumm an.

»Wie? Und wann hattest du vor uns das zu erzählen?«, fuhr Lila ihn an.

Der Themenwechsel war mir gelungen, jedoch nicht unbedingt zu einem besseren Thema.

»Und was heißt vor allem, ›Sie haben schon alles organisiert‹, wer sind ›sie‹?«, wollte ich wissen.

Ralph wurde puterrot im Gesicht, zog sich noch weiter in seine Ecke des Sofas zurück und stammelte: »Na ja, Tanja ... Susanna ... Melody ... Erica ...«

»DIE BARBIES?«, unterbrach Lila mit hochrotem Gesicht. »Das ist nicht dein Ernst! Sag, dass das nicht wahr ist!«

»Ralph, du kannst doch nicht mit DEN Zicken abhängen? Was ist bloß in dich gefahren?«, fuhr auch ich ihn an.

»Es waren ja nicht nur sie«, versuchte Ralph sich mit erhobenen Händen zu verteidigen. »Die Jungs haben mich auch angefleht und irgendwie haben sich die Barbies bereit erklärt alles zu organisieren. So schnell konnte ich gar nichts dagegen machen!«

Lila und ich warfen uns einen alles sagenden Blick zu. »Die stehen doch auf dich, raffst du das gar nicht?«

»Wer? Die Barbies? Niemals. Die wollen sich nur eine gute Party nicht durch die Lappen gehen lassen, zumal ja die Startup-Party irgendwie ins Wasser gefallen ist.«

»Nein, nein, nein. Tanja ist schon immer scharf auf dich gewesen, schon seit du dich als Feuer-Elementarier qualifiziert hast. Ihr passt es nur nicht, dass du mit uns abhängst, und das will sie jetzt ändern«, sagte ich und stand auf. »Ich hol mal die Pizzas.«

Lila erhob sich ebenfalls. »Ich komme mit, und du, Ralph ...«, sie deutete mit ihrem lila lackierten Zeigefingernagel auf ihn, »... überlegst dir jetzt, wie du uns da in diese Party mit einbeziehen kannst! Und denk dir auch schon mal eine verdammt gute Entschuldigung für diesen Fauxpas uns gegenüber aus!«

Damit hakte sie sich bei mir unter und wir verließen demonstrativ und mit erhobenen Häuptern die Kabine. Ich konnte gerade noch hören, wie Ralph drinnen das Wort »Weiber« sagte, dann fiel die Tür ins Schloss.

* * *

»Ich glaub es ja nicht!«, empörte sich Lila draußen, während wir eilig den Gang zu den Aufzügen entlangschritten. »Wie kann er nur gemeinsame Sache mit den Barbies machen?«

»Na ja, ich würde es nicht gemeinsame Sache nennen. Ich glaub einfach, die haben ihn überrumpelt, so wie er sagt.« Ich wusste gar nicht, wieso ich Ralph so plötzlich verteidigte? Wahrscheinlich, weil er mir leidtat und ich wusste, dass er ein herzensguter Kerl war.

»Jetzt nimm du ihn auch noch in Schutz!«, empörte sich Lila. Sie wurde immer schneller vor Wut, beinahe rannten wir schon. »Und vor allem, warum erzählt er uns erst jetzt davon?«

»Wahrscheinlich, weil er wusste, dass wir ausrasten würden«, keuchte ich, als wir endlich die Aufzüge erreicht hatten. Ich betätigte einen Knopf. »Jetzt komm mal wieder runter. Immerhin hat er es uns gesagt.«

»Ja, aber nur, weil wir danach gefragt haben!« Sie riss empört die Augen auf. »Wer weiß, ob wir sonst überhaupt eingeladen gewesen wären!«

»Aber Lila, wir sind Ralphs beste Freunde! Natürlich hätte er uns, auch ohne dass wir gefragt hätten, eingeladen. Da bin ich mir sicher. Er wusste wahrscheinlich nur nicht, wann und vor allem wie er uns davon hätte erzählen sollen! Wir sollten uns vielmehr fragen, wieso die Barbies das machen und nicht wir die Party organisieren.«

»Na, du hast es doch schon gesagt: weil Tanja scharf auf Ralph ist und uns irgendwie aus dem Boot werfen will – sprichwörtlich gesagt.«

»Und soll ihr das gelingen? Nein«, entgegnete ich und beobachtete die Zahlenanzeige am Aufzug, die langsam nach unten zählte, unserem Deck entgegen. »Wenn wir am Freitag auf die Party gehen, tun wir so, als wäre alles in bester Ordnung! Sie soll auf keinen Fall merken, dass Ralph Angst hatte, uns davon zu erzählen, dass sie mit ihrer Clique eine Party für ihn schmeißt. Im Gegenteil: Sie soll denken, dass wir uns amüsieren und sie die Drecksarbeit machen lassen. Du kannst Ralph ja sogar ein wenig anflirten – was meinst du, wie eifersüchtig sie dann wird!«

Ich grinste und rieb mir die Finger – ein genialer Einfall! Doch Lila reagierte nicht so, wie ich gehofft hatte. Ihre Wut verpuffte urplötzlich und stattdessen wurde sie rot und begann sogar zu stammeln. Was war denn jetzt los?

»Ich? Rrralph annnfflirten? Ich weiß nicht«, murmelte sie. »Ob das so eine gute Idee ist?«

»Aber natürlich ist das eine gute Idee, du wirst sehen, das wird …«

Bing. Der Aufzug war da, die Türen öffneten sich und ich wurde jäh in meiner Euphorie unterbrochen. Mit offenen Augen starrte ich den Jungen an, der mir gegenüberstand.

»Sophie«, sagte er überrascht und schenkte mir ein traumhaftes Lächeln.

»Taylor, hi«, sagte ich ebenso überrascht.

»Schön dich zu sehen«, sagte er und ging zur Seite, damit ich gemeinsam mit Lila die Kabine betreten konnte. Ich drückte den Knopf für die Nummer 6, die Aufzugtüren schlossen sich und wir fuhren weiter nach unten. Er räusperte sich.

»Es tut mir übrigens leid, dass ich damals in der Nacht so kurz angebunden war. Aber du kannst dir jetzt sicher denken, warum ich nichts sagen konnte. Ich gehöre neuerdings zum Schutz von Du-weißt-schon«, erklärte er sachlich und nickte mit dem Kopf nach oben.

Ich zog die Augenbrauen hoch und verstand null. »Zum Schutz von wem?«

»Oje.« Er kratzte sich verlegen am Hinterkopf. »Man hat es euch doch wohl schon gesagt, wer seit Neuestem hier an Bord ist, oder?«

»Ach so«, mischte sich Lila ein. »Sophie, er meint Helena Ambrosora« – und mit einem Seitenblick auf Taylor fügte sie hinzu: »Oder?«

Er nickte erleichtert. »Ja, genau. Gut, dann wisst ihr es also. Ich bin mit ihr an Bord gegangen, als einer ihrer Bodyguards sozusagen.«

»Wie kommst du eigentlich dazu? Und was ist aus deiner Karriere als Seeker geworden? Sind Natascha und Frankie auch hier?«, hakte ich nach.

»Ehrlich gesagt, möchte ich das nicht jetzt besprechen, so quasi auf dem Sprung.« Er lächelte wieder und ich schmolz förmlich dahin. »Wie wär's? Hättest du morgen Abend Zeit auf einen Drink in der Rainbow Bar, Sophie?«

O mein Gott, war das ein Date? Hatte er mich zu einem Date gebeten? Mir wurde ein bisschen schwindelig.

»Ähm, ähm, klar«, stammelte ich.

Bing. Wir hatten Deck 7 erreicht.

»Gut, dann sagen wir, um acht?«, fragte er und machte Anstalten, die Kabine zu verlassen.

Ich nickte nur und sah zu, wie er lächelnd hinter einer Wegbiegung verschwand.

Mit einem dämlichen Grinsen im Gesicht drehte ich mich, nachdem sich die Aufzugtüren wieder geschlossen hatten, zu Lila um, die mich mit verschränkten Armen skeptisch ansah.

»Was war das denn?«

»Wieso?«, fragte ich unschuldig.

Sie grinste schief und meinte mit schelmischem Unterton: »Kann es sein, dass hier jemand ein klein wenig in seinen Seeker verliebt ist?«

»Ist das so offensichtlich?«, fragte ich, und mein Gesicht erhitzte sich in Sekundenschnelle.

Sie lachte. »Also, wenn das nicht offensichtlich war ... ›Ähm, ähm, klar!‹ Also bitte!«

Ein letztes *Bing* und wir hatten Deck 6, unser Ziel, erreicht.

»O Mann«, murmelte ich, schlug mir die Hände vors Gesicht und stieg aus.

Wir liefen an den großen Boutiquen vorbei in Richtung Piazza, wo sich unter einem magischen Sternenhimmel die Pizzeria »La Pizza« mit kleinen Glastischen und verschnörkelten Eisenstühlen befand. In der Mitte auf dem Platz plätscherte ein wunderschöner Springbrunnen munter vor sich hin.

Luigi Estell, der Inhaber der Pizzeria, war ein kleiner rundlicher Mann, der hinter dem Tresen um den offenen Steinofen herumwuselte und den Pizzateig vor sich in die Höhe warf und wieder fing. Wenn man ihn so sah, konnte man kaum glauben, dass auch er ein Fairy war, aber das grüne Prueba, das sich in beachtlichen Wellen auf seine gesamte Augenbrauenpartie erstreckte, bewies das Gegenteil. Seine Bedienung kam uns bereits entgegen.

»Sophie Kramer? Eure Bestellung dauert leider noch ein paar Minuten. Darf ich euch einen Cappuccino oder Espresso auf Kosten des Hauses anbieten?«

Da sagten Lila und ich natürlich nicht Nein und nahmen dankend an der Bar Platz.

»Jetzt sag, was läuft da zwischen dir und Taylor Tayugan? Muss ja sagen, dein Seeker ist schon ziemlich heiß! Außerdem kennt ihn fast jeder – bis auf Ralph natürlich«, griff Lila das Thema wieder auf und ich lachte kurz.

»Da läuft gar nichts! Er ist mein Seeker, Lila«, sagte ich, klang aber nicht sehr überzeugend.

»Ja, und? Inzwischen ist er Bodyguard von Ambrosora. Das ist keine Erklärung«, sagte sie und nippte verschmitzt an ihrem Espresso.

Ich nahm ebenfalls einen Schluck. »Boah, ist der stark! Da kann ich bestimmt die halbe Nacht nicht schlafen.«

»Das würde ich an deiner Stelle sowieso nicht können, nicht bei der Aussicht auf das morgige Date mit Taylor!«, flötete sie und kicherte angesichts meines entrüsteten Blicks.

»Das ist doch kein Date«, widersprach ich und wieder wirkte ich nicht sehr überzeugend. »Es ist vielmehr eine Wiedersehenseinladung.«

»Ja klar«, spottete Lila. »Aber jetzt sag schon, was läuft da?«

»Sagte ich doch schon – nichts! Er ist und bleibt mein Seeker. Ende.«

Sie machte einen Schmollmund und sah mich weiterhin schief an, ohne jedoch etwas zu sagen, bis ich schließlich nachgab.

»Okay, zugegeben, ich fand ihn schon immer ziemlich attraktiv. Er war sogar mit ein Grund, weswegen ich eine Fairy werden wollte«, seufzte ich.

Lila nickte. »Verständlich.«

»Weißt du, ich habe mir vorgestellt, wie schön ich nach dem Beltane-Fest sein würde, und geträumt, wie er sich unsterblich in mich verliebt – ganz schön naiv, oder? Wenn ich so darüber nachdenke, kann ich eigentlich nur den Kopf schütteln.«

»Wieso?« Lila sah mich verständnislos an. »Also, Taylor Tayugan ist – wie man so hört – fast so was wie eine Institution. Claire hat erzählt, dass niemand die Seeker-Ausbildung so gut abgeschlossen hat wie er und dass keiner besser kämpfen kann als er. Und hey, er ist ein Dreifach-Elementarier. Ich kann dich schon verstehen.«

Sie grinste mich an.

»Ja, aber dann hat sich herausgestellt, dass er in Sachen Frauen ein ziemlicher – wie soll ich sagen – Held ist. So einer von der Sorte, er schleppt pro Woche zig Frauen ab, die er anschließend links liegen lässt.«

»Hm, wie so oft. Die Männer schauen blendend aus, wissen das auch und nehmen sich, was sie wollen. Die Konsequenzen sind ihnen egal«, sagte Lila mitfühlend und ich nickte.

»Na ja, auf jeden Fall bereue ich nicht, dass ich mich für die Fairies entschieden habe.«

»Na, wenn du mich fragst, hast du eine Chance bei ihm! So, wie er dich immer ansieht!« Lilas Augen leuchteten. Mein Herz machte einen Satz. Wie meinte sie das? Wie er mich immer ansah? Nein, unmöglich. Er war Taylor Tayugan. Absolut unmöglich, dass er sich für eine Frisch-Gezeichnete wie mich interessierte. Oder doch nicht? *Nein, Sophie, mach dir bloß keine falschen Hoffnungen!*

Ich schüttelte den Kopf. »Nein, da siehst du definitiv Gespenster. Ich glaube nämlich, er ist noch immer in seine ehemalige Partnerin Natascha verliebt. Die beiden hatten mal was miteinander, das hat sie mir erzählt. Jetzt jedoch ist Natascha mit Frankie, dem dritten in dem Seeker-Team, liiert und das hat Taylor ziemlich mitgenommen. Ich könnte mir vorstellen, dass das der Grund war, weswegen er nicht mehr Seeker ist. Außerdem bin ich in seinen Augen nur einer seiner Schützlinge und das wird sich auch nach dem Beltane-Fest nicht ändern.«

Lila schwieg. »Hm – aber jetzt sag mir noch eins, bist du in ihn verliebt?«

Ich schwieg und starrte vor mir in meine Espresso-Tasse. War ich in Taylor verliebt? Ich bekam weiche Knie, wenn er mich ansah oder gar anlächelte. Mein Herz begann zu rasen, wenn ich auf ihn traf, in seine dunklen Augen sah ... Seine Augen, so unendlich tief und unergründlich ... so schwarz ...

Schwarz? Wieso schwarz?

Nein ... sie hatten eine andere Farbe ...

Eine ganz andere Farbe ...

Blau! Tiefblau wie das Meer. Dazu die blonden Wellen, die ihm immer zerzaust in die Stirn fielen, und der tolle, durchtrainierte Körper. Wenn er mich doch nicht immer behandeln würde, als wäre ich sein Sargnagel! Was musste er sich auch dazu berufen fühlen, mich immer und immer wieder zu retten, als wäre ich eine Jungfrau in Nöten! Ich konnte sehr gut auf mich selbst aufpassen …

»Sophie? Sophie? Hey, was hast du denn?«

Ich schüttelte den Kopf und vertrieb so die seltsamen Gedanken. Blaue Augen? Blonde Locken? Von wem träumte ich denn da schon wieder? Was war nur mit mir los? Ich kam mir langsam vor, als wäre ich nicht mehr ich selbst.

»Sorry, ich … ich hab grad nur geträumt«, murmelte ich.

»Also bist du in ihn verliebt!«, stellte Lila triumphierend fest.

»Hm, ich schätze schon«, sagte ich gedankenverloren.

»Sophie Kramer?«, rief da die Bedienung und machte meinem Gedankengang ein Ende. »Eure Bestellung ist fertig.«

Wir holten die Kartons und liefen zurück zu den Aufzügen. Während Lila weiter munter drauflosplauderte und mir Ratschläge gab, wie ich mich bei dem morgigen Date verhalten sollte, schweiften meine Gedanken ab zu den rätselhaften blauen Augen. Und wieder stellte sich mir die Frage: Was war los mit mir?

»Hast du eigentlich das Geschenk besorgt?«, riss mich Lila erneut aus meinen Gedanken.

»Geschenk?«, fragte ich verwirrt.

»Mann, Mann, Mann, Taylor hat dich ja sauber aus der Bahn geworfen«, lachte sie. »Na, das Geschenk für Ralph. Du wolltest dich doch darum kümmern.«

»Ach so, ja klar, habe ich besorgt.«

Wir wollten ihm ein Sachbuch schenken über das Element Feuer und wie man es beherrscht. Er war sofort sprichwörtlich Feuer und Flamme gewesen, als Fancy es vor Kurzem im Zirkel angesprochen hatte.

* * *

In Kabine 9147 erwartete uns ein recht zerknirschter Ralph, der sich tausendmal entschuldigte und uns beteuerte, dass er uns bezüglich der Party auf jeden Fall hatte Bescheid geben wollen, sich nur nicht getraut hatte.

Ich verzieh ihm auf Anhieb, bei Lila dauerte es jedoch etwas länger und sie schmollte noch ein wenig, bis sie endlich nachgab.

* * *

Am nächsten Morgen erwachte ich mit grausamen Kopfschmerzen und kam kaum aus den Federn. Ich hatte die halbe Nacht wach gelegen, mir über mein Date Gedanken gemacht, mir über Taylor den Kopf zerbrochen und wie ich mich ihm gegenüber am besten verhalten sollte. Sollte ich mich cool geben? Was sollte ich anziehen? Eher freizeitmäßig oder doch schick?

»Hach«, seufzte ich und blickte auf den Wecker.

Sechs Uhr – Zeit aufzustehen. Claire schlummerte noch und so schlich ich mich so unbemerkt wie möglich ins Badezimmer, duschte, zog mich an, schminkte mich und stylte mein Haar so gut wie möglich. Als ich fertig war, traf ich eine wache Claire an, die auf dem Bett saß und mir einen schiefen Blick zuwarf, den ich zunächst nicht deuten konnte.

»Na?«, fragte sie und grinste verschwörerisch.

»Na?«, fragte ich zurück und kramte in meiner Tasche.

»Aufgeregt?« Sie setzte sich in den Schneidersitz und grinste.

»Was meinst du? Wegen der Zirkelsitzung, oder was?«

Ihr Grinsen wurde breiter. »Jetzt tu doch nicht so – wer von uns hat heute Abend ein Date mit seinem Seeker?«

Ich seufzte und verdrehte die Augen. Also daher wehte der Wind.

»Woher weißt du das, Claire?«

Sie lachte. »Hey, mit wem redest du? Ich hab meine Spitzel überall. Nein, Lila hat sich verquatscht. Aber jetzt mal im Ernst, du hast wirklich ein Date mit Taylor Tayugan?«

Sie zog die Augenbrauen hoch und ich kramte immer hektischer in meiner Tasche. »Keine Ahnung, ob es ein Date ist. Er hat nur gefragt, ob wir uns zum Reden in der Rainbow Bar treffen wollen. Heut um acht.«

»Aha«, sagte sie und setzte ein Gesicht auf wie Sherlock Holmes, als hätte sie eine heiße Spur. »Dann würde ich sagen, ist es ein halbes Date.«

Ich hörte auf zu kramen. »Ein halbes Date?«, fragte ich und zog die Augenbrauen hoch.

Sie nickte. »Na ja, es ist noch nicht klar, ob es ein Date ist.

Vielleicht will er sich auch nur mit seinem Schützling unterhalten.«

»Ja, das denke ich auch«, seufzte ich.

»Andererseits«, fügte sie hinzu und legte einen Zeigefinger an ihr Kinn, »hat sich Taylor Tayugan meines Wissens noch nie etwas aus seinen Schützlingen gemacht, geschweige denn sich mit ihnen verabredet, was vielleicht auch daran lag, dass er bis jetzt nur männliche Schützlinge hatte!«

Sie lachte wieder und streckte sich auf ihrem Bett aus.

»Ich mach mir keine allzu großen Hoffnungen ...«, begann ich.

»Ha, falsch!«, lachte Claire und amüsierte sich köstlich. »Du lügst doch! Natürlich machst du dir Hoffnungen!«

»Hach, Claire, vergiss es. Wie läuft's übrigens mit Brian?«, versuchte ich das Thema zu wechseln.

»Um ehrlich zu sein, es läuft ziemlich gut. Ich steuere eventuell auf den Beziehungshafen zu, aber nur eventuell!«, sagte sie verschwörerisch, sprang auf und ging summend ins Bad.

Ich atmete erleichtert aus. Themawechsel geschafft. Auf Claires kluge Ratschläge in puncto Dates konnte ich heute gut und gerne verzichten. Und mit Lila hatte ich auch noch ein Hühnchen zu rupfen! Wieso musste sie gleich auf dem halben Schiff herumerzählen, dass ich eine Verabredung mit Taylor Tayugan hatte?

* * *

Der Tag verging wie im Flug und bald saß ich wieder im Badezimmer und stand vor der Frage, was anziehen? Draußen, vor der Badezimmertür, hörte ich Claire und Lila wild durcheinanderreden. Sie bereiteten wohl meine Garderobe vor, obwohl ich mir selbst noch nicht sicher war. Ich war nach wie vor der Meinung, normale Freizeitkleidung war angesagt. Ich wollte keinesfalls den Anschein erwecken, als erwarte ich mehr von dem Date als ein ganz normales Treffen zwischen Seeker und Schützling.

Doch die beiden sahen das anders. So probierte ich abwechselnd Kleider, High Heels, kurze Röcke, elegante Blusen und schicke Shirts, bis ich mich schließlich in puncto Hose durchsetzen konnte und in Bluejeans landete. Was das Oberteil anging, war ich nicht so stark gewesen und zog schließlich ein schwarzes Top mit Glitzer-Verzierung am tiefen Ausschnitt sowie Perlenkette an – das Top war ein Vorschlag von Claire und die Kette Lilas Idee. Dazu Perlenohrringe, eine Hochsteckfrisur à la Claire, die sowohl elegant als auch frech wirkte, und schicke Pumps, geliehen von Lila, die nicht ganz so hoch waren, sodass ich noch gut darin laufen konnte. Dann war es wieder Claire, die mir eine ihrer Handtaschen in die Hand drückte und verzückt meinte:

»Oh, du siehst so gut aus! Lila, sag, ist mir der Lidstrich nicht perfekt gelungen?«

Lila nickte bewundernd und sagte: »Keine andere hat darin so viel Übung wie du, Claire!«

Ich seufzte und betrachtete mich missmutig vor dem Spiegel. Meiner Meinung nach sah ich viel zu sehr nach Business Woman aus und das ganze Outfit machte mich um einige Jahre älter, was Claire jedoch als Pluspunkt verbuchte.

Mein Herz klopfte wie wild, als ich die Kabine um kurz vor acht verließ und mich auf den Weg zu den Aufzügen machte. Ich stellte mir vor, wie Taylor mich wohl bereits an der Bar erwartete, sich nach mir umdrehte, mir (hoffentlich) einen vielsagenden, bewundernden Blick zuwarf, aufstand, mir mit einem strahlenden Lächeln entgegenkam und wie wir anschließend gemeinsam einen Tisch aussuchten. Würde er mir einen Stuhl anbieten? Oder würden wir nebeneinander auf einer der bequemen halbrunden Couches Platz nehmen?

Gott, ich machte mir eindeutig zu viele Gedanken.

Der Aufzug kam, mein Herz machte einen Satz und jagte weiter dahin. Ich betrat die Kabine und verdrehte die Augen. Natürlich, ich musste wieder das Glück haben und genau dann nach unten fahren, wenn auch Tanja alias Barbie gerade auf dieselbe Idee gekommen war.

Sie warf mir einen abschätzigen Blick zu, musterte mich dann von oben nach unten und meinte schließlich: »Was hast du denn vor? Hast du heut noch ein Treffen mit deinem Anwalt oder warum siehst du so aus?«

»Das geht dich gar nichts an«, entgegnete ich so cool wie möglich, drehte mich dann scheinbar desinteressiert weg und dachte mir insgeheim, wie unwohl ich mich doch in meinem Outfit fühlte. Wie sehr wünschte ich mir eines meiner T-Shirts herbei, vielleicht flache Schuhe, offene Haare – etwas, das mehr nach mir aussah.

Barbie kicherte und blieb Gott sei Dank im Aufzug, als ich auf Deck 7 ausstieg. »Ja dann – wünsch ich dir noch ein erfolgreiches Meeting!«, lachte sie, bevor die Schiebetüren sich wieder schlossen.

Ich verdrehte die Augen, atmete tief durch und versuchte meine Nervosität irgendwie unter Kontrolle zu bekommen. Mit zitternden Knien lief ich den Seitengang entlang und begegnete einigen älteren Fairies, die keinerlei Notiz von mir nahmen. Nur eine große Blondine musterte mich von oben bis unten, bevor sie wortlos an mir vorbeiging. Aus der ebenfalls auf diesem Deck gelegenen Piano-Bar hörte ich gedämpftes Klaviergeklimper sowie leises Stimmengewirr, dann erreichte ich die gläserne doppelte Schwingtür mit der Aufschrift »Rainbow Bar«. Dahinter lag der große, in allen Farben des Regenbogens schimmernde Tresen mit den pinken Barhockern. Gedämpftes Licht herrschte in dem Raum mit den vielen geschwungenen bunten Trennwänden zwischen den dunklen Nischen und Lounges. Als Lichtquellen dienten durchsichtige Lampen, die wie viele gläserne Seifenblasen in der Luft schwebten.

Mein Herz raste und ich zitterte, während ich meinen Blick über die Lounges und den Tresen schweifen ließ. Es war nicht viel los. Hier und da saßen einzelne Grüppchen oder Pärchen und tranken Cocktails, an der Bar saßen zwei Fairy-Jungen und warfen mir einen kurzen Blick zu, widmeten sich aber sofort wieder ihren Drinks.

Ich sah auf die Uhr. Es war schon nach acht, er war noch nicht da.

Zur Sicherheit wandte ich mich an den Barkeeper.

»Entschuldigung, war Taylor Tayugan schon hier?«

Der junge Fairy zog die Augenbrauen hoch. »Du meinst den Seeker?«

Ich nickte und mein Herz machte wieder einen Sprung. Dann jedoch schüttelte er den Kopf.

»Ne, den hab ich schon lange nicht mehr gesehen. Tut mir leid. Ist der überhaupt an Bord?«

Ich nickte und wandte mich ab. Sollte ich mich an den Tresen setzen oder im Eck auf ihn warten? Oder sollte ich mir schon einen Tisch nehmen?

Der junge Barkeeper, der wahrscheinlich Mitleid mit mir hatte, nahm mir die Entscheidung ab.

»Magst du was trinken, während du wartest?« Und mit einem Zwinkern fügte er hinzu: »Geht aufs Haus.«

Oje, wie peinlich, ich tat ihm wahrscheinlich richtig leid, wie ich so unschlüssig zwischen Tür und Angel stand.

Also nahm ich auf einem der äußeren pinken Hocker Platz und bestellte ein kleines Wasser. Nicht der originellste Einfall für ein kostenloses Getränk, wie mir auch der verwunderte Blick des Barkeepers bestätigte, aber ich wollte nicht schon einen Longdrink intus haben, wenn Taylor endlich auftauchte.

Ich sah erneut auf die Uhr. Schon Viertel nach acht. Sah

ihm gar nicht ähnlich, sich zu verspäten. Aber er würde schon noch kommen.

An dieser Meinung konnte erst das vierte Wasser etwas ändern, als es bereits halb zehn war.

»So gern ich dir dein Wasser auch bringe, aber magst du nicht etwas anderes trinken?«, fragte mich der Barkeeper, der Jonas Joalan hieß, wie ich mittlerweile wusste.

»Nein.« Ich schüttelte traurig den Kopf. »Ich hab schon einen Wasserbauch. Glaube nicht, dass da noch was reinpasst.«

Er grinste. »Nimm's nicht so schwer, sicher ist ihm etwas Wichtiges dazwischengekommen.«

Ich schüttelte wieder den Kopf und sagte trotzig: »Das glaube ich nicht, dann hätte er abgesagt. Nein, er hat mich einfach vergessen!«

Dann zückte ich Claires Glitzerhandtasche, holte meine Geldbörse heraus und fragte: »Was bin ich schuldig?«

Seine dunklen Augen sahen mich wieder mitleidig an. Gott, wie ich diesen Blick hasste!

»Lass gut sein. Das geht auf mich.«

»Nein«, widersprach ich vehement. »Das möchte ich nicht! Also, was bin ich schuldig?«

Er seufzte. »Wirklich, du brauchst nichts zu zahlen.«

Ich seufzte ebenfalls, nickte dankbar und wandte mich um.

»Komm wieder mal vorbei!«, sagte Jonas lächelnd, winkte mir zum Abschied und widmete sich einem anderen Fairy, der soeben ein Bier bestellt hatte.

Mit hängenden Schultern verließ ich die Bar und fuhr wieder nach oben in eine leere Kabine. Claire nächtigte wohl bei Brian.

Ich war froh einen Moment allein zu sein und warf mich aufs Bett. Eigentlich wollte ich in Tränen ausbrechen, aber irgendwie stellten sich die Wasserfälle nicht ein. Stattdessen traf mich die Erkenntnis wieder einmal mit voller Wucht, dass ich doch tatsächlich geglaubt hatte, dass sich ein so talentierter und berühmter Seeker wie Taylor Tayugan für mich interessierte. Eine Verabredung mit mir zu vergessen war wahrscheinlich das Natürlichste der Welt.

Gott, und ich hatte mich herausgeputzt, beziehungsweise herausputzen lassen wie eine Diva und würde wahrscheinlich dank meiner Begegnung mit Tanja zum Gespött unter den Barbies werden! Na prima! Ich freute mich schon auf den morgigen Tag. Lila würde mich ausfragen und dann ständig bemitleiden, ganz zu schweigen von Claire! Ich wollte im Erdboden versinken!

* * *

»Gut, Ralph, sehr schön!«, tönte Fancys Stimme durch die Trainingsdimension, die aussah wie das Innere eines riesigen Vulkans. Die Wände waren pechschwarz vom Feuer und Rauch und überall brannten Fackeln und Schwedenfeuer.

Unser Lehrer trug, wie meist, nur eine rote Lederhose, der Oberkörper samt ansehnlichem Sixpack nackt und durchtrainiert.

Ralph hatte soeben eine Feuerkugel auf eine Zielscheibe geschleudert. Auf der Anzeigetafel an der Wand erschien die Ziffer Vier, was bedeutete, dass dieser Ball die Stärke vier von fünfzehn möglichen Punkten erreicht hatte – nicht übel für einen frisch gezeichneten Anfänger.

Ralph wurde rot vor Stolz und ließ sich von seinen Kameraden feiern. Dann kam er zu mir und stellte sich neben mich.

»Glückwunsch, eine Vier – alle Achtung«, sagte ich und nickte ihm anerkennend zu.

»Mach's mir nach«, entgegnete er und grinste.

»Träum weiter, mein bestes Ergebnis bisher war eine wackelige Zwei, die beinahe in eine Eins zurückgesprungen wäre.«

Wir lachten beide und beobachteten, wie einer unserer Mitschüler soeben eine bedenkliche, schwache Eins erzielte. Fancy klopfte ihm aufmunternd auf die Schulter und besprach mit ihm, wie er sich noch etwas verbessern konnte.

»Ich hab gehört, du hattest ein Date mit Taylor Tayugan?«, bemerkte Ralph neben mir leise und ich verdrehte die Augen.

»Erinnere mich nicht daran.« Ich atmete tief ein und aus und begann mich zu dehnen und zu strecken. Bald würde ich an der Reihe sein.

»Wenn du's genau wissen willst, er hat mich versetzt, der Idiot«, fügte ich dann in gereiztem Unterton hinzu.

Er zog die Augenbrauen hoch und warf die Arme nach oben: »Okay. Keine weiteren Fragen.«

»Sophie Kramer?«, rief Fancy mich auf und Ralph klopfte mir auf die Schulter.

»Zeig, was du kannst.«

Ich nickte ihm zu, ging hinüber zu unserem Lehrer und übernahm den Feuerball, den er bereits für mich vorbereitet hatte.

Dann lief ich langsam zur Zielscheibe, schloss die Augen und konzentrierte mich, was mir plötzlich schwerfiel – dank Ralphs wahrscheinlich ungewollter Erinnerung an Taylor.

Ich war auf einmal wütend, unglaublich wütend und diese ganze Wut leitete ich in den Feuerball, den ich mit voller Wucht gegen die Scheibe donnerte.

Auf der Tafel erschien die Ziffer Sieben!

Ich keuchte vor Überraschung auf und schlug die Hand vor den Mund. Sieben! Du meine Güte, das war das wohl beste Ergebnis, das jemals eine Frisch-Gezeichnete erzielt hatte.

Tosender Beifall und Jubel von meinen Zirkelkameraden ertönte und sie stürmten von überall auf mich ein, klopften mir auf die Schulter, die Mädchen umarmten mich genauso wie Ralph. Dann kam Fancy auf mich zu, nickte und meinte anerkennend: »Sehr gut, Sophie, ausgezeichnet.«

Ich lächelte matt und ließ mich dann von den anderen feiern. Nach weiteren Glückwünschen ermahnte er uns jedoch wieder ruhig zu sein und rief den nächsten Schüler zu sich.

* * *

Beim Mittagessen im Golden Sunset Restaurant berichtete Ralph euphorisch Lila von meinem überragenden Erfolg im Feuerunterricht. Sie war begeistert und freute sich für mich. Ich jedoch betrachtete mein Ergebnis mit seltsam gemischten Gefühlen und wusste nicht recht, was ich davon halten sollte.

Normalerweise war ich eher mittelmäßig in der Elementarkunst, wenn nicht sogar schlecht. Musste man einfach nur wütend sein, um seine Leistung zu steigern? Das konnte ich kaum glauben, da meine Mitschüler oft missmutig oder gar wütend waren, und ihre Leistungen waren deswegen trotzdem nicht überragend.

In dem Moment sah ich sie auf uns zukommen und wusste genau, dass es Ärger geben würde. Sie trug schon diesen seltsam hämischen Ausdruck auf dem Gesicht.

»Mahlzeit, Sophie«, spöttelte Tanja und ihre Anhängerinnen Melody und Susanna traten neben sie, während sie unseren Tisch passierten.

»Ich habe gehört«, fuhr sie fort und sah mir direkt in die Augen, »du hattest eine Verabredung mit Taylor Tayugan?«

Verdammt, woher nur wusste sie das schon wieder? Ich schwieg und starrte auf meinen Teller. Ihr Blick verriet mir, dass sie ihren Trumpf noch nicht ausgespielt hatte, und ich konnte mir auch schon denken, dass sie den Rest sicher ebenso bereits wusste.

»Und ich habe auch gehört ...«, sie spielte mit einem Finger an der Tischdekoration herum, »... dass er dich versetzt hat?«

»Na und? Er hatte ein wichtiges Meeting, das er nicht verschieben konnte«, log Lila für mich. Ich schwieg weiterhin.

»Ja klar, wichtiges Meeting«, lachte Tanja weiter. »Hätte ich an deiner Stelle jetzt auch gesagt. Dann möchte ich dem nichts mehr hinzufügen.«

»Gut, dann geh weiter!«, fuhr Lila sie an und verdrehte die Augen.

»Nicht so schnell.« Tanja schürzte spöttisch die Lippen und wandte sich säuselnd an Ralph. »Wie sieht es jetzt aus mit Freitag? Wir haben mit den Barkeepern gesprochen, sie würden die Diamond-Free-Shots mixen.«

Ralph wurde rot und stammelte verlegen. »Ähm ... ja, also ... ähm ...«

»Klasse, dann wäre das so weit klar«, fiel ihm Tanja ins Wort. »Ja, dann bis Freitag!«

Damit stöckelten die drei von dannen, ohne uns auch nur eines weiteren Blickes zu würdigen.

Lila kochte und sah Ralph wütend an.

»Wie sieht's jetzt mit Freitag aus?«, säuselte sie und äffte Tanja nach. »Diamond-Free-Shots?«

Ralph zuckte mit den Schultern. »Ist doch cool.«

»Cool? Cool?« Lila lehnte sich über den Tisch und sah ihn böse an. »Weißt du, was ich cool fände? Wenn du diese scheiß Barbies einfach von deiner Party ausladen würdest!«

»Im Ernst, Ralph«, fiel ich ihr ins Wort und sie setzte sich wieder hin, noch immer mit einem sehr, sehr wütenden Gesichtsausdruck. »Wieso müssen ausgerechnet Tanja, Melody und Susanna deine Party planen? Wenn du uns das nicht zutraust – okay, aber Claire und ihre Mädels hätten das doch genauso gut machen können, wenn nicht sogar besser!«

Ralph kratzte sich verlegen am Hinterkopf. »Na ja, sie haben es halt von sich aus angeboten …«, begann er sich zu verteidigen. »Und im Prinzip ist es doch egal, wer die Party organisiert. Mir war wichtig, dass ihr beide mit mir feiern könnt und nicht mit Organisieren beschäftigt seid.«

Lila und ich warfen uns einen skeptischen Blick zu, aber damit war das Thema erledigt. Ich hatte ja den heimlichen Verdacht, dass Ralph in eine der Barbies verliebt war, vielleicht sogar in Tanja persönlich, und dass Tanja Interesse an Ralph hatte, daraus machte sie ja nun weiß Gott kein Geheimnis.

Eine seltsam gedrückte Stimmung legte sich über unser Abendessen, wir schwiegen weitestgehend, und wenn wir uns unterhielten, dann nur über Belanglosigkeiten.

* * *

Dann war er endlich da, der Freitagabend, und ich kam mir wieder vor wie ein Schulmädchen, so aufgeregt war ich! Und dabei war es noch nicht einmal meine Geburtstagsparty!

Wir saßen wie üblich in meiner und Claires Kabine auf dem Sofa und bewerteten nacheinander unsere Garderobe. Lila hatte sich in ein kurzes – wie konnte es auch anders sein – lilafarbenes Kleid geworfen, dazu trug sie lila High Heels, allerlei lila Schmuck wie Ohrringe, Perlenkette, Armreif, Ring und einen leichten lila Bolero. Geschminkt war sie wie üblich ebenfalls lila – lila Lidschatten, lila Wimperntusche, selbst die Lippen waren Lila.

Claire schüttelte missmutig den Kopf. »Also, ich weiß nicht, Lila. Allein schon dein Name macht ja allen klar, dass Lila deine Lieblingsfarbe ist, aber musst du es dann gleich so übertreiben?«

Lila schmollte. »Ich finde meinen Look todschick!«

Damit setzte sie sich auf mein Bett, schnappte sich eine Modezeitschrift und begann lustlos darin herumzublättern.

Claire seufzte und gab mir mit einem Wink zu verstehen, ich solle aufstehen und mein Outfit präsentieren.

Ich schnitt ein wenig besser ab, da ich mittlerweile schon dazugelernt und mir Claires Kleidungstipps immer zu Herzen genommen hatte. So trug ich heute eine lange Darkblue-Jeans, dazu ein schwarzes, schulterfreies Top, das meine Hüftröllchen kaschierte, eine schlichte Perlenkette, schwarzweiße Pumps, große silberne Kreolen in den Ohren und einen schlichten Armreif. Claire nickte anerkennend und holte ihren Schminkkoffer hervor.

Wie immer würde sie mein Make-up gestalten, da ich, ihrer Meinung nach, an mir selbst nur ein »Make down« zustande brachte, und das war natürlich nicht Sinn der Sache. Die Haare würde ich heute offen lassen. Sie waren inzwischen ziemlich gewachsen und reichten mir nun bis knapp über die Schulter – meine Wunschlänge –, und die wollte ich heute allen zeigen.

Ralph selbst erschien, ebenfalls wie ich, in Jeans, trug darüber jedoch ein weißes T-Shirt und ein schwarzes Sakko, was ihn sehr reif und unglaublich sexy aussehen ließ.

Claire grinste. »Also, wenn ich nicht schon vergeben wäre, wärst du definitiv nicht mehr sicher vor mir, Ralphi!«, sagte sie anerkennend und Ralph wurde rot.

»Wen willst du denn mit diesem Outfit beeindrucken?«, fragte Lila spöttisch, die noch immer schmollte. »Doch nicht etwa die Barbies?«

»Kein Kommentar«, entgegnete er und zupfte sich einen Fussel vom Stoff seines Sakkos.

»Sollen wir gleich los? Es ist noch nicht mal halb acht?«, fragte ich, um vom Kleidungsthema abzulenken.

Ralph schüttelte den Kopf. »Nein, nein. Es reicht, wenn ihr nach acht kommt. Ich werde jetzt schon hochschauen, um gleich die ersten Gäste zu begrüßen. Ihr kommt einfach, wenn ihr fertig seid.«

Ich nickte. »In Ordnung. Möchtest du dein Geschenk gleich?«

Damit holte ich das kleine Päckchen aus einem meiner Schränke. Es war nicht sehr schön verpackt, da ich in solchen Dingen absolut kein Talent besaß, aber ich hoffte, er sah, dass die Verpackung mit Liebe gemacht war.

Er lächelte. »Aber ihr braucht mir doch nichts zu schenken!«

»Ist doch nur 'ne kleine Aufmerksamkeit«, kam es aus Lilas Ecke, die noch immer hinter der Zeitschrift verschwunden war.

»Ist von uns beiden«, sagte ich und reichte es ihm.

Wie ein kleiner Schuljunge riss er die Verpackung auf und grinste übers ganze Gesicht. »*Feuer* – das Buch! Herrlich! Ich wollte es mir schon selbst kaufen! Danke, ihr beiden!«, sagte er und fiel mir um den Hals.

Ich lachte. »Dachte ich mir, als ich gesehen habe, wie eifrig du den Titel notiert hast, als Fancy uns davon erzählt hat.«

Er ging zu Lila hinüber und wollte sie ebenfalls umarmen, doch sie wehrte mit einer Hand ab. »Schon in Ordnung!«

»Jetzt hör endlich auf mit dem Getue!«, fuhr ich sie an. Langsam hatte ich genug von ihrem Gezicke. »Heute ist Ralphs Geburtstag. Also sei jetzt nicht so und benimm dich ihm zuliebe nett und freundlich – EGAL, wer die Party organisiert hat, und EGAL, was Claire von deinem Outfit hält!«

Immer noch leicht schmollend legte sie die Zeitung weg und ließ sich von Ralph umarmen.

»Alles Gute«, sagte sie kaum hörbar und er lächelte sie schüchtern an, als sie sich wieder voneinander gelöst hatten und sich lange in die Augen sahen.

Ich runzelte die Stirn. Was war denn das? Konnte, es sein, dass die beiden ineinander …?

Claire unterbrach meinen Gedankengang.

»Also, dann nichts wie auf ins Getümmel!«, rief sie und reckte die Arme hoch. Natürlich sah sie wie immer umwerfend aus in einem hautengen bunten Minikleid, die Schuhe mit ewig langen Hacken, ihren blonden langen Locken, dem tollen Make-up – ich seufzte. Hach, was würde ich dafür geben, so auszusehen!

* * *

Jedoch dauerte es dann doch noch eine weitere Stunde, bis wir – ohne Ralph, der ja bereits vorausgegangen war – die Disco betraten. Der Grund hierfür war, dass sich Lila urplötzlich doch für ein farblich neutrales Gewand entschieden hatte – eine dunkle Hose, weißes Shirt mit V-Ausschnitt, schlichte Pumps. Von ihrem lilafarbenen Schmuck jedoch hatte sie sich beim besten Willen nicht trennen können.

Die sogenannte Disco war keine Diskothek, wie ich sie kannte. Sie war wie vieles auf der MS Fairytale ein Portal in eine andere Dimension. Eine Dimension der vier Elemente, was auch den Namen der Disco, »Elements«, erklärte.

Es gab insgesamt vier Bereiche: einen Wasserbereich mit großem See, Wasserfall, Palmenbar, aufsteigenden Wassersäulen und einem himmlischen Sandstrand bei Nacht, einen Feuerbereich mit brennenden Fackeln, Kerzen, Mini-Vulkanen, die den Lava-Lampen, die ich aus der Menschenwelt kannte, nicht unähnlich waren, einen Luftbereich mit butterweichen Wolkenmöbeln, alles nebelbedeckt, und einen Erdbereich, der viel mehr einem undurchdringlichen Dschungel mit allerhand Palmen, Lianen, Farnen und sonstigem Gewächs glich. Diese vier Bereiche waren im Kreis angeordnet und verschwammen an den Grenzen ineinander. In der Mitte befand sich eine Art Tanzfläche, die aus einem Glasboden bestand, unter dem ein bunter Nachthimmel mit Millionen Sternen leuchtete – wie in Miss Ishantis Weltalldimension.

Ich stand für einen Moment einfach nur da und sog diesen überwältigenden Anblick wie ein Schwamm in mich auf, bis mich Lila in die Seite stieß und anwies weiterzugehen.

Gemeinsam mit Claires Freundinnen Rachel, Natalie und Tina mischten wir uns ins Getümmel.

Es war bereits richtig viel los – ich hatte gar nicht gewusst, dass Ralph so viele Freunde hatte. Aber klar, er war ein richtig beliebter Junge auf dem Schiff, immer hilfsbereit, ein guter Schüler und dazu sah er noch gut aus. Die Tanzfläche war der einzige Ort im Raum, der noch leer war – nichts Ungewöhnliches, da so früh noch keiner tanzen wollte. An den vielen Stehtischen in den einzelnen Bereichen und an den Tresen selbst jedoch war kein einziger freier Platz mehr zu erhalten. Auch die kleinen runden Lounges waren bereits besetzt, die überall versteckt im Sand, zwischen Feuersäulen, in den Wolken und dem Dschungel angeordnet waren.

Ich sah mich interessiert um. Das »Elements« strahlte heute wohl in besonders bunten Farben, überall hingen bunte Luftschlangen, Neonlichterketten, Luftballons und Girlanden – sei es vergraben im Sandstrand, um die Mini-Vulkane und Lavalampen drapiert, auf den Wölkchensofas liegend oder von den Palmen hängend. Das Element Feuer strahlte uns zudem aus allen Ecken entgegen, denn in allen Bereichen waren zusätzlich hitzebeständige Glassäulen verteilt, in denen Fackeln oder offene Feuer flackerten. Eine wirklich gute Idee, über die sich Ralph sicher sehr gefreut hatte. Neidlos musste ich zugeben, dass ich oder Lila das niemals so gut gemacht hätten, und ein Blick auf meine Freundin, die bewundernd die ganze Dimension bestaunte, bestätigte mir, dass sie genauso dachte.

Da winkte uns Ralph von seinem im Feuerbereich stehenden Tisch zu sich. Ich zögerte in Anbetracht der Barbies, die ihn umringten, und auch Lila warf mir einen skeptischen Blick zu.

»Na ja, es ist sein Geburtstag«, rief mir Lila über die bereits in recht ordentlicher Lautstärke wummernden Bässe der lauten Musik zu, die alle Bereiche zugleich beschallte, und ich nickte.

Bei Ralph angekommen, rutschten Susanna und Melody beiseite und ließen Lila und mich an seiner linken Seite Platz nehmen. Tanja selbst bestand auf ihrem Platz zu seiner Rechten.

Von hier aus hatte man den perfekten Überblick, da die Lounge leicht erhöht lag und sich direkt gegenüber dem Eingang befand.

Wir warfen unsere Scheu sprichwörtlich über Bord, stießen gemeinsam mit den Barbies auf Ralph und die Party mit einem Glas Sekt an und bestellten uns zur Feier des Tages alle Ralphs Lieblingscocktail: Cuba Libre.

Für mich eine schlechte Wahl, erstens bekam ich davon am nächsten Tag immer Kopfschmerzen und zweitens schlug die Verbindung von Rum und Limette bei mir immer zu sehr an, sodass ich bereits nach einem Cocktail leicht beschwipst war. Außerdem mixte der Barkeeper des Feuerbereichs die Cocktails so wahnsinnig stark – klar, die Fairies mussten schon ordentlich Alkohol tanken, damit die überhaupt mal etwas merkten, wohingegen bei uns Frisch-Gezeichneten schon kleine Mengen ausreichten, je nachdem wie man bereits als Mensch geeicht gewesen war.

Schon nach einem zweiten Glas Cuba musste ich passen. Vor meinen Augen begann sich bereits alles leicht zu drehen – ein sicheres Alarmsignal, JETZT aufzuhören. Ich stieß Lila an und deutete mit dem Kopf zur sich bereits füllenden Tanzfläche.

Doch sie schüttelte den Kopf und wandte sich wieder Ralph zu.

Ich seufzte. Na, dann ging ich eben allein. Etwas wackelig stand ich auf, suchte mein Gleichgewicht und stöckelte ein wenig unbeholfen, aber immerhin einigermaßen gerade hinunter in Richtung Tanzfläche. Etwas unschlüssig blieb ich am Fuß der kleinen Treppe stehen und ließ meinen Blick durch die Menge schweifen auf der Suche nach Claire, vielleicht wollte sie ja mit tanzen gehen?

Da sah ich ihn und mein Herz schlug unwillkürlich schneller.

Er lehnte wie damals in Lloret de Mar an einer Säule und unterhielt sich mit einer Gruppe junger Mädchen, scherzte, lachte und nippte ab und zu an seinem Getränk. Die Mädchen lachten und kicherten ebenfalls.

Enttäuscht sah ich weg. Hoffentlich hatte er mich noch nicht gesehen und hoffentlich hatte er nicht bemerkt, dass ich ihn gesehen hatte – was noch viel schlimmer gewesen wäre!

Meine Gedanken überschlugen sich. Wenn er mich entdeckte, würde er rüberkommen? Würde er mir erklären, warum er mich versetzt hatte? Was würde ich sagen? Sollte ich nett und freundlich reagieren, so als ob es mir nicht das Geringste ausgemacht hätte, dass er mich versetzt hatte, oder sollte ich mich eher reserviert verhalten, sodass er merkte, dass ich sauer war?

Ich knabberte an meiner Unterlippe und suchte krampfhaft nach jemandem, mit dem ich reden konnte, Claire oder eine ihrer Freundinnen, sah aber niemanden, mit dem es sich gelohnt hätte, eine Unterhaltung anzufangen. Hier und da ein paar Frisch-Gezeichnete, die mit mir die Zirkeleinheiten besuchten, aber außer in der Schule hatte ich noch keine zwei Worte mit ihnen gewechselt.

Plötzlich ging ein Raunen und Getuschel durch die Menge und alle Blicke richteten sich auf den Eingang. Einige Mädchen kreischten auf, die Jungen drängten nach vorn und alle reckten die Hälse, um zu sehen, weswegen auf einmal diese Aufregung herrschte.

Ich erhaschte die Worte »Ambrosora« und »hier« und war plötzlich genauso aufgeregt. Es war, als ob ein Filmstar den Raum betreten hatte. Jeder wollte ihn sehen, jeder wollte ein Autogramm oder Selfie mit ihm erhaschen. Jeder war aufgeregt, im selben Raum mit dieser Persönlichkeit zu sein, die man sonst nur aus dem Fernsehen kannte. Diese Person einmal real sehen, das wollte jeder!

Mein Herz klopfte und Taylor Tayugan war plötzlich in weite Ferne gerückt. Helena Ambrosora war in diesem Moment in dieser Dimension und womöglich nur wenige Meter von mir entfernt! Ich begann mich wie alle anderen in Richtung Eingang zu drücken, wurde geschubst, gequetscht, angerempelt.

Die Euphorie steckte mich an, ich wollte sie unbedingt sehen! Ich begann selbst zu schubsen und zu drängeln, drückte mich zwischen zwei großen Fairies hindurch, die auf ihren überhohen Schuhen sowieso nicht gut stehen konnten, und quetschte mich hinter zwei große Jungs. Ich sah einige Männer, ganz in Schwarz gekleidet – wie Securities. Waren das die Defenderre, die sie beschützten?

Ich drängelte weiter. Irgendwo dort vorne war sie!

Ich sah einen großen jungen Mann mit halblangen dunkelbraunen Locken, der sich eher amüsiert umsah. Von ihm ging eine seltsame, mächtige Aura aus, sodass es niemand wagte, näher als zehn Schritte an ihn heranzutreten. Er war mindestens eins neunzig groß, hatte einen Dreitagebart, eine große Nase, die jedoch nicht hässlich war, einen schmalen Mund und dunkle Augen, die seine Umgebung vergnügt, jedoch wachsam beobachteten.

Und ich kannte ihn – kannte ihn von den Titelseiten sämtlicher Zeitschriften. Es war Arion, der Engel! Wieder machte mein Herz einen Satz! Wenn Arion hier war, dann stimmte es wirklich! Dann war Helena Ambrosora tatsächlich in diesem Raum!

Ich begann zu schwitzen und zitterte vor Aufregung. Ich musste unbedingt noch weiter nach vorn, um sie zu sehen. Nur dumm, dass die Jungs vor mir so groß und breit waren und zu alledem natürlich um einiges stärker als ich. Die ließen mich nicht so einfach durch. Sie stand sicherlich hinter Arion, also musste ich weiter in diese Richtung drängen.

Ich stolperte über irgendein Bein oder einen Schuhabsatz und landete mit vollem Gewicht auf zwei etwas zarteren Frisch-Gezeichneten. Mein Glück, denn die beiden stolperten ebenfalls und mir gelang es, mich weiter nach vorne zu drücken. Ich fiel mehr, als dass ich ging, und steckte schließlich Schulter an Schulter zwischen einem Mädchen und einem Jungen fest, aber immerhin, ich war an vorderster Front, nur wenige Meter von Arion entfernt, der – wie ich nun erkennen konnte – mitten im großen doppelflügeligen Eingangstor zum »Elements« stand. So aus der Nähe konnte ich ihn von oben bis unten genauestens unter die Lupe nehmen und kam zu dem Urteil, dass er mir sympathisch war, obwohl ich ihn noch nicht einmal kannte. Ich hatte ein seltsames warmes Gefühl in meiner Magengrube, als würde ich einen lange vermissten Freund wiedersehen, und unwillkürlich lächelte ich ihn an. Natürlich nahm er mich in der aufgeregten Menge überhaupt nicht wahr, aber das machte nichts. Ich war – wieso auch immer – froh ihn zu sehen.

Er blickte hinter sich zu einer Person – Helena? –, die noch außerhalb der Disco stand, und nickte ihm oder ihr zu. Dann trat er ein Stück zur Seite und sie betrat den Raum.

Es war, als ob ich von einer Lichtkugel erfasst worden wäre, so geblendet wurde ich. Helena hatte eine wahnsinnige Aura und strahlte irgendwie von innen heraus. Ich hatte gehört, dass viele bereits in Ohnmacht gefallen waren, wenn sie einer der Urfairies begegneten, und jetzt verstand ich zum ersten Mal, warum. Es ist schwer in Worte zu fassen, wie überwältigend die Energie war, die von ihr ausging, und wie schön dieses Wesen war. »Schön« ist nicht das richtige Wort, herrlich, atemberaubend ...

Sie trug eine weiße Hose, dazu ein silbern glitzerndes Oberteil, viel Schmuck – Diamanten, wie ich vermutete –, und ihr Haar fiel ihr in goldenen Locken über Schultern und Rücken. Ihre ebenmäßigen Gesichtszüge, die mir aus Fernsehen und Zeitschriften so bekannt waren, musterten die Menge kritisch, aber nicht verachtend.

Dann trafen sich unsere Blicke und es war, als hätte mir jemand einen heftigen Schlag in die Magengrube verpasst. Die ganze Bewunderung, die Ehrfurcht, die ich vor ihr empfunden hatte, lösten sich in nichts auf. Stattdessen floss eine unglaubliche Wut in all meine Körperfasern.

Ich hatte so etwas noch nicht erlebt. Meine Gefühle fuhren Achterbahn mit mir. In der einen Sekunde war ich noch Feuer und Flamme und voller Begeisterung für diese wunderschöne junge Frau gewesen, und jetzt starrte ich sie voller Verachtung und Hass an. Meine Hände, die vorher vor Aufregung schweißnass gewesen waren, ballten sich nun zu Fäusten und mein ganzer Körper zitterte vor Anspannung.

Keiner um mich herum bemerkte meine Veränderung, die Menge kreischte, rief ihr »Helena, Helena!« und »Du bist so toll! Wir lieben dich!« und weitere Ausdrücke ihrer Bewunderung entgegen. Ich jedoch verharrte still, aufs Äußerste gespannt, den Blick starr auf Helena gerichtet, die einige Worte mit Arion wechselte.

Allein durch seine Anwesenheit und Helenas Aura vermutlich wagte niemand es, sich ihr zu nähern. Ich trat ein paar Schritte zurück und musste einen tollen Anblick abgegeben haben, falls mich überhaupt jemand beachtete. Eine kleine Frisch-Gezeichnete, die die elfte Schicksalsfairy mit wildem Blick anstarrte, die Haare durch die Feuchtigkeit zerzaust, die Hände zu Fäusten geballt.

Voller Zorn fixierte ich sie und dann tat ich etwas, was ich noch nie zuvor getan hatte und mir auch niemals zugetraut hätte.

Es war Arion, der den Feuerball in meiner Hand wohl zuerst bemerkte und sich mir prompt in den Weg stellte, mit einem sehr verwunderten, aber auch entschlossenen Blick.

Und es waren diese dunklen Augen, die mich wieder zur Besinnung kommen ließen. Ich ließ den Feuerball verschwinden und meine Hand sinken.

Da wurde ich auch schon grob an den Handgelenken gepackt und nach draußen gezerrt.

KAPITEL 9

»Sag mal, bist du von allen guten Geistern verlassen?« Taylor schüttelte mich an den Schultern und sah mich geschockt an.

Ich nahm ihn nur schemenhaft wahr, ebenso wie unsere dunkle Umgebung, noch immer hatte ich mit meinen wirren Gefühlen zu kämpfen, doch mittlerweile fühlte ich mich wie gelähmt und sah die Welt wie durch einen Schleier. Seine Stimme drang dumpf an mein Ohr, als wäre sie meilenweit entfernt.

Ich beobachtete ihn matt, hatte plötzlich Mühe, meine Augenlider offen zu halten. Mein Körper fühlte sich an, als wäre er schwer wie Blei. Ich blinzelte, strengte mich an, jetzt nicht einzuschlafen, bemerkte die Umrisse einer weiteren Person in meinem Umfeld, mit der sich Taylor gestikulierend und laut unterhielt, doch ich konnte seine Worte schon nicht mehr verstehen. Mein Körper sackte in sich zusammen und ich kippte zur Seite, wurde aber, kurz bevor ich auf dem Boden aufschlug, aufgefangen. Jemand hob mich hoch und trug mich weg.

* * *

Die Tischplatte hatte kleine Maserungen und geschwungene Rillen, die sich durch das ansonsten makellose Weiß zogen. Ich kannte bald jede einzige Schwingung, so lange starrte ich schon darauf. Zwischen meinen Händen hielt ich eine Tasse mit dampfend heißem Tee umklammert und die Wärme an meinen Handflächen tat gut. Eine Decke lag um meinen zitternden Körper, der einfach nicht aufhörte zu beben.

Taylor saß mir gegenüber auf einem kleinen Hocker und musterte mich besorgt. Ansonsten war die kleine Balkonkabine leer. Eine Stehlampe beleuchtete den Raum spärlich, das restliche Licht drang durch die große Glasfront und kam vom hellen Mond, begleitet von einigen Sternen, die sich allesamt im Dunkel des Meeres spiegelten.

»Sophie«, sagte er sanft. Seine tiefdunklen Augen sahen mich intensiv an. »Was war da eben mit dir los?«

Ich konnte nicht anders, als nur mit den Schultern zu zucken.

Er seufzte, faltete die Hände und schenkte mir einen sehr besorgten Blick. Ich blieb regungslos sitzen und meine Augen wanderten zurück zur Tischplatte.

»Wieso wolltest du Helena Ambrosora angreifen?«, bohrte Taylor weiter.

»Ich wollte sie nicht angreifen«, murmelte ich kaum hörbar.

»Wie?« Er zog die Augenbrauen hoch. »Ich habe den Feuerball doch gesehen, den du auf sie werfen wolltest.«

Ich schwieg zerknirscht und umklammerte die Tasse noch ein wenig krampfhafter.

Er schloss die Augen, öffnete sie wieder. »Herrgott noch mal, sag mir doch endlich, was los ist! Mir kannst du doch vertrauen!« Der plötzlich laute Ton ließ mich unwillkürlich zusammenzucken.

Er fuhr sich durch die Haare.

»Tut mir leid«, entschuldigte er sich augenblicklich. »Sophie, ich versuche dir nur zu helfen. Du hattest großes Glück, dass nur ich und Arion den Feuerball bemerkt haben, wenn man bedenkt, wie viele Fairies zu dem Zeitpunkt im ›Elements‹ waren. Und ich konnte den Engel davon überzeugen, dass Helena nicht in Gefahr ist, und er versprach mir den Vorfall nicht zu melden, wenn ich mich entsprechend um dich kümmere.«

Ich sah auf, blickte wieder in die inzwischen so vertrauten Augen.

»Bitte, sag mir einfach, was mit dir los war. Sag mir, dass es ein Versehen war, dass du deine Kräfte nicht unter Kontrolle hattest, irgend so was ...« Seine Stimme klang fast flehend.

»Das ist es ja«, hörte ich mich mit erstaunlich fester, ernster Stimme sprechen. »Ich hatte wirklich vor ihr wehzutun.«

Er schloss die Augen, senkte den Kopf und sagte lange nichts. Als er mich wieder anblickte, wirkte er irgendwie traurig.

»Ich hatte gehofft, dass es nicht so ist.«

Ich vergrub meinen Blick wieder in den Maserungen der Tischplatte.

»Du weißt, was geschieht, wenn herauskommt, dass du eine der Urfairies angreifen wolltest, oder? Denk einfach mal an Andreas Orinion.«

Ich hob den Kopf. »Ich wurde aber nicht von Shuk manipuliert! Ich bin immer noch ich!«

»Bist du dir da so sicher?«, warf er sofort ein und hob die Augenbrauen.

Ich nickte.

»Dann denk doch mal an die kurze Zeit, bevor du auf die Fairytale kamst.«

Ich wusste, worauf er hinauswollte. »Du meinst Evelyn?«

Er legte kurz den Kopf schief. »Du warst doch eine gewisse Zeit gemeinsam mit ihr in einem Auto. – Was hat sie genau mit dir angestellt?«

Ich dachte nach, rief mir die Geschehnisse in Erinnerung. »Sie hat mich gelähmt, damit ich zu ihr ins Auto steige. Sobald wir losgefahren waren, hob sie die Lähmung auf, die sie erst dann wieder einsetzte, als Frankie das Auto zum Stehen gebracht hatte, damit ich nicht davonlaufe. Das war alles.«

Er dachte nach, zog die Stirn in Falten, rieb sich über die Wange.

»Das alles hat nicht wirklich lange gedauert«, fügte ich hinzu. »Sie hat mich nicht manipuliert.«

Den letzten Satz sagte ich in bemüht ruhigem Ton, damit

er mir glaubte, was er nicht tat, wie ich an seiner zweifelnden Miene erkannte.

Ich seufzte und zuckte kurz mit den Schultern. »Ist aber wahrscheinlich auch egal, denn Arion hat ja gesehen, wie ich den Feuerball erschaffen habe. Ich glaube nicht, dass er das niemandem meldet, und dann bin ich ohnehin geliefert. Gibt es ein Gefängnis für Fairies? Bekomme ich eine rechtmäßige Verhandlung, oder wie geht ihr mit Straftätern um?« Ich klang sehr verzweifelt und mir gelang es nur mit Mühe, die Tränen zurückzuhalten.

Er stand auf, kam um den Tisch herum und setzte sich neben mich auf das kleine, schmale Sofa. Zögernd legte er den Arm um mich. Ich wartete kurz, dann lehnte ich mich langsam und sanft gegen seine Brust.

Mein Herz raste, aber ob nun durch die plötzliche Nähe zu ihm oder aus Angst vor dem, was jetzt mit mir geschehen würde, vermochte ich nicht zu sagen.

Ich hörte seinen Herzschlag dicht an meinem Ohr, spürte, wie seine Brust sich bei jedem Atemzug hob und senkte. Er strich mir beruhigend mit einer Hand über die Schulter und den Rücken und überall, wo er mich berührte, kribbelte es und wurde warm.

Ich fühlte mich geborgen, beschützt, sicher und doch ... Die Angst schnürte meine Kehle zu. Sie würden mich bestimmt von der Akademie werfen, vielleicht in ein Gefängnis – erneut überschlugen sich die Gedanken und Tränen rannen mir über die Wangen.

»Arion wird niemandem etwas sagen, glaub mir«, sagte er und seine Stimme klang tief und laut, so dicht an meinem Ohr.

»Und woher weißt du das?« Meine Stimme hingegen hörte sich recht brüchig und leise an.

»Ich weiß es einfach. Und wenn du mir vertraust, glaubst du mir auch.« Er schwieg und ich schloss für einen Moment die Augen, genoss seine streichelnden Berührungen.

»Ich lasse nicht zu, dass dir etwas geschieht, Sophie. Es war unsere Schuld, dass wir nicht besser auf dich aufgepasst haben, damals an der Tankstelle. Ich sorge dafür, dass – sollte es Evelyn tatsächlich gelungen sein, dich in der kurzen Zeit magisch zu beeinflussen – die Manipulation dir nichts anhaben wird. Versprochen. Und vielleicht schaffe ich es sogar, sie ganz von dir zu lösen.«

Erneut machte er eine kleine Pause, in der er nachdachte, überlegte, einen Weg zu finden, wie er mir helfen konnte.

»Ich werde versuchen die Kabine von Andreas Orinion neben deiner zu beziehen. Sie müsste noch immer leer stehen«, sagte er leise mehr zu sich selbst als zu mir. »Dann bin ich immer in deiner Nähe. Ich lasse dich keinen Augenblick aus den Augen!«

Ich musste kurz auflachen. »Was? Ich darf nicht einmal unter die Dusche ohne dich?«

Sein Lachen ließ meinen Kopf an seiner Schulter beben. »Okay, duschen und auf die Toilette darfst du allein, aber ansonsten werde ich immer bei dir sein, in Ordnung? Und sobald du merkst, dass irgendetwas mit dir nicht stimmt, sagst du es mir sofort!«

Ich nickte, setzte mich dann aber auf und sah ihm direkt in die Augen. »Aber wie willst du das anstellen? Du bist als Bodyguard von Helena Ambrosora hier an Bord. Wie willst du erklären, dass du, der talentierteste Seeker überhaupt, plötzlich den Schatten einer Frisch-Gezeichneten spielen willst?«

Er grübelte einen Moment, senkte den Blick, ballte eine Hand zur Faust und legte sie vor den Mund.

»Mir fällt schon was ein. – Aber ich lasse dich nicht im Stich!«

* * *

Und irgendwie schaffte er es tatsächlich, sich von seinen gesamten Diensten um Helena Ambrosora loszueisen und sich ganz um mich zu kümmern. Er hielt in allen Dingen Wort, ließ mich selten für einen Augenblick aus den Augen, begleitete mich auf Schritt und Tritt. Und irgendwie schaffte er es auch, die ehemalige Kabine von Andi zu übernehmen, die seit seinem Verschwinden leer gestanden hatte, da man seinen verbliebenen Kabinenpartner damals kurzfristig umsiedelte.

Sobald ich meine Kabine verließ, war er quasi schon zur Stelle und ging dorthin, wohin ich ging – sei es zum Unterricht, zum Frühstück, zum Abendessen, sogar zum Shopping kam er mit! Wenigstens konnte ich allein zur Toilette gehen.

Es war zudem nicht ganz leicht gewesen, diesen plötzlichen Umstand meinen Freunden zu erklären, vor allem da Taylor mich noch wenige Tage zuvor versetzt hatte und ich offiziell vor Lila und Claire verkündet hatte, ich wolle ihn in nächster Zeit nicht sehen.

Am einfachsten wäre es wohl gewesen, ihnen zu sagen, wir wären ein Paar. Aber dann hätte man von uns erwartet, dass wir uns zumindest mal küssten, und davor wiederum hatte ich Heidenschiss. Natürlich konnte ich mir nichts Schöneres vorstellen, als von Taylor geküsst zu werden, aber andererseits wollte ich, dass es – sollte dies überhaupt je irgendwann einmal passieren – echt war und nicht gespielt.

Schließlich war Taylor auf die Idee gekommen zu erzählen, dass er Nachforschungen im Fall Andreas Orinion oder besser Jack'Oh anstellte und deshalb in dessen Kabine eingezogen war und sich direkt mit den Betroffenen aus dem Vorfall auseinandersetzen müsste. Und tatsächlich glaubten ihm sowohl Claire samt Clique, Lila und – wenn auch ein wenig zögernd und immer noch leicht skeptisch – Ralph.

Was Taylor der Akademieleitung und seinen Vorgesetzten bei den Seekern beziehungsweise Helena Ambrosora erzählt hatte, blieb nach wie vor sein Geheimnis.

* * *

Ticktack, ticktack, machte die Uhr an der Wand, ansonsten war alles still.

Ich saß in meiner Kabine und ließ die Uhr nicht aus den

Augen, weil wir, das hieß Claire, Lila und ich, um halb zwei zum Shoppen verabredet waren, mein absolutes Highlight für heute.

Es war jetzt genau viertel nach eins an einem normalen Freitagnachmittag, noch eine Viertelstunde, und die Minuten wollten und wollten nicht vergehen. Ich wälzte mich auf meinem Bett herum, blätterte in einigen Zeitschriften, die auf Claires Bett lagen, starrte wieder zur Decke und begann schließlich mir sämtliche Kleidungsstücke anzuziehen, die einigermaßen bequem waren, um darin einzukaufen. Claire selbst war noch in einer Unterrichtseinheit und ich erwartete sie sehnsüchtig. Natürlich hätte ich – wenn ich Gesellschaft gewollt hätte – nur nach nebenan zu gehen brauchen, wo Taylor schon in den Startlöchern saß, aber andererseits genoss ich es auch, einen kurzen Moment für mich allein zu sein.

Es gab einen bestimmten Grund, warum wir uns alle zum Shopping verabredet hatten: Das Samhain-Fest stand bevor.

Dieses Fest wurde zu Ehren der Schüler der Abschlusszirkel gefeiert, die ihre Prüfung Anfang Oktober abgelegt hatten und am ersten November ihre Zeugnisse erhielten. Das Samhain-Fest wurde traditionell am Vorabend des ersten November auf der verborgenen Insel Samhana gefeiert. Die gesamte Flotte würde dort anlegen, denn die Abschlussjahrgänger aller Fairy-Akademien würden gemeinsam geehrt werden und niemand Geringeres als Josephine Amalie Andrews, die Präsidentin, und alle bisher erweckten Urfairies würden zugegen sein. Es war DAS gesellschaftliche Ereignis des Jahres, vom

Beltane-Fest Anfang Mai einmal abgesehen, und die ganze Schule fieberte dem bereits entgegen.

Claire hatte gesagt, die Feiern und Partys zu Samhain seien legendär – vor allem legendär ausschweifend – und dauerten oft bis in die frühen Morgenstunden. Es sei schon fast Tradition, dass man der eigentlichen Verleihungszeremonie am nächsten Tag mit Kopfschmerzen beiwohnte.

Und für diese Situation benötigten wir dringend neue Kleider, neuen Schmuck, neue Schuhe und passend dazu neue Handtaschen. Mein Schülerinnenkonto war zugegebenermaßen nicht gerade üppig bestückt, doch meine letzten Leistungen in Fancys Unterricht hatten es wieder einigermaßen aufgepäppelt, sodass es sicher für ein Kleid, ein paar Schuhe und ein Paar Ohrringe reichen würde.

Der Zeiger rückte vor! Endlich!

Ich stand auf, ließ die Kabinentür hinter mir ins Schloss gleiten, wobei Elvira mir einen missmutigen, verdrehten Blick zuwarf, und zuckte augenblicklich zusammen, als dicht hinter mir jemand sagte: »Na, bereit zum Geldausgeben?«

Ich erholte mich schnell von meinem Schreck und lächelte Taylor an. »Und du willst wirklich mitkommen?«

Er seufzte und kratzte sich am Hinterkopf. »Lady, von *wollen* sprechen wir hier nicht wirklich. Ich weiß, was ich mir antue, euch Weiber zum Shopping zu begleiten, aber versprochen ist versprochen, ich lasse dich niemals allein.«

Ich wurde leicht rot und sah schnell zur Seite.

Taylor und ich waren inzwischen zu wirklich guten Freunden geworden. Ich fand ihn zwar nach wie vor heiß und war wahnsinnig verliebt in ihn, doch ich hatte es geschafft, meine Gefühle weitestgehend zu kontrollieren, und war in der Lage, mich ihm gegenüber ganz normal zu verhalten. Die Sache, dass er unser Date, oder was es auch immer gewesen war, vergessen hatte, nagte immer noch an mir, ich hatte dies jedoch bisher mit keiner Silbe erwähnt und würde es auch weiterhin nicht tun. So, wie die Dinge aktuell standen, war es gut. Er riskierte so viel für mich, da konnte ich ihm diesen kleinen Vorfall wirklich verzeihen.

»Na, worauf wartest du? Geldbeutel gefüllt?«, fragte er auf dem Weg zu den Aufzügen.

Ich seufzte. »Gefüllt ja, aber ein teures Modellkleid wird wohl nicht dabei rausspringen.«

»Ich bin mir sicher, du wirst etwas Passendes finden.«

Über einen weiteren Korridor gelangten wir zum großen Foyer und der Rezeption mit den verspiegelten Wänden, den funkelnden Strasssteinen, Springbrunnen, Palmen und Kronleuchtern.

Ich suchte die Halle ab und entdeckte an einem halbrunden Tisch meine Freundinnen, die mir bereits eifrig zuwinkten.

»Na, schönen freien Vormittag gehabt?«, fragte Claire, sah jedoch nicht mich, sondern Taylor Tayugan an.

»Ich kann nicht klagen«, entgegnete er verschmitzt. »Sie zeigen schon den ganzen Tag die Fairy-Version der *Star Wars*-Filme. Was will man mehr?«

»In der Tat ein Highlight.« Claire nickte verschmitzt, fügte dann jedoch kopfschüttelnd hinzu: »Ich verstehe ja immer noch nicht, wieso du uns wegen dieses Jack'Oh-Falls auf Schritt und Tritt folgst, vor allem Sophie, aber vielleicht muss ich das ja auch gar nicht verstehen.« Sie zwinkerte mir verschwörerisch zu und wandte sich dann direkt an mich und Lila: »Also, Mädchen, wo möchtet ihr zuerst hin?«

Taylor seufzte und ließ sich nun seinerseits in einen der großen weißen Sessel fallen. Er legte den Kopf in den Nacken, schloss die Augen und meinte theatralisch: »Dann beginnt es also.«

Ich stieß ihm mit meinem Fuß gegen das Schienbein und er stöhnte auf.

»Ist ja schon gut«, sagte er dann und rieb sich über den Knöchel. »Ich füge mich meinem Schicksal.«

»Ich würde ja gerne bei *Rosemary's* anfangen«, schlug ich vor. »Die haben Sachen, die ich mir halbwegs leisten kann.«

»In Ordnung, ich hätte zwar eine etwas edlere Boutique speziell für Abendmode vorgezogen, aber meinetwegen, beginnen wir bei *Rosemary's*«, sagte Claire, streifte sich den Lederriemen ihrer Handtasche über die Schulter und stöckelte davon.

Lila grinste mich an. »*Rosemary's* ist vollkommen in Ordnung.«

Damit hakte sie sich bei mir unter und wir beeilten uns mit Claire Schritt zu halten. Ein missmutiger Taylor folgte uns mit einigen Metern Abstand.

* * *

Eine gute Stunde später war ich immerhin um ein paar schöne Perlenohrringe in Tropfenform, verziert mit Diamant-Imitaten, reicher, wohingegen Lila und Claire missmutig in einer Ecke standen und warteten, bis ich von der Kasse zurückkam. Taylor lehnte schief in einem roten Sessel und gähnte permanent vor sich hin.

»War ja klar, dass ich wieder einmal nichts finde«, maulte Claire und trat von einem Bein aufs andere.

»Hm, für mich ist hier eigentlich meistens was dabei«, sagte ich und packte das kleine Tütchen mit den Ohrringen in meine Tasche.

»Du hast hier aber noch kein Kleid gefunden«, entgegnete sie leicht triumphierend und verschränkte die Arme vor der Brust.

»Wohin schauen wir als Nächstes?«, fragte Lila da und sah kurz auf die Uhr.

»Genau, wohin schauen wir als Nächstes? Ich kann es kaum erwarten!«, warf Taylor ironisch ein, der sich aus seinem Sessel erhoben hatte und jetzt dicht hinter mir stand, die Hände tief in den Taschen seiner dunklen Jeans vergraben.

Wie er so dastand, mit dem missmutigen Blick und dieser lässigen Haltung, sah er irgendwie so unglaublich toll aus, dass ich schnell nach vorn und weg von ihm sah und versuchte, mein rasendes Herz wieder unter Kontrolle zu bekommen.

»Ich schlage vor, *Alpha&Omega*! Mein absoluter Lieblingsladen! Die haben so tolle und edle Sachen, da finde ich immer was!«, schwärmte Claire, und ohne auf unsere Antwort zu warten, stöckelte sie davon.

»Hm, nicht gerade meine Preisklasse«, meinte ich zerknirscht.

»Ach, wenn Claire da was Tolles findet, wird der Tag für uns erträglicher, denn dann hat sie gute Laune!« Lila hakte sich triumphierend bei mir unter und schob mich aus meinem Lieblingsladen.

»Wieso habt ihr sie überhaupt mitgenommen? Niemand kann sich diese Shopping-Wahnsinnige freiwillig antun«, warf Taylor ein, der neben mir herlief, immer noch die Hände in den Hosentaschen vergraben.

»Sie ist nun eben Claire und in Sachen Mode und Stil unser absoluter Guru«, erklärte ich seufzend. »Keiner weiß besser, was gerade auf dem Schiff angesagt ist, als sie. Und wenn du sie näher kennen würdest, wüsstest du, dass in ihr eine wirklich nette, beeindruckende und intelligente Fairy steckt.«

Taylor verdrehte die Augen und sagte nichts mehr.

Alpha&Omega war ein absoluter Traum für jedes Mädchen, das ausgefallene, elegante Mode liebte – so wie Claire. Schon allein der ganze Verkaufsraum erstrahlte in allen Farben und Formen. So gab es rote, dreieckige Sitzhocker, dazu blaue, runde Holztische, mit Edelsteinen und Glitzer verzierte blutrote Samtvorhänge, bunte Kronleuchter, neongrüne Hochflorteppiche und Schaufensterpuppen, die sich wie echte Models bewegten und vor den Scheiben auf und ab flanierten. Ein großes Aquarium hinter der Kasse rundete das Ganze mit schillernden Fischen und exotischen Wasserpflanzen perfekt ab.

Claire war bereits in den Reihen der geschwungenen Kleiderständer verschwunden, während Lila und ich etwas ratlos mitten im Geschäft standen. Taylor hatte sich den einzigen Sessel im Raum geschnappt und beobachtete uns mehr schlafend als wach, wie wir uns unschlüssig in alle Richtungen umsahen. Lila deutete schließlich auf einen Kleiderständer, an dem Kleider in – wie konnte es anders sein – Lila hingen, und ich folgte ihr achselzuckend, weil ich noch nichts anderes für mich hatte entdecken können.

Eine Viertelstunde später war ich sprachlos angesichts des Kleides, das Lilas absoluten Traum verkörperte, wie sie selbst schwärmerisch verzückt vor dem Spiegel verkündete. Unzählige glitzernde Pailletten und Strasssterne spannten sich um ihre Oberweite und ließen die weißen Schultern und Arme frei. Lila Seide schlang sich in weichen Wellen um ihre Taille – meiner Meinung nach das Schönste am ganzen Kleid – und wurden auf der linken Hüfte von einer Art Glitzerbrosche gehalten. Darunter fielen bombastische lila Rüschen hinab, hinten bis zum Boden und vorne knapp bis über die Knie. Es raschelte bei jeder Bewegung und Lila liebte es, sich zu drehen und zu wenden.

Verächtliches Gelächter drang aus dem grünen Sessel an der Ecke zu uns herüber. »Wen willst du denn darstellen? Madame Pompadour?«, lachte Taylor und ich musste mir ein zustimmendes Grinsen verkneifen.

Lila drehte sich empört zu ihm um. »Wer hat dich denn um deine Meinung gebeten? Außerdem hast du doch sowieso keine Ahnung von Mode!«

Und an eine Verkäuferin gerichtet, fügte sie hinzu: »Ich nehme das Kleid.«

Diese nickte fröhlich, wahrscheinlich erleichtert, dass sich endlich ein Abnehmer dafür gefunden hatte.

Da erschien Claire in einem für sie typischen, extrem kurzen Kleidchen, das über und über mit goldenen Pailletten bestickt war. Ebenso wie Lilas Kleid ließ es Schultern und Arme frei, die Pailletten zogen sich über den gesamten Ausschnitt und die Taille, wurden nach unten immer weniger und endeten schließlich auf goldenem Tüll, der sich über einen weit schwingenden kurzen Samtstoff wellte. Ein kleiner Petticoat musste sich darunter befinden, denn der Rock stand leicht ab. Es war in der Tat ein sehr kurzes Kleid, das gerade so bis zur Mitte ihrer Oberschenkel reichte. Wenn sie sich bückte, dann sah man sicher ihr ...

»Ist es nicht einfach perfekt?«, schwärmte Claire und drehte und wendete sich vor einem der Spiegel. »Dazu jetzt noch ein paar hohe goldene Pumps, eine goldene Handtasche und, hm ... vielleicht Kreolen-Ohrringe.«

Ich grinste. Natürlich – wie immer alles Ton in Ton. Auch Lila war überglücklich mit ihrem Rauschekleid, nur ich stand etwas ratlos in der Gegend herum.

Da tippte mir jemand auf die Schulter. Es war Taylor, der dicht hinter mir stand und mit einem Kopfnicken auf eine der

Schaufensterpuppen deutete, die soeben in meiner Nähe herumflanierte.

Ich war sprachlos. Sie trug einen Traum in Rot! Das Kleid, das vor meiner Nase hin und her flatterte, war bodenlang, besaß sogar eine kleine Schleppe und wurde nur von einem breiten Träger gehalten, der in einer geschwungenen Linie über der rechten Schulter lag. Das Oberteil war mit blutroten Steinen und Borten verziert, die sich weiter über das Kleid erstreckten und knapp unter der Hüfte endeten. Der Unterstoff musste aus Samt oder Satin bestehen, über den sich glitzernder Tüll legte. Ein wahrer Traum!

»Probier's mal an«, ermunterte mich Taylor.

»O ja, das würde dir traumhaft stehen!«, mischte sich Claire ein und nickte mir euphorisch zu.

»Na ja, ich … ich weiß nicht.« Ich kratzte mich am Kinn.

»Hör auf euren Style-Guru«, sagte Taylor und deutete mit einem Kopfnicken auf Claire.

»Ich … aber«, begann ich erneut.

»Kein Aber«, sagte nun auch Lila. »Jetzt zieh es schon an.«

Ich zögerte kurz, gab mich dann jedoch geschlagen. »Okay, okay, ich zieh es an. Aber nur euch zuliebe.«

Damit suchte ich eine der Verkäuferinnen auf und deutete mit dem Finger auf das rote Kleid. Sie nickte und brachte die immer noch hin und her wandelnde Schaufensterpuppe mit einer einzigen Handbewegung zum Stehen. Wenig später hielt ich meinen roten Traum in der Hand und suchte mir eine Umkleidekabine.

Es passte wie angegossen und fühlte sich so wahnsinnig gut auf der Haut an, dieser zarte Stoff ... Als ich mich im Spiegel sah, verschlug es mir die Sprache. Es sah einfach nur wunderbar aus und kaschierte geschickt die Stellen an mir, die – sagen wir – etwas überproportional geraten waren. Glücklich drehte und wendete ich mich hin und her, betrachtete mich von allen Seiten. Ja, das war mein Kleid!

Nur leider hatte mein Traum auch einen absolut traumhaften Preis. Zweihundertfünfzig Sonnen! Meine gute Laune war wie weggeblasen und traurig verließ ich die Kabine, ohne mich überhaupt meinen Freundinnen gezeigt zu haben.

»Hey, was ist los? Hat es nicht gepasst?«, fragte Lila.

Ich nannte ihr den stolzen Preis des Kleides.

»Sorry, aber das ist echt nicht meine Preisklasse.«

»Hey, jetzt lass den Kopf nicht hängen. Ich leih dir gerne was. Meins kostet auch zweihundert Sonnen«, versuchte sie mich aufzumuntern.

»Ja, aber du hast auch ausschließlich gute Noten und streichst pro Monat locker um die tausend Sonnen ein!«, fuhr ich sie an. Gleich danach tat mir mein Verhalten leid und ich versuchte mich bei ihr zu entschuldigen.

»Tut mir leid, Lila. Aber ich kann es mir wirklich nicht leisten. So schön es auch ist, es ist doch einfach nur ein Kleid. Sicher finde ich woanders was. Es muss ja nicht so etwas Exquisites von *Alpha&Omega* sein.«

»Na schön, lass uns weitergehen. Wir zahlen nur kurz«, meinte Lila und drehte sich hastig um, auf dem Weg zur Kasse.

Dabei stieß sie mit jemandem zusammen und wurde gleich von ein paar jungen Männern grob an den Schultern gepackt und zurückgestoßen. Dann erkannte ich erst, mit wem Lila da zusammengeprallt war.

Niemand anders als die strahlend schöne elfte Schicksalsfairy, Helena Ambrosora, stand vor uns und strich sich den eleganten kurzen Rock gerade.

»'tschuldigung«, stammelte Lila, krallte sich nervös in ihr Rüschenkleid und machte sogar eine kleine Verbeugung.

Ambrosora sah auf.

»Schon gut. Ist ja nichts passiert.« Sie lächelte knapp.

Man konnte förmlich sehen, wie Lila ein Stein vom Herzen fiel, denn sie richtete sich prompt ein Stückchen weiter auf und strahlte die Fee fröhlich an.

Helena gab ihren Bodyguards, unter denen ich heute keinen Arion ausmachen konnte, einen Wink, und bedeutete ihnen, dass sie weitergehen wollte, da blieb ihr Blick an mir hängen.

Ich blieb still auf meinem Platz stehen und bewegte mich keinen Zentimeter. Erneut spürte ich, wie mir Groll und Hass die Kehle zuschnürten, aber ich versuchte, so gut es ging, meine Gefühle unter Kontrolle zu halten. Noch so ein Ausbruch wie an Ralphs Geburtstag und ich würde endgültig der Akademie verwiesen werden.

Sie legte den Kopf schief, musterte mich fragend, überlegte wohl, ob sie mich von irgendwoher kannte, denn Taylor hatte mir versichert, dass die Urfairy nichts von meinem Feuerball mitbekommen hatte, aber sie sagte keinen Ton. So standen wir uns eine Weile gegenüber und begutachteten uns von oben bis unten.

Die Spannung, die in der Luft lag, war beinahe mit Händen zu greifen und so war es kein Wunder, dass nach und nach andere Leute im Raum begannen sich umzusehen und das Geschehen neugierig zu beobachten.

Da schob sich Taylor vor mich, verbeugte sich und sagte:

»Helena Ambrosora, können wir behilflich sein?«

Helena schielte an ihm vorbei, warf noch einen Blick auf mich, dann wandte sie sich mit einem Seufzer an ihn.

»Taylor Tayugan – schade, dass du deinen Dienst bei mir quittiert hast. Arion und ich bedauern das zutiefst. Ich hoffe, du kommst mit deinen Nachforschungen voran?«

Ohne dass ich etwas dagegen tun konnte, warf sich mein Körper plötzlich nach vorn und wurde natürlich prompt von Taylor zurückgehalten, gegen dessen Rücken ich unsanft prallte.

»Reiß dich zusammen!«, zischte er mich mit zusammengebissenen Zähnen an.

Ich bebte, zwang mich auf den Boden zu sehen und zählte bis zehn, versuchte alles um mich herum auszublenden, was mir sogar recht gut gelang.

Ich wurde ruhiger, das Zittern hörte auf und die Aggression verschwand nach und nach.

Dann setzten die Kopfschmerzen ein und ich merkte, wie

mir der Boden unter den Füßen weggezogen wurde. Alles um mich herum verschwand in Dunkelheit.

* * *

»Ich hasse sie! Sie alle!«, rief ich aus und Tränen rannen mir über die Wangen. Ich bebte am ganzen Körper und schluchzte unkontrolliert auf. Die Hände, in denen ich ein total durchnässtes Taschentuch hielt, hatte ich zu Fäusten geballt, auf die immer wieder neue Tränen tropften.

»Du darfst ihnen nicht böse sein«, versuchte mich jemand zu trösten.

Es war eine schöne, schlanke Frau mit einer sehr majestätischen, würdevollen Ausstrahlung. Ihre langen rabenschwarzen Haare waren zu einem Zopf geflochten, der ihr bis knapp zur Taille reichte, doch einzelne Strähnen, die sich daraus gelöst hatten, zeigten, dass sie wunderschöne Locken hatte. Ihre grünen Augen musterten mich mitleidig. Immer wieder fuhr sie mir mit ihren zarten Händen über das Haar und die Schultern.

»Sie wissen es nicht besser, meinen, es sei so einfach das Beste für alle …«, sagte sie weiter, doch ich fuhr ihr dazwischen.

»Das werde ich ihr nie verzeihen! Nie!« Ich versank wieder in Schluchzen, blickte dann aber kurz auf und fragte mit Tränen in den Augen: »Es wird nie aufhören, nicht wahr?«

Sie antwortete nicht, sondern schüttelte einfach nur den Kopf.

* * *

Der Tagtraum dauerte nicht lange und ich schlug die Augen auf. Über mir befand sich eine Decke mit vielen kleinen Strahlern, die wie Sterne auf mich herabschienen. Ich bewegte mich, nein, wurde getragen. Es war Taylor, der mich in den Armen hielt und einen Korridor entlangtrug. Wo brachte er mich hin?

»Zurück in deine Kabine«, sagte er, als ich meine Frage laut aussprach.

»W ... was ist passiert?«, fragte ich und rieb mir den Kopf.

»Du bist ohnmächtig geworden«, erklärte er mit zusammengebissenen Zähnen. O Gott, ich war ihm sicher zu schwer!

»Lass mich runter, ich kann selbst laufen!«, sagte ich und begann herumzuzappeln.

»Ja klar, damit du gleich wieder zusammenklappst? Halt still, wir sind sowieso gleich da.«

Und richtig, Elviras Schlafmützenauge befand sich wenig später direkt vor meiner Nase. Ich bat sie in gewohnt höflicher Manier sich meinen Kristall anzusehen und zu öffnen, was sie brav tat, und er trug mich ins Zimmer, wo er mich auf das breite Bett legte.

Ich stöhnte auf, weil ich noch immer leichte Kopfschmerzen hatte.

»Ist alles in Ordnung?«, wollte er besorgt wissen und setzte sich an den Bettrand.

Ich betrachtete seine ineinandergefalteten Hände, die muskulöse Brust, die breiten Schultern, das schmale Gesicht mit den schönen Lippen, den dunklen Augen ...

»Sophie?«, unterbrach er meine Träumerei. »Was zum Teufel ist nur in dich gefahren? Du hättest sie beinahe schon wieder angegriffen!«

Ich vergrub meinen Kopf in meinen Händen und sagte verzweifelt: »Ich weiß es doch auch nicht, was mit mir los ist! Aber es war nicht mehr so heftig wie beim letzten Mal. Ich hatte meine Gefühle besser unter Kontrolle!«

Er sah mich zweifelnd an. »Na, ich weiß nicht. Nach Kontrolle sah mir das weniger aus. – Aber immerhin wissen wir jetzt, dass du nur bei Helena Ambrosora so reagierst. Ob das auch bei den anderen Urfairies so wäre, können wir ja leider nicht feststellen. Ich frage mich ...«

Er schwieg, hing für einen Moment seinen Gedanken nach und blickte stirnrunzelnd auf die Bettdecke.

»Was?«, wollte ich wissen, als mir sein Schweigen zu lange dauerte, und setzte mich im Bett auf.

»Ich meine, ich bin mir mittlerweile ziemlich sicher, dass Evelyn dich nicht manipuliert hat.«

Ich zog die Augenbrauen hoch. »Ach, und was bringt dich so plötzlich darauf?«

»Sie konnte nicht wissen, dass du direkt mit einer Urfairy zusammentreffen würdest. Wieso also hätte sie dich dahingehend manipulieren sollen, eine von ihnen anzugreifen oder zu töten, wenn du normalerweise nicht einmal in die Nähe einer solchen kommst? Ganz zu schweigen von der Tatsache, dass es ziemlich dumm von ihr wäre, eine unerfahrene Frisch-Gezeichnete auf eine erweckte, mächtige Urfairy anzusetzen.«

Ich schluckte. Seine Erklärungen klangen einleuchtend.

»Warum aber habe ich dann ständig dieses Bedürfnis, ihr etwas entgegenzuschleudern, wenn ich sie sehe? Und dieser Hass ... Das ist doch nicht normal! Ich kenne sie doch nicht einmal!«

Er sah mich schief und prüfend an. »Es muss etwas mit deiner Fairy-Seele zu tun haben. Es ist durchaus möglich, dass die Fairy, die in dir wiedergeboren wurde, irgendein Erlebnis mit Helena verbindet, das diesen Hass in dir hervorruft. Aber mit hundertprozentiger Sicherheit können wir das erst nach der Beltane-Zeremonie sagen. – Bis dahin schlage ich vor, dass du dich so gut wie möglich von ihr fernhältst.«

Ich nickte, dachte über meinen eben durchlebten Tagtraum nach. Mit Sicherheit war das eine Erinnerung an mein voriges Leben als Fairy, aber was war geschehen, dass ich einen solchen Hass gegen eine Urfairy hegte? Was hatte sie mir angetan?

Da kam mir ein weiterer Gedanke und ich merkte, wie schlagartig die gesamte Farbe aus meinem Gesicht wich.

»Wie viele Fairies haben das heute in der Boutique mit angesehen?«

Er hob den Kopf, tat so, als verstünde er nicht.

»Wie viele haben gesehen, wie ich mich auf Ambrosora stürzen wollte und ohnmächtig geworden bin?«

Er zuckte mit den Schultern.

»Sag es mir, Taylor! Wie viele? – O Gott, Lila, Claire!« Ich fasste mir an die eiskalte Stirn, strich mir eine Strähne aus dem Gesicht, merkte, wie ich zitterte.

»Sophie, niemand hat es gesehen«, versuchte er mich zu beruhigen, doch ich schüttelte wild den Kopf und schlug seine Hand weg, die er mir hatte auf die Schulter legen wollen.

»Ach, lüg mich doch nicht an. Es war unglaublich viel los und Lila und Claire haben mit Sicherheit zugesehen. Und wenn Helena Ambrosora mich bis jetzt nicht gemeldet hat, wird sie es spätestens nach diesem Vorfall tun.«

»Nein, wird sie nicht.« Seine Stimme klang ungewöhnlich ernst, ruhig und entschieden. »Sie wird Stillschweigen über die Angelegenheit bewahren.«

»Und was macht dich da so sicher?«, fragte ich verzweifelt.

»Sie hat es mir gesagt und ich glaube ihr.«

Ich rümpfte die Nase und blickte trotzig wie ein kleines Kind zur Seite. »Und wenn schon, selbst wenn sie es niemandem erzählt, so waren wie gesagt noch tausend andere dabei, die es weitererzählen werden. Das wird sich verbreiten wie ein Lauffeuer.«

Er blieb immer noch ruhig. »Nein, werden sie nicht. Und bevor du fragst, wieso nicht oder weshalb ich mir da so sicher bin, Helena Ambrosora hat sie mithilfe ihrer Geistmagie vergessen lassen. Auch Lila und Claire können sich nicht an diesen Vorfall erinnern. Sie sind der Meinung, sie wollten gerade ihre Kleider bezahlen, als du grundlos ohnmächtig geworden bist und ich dich zurück in deine Kabine gebracht habe.«

Mir verschlug es die Sprache und ich starrte ihn mit offenem Mund an.

»Das ist nicht dein Ernst?«

Er nickte nur und verschränkte die Arme hinter dem Kopf.

»Und warum macht sie so etwas?«, wollte ich weiter ungläubig wissen.

»Ganz einfach, weil sie mir vertraut. Und aus diesem Grund versprich mir, dass du versuchst ihr aus dem Weg zu gehen und dich bemühst diesen Hass unter Kontrolle zu bekommen, ja?«

Ich nickte stumm.

* * *

Ich hielt mich an seinen Ratschlag, was jedoch gar nicht so einfach war, denn die Urfairy tauchte plötzlich zu allen möglichen Gelegenheiten auf. Sie war auf sämtlichen Partys, ging schwimmen, einkaufen, essen … Natürlich, es konnte ihr ja niemand verdenken, und was brachte es schon, wenn sie sich in der Royal Area verbarrikadierte? Doch für mich war diese Situation alles andere als einfach, da mich jedes Mal diese unerklärliche Wut und Aggressionen ergriffen, sobald ich sie auch nur sah. Aber es wurde von Mal zu Mal leichter und ich konnte meine Gefühle immer besser kontrollieren. Meist half es, wenn ich einfach weg- oder auf den Boden blickte.

Meine Freunde Lila und Ralph waren eine gute Ablenkung

in dieser Zeit, ebenso wie Taylor, den ich mittlerweile fast als einen meiner besten Freunde bezeichnen konnte. Meine Freundschaft zu Ralph war nach wie vor eng und lustig, aber sein Verhältnis zu Lila hatte sich verschlechtert. Das lag jedoch viel mehr an ihr, da sie ihm einfach nicht verzeihen konnte, dass er seine Geburtstagsparty hatte von den Barbies organisieren lassen. Gut, davon war ich nach wie vor auch nicht begeistert, aber welche Beweggründe er auch immer dafür gehabt hatte, er war immer noch mein Freund.

Wen ich immer seltener sah, das war Claire, und es traf mich zu meiner eigenen Verwunderung härter, als ich vielleicht gedacht hätte. Sie steckte mitten in den sogenannten Theorieprüfungen ihrer Stufe, die bei uns erst nach der Beltane-Zeremonie beginnen würden, lernte viel und traf sich häufig mit ihrem Freund Brian.

Einmal hatte sie voller Stolz damit geprahlt, dass Helena Ambrosora in ihrer Zirkelprojektgruppe war und wie gut und talentiert sie doch in allem war. Es war offensichtlich, dass Claire um die Freundschaft und Aufmerksamkeit der Schicksalsfairy buhlte, wie so ziemlich jeder in ihrem näheren Umfeld. Ich, die ich Helena jedes Mal begegnete, als hätte ich ein scharfes Messer verschluckt, und immer schnellstens die Flucht ergriff, passte da natürlich nicht so ganz in Claires Freundeskreis, wenn sie die Hoheit beeindrucken wollte. Das war mir auch klar.

Alles in allem gefiel mir die Richtung nicht, in die sich die Dinge entwickelten. Schon gar nicht angesichts des Samhain-

Festes, dem ich wie alle an Bord entgegenfieberte, seien es nun die Schüler, Lehrer oder auch das Bord-Personal.

Für Lila, mit der ich mich nach wie vor täglich traf, und mich gab es in den letzten Tagen kein anderes Gesprächsthema mehr, und als der Vorabend zum 31. Oktober, zu Halloween, endlich gekommen war, konnte ich vor Aufregung kaum schlafen.

Umso mehr erschrak ich, als es mitten in der Nacht an meiner Kabinentür klopfte und wenig später – nachdem ich die entrüstet dreinblickende Elvira wieder zum Einschlafen hatte bewegen können – Taylor im Türrahmen stand. Mein Herz schlug mir bis zum Hals, vor Angst und Schock, da ich mitten aus dem Tiefschlaf aufgeschreckt worden war, und teilweise auch angesichts des Grunds, der Taylor wohl dazu bewogen hatte, mich mitten in der Nacht zu stören. Was wollte er von mir? War etwas geschehen? Angriffe? Shuk?

»Hast du Lust dir was Tolles anzusehen?«, flüsterte er leise mit einem aufregenden Funkeln in den Augen.

Ich rieb mir verschlafen die Augen und gähnte: »Jetzt?«

Er nickte und fügte geheimnisvoll und leise hinzu, vermutlich um Claire nicht zu wecken: »Du wirst es nicht bereuen.«

Ich gähnte erneut. Dann blickte ich an mir hinunter. O Gott, ich trug das knappe schwarze Seidennegligé, das mir Claire einmal geschenkt hatte. Er grinste breit, als es ihm auch auffiel, verkniff sich aber einen Kommentar.

Ich drückte ihn schleunigst wieder hinaus auf den Gang.

»Warte in deiner Kabine. Ich zieh mir nur kurz was an.«

»Du hast doch schon was an«, entfuhr es ihm dann doch und er erntete einen sehr bösen Blick von mir.

»Warte draußen!«

Gehorsam trollte er sich und schloss die Tür.

Wenig später saß ich in Jeans und einer leichten Strickjacke auf Deck 15 auf einer der Sonnenliegen. Ironischerweise war es dieselbe, von der aus ich beobachtet hatte, wie Helena Ambrosora mitten in der Nacht an Bord gegangen war. Heute war es nicht so kalt, für Ende Oktober sogar sehr warm – immer noch um die zwanzig Grad in der Nacht und tagsüber überschritten wir fast immer die Dreißig-Grad-Markierung. Lila und ich vermuteten, dass wir irgendwo in der Karibik herumschipperten, weil wir tagsüber immer wieder an kleinen Palmeninseln entlangfuhren und das Schiff oft von Delfinen und seltsam bunten Vögeln begleitet wurde. Aber andererseits musste das ja nichts heißen. Es konnte auch Thailand oder ein anderes tropisches Land sein. Auf den Infoboards wurde schon seit zwei Wochen keine Route mehr angezeigt, da niemand wissen sollte, wo genau sich die Insel Samhana befand, und so konnten wir alle nur Vermutungen anstellen.

Ich warf einen nervösen Blick zu Taylor, der lässig auf der Liege neben mir Platz genommen hatte. Wenn ich es nicht besser gewusst hätte, so hätte ich fast glauben können, dass er einen romantischen Abend unterm Sternenhimmel mit mir verbringen wollte. Aber inzwischen kannte ich ihn ziemlich gut und hatte mit großer Ernüchterung feststellen müssen, dass er mir gegenüber wohl wirklich nur diese Seeker-Schützling-ich-muss-sie-vor-sich-selbst-schützen-Einstellung hatte. Ich selbst konnte meine Gefühle zwar nicht abstellen, versuchte aber, so gut es ging, sie nicht zu zeigen, was in Situationen wie dieser denkbar schwierig war.

Wir beide, mitten in einer lauen, warmen Herbstnacht, allein, oben auf dem höchsten Deck, auf zwei Liegen, beide den Blick zum Himmel gewandt ... Meine Fantasie ging schon wieder mit mir durch. Gerade als ich mir vorstellte, wie es wäre, wenn er mich jetzt am Arm berührte, der so dicht neben dem seinen lag, rappelte er sich auf und warf einen Blick durch die Glasscheibe auf die offene See.

»Da, guck mal«, sagte er dann zu mir und ich stemmte mich hoch, um seinem Blick zu folgen.

Vor uns, in nicht allzu großer Entfernung, blinkten und funkelten tausend bunte Lichter und ihr Schein wurde von den Wellen des dunklen Wassers reflektiert, und somit war es, als würde alles um uns herum, selbst das Schiff, in sämtlichen Farben leuchten und glänzen. Es war ein Schauspiel von fantastischer Schönheit und ich hielt vor Bewunderung den Atem an aus Angst, die tolle Stimmung zu zerstören. Je näher wir den himmlisch leuchtenden Irrlichtern kamen, desto deutlicher wurden zarte Klänge, die mich ganz entfernt an ein leises Xylofon erinnerten.

»Was sind das für Lichter und Klänge?«, flüsterte ich ehrfürchtig.

Taylor lächelte.

»Das ist Samhana.«

Mein Blick schnellte fasziniert zurück zu den immer näher kommenden blinkenden Lichtern. So etwas Wunderschönes hatte ich noch nicht gesehen. Ich klebte förmlich an der Glasscheibe und konnte mich gar nicht sattsehen an dieser Farbenpracht.

Taylor stieß mich an und deutete mit seiner rechten Hand auf eine andere Lichtergruppe, die sich ganz in unserer Nähe befand. Sie war im Vergleich zum Lichtermeer der Insel winzig klein und leuchtete auch nur neutral in Weiß.

»Was ist das?«, wollte ich leise wissen.

»Eine der anderen Akademien.«

Ich kniff die Augen zusammen und versuchte, unter den Lichtern die Umrisse eines Schiffs zu erkennen, doch dafür war die schwimmende Akademie zu weit entfernt.

Taylor deutete auf die andere Seite der Fairytale und dort befanden sich die Umrisse von zwei weiteren Akademien.

Ich lächelte und merkte, wie ich vor Aufregung leicht zitterte. Die Vorfreude war auch bei Taylor spürbar.

»Es ist immer wieder ein Ereignis, wenn diese majestätische Insel nachts vor einem liegt«, sagte er und betrachtete wieder die bunten Lichter Samhanas.

Ich konnte nur zustimmend nicken.

»Wusstest du schon, dass sie aus einem Vulkan und einer Wolke entstand?«

Ich nickte, wir hatten die Insel in einem der Theorie-Zirkel durchgenommen, bat ihn aber trotzdem, mehr zu erzählen.

»Samhana symbolisiert die Elemente Feuer und Luft, wohingegen Beltana das Sinnbild der Erde und des Wassers ist«, begann er zu erzählen. »Der Vulkan auf Samhana ist umringt von Luft und Nebel, und man kommt sich vor wie in einer ständigen Rauchwolke, durchzogen von Irrlichtern und mystischen Klängen. Die ganze Atmosphäre auf der Insel ist gigantisch, und das macht jede Samhain-Feier einmalig und unvergesslich. Ich habe schon so viele erlebt, aber jede ist einzigartig – genauso wie die Beltane-Feste auf Beltana«, erklärte er weiter.

Ich schwieg immer noch und betrachtete nach wie vor fasziniert die Insel. Dabei entging mir völlig, dass Taylors Blick nicht mehr auf Samhanas Silhouette ruhte, sondern auf mir. Mir wurde es erst bewusst, als ich ihn selbst ansah und er schnell beiseiteblickte.

Mein Herz begann zu rasen. Hatte er mich gerade angesehen? Intensiv? Was hatte das zu bedeuten? War sein Interesse doch nicht nur freundschaftlicher Natur? Mein ohnehin schon vor Aufregung wild hüpfendes Herz war nun vollkommen außer Kontrolle und meine Gedanken überschlugen sich fast.

Da räusperte er sich, stand auf und meinte nüchtern: »Ich denke, wir haben das Beste gesehen. Gehen wir zurück auf unsere Zimmer.«

Damit schloss er den Reißverschluss seiner dünnen Jacke und machte Anstalten zu gehen.

»Können wir nicht noch bleiben und zusehen, wie wir anlegen?«, fragte ich und meine Stimme zitterte leicht.

»Ich fürchte, da müssen wir bis in die Morgenstunden hier sitzen und warten. So schnell, wie es aussieht, sind wir leider nicht. Ich schätze, so um acht oder neun werden wir in den Hafen einlaufen«, erklärte er und ich seufzte.

»Schade«, murmelte ich traurig, stand aber ebenfalls auf und folgte ihm zurück auf unser Deck.

* * *

Natürlich machte ich in dieser Nacht kein Auge zu. Zu viel geisterte mir im Kopf herum, das bevorstehende Samhain-Fest und vor allem der Blick, den Taylor mir zugeworfen hatte, und all meine Interpretationen, die ich diesem kurzen Augenblick beimaß.

So war es kein Wunder, dass ich recht blass und mit dicken Augenringen einer hibbeligen Lila nicht recht folgen konnte, deren Worte sich beim Frühstück regelrecht überschlugen. Wir saßen wie üblich mit Ralph gemeinsam in der Sunset-Cafeteria und genossen das schmackhafte Buffet, das hier jeden Morgen frisch zubereitet wurde. Ich war froh, dass sich das Verhältnis zwischen Ralph und Lila seit einigen Tagen wieder verbessert hatte, und hoffte, dass es bald wieder so sein würde wie vor der Geburtstagsparty. Taylor war zum Kapitän gerufen worden und hatte mich ausnahmsweise der Obhut meiner besten Freunde überlassen, worüber ich mich nicht so ganz freuen konnte. Ich hatte förmlich darauf gebrannt, ihn nach der vergangenen Nacht wiederzusehen.

Das Schiff hatte mittlerweile angelegt, wie Lila eben verkündete, und sie hatte beeindruckende Bauwerke, Rauchschwaden und sogar echte Lava hinter einer großen Mauer ausmachen können.

»Mauer? Wieso Mauer?«, gähnte ich und biss lustlos in mein Croissant.

»O Mann, was machst du eigentlich während der Zirkel?«, bemerkte Lila kopfschüttelnd. »Rings um die Insel verläuft zum Schutz eine große magische Mauer, die dafür sorgt, dass weder Menschen noch Shuk sie entdecken. Weißt du nicht mehr? Hatten wir doch erst letztens bei Miss Ishanti.«

»Ah ja«, murmelte ich nachdenklich. Meine Gedanken tanzten noch immer um die vergangene Nacht mit Taylor.

Ralph musterte mich schräg. »Alles in Ordnung bei dir?«

Ich nickte, wieder gähnend. »Ja, ja, hab nur wenig geschlafen.«

»Oh, ich auch! Ich war ja so aufgeregt!«, fuhr Lila dazwischen.

»Tja, dir merkt man das aber nicht an«, bemerkte Ralph grinsend und sah wieder mich an. »Im Gegensatz zu unserer Sophie hier.«

»Oh, ich kann es kaum erwarten, bis wir an Land dürfen! Ich will mir die ganze Insel ansehen, jeden einzelnen Flecken!«, plapperte Lila munter weiter.

»Da wirst du aber mehr als nur die paar Tage brauchen, die wir hier sind«, entmutigte Ralph sie. »Du weißt schon, wie groß die Insel ist?«

»Und du weißt genau, wie ich das gemeint habe. Nicht die ganze Insel, einfach nur die vielen verschiedenen Gebäude und Plätze, an denen gefeiert wird, und vor allem die große Arena mitten in den Tiefen des Vulkans, in der die Zeremonie stattfinden wird!«

»Ich würde vorschlagen, wir suchen uns zuallererst eine Unterkunft«, warf ich ein.

Man hatte uns mitgeteilt, dass wir während der Samhain-Tage in Hotels und Wohnungen auf der Insel untergebracht würden, da die MS Fairytale in diesen Tagen generalüberholt werden würde. Die Unterkünfte seien nicht vorgebucht und wir müssten uns selbst um entsprechende Zimmer kümmern.

Meinem Vorschlag wurde zugestimmt und so kam es, dass wir nur knapp eine Stunde später mit unseren Rollkoffern und Taschen das ausgetretene Kopfsteinpflaster des großen Hafens betraten und uns etwas ratlos umsahen. Zunächst hatte ich Gewissensbisse und fragte mich immer wieder, ob ich nicht auf Taylor warten sollte. Aber Lila ließ mir keine Wahl. Sie zückte eine kleine Karte und begann sofort loszulaufen, wurde jedoch von Ralph am Arm gepackt und zurückgehalten.

»Wo genau willst du eigentlich hin? Sollten wir nicht zuerst einen Treffpunkt ausmachen, falls wir uns verlieren?«, fragte er und sah sie eindringlich an.

»Ich will zu einer Pension in der Nähe der großen Arena. Und da ich davon ausgehe, dass ihr mir ohnehin folgt, brauchen wir keinen Treffpunkt auszumachen, weil wir uns nicht verlieren werden.«

Damit drehte sie sich um und lief weiter in Richtung Innenstadt. Ich grinste, zuckte mit den Schultern und folgte ihr, meinen Koffer scheppernd hinter mir herziehend. Das war typisch Lila. In ihrer Neugierde und ihrem Wissensdurst war sie schwer zu bremsen.

Ich hörte noch ein Seufzen und dann Ralphs Schritte sowie seinen Rollkoffer, der hinter uns her polterte. Offenbar hatte er es auch eingesehen.

* * *

Der Vulkan war, einfach gesagt, ein gigantischer tiefschwarzer, von rot-orange glühenden Lavafäden durchzogener Berg, der in der Mitte der Insel emporragte und dessen Umrisse zwar von allen Seiten zu sehen waren, Details aber aufgrund des vielen Rauchs und Nebels drum herum nur schwer zu erkennen waren. Eine große Anzahl Häuser gruppierte sich um diesen Hügel. Unzählige winzige Gassen und schmalere Straßen schlängelten sich an kleinen dunklen Häusern und Läden vorbei, vereinzelt auch an finsteren Hinterhofgärten und kleineren Plätzen, in deren Mitte zu meinem Erstaunen Lava-Springbrunnen plätscherten oder weiße, von Nebelfetzen umgebene Statuen ihre Arme in den Himmel reckten. Alles war ganz im Zeichen des Feuers und der Luft in Schwarz, Rot, Orange und vereinzelt in Weiß gehalten. Einst war die

Stadt komplett bewohnt gewesen, heutzutage allerdings lebten unter dem Jahr nur etwa eine Handvoll Fairies (allesamt Defenderre-Soldaten) hier, um die Stadt und die Insel zu schützen. An Samhana jedoch waren die Häuser, Wohnungen und sonstigen Unterkünfte nahezu überfüllt mit Schaulustigen, Reportern, Journalisten und natürlich den Lehrkräften und Schülern der vielen Akademien, die im Hafen ankerten.

Es war Halloween und alle Häuser waren zudem entsprechend dekoriert, die einen mehr, die anderen weniger. Überall standen Kürbisse und rote Kerzen vor den Türen, hier und dort sah man sogar Skelette und Spinnweben. Vor einem der Häuser huschten Geister hin und her und eine schwarze, lautstark schreiende, fauchende Katze schlich auf leisen Pfoten an uns vorbei.

Es war leider nicht einfach, ein Zimmer zu finden, da sich bereits viele der Fairies in aller Herrgottsfrühe auf Herbergssuche begeben hatten und somit die besten Pensionen, Hotels und Ferienwohnungen schon ausgebucht waren. Wir drückten uns durch die immer voller werdenden Gassen und Straßen, eilten von Pension zu Pension – immer dieselbe Auskunft. Leider schon voll.

Um die Mittagszeit nahmen wir in einer kleinen Pizzeria, die in einem alten Gewölbekeller lag, eine Kleinigkeit zu uns. Wir saßen in einer der Nischen, die von einem schummrigen Licht und Fackeln ausgeleuchtet wurden, und ich wollte gerade in meine Pizza Margherita beißen, da wurde ich unsanft am Handgelenk gepackt und von der halbrunden Eckbank gezogen.

Ein wütender Taylor Tayugan stand vor mir und mich traf der Blick aus seinen dunklen Augen.

»Wo zum Teufel bist du gewesen?«, schrie er mich an und packte mich grob an meinen Schultern.

»Wir haben nach einem Zimmer gesucht«, versuchte ich mich mit kläglicher Stimme zu verteidigen.

»Ach ja, und ist dir nicht in den Sinn gekommen, dass ihr vielleicht auf mich warten solltet?«

»'tschuldigung«, murmelte ich.

»Sophie, wie oft soll ich es noch sagen. Ich habe versprochen auf dich aufzupassen, und das weißt du verdammt genau!«

Wie ein Schulmädchen stand ich vor ihm und sah betreten zu Boden.

»Komm mit!«, knurrte er mich an, und an Lila und Ralph gewandt fügte er ebenso wütend hinzu: »Und ihr auch!«

»Dürfen wir vielleicht noch aufessen?«, fragte ich, es klang aber beinahe wie ein Flüstern.

Er verschränkte die Arme vor der Brust und wartete, bis wir unser Essen buchstäblich verschlungen hatten. Dann führte er uns in einen Gasthof, der ziemlich mittig in der Stadt lag. Hinter einer altmodischen, großen Holzrezeption saß ein älterer Fairy, der – noch bevor er uns überhaupt gesehen hatte – losmurrte: »Schon voll.« Dabei setzte er eine böse Miene auf.

Als er uns jedoch direkt ansah und Taylor erkannte, änderte sich sein Gesichtsausdruck und ein entschuldigender Blick legte sich auf seine Züge.

»Ach, Ihr seid es, Taylor Tayugan. Es tut mir leid, aber ...«

Taylor ließ ihn nicht aussprechen. »Ist die Dachkammer schon belegt?«

»Nein, aber ... aber«, stammelte er.

»Die beiden Mädchen nehmen die Kammer. Der junge Herr hier wird in meinem Zimmer unterkommen – richtig?«

Dieses »richtig?« war weniger eine Frage als vielmehr ein Befehl an den armen Mann, der sich beinahe selbst überholte, Schlüssel aus einer Schublade kramte und sie uns hastig entgegenstreckte.

Die Dachkammer, das war ein kleiner Raum, der ausschließlich über eine wackelige Trittleiter aus dem obersten Stockwerk des Gasthofes zu erreichen war, und bestand wirklich nur aus einer überschaubaren Kammer und einem winzigen Badezimmer, in dem man den Kopf schief halten musste, wenn man sich nicht an der Dachschräge stoßen wollte. Aber immerhin besaß sie ein kleines Fenster, durch das man auf den großen Platz hinabblicken konnte.

»Wir hätten locker noch ein besseres Zimmer bekommen«, sagte Lila schmollend, die auf dem Bett saß und die Arme vor der Brust verschränkt hielt.

Ich zuckte die Schultern. »Keine Ahnung. Aber drei Tage werden wir es hier schon aushalten. Wir sollten Taylor dankbar sein.«

»Was führt der sich überhaupt so auf?«, maulte sie weiter.

»Na ja, es war ja meine Schuld. Ich wusste, dass er einen Termin beim Captain hatte und ich auf ihn hätte warten sollen. Aber dann hab ich ihn irgendwie einfach vergessen. Ich meine, die vielen Schüler, die große Stadt …«

»Hm, ich weiß auch nicht. Vielleicht war es falsch, ohne ihn loszuziehen, weil er ja irgendwie dein Aufpasser ist und sich dazu berufen fühlt, uns auf Schritt und Tritt zu folgen. Aber muss er gleich so überreagieren?«

»Er nimmt diesen Job eben sehr ernst«, verteidigte ich ihn.

»Und du nimmst ihn doch nur in Schutz, weil du in ihn verknallt bist! Was ist das eigentlich jetzt für eine Beziehung zwischen euch? Ihr hängt seit Wochen mehr oder weniger fast ständig zusammen rum, wohnt beinahe zusammen und du willst mir erzählen, da läuft nichts?«

Ich seufzte und öffnete meinen Koffer. »Nein, leider nicht. Er sieht in mir nur seinen Schützling oder jemanden, der vielleicht von den Shuk gebrainwashed wurde und eventuell an Beltane zu einem Monster mutiert.«

Lila sah mich schockiert an. »Wie bitte? Was?«

Verdammt, ich hätte mich ohrfeigen können! Was hatte ich da nur von mir gegeben? Wie doof konnte man sein? Wieso hatte ich das gesagt?

»Ähhhh, ich … ich meine, er versucht nur hinter das Geheimnis dieses Jack'Oh zu kommen und will verhindern, dass mit uns dasselbe passiert.«

Sie runzelte die Stirn, glaubte mir kein Wort.

»Komm schon, Sophie, das nehm ich dir nicht ab. Erzähl mir die Wahrheit!«

Ich rang mit mir selbst. Sie war meine beste Freundin, konnte ich ihr dieses Geheimnis anvertrauen? Aber Helena Ambrosora hatte sie manipuliert zu vergessen – sollte ich aufs Spiel setzen, dass ... Ach, verdammt. Der Blick, mit dem Lila mich musterte, durchbohrte mich beinahe.

»Du sagtest, er vermutet, eine Shuk habe dich manipuliert? Ist das der Grund, warum er dich verfolgt? Damit du nicht endest wie Andi? Aber wie kommt er denn darauf? Ich meine, du hattest doch noch nie Kontakt zu einer Shuk, oder?«

Verdammt, verdammt, verdammt! Wie kam ich da nur wieder raus?

Sie ist deine beste Freundin, Sophie!, rief ich mir ins Gedächtnis. *Sie wird zu dir halten, dich nicht verraten!* Doch konnte ich mir da so sicher sein? Ich dachte an den Abend zurück, als uns Jack'Oh manipuliert hatte, wie verängstigt sie da gewesen war. Sie war die Vierfach-Elementarierin, auf die die Shuk es offensichtlich besonders abgesehen hatten. Nein, sie würde Angst vor mir haben und sich selbst retten. Sie würde mich verpetzen.

Ich musste sie so gut wie möglich aus der Sache heraushalten.

Ich zuckte mit den Schultern, versuchte das Ganze herunterzuspielen, bemühte mich ruhig zu sein und kramte in meinen Klamotten nach dem Beauty-Beutel. »Natürlich hatte ich keinen Kontakt zu den Shuk. Taylor hält mich auch nicht für ein möglicherweise manipuliertes Objekt, das hast du falsch verstanden. Er will vor allem in unserer Nähe sein, damit dir als Vierfach-Elementarierin nichts passiert.«

Der Blick, den mir Lila zuwarf, sprach Bände, doch sie sagte nichts. Natürlich war mein Argument mehr als dürftig, denn wenn er eigentlich Lila beschützen wollte, wieso quartierte er sich dann nicht neben ihr ein anstatt neben mir? Aber Lila schwieg. Es war offensichtlich, dass ich gelogen hatte, und das nahm sie mir wahrscheinlich übel. Ich hoffte nur, dass sie es mir irgendwann verzeihen konnte.

Ich warf einen Blick aus dem kleinen Fenster auf den Platz und erschrak.

Dort brannte ein riesiges Feuer! Die hellen Flammen tauchten alles in gespenstisches Rot-Orange-Gelb und loderten bereits haushoch. Doch das war es nicht, was mich in Angst und Schrecken versetzte. Dort, inmitten des Feuers, war ein Pfahl und an diesem Pfahl war ein Mensch gefesselt und verbrannte bei lebendigem Leibe! Und nicht nur das, um das Feuer herum standen mindestens ein Dutzend Fairies und schauten dem ganzen Spektakel auch noch stumm und reglos zu, statt dem armen Geschöpf zu helfen.

»Sophie! Sophie! Was ist denn los?«

Lila stand auf einmal vor mir und schüttelte mich an den Schultern. Als kurz darauf auch Ralph und Taylor die kleine Leiter emporstürzten, die bei jedem ihrer Schritte gefährliche knarzende Laute von sich gab, und Taylor zu mir eilte und mich sanft an den Schultern rüttelte, fiel mir auf, dass ich aus Leibeskräften schrie.

Völlig außer Atem kam ich zu mir.

»Was war hier los?«, wollte Taylor wissen und sah mich mit einem seltsamen Blick an. Ich wusste nicht, ob er besorgt oder misstrauisch mir gegenüber war.

»Was hier los war? Vielmehr was hier los *ist*!«, rief ich, immer noch unter Schock. »Dort draußen verbrennt gerade jemand bei lebendigem Leibe!«

Ralph folgte meinem ausgestreckten Finger und warf einen Blick nach draußen.

»Wo?«, fragte er dann stirnrunzelnd.

»Wie?«, wollte ich verwirrt wissen.

»Wo?«, wiederholte er mit fragendem Blick.

Etwas zittrig kroch ich hinüber zu dem Fenster und warf einen zögernden Blick hinaus.

Nichts. Da war nichts auf dem Platz, von den vielen in allen Richtungen herumirrenden Fairies einmal abgesehen. Kein Feuer, kein Pfahl, niemand, der verbrannt wurde.

Ich fasste mir an die Stirn und sah betreten zu Boden.

Das Ganze hatte so echt ausgesehen, das konnte ich mir unmöglich eingebildet haben!

Da legte mir jemand den Arm um die Schultern.

»Alles in Ordnung, Sophie? Sollen wir einen Heiler rufen?«, fragte Lila. Offensichtlich verzieh sie schneller als erwartet.

»Nicht nötig«, antwortete Taylor an meiner Stelle. »Ich kümmere mich um sie.«

Ich zog die Augenbrauen hoch und starrte ihn an.

Er wich meinem Blick aus und sah sich im Zimmer um.

»Was haltet ihr von einer Halloween-Party?«, fragte er dann und erntete fragende Blicke.

»Ähm, hältst du das für eine gute Idee? Ich meine, Sophie dreht langsam durch!«, sagte Lila und warf mir einen mitleidigen Blick zu. Sie hatte meinen kleinen Versprecher und die Lüge von vorhin anscheinend komplett vergessen – oder ignorierte sie einfach angesichts der Tatsache, dass ich begann zu halluzinieren.

»Danke«, murmelte ich und stützte den Kopf auf meinen Armen ab.

»Das ist mein Ernst«, entgegnete Taylor sachlich. »Sophie muss auf andere Gedanken kommen. Ich weiß nicht, was mit ihr los ist, aber an historisch bedeutsamen Orten wie Samhana kommt es leicht vor, dass Frisch-Gezeichnete ebenso wie Fairies Visionen oder Ähnliches haben. Das Schlimmste, was man dann tun kann, ist, sich im Zimmer zu verkriechen.«

Und dann fügte er leise hinzu: »Hier wurden übrigens im Mittelalter wirklich Fairies auf dem Scheiterhaufen verbrannt. Vor allem Frisch-Gezeichnete, die für Tanian gehalten wurden.«

Lila und ich schluckten und sahen ihn entsetzt an. Jetzt war mir die Lust auf Party endgültig vergangen. Doch Taylor ließ sich nicht beirren.

»Jetzt kommt schon. Ihr seid das erste Mal auf Samhana.

Die Halloween-Partys am ersten Abend des Samhain-Festes sind legendär. Und mal ehrlich, wo auf der ganzen Welt hat man eine bessere Location für Halloween als hier?«

Er zwinkerte uns zu.

* * *

Ich wusste nicht mehr, wie lange er uns bearbeitet hatte, aber nur drei Stunden später fand ich mich als Vampir verkleidet mit langem schwarzem Kragenmantel, altmodischen Rüschenhosen aus dem Rokoko-Zeitalter, blasser Schminke und blutrot untermalten Augen auf den Straßen der Stadt wieder. Neben mir trippelte Lila, die ein ausgefallenes Hexenkostüm – natürlich in Lila – und Stiefel mit irrsinnig hohen Absätzen trug, gefolgt von Ralph als Rächer der Armen mit schwarzer Maske, dunklem Cape und Sombrero: Zorro. Taylor war ein einfach umwerfend aussehender James Bond in schwarzem Anzug mit Fliege. Ich musste mich wirklich anstrengen, damit ich mich nicht ständig verstohlen nach ihm umsah.

Ich seufzte und zwang mich, mehr meine Umgebung wahrzunehmen als James Cool 007 hinter mir.

Wir liefen eine mit altertümlichen Fackeln beleuchtete Gasse entlang, die links und rechts von verlassenen Häusern gesäumt wurde. Marodes Kopfsteinpflaster bedeckte den Boden und die Wände um uns, Risse durchzogen die Wände, aus denen bereits dunkles Moos und sonstiges Gewächs wucherten. Dass wir auf dem richtigen Weg waren, verrieten uns die vielen anderen Fairies und Frisch-Gezeichneten, die, genauso wie wir verkleidet, vor und hinter uns herliefen und uns den Weg wiesen.

Taylor hatte Karten für die – seiner Meinung nach – beste Party der Stadt besorgt, zu der man nicht so ohne Weiteres Zutritt bekam. Er habe seine Beziehungen spielen lassen und uns noch hineinschmuggeln können. Wieder schielte ich verstohlen nach hinten und erschrak, als sich unsere Blicke kurz trafen. Er zwinkerte mir zu und wandte sich dann wieder an Ralph, mit dem er soeben eine Diskussion über Feuer-Elementarier führte.

Beinahe wäre ich vor lauter Taylor-Gedanken in Lila hineingelaufen, die plötzlich angehalten hatte wie die Menge vor uns. Wir mussten das Ende der Warteschlange erreicht haben.

»Kannst du uns da nicht irgendwie vorbeischleusen?«, wandte sich meine lila Hexenfreundin an Taylor, doch der schüttelte den Kopf.

»Sorry, soooo gute Beziehungen habe ich dann doch nicht – aber hey, ihr solltet froh sein überhaupt hier sein zu dürfen.«

Wieder zwinkerte er mir von der Seite zu. Da ich dieses ganze Gezwinker nicht recht einordnen konnte, sah ich einfach weg, nach vorn, dorthin, wo sich die Schlange gerade wieder ein paar Schritte weiterschob.

Ein blonder Fairy vor uns, der wohl als eine Art Römer verkleidet war mit einem weiß-roten Laken, das er sich wie eine Toga umgebunden hatte, drehte sich zu uns um und musterte uns von oben bis unten. Er hatte dicke Pickel im Gesicht und auch seine Haare hätte er besser mal öfter gewaschen. Aber ein leuchtend rotes Prueba prangte groß auf seiner Stirn. Ich schloss daraus, dass er, genau wie wir, ein Frisch-Gezeichneter war.

Er kam wohl zu demselben Schluss, denn sein musternder Blick verwandelte sich in ein breites Grinsen und er streckte mir die Hand hin.

»Oliver von der MS Daytona«, stellte er sich vor.

Ich ergriff sie zögernd. »Hallo. Sophie von der MS Fairytale, und das sind Lila, Ralph und Taylor.«

Er nickte, immer noch grinsend. Dann stieß er zwei seiner Kumpels mit den Schultern an, die ebenfalls vor uns standen. Auch sie waren Frisch-Gezeichnete, wie ich auf den ersten Blick erkannte. Ein kleiner pummeliger Kerl mit kurzen braunen Haaren hieß Michael, genannt Mike, und war mir – ebenso wie Oliver – sofort sympathisch. Der Dritte im Bunde hätte fast bereits als Fairy durchgehen können, wäre da nicht seine krumme Nase gewesen. Ansonsten sah Vincent, von seinen Freunden genannt Vin, wirklich gut aus. Er war groß, hatte schwarze, leicht gewellte Haare, dunkle Augen und eine muskulöse Statur. Im Gegensatz zu Oliver und Mike, die sofort begannen mit uns die jeweiligen Akademien zu vergleichen, drehte er sich einfach nur kurz zu uns um, nickte und wandte sich wieder der Schlange zu.

Allein von der Art und Weise her, wie die anderen beiden von ihrer Schule schwärmten, hätte man denken können, die MS Daytona sei dreimal so groß wie die Fairytale, aber Ralph wusste es natürlich wieder einmal besser. In Wirklichkeit besaßen alle Akademien in etwa dieselbe Größe, Ausstattung, dieselben Zugänge zu ähnlichen Zirkeldimensionen und hatten auch dieselben Lehrpläne. Der Unterschied konnte daher nicht besonders groß sein.

Während wir uns mit den beiden Jungen unterhielten, war Taylor hinter uns verdächtig ruhig, bis wir schließlich an das Eingangstor gelangten, und ich riss die Augen auf. Jetzt verstand ich allmählich, warum diese Location so einzigartig für eine Halloween-Party war.

Wir standen vor einem kleinen Tor, das zu den Stadtmauern und einer Burgruine führte, und genau auf und in den Gewölben unter der Mauer, beziehungsweise inmitten der Ruine, war die Party bereits in vollem Gange. Bässe wummerten uns schon von Weitem entgegen, Spinnweben hingen von den Wänden und Decken, kleine und große Spinnen – ich hoffte, dass die nur verdammt echt *aussahen*! – krabbelten darin umher, Skelette leuchteten in grellen Farben und bewegten sich roboterhaft, dazwischen erklang schauriges Gelächter wie in einer Geisterbahn.

»Boah, wie cool!«, hörte ich Oliver vorne sagen und ich grinste, weil ich eben genau dasselbe gedacht hatte.

»Na, habe ich euch zu viel versprochen?«, fragte Taylor, als wir unsere Karten einem knochigen Skelett reichten, in dessen

Bauch sich eine Flamme befand, die die Karten kurz ankokelte und sie anschließend über seinen Mund wieder auswürgte. Mir wurde übel und ich drehte mich kurz zur Seite. Taylor reichte mir grinsend meine Karte, die nun rabenschwarz war, in deren Mitte jetzt jedoch die Worte »Betreten auf eigene Gefahr« in goldenen Buchstaben glänzten.

Rauchige Luft, in schaurig rötliches Licht getaucht, empfing uns sowie Stimmengewirr, dazwischen böses Gelächter, das Zischen und Knistern der Flammen und überlautes Heulen des Windes in den alten Gemäuern. Wahnsinn, wie viele Fairies und Frisch-Gezeichnete bereits hier waren und sich an den langen Tresen drängten, hinter dem sich große hölzerne Bierfässer aneinanderreihten. Fairies in roten Hosenanzügen nahmen die Bestellungen entgegen, während ein paar ihrer Kolleginnen auf einigen aufgestellten Fässern wie Gogo-Girls mitten in lodernden Flammen tanzten.

Mir blieb der Mund offen stehen und auch Lila und Ralph starrten voll Staunen in alle Richtungen. Taylor schob sich an uns vorbei.

»Was wollt ihr trinken?«

Wir jedoch hörten seine Frage kaum und sahen uns weiter um. In einer Ecke hatten ein Geist und eine Vampirjägerin, oder was das auch immer darstellen mochte, angefangen mit silbern leuchtenden Kugeln zu jonglieren, während zwei Henker nicht weit davon entfernt sich über irgendetwas stritten und Anstalten machten, aufeinander loszugehen. Ob diese Auseinandersetzung gespielt war, konnte ich nicht sagen.

Vielleicht würden die beiden uns eine seltene Fairy-Kampfkunst vorführen.

Taylor verdrehte die Augen, grinste und meinte dann: »Ich bring euch einfach irgendwas.«

Damit drehte er sich um und stieß prompt mit einer blonden Fairy zusammen, die als Rauschgoldengel verkleidet war, in einem knappen weißen Seidenkleid mit großen weißen Flügeln auf dem Rücken und einem golden leuchtenden Heiligenschein, der über ihrem Kopf schwebte.

Er schien sie zu kennen, denn sein Blick hellte sich auf.

»Esmeralda! Das ist ja eine Überraschung!«, sagte er und lächelte sie strahlend an.

Sie musterte ihn, zog die Augenbrauen hoch und schenkte ihm ein – so viel musste ich zugeben – bezauberndes, wunderschönes Lächeln.

»Taylor Tayugan! Ich muss schon sagen, der Abend wird immer besser!«

Die beiden umarmten sich, für meinen Geschmack viel zu lange, und sahen sich dann wieder an. Trotz ihrer hohen Absätze war Taylor immer noch ein Stückchen größer als sie, aber nur ein wirklich winziges Stückchen, und das ermöglichte es ihnen beiden, sich besonders tief in die Augen zu schauen.

Jemand stieß mich in die Seite.

»Jetzt guck nicht so«, sagte Lila, die mich mit amüsierter, aber auch ein wenig besorgter Miene musterte.

Ich verschränkte die Arme vor der Brust und rümpfte die Nase.

»Schau nur, wie er sie anstarrt!«, sagte ich und würgte theatralisch.

Lila grinste nur. »Komm, wir gehen selber an die Bar und holen uns was zu trinken.«

Mit einem Grummeln und einem »Hmpf« folgte ich ihr. Ralph murmelte etwas, das wie »Weiber« klang, und tappte hinter uns her.

Doch an der Bar traf ich prompt auf jemanden, mit dem ich wiederum nicht gerechnet hatte.

Sie trug ihr scharlachrotes Haar zu einem wunderschön geflochtenen Zopf, der ihr seitlich über die rechte Schulter fiel, und nippte an einem ebenso roten Cocktail. Ihr schlanker Körper steckte in einem roten Glitzerkleid mit tiefem Ausschnitt und ihre Beine ruhten in purpurnen Pumps. Sie war ganz in Gedanken versunken und zuckte zusammen, als ich sie ansprach.

»Natascha!«

Sie sah mich verwirrt an. Dann, als sie mich erkannte, lächelte sie und umarmte mich herzlich.

»Sophie! Wie schön! Ich hatte gehofft dich hier zu treffen!«

»Ist Frankie auch hier?«, fragte ich und sah mich um.

Sie schüttelte den Kopf. »Nein, leider nicht. Er musste zu Hause in Denver bleiben.«

»In Denver?«, fragte ich mit zusammengezogenen Augenbrauen.

»Frankie und ich sind dorthin gezogen, als wir den Dienst

als aktive Seeker aufgegeben haben, und arbeiten dort gemeinsam für die Seeker – sozusagen im Hintergrund.«

Ich sah sie ungläubig an.

»Wie? Ihr habt den Dienst als aktive Seeker aufgegeben? Wieso das denn?«

Doch sie lächelte nur verträumt und streichelte ihren Bauch, von dem ich jetzt erst bemerkte, dass er sich leicht unter ihrem Kleid wölbte.

»Nicht dein Ernst? Oh, Natascha! Herzlichen Glückwunsch! Taylor hat das mit keinem Wort erwähnt!«

Sie schmunzelte. »Das kann er auch gar nicht wissen. Wir haben uns erst in den letzten Monaten dafür entschieden, nachdem das mit dem Baby – nun ja – sicher war.«

»Wie schön! Ich freue mich wirklich sehr für euch«, sagte ich und setzte mich neben sie auf einen Barhocker.

Natascha blickte hinter mich und deutete mit fragendem Blick auf Lila und Ralph, die dort etwas unschlüssig warteten. Sofort stellte ich die beiden vor und sie sahen meine ehemalige Seekerin ehrfürchtig an. Dann ließen sie mich mit ihr allein.

»Erzähl, wie geht es Taylor?«, fragte sie mich direkt.

»Ganz gut so weit«, antwortete ich mit einem Nicken. »Er wohnt jetzt in der Kabine nebenan.«

Sie nickte ebenfalls. »Ja, ich weiß, er hat es uns erzählt.« Sie machte ein ernstes Gesicht, was mir verriet, dass sie ALLES wusste!

Ich riss die Augen auf. Wie bitte? Er erzählte die Sache mit meinen Angriffen auf eine Urfairy einfach Natascha und Frankie und ich brachte es nicht einmal über mich, meine beste Freundin einzuweihen? Als Natascha meinen entgeisterten Blick bemerkte, legte sie mir beschwichtigend eine Hand auf den Oberarm und beugte sich sanft zu mir.

»Er hat uns eingeweiht, weil wir die Geschichte mit Evelyn kennen. Wir sind die Einzigen, denen er sich anvertraut hat. Du bist in Sicherheit, Sophie. Wir beschützen dich und bei Taylor bist du in den besten Händen. Und mittlerweile können wir ja so gut wie ausschließen, dass Evelyn dich manipuliert hat. Dein Hass auf Helena wird sich sicherlich noch erklären. Und du kannst ihn mittlerweile ja auch gut kontrollieren, wie ich gehört habe.« Sie hatte die Lippen kein einziges Mal bewegt und dennoch waren ihre Worte klar und deutlich in meinem Kopf zu hören. Auf meinen fragenden, verwirrten Blick hin lächelte sie.

»Ich spreche in meinen Gedanken zu dir, sodass nur du mich hören kannst.« Sie tippte sich kurz gegen die Schläfe. »Geist-Elementarierin – schon vergessen?«

Ich wollte lächeln, konnte mein Gesicht aber nur verziehen. Natascha sah sich indessen um.

»Sag mir, wieso ist Taylor nicht bei dir?«

Ich seufzte. »Sein altes Problem – ihm ist eine wunderschöne Frau in Engelsgestalt erschienen und von der war er so geblendet, dass er mit ihr entschwebt ist«, sagte ich sarkastisch und stützte meinen Kopf auf meine Hände.

Sie lachte laut. »In Engelsgestalt? Ah, du meinst Esmeralda.«

Ich nickte.

»Alles klar. Die beiden kennen sich von der Seeker-Akademie.«

Ich schluckte und starrte in ein vor mir stehendes leeres Glas.

»Immer noch Taylor?«, fragte sie und sah mich mitleidig an.

Ich zuckte stumm mit den Schultern.

»Ach, Liebes, schlag ihn dir doch endlich aus dem Kopf.« Sie legte mir den Arm um die Schultern und zog mich zu sich heran.

»Ich kann nun mal nichts dagegen tun«, versuchte ich mich kläglich zu erklären und konnte nicht verhindern, dass meine Augen begannen zu brennen.

Sie hielt mich einfach nur fest, während ich mir meinen ganzen Kummer von der Seele redete und mich dabei abmühte nicht zu weinen. Es tat unheimlich gut, mich ihr anzuvertrauen, ihr meine Sorgen und Ängste zu erzählen bezüglich dieses Hasses, meines unerklärlichen Verhaltens Helena Ambrosora gegenüber, und das, obwohl ich sie so lange nicht gesehen hatte. Sie war mir vertraut wie eine Schwester und vermutlich war das auch der Grund, warum ich letztendlich doch weinte.

Die Party endete somit für mich relativ unspektakulär. Ich verbrachte den ganzen Abend neben Natascha an der Bar und versuchte mir die Tränen aus dem Gesicht zu wischen. Lila und Ralph waren mit Oliver, Mike und Vin irgendwo in den

Gewölben verschwunden, ebenso wie Taylor, der sich wahrscheinlich mit Esmeralda ein stilles Örtchen gesucht hatte. Was für ein Reinfall! So viel zum Thema, ich lasse dich nicht allein!

KAPITEL 10

Am nächsten Morgen wachte ich etwas unsanft auf, da ich mir, als ich mich im Bett aufsetzte, prompt den Kopf an der niedrigen Dachschräge anstieß.

»Ahhh!«, presste ich hervor und rieb mir den Hinterkopf.

Lila neben mir schnarchte laut. Ich hatte sie gar nicht nach Hause kommen hören. Natascha hatte mich zu unserem »Hotel« begleitet, da ich weder Lila noch Ralph noch Taylor hatte finden können. Toller Bodyguard! Er brüllte mich an, weil ich ohne ihn vom Schiff gegangen war, und ließ mich dann wegen irgendeiner Tussi stehen!

Ich versuchte nicht mehr an den gestrigen Abend zu denken. Was hatte ich denn erwartet?

Genau genommen ein tolles Fest. Tanzen, Kennenlernen von netten Leuten, einfach Spaß haben. Gut, es wäre ja beinahe alles so gekommen. Wir hatten die Jungs von der MS Daytona kennengelernt, waren im Begriff gewesen, ein wenig zu trinken, und wären dann wahrscheinlich auf der Tanzfläche gelandet. Und was war dazwischengekommen? Taylor! Immer wieder Taylor! Gott, wie peinlich ich doch gewesen war! Was musste Natascha bloß von mir denken? Armes junges Ding, was weiß die schon von Problemen.

Ich atmete tief ein und aus. Nur nicht daran denken. Das musste aufhören! Verdammt, ich musste ihn mir endgültig aus dem Kopf schlagen! Er würde nie mehr in mir sehen als seinen kleinen Schützling, der in letzter Zeit begann langsam durchzudrehen, seltsame Visionen hatte und beinahe eine der Schickalsfairies angegriffen hätte. Am besten wäre es wohl, ich würde ihm aus dem Weg gehen. Aber das war ja nun leider nicht möglich. Dann musste ich eben, so gut es ging, versuchen ... Ja, was musste ich versuchen? Mich ihm gegenüber so normal wie möglich zu verhalten? Daran rackerte ich mich doch schon seit Wochen ab!

Ein Gähnen riss mich aus meinen Gedanken. Lila rekelte sich neben mir und streckte die Arme aus. Natürlich stieß sie prompt gegen eine Wand. Sie blinzelte, rieb sich die Fingerknöchel und sah mich verwirrt an.

»Wo ... sind wir denn?«, gähnte sie.

»In der kleinsten Dachkammer der Welt, im verwinkeltsten Hotel der Welt, irgendwo mitten auf einer Luft Schrägstrich Vulkaninsel«, antwortete ich. »Na, noch schöne Party gehabt?«

Sie setzte sich auf, vorsichtig, um nicht gegen die Dachschräge zu stoßen, und streckte sich noch einmal. Dann grinste sie verschwörerisch und wurde rot.

»Sagen wir so, ich hatte einen verdammt netten Abend mit Ralph.« Ich riss die Augen auf. »Mit Ralph? Unser Ralph? Nicht dein Ernst? Seit wann läuft da was? Habt ihr euch etwa ...?«

Ihr Grinsen wurde breiter, dann schüttelte sie jedoch vehement den Kopf, im Gesicht allerdings noch immer puterrot. »Nein. Aber ich muss gestehen, es hätte nicht mehr viel gefehlt. Ich weiß nicht, in letzter Zeit ist da etwas zwischen uns.« Sie brach ab, blickte verträumt zur schiefen Decke. »Wir haben getanzt und uns nett unterhalten. Das war alles. Dann sind wir gemeinsam mit Taylor zurück zum Hotel.«

»Taylor?«, entfuhr es mir.

»Jep.« Sie dehnte und reckte sich.

»Und sein blonder Engel?«

»Keine Ahnung. Er war allein und hat dich verzweifelt gesucht, als er auf mich und Ralph gestoßen ist.«

»Er hat mich gesucht?« Ich zog die Augenbrauen hoch und merkte, wie mein Herz schneller schlug. Das musste aufhören, verdammt!

Sie nickte. »Klar, er ist doch immer schrecklich besorgt um dich. Aber Natascha hat ihm erklärt, dass sie dich bereits ins Hotel gebracht hat. Daraufhin sind wir dann auch gegangen.«

Ich nickte und kratzte mich am Hinterkopf.

Lila stand auf, klatschte in die Hände. »Oh, ich bin ja schon so aufgeregt wegen heute Abend!« Damit machte sie sich mit ihrem Beauty-Beutel unter dem Arm auf den Weg in Richtung Badezimmer.

Ich seufzte und ließ mich zurück in die Federn fallen. Dann kramte ich in einer meiner Taschen nach dem feuerroten Kristall, der wie ein flackerndes Feuer in den Strahlen der Sonne, von denen es doch tatsächlich einige durch die

Nebelwand schafften, in sämtlichen Rot-Orange-Gold-Tönen funkelte. Ich hielt ihn mir zunächst vor mein Auge, danach an mein Prueba und augenblicklich erschien vor mir der gesamte Zeitplan des Tages.

Beginn der Samhain-Zeremonie war bereits um – du meine Güte – zehn Uhr! Ich sah auf die Uhr. Es war kurz nach neun Uhr, höchste Zeit!

Ich sprang auf und trommelte gegen die Badezimmertür.

»Lila! Beeil dich mal! Die Feier beginnt schon um zehn! Und wir müssen noch hoch bis zur Arena!«

* * *

Es grenzte schon fast an ein Wunder, dass wir beide nur knappe zehn Minuten später komplett in den hellblauen Hosenanzügen, die man uns noch auf der MS Fairytale als eine Art Schuluniform mitgegeben hatte (ich fand sie übrigens absolut scheußlich!), gestylt und frisiert vor der Rezeption standen und den beiden jungen Männern entgegenblickten, die in ähnlichen Anzügen lässig auf uns zuschlenderten.

Ich sah zu Boden, da mein Herz bereits allein bei Taylors Anblick wieder wie wild zu flattern begann, und zog es vor, seinen Blicken so gut wie möglich auszuweichen. Lila hingegen strahlte Ralph an, packte ihn am Arm und schob ihn vor sich aus dem Hotel.

»Wir müssen uns beeilen! Bis zur Arena brauchen wir mindestens eine halbe Stunde zu Fuß!«

Taylor lächelte und stellte sich neben mich. Ich starrte wieder auf meine Zehen, die in schwarzen Schuhen mit niedrigem Absatz steckten.

»Zu Fuß ja, aber nicht mit einer Wolke«, sagte er schmunzelnd und trat hinaus auf den kleinen Platz.

Dort vor uns – ich traute meinen Augen nicht – stand beziehungsweise schwebte eine strahlend weiße, dichte, funkelnde Wolke wenige Zentimeter über dem Boden.

»Wie? Was?«, stammelte ich.

»Bitte einsteigen«, forderte Taylor und machte es uns vor, indem er sich ganz vorne im Schneidersitz auf die Wolke setzte, als wäre sie ein fliegender Teppich.

Prüfend bohrte ich einen Finger in das Weiß, das sich anfühlte wie butterweiche Watte, und machte einen Satz zur Seite, als Ralph wie ein Athlet Anlauf nahm und mit einer Hechtrolle mitten in den Schwaden der Wolke verschwand. Sein Kopf tauchte sofort oben wieder auf und er winkte jetzt sitzend mit angewinkelten Beinen Lila zu sich. Ich reichte ihr die Hand, hievte sie nach oben und wollte mich selbst irgendwie an dem watteartigen Material nach oben ziehen, da streckte mir Taylor seine Hand entgegen. Zögernd ergriff ich sie und ehe ich mich's versah, saß ich dicht hinter ihm.

»Besser, du hältst dich an mir fest. So eine Wolke kann ziemlich schnell sein und ich möchte nicht, dass du abstürzt.«

Er schenkte mir einen sehr langen, intensiven Blick, der mich in einen zittrigen, herzklopfenden, nervösen, kribbeligen Gefühlszustand ohnegleichen versetzte. Ganz langsam rückte ich näher an seinen Rücken, legte beide Hände vorsichtig von hinten links und rechts an seine Taille und bewegte mich nicht mehr. Er schüttelte den Kopf, packte kurzerhand meine Arme und zog sie nach vorn, was mich unwillkürlich gegen seinen harten Rücken presste. Meine Hände umschlangen inzwischen eng seinen ebenso harten Bauch. »So meinte ich das mit Festhalten!«, erklärte er.

Ich war unfähig darauf etwas zu erwidern, atmete seinen unverwechselbaren Geruch ein, den ich noch nie so intensiv wahrgenommen hatte wie jetzt. Er roch wie warmer Regen, der wie eine Erlösung nach unerträglicher Hitze vom Himmel fällt. Ich spürte seine Muskeln, jede seiner Bewegungen unter meinen Händen, drückte meinen Kopf eng an seine Schultern und lehnte mein Gesicht seitlich dagegen.

Aus den Augenwinkeln sah ich, dass Ralph und Lila dieselbe Position eingenommen hatten und Ralph selig lächelte. Ich gönnte es meinen beiden Freunden so sehr, sich gefunden zu haben, und fragte mich unwillkürlich, ob wohl auch Taylor zufrieden lächelte. Doch ich hatte keine Zeit, groß darüber nachzudenken, denn mit einem Mal sauste die Wolke los, ließ die Dächer der Stadt in Sekundenbruchteilen hinter sich und schraubte sich in Windeseile immer höher. Ich hatte mir diesen Flug weitaus romantischer vorgestellt, etwa wie Aladin und Jasmin auf ihrem Teppich, aber ich musste mich wirklich an Taylor festklammern, der wiederum seine Hände tief in der Wolkenwatte vergraben hatte und sich ähnlich verkrampfte wie ich. Der eisig kalte Fahrtwind riss an meinen Haaren, raubte mir die Luft zum Atmen, ließ mich aufkeuchen und husten.

»Haltet euch gut fest!«, schrie Taylor überflüssigerweise und hinter mir vernahm ich das Husten und Rufen von Ralph und Lila, die versuchten sich über den Wind etwas zuzurufen.

Schließlich – es kam mir wie eine halbe Ewigkeit vor – verlangsamte die Wolke ihr Tempo und nahm wieder eine waagerechte Position ein. Ich lockerte meinen Griff um Taylors Körper ein wenig, um nach unten sehen zu können.

Du meine Güte! Wir befanden uns direkt über dem kilometerbreiten Krater, der tief hinab in die Erde führte und dort orange und gelb und rot leuchtete, und die Wolke ging langsam, aber sicher immer tiefer, direkt hinein in diese lodernde Dunkelheit. Jetzt bemerkte ich auch andere, mit Passagieren besetzte Wolken, die denselben Weg verfolgten wie wir: hinein in den Krater. Die aufsteigende heiße Luft ließ mich aufkeuchen und husten, doch da lag plötzlich Taylors Hand direkt auf meiner, warm und sanft, und mein Herz setzte für einen Moment aus. Ich hörte schlagartig auf zu husten, mir wurde heiß und kalt, mein Magen zog sich zusammen und mein ganzer Körper war aufs Höchste gespannt, achtete hochsensibilisiert auf diese eine sanfte Berührung.

»Alles in Ordnung?«, vernahm ich seine besorgte Stimme, die tief und laut an mein Ohr drang, das noch immer dicht an seiner Schulter lag. »Hast du einen Anfall?«

Ich erschrak. Woher wusste er von meiner Krankheit? Wahrscheinlich von Natascha und Frankie. Und im selben

Moment überlegte ich genauer, wann ich denn zum letzten Mal einen Anfall gehabt hatte. Genau, in Frankies Auto, noch bevor ich die Fairytale zum ersten Mal betreten hatte. Seither hatte ich diese schreckliche Atemnot nicht mehr gespürt ... War das vielleicht bereits eine Auswirkung meiner Zeichnung und Verwandlung in eine Fairy? Oder einfach nur die gute Seeluft? Oder etwa lediglich das Schiff?

Ich schwieg, horchte in mich hinein, versuchte die Zeichen meines Körpers genau zu deuten. Nein, keine Atemnot, kein Kitzeln, kein Pfeifen, kein angestrengtes Ein- und Ausatmen. Ich hatte keinen Anfall.

»Ich ... nein, alles in Ordnung«, sagte ich dicht an Taylors Rücken.

Zur Antwort fuhr er mir zärtlich mit seinen Fingern über den Handrücken. Mein ganzer Körper zog sich zusammen, mein Herz raste – dann zog er seine Hand zurück, vergrub sie wieder in der Wolke.

»Wir gehen jetzt tiefer. Das kann ein wenig turbulent werden aufgrund der Luftströme im Vulkan. Also noch einmal gut festhalten!«

Diese Warnung kam keinen Moment zu früh, denn wie auf ein Stichwort begann die Wolke plötzlich zu buckeln wie ein Pferd. Wir wurden hochgeworfen, landeten wieder in der weichen Watte, um gleich darauf erneut in die Luft gehoben zu werden. Doch je tiefer wir kamen, desto ruhiger wurde sie, desto besser und klarer wurde auch die Luft. Ich blinzelte und sah mich nach allen Seiten um.

Der Krater wurde nach unten immer breiter statt wie erwartet schmaler, wie ein umgedrehter großer Trichter, der schließlich in einer überdimensional großen Höhle endete, und ich sah voller Erstaunen, wie in die pechschwarzen Wände dunkle Sitzreihen und Logen in ähnlich tiefdunklem Schwarz eingearbeitet waren. Unzählige Fairies liefen wie Ameisen dazwischen umher auf der Suche nach ihren Plätzen. In der Mitte der Höhle landeten ständig weiße Wolken, luden ihre Passagiere ab und lösten sich anschließend einfach so in Rauch auf, der über den Krater nach oben abzog. Schneller, als mir lieb war, musste ich mich von Taylor lösen und stand augenblicklich auf festem, hartem Boden. Unsere Wolke war bereits verschwunden und wir mussten uns beeilen, um Platz für die nächste zu machen.

* * *

Ich war schon in einigen Fußballstadien und Arenen gewesen, in wirklich großen Theatern und Hallen, aber das hier übertraf wirklich alles. Die riesige Höhle besaß unzählige Tribünen und Balkone, die sich in unermessliche Höhen schraubten, und es war unmöglich zu überschlagen, wie viele Fairies hier Platz hatten. Riesige Spiegel in Diamantenform hingen wie Kristallpendel in der Luft und auf meine Frage hin erklärte mir Taylor, dass sie das Geschehen auf der großen Bühne – er deutete auf eine runde Plattform in der Mitte der Höhle – für alle sichtbar übertragen würden.

Das Innere des Vulkans war bereits fast bis auf den letzten Platz besetzt, doch dank Taylor ergatterten wir sogar noch ziemlich gute Sitzplätze auf einem der Seitenbalkone der vierten Etage. Doch gleich nachdem wir uns gesetzt hatten, betraten plötzlich ganz in Weiß gekleidete Männer die Höhlen und tauchten überall, vor jedem einzelnen Sitz, in jeder Loge, auf jedem Balkon auf. Sie betrachteten jeden der Zuschauer prüfend, stellten sich als Defenderre vor und dann wurden wir von Kopf bis Fuß kontrolliert. Unsere Taschen wurden komplett entleert und mithilfe eines großen Kristalls durchleuchtet, der zusätzlich unsere Körper sowohl auf Waffen als auch auf verborgene Zauber absuchte und letztendlich wurden auch unsere Pruebas mit einem leuchtenden Irrlichtkristall gescannt und überprüft. Schließlich zogen sie weiter und wir konnten uns wieder setzen.

»Wieso kontrollieren die nicht gleich, bevor man die Arena betritt?«, fragte ich Taylor stirnrunzelnd.

»Das ist bei uns Fairies nicht so einfach wie bei den Menschen. Viele von uns betreten den Vulkan natürlich über die öffentlichen Tunnelsysteme, einige wenige – so wie wir – reisen jedoch mithilfe von Wolken oder anderen Flughilfen an und wieder andere benutzen Teleportation. Kontrolliert wird mehrmals während der Feier, immer zu Anfang eines besonderen Abschnitts, danach wird der Vulkan auf magische Weise abgeriegelt, sodass niemand von außen mehr eindringen kann. Verstanden?«

Ich nickte, war jedoch vor Aufregung schon ganz zittrig

und konnte es kaum erwarten, bis die Feier endlich begann. Und so rutschte ich ungeduldig auf meinem Stuhl hin und her und begann sogar an meinen Fingernägeln herumzukauen, was ich sonst nie tat!

Dann wurden die Spiegel hell und mit einem ohrenbetäubenden Knall stieg Feuer von der Plattform auf, das hoch hinauf in den Krater loderte. Erschrocken fuhr ich hoch, beruhigte mich aber gleich wieder, als das Feuer so schnell verschwand, wie es gekommen war, und auf den Spiegeln wunderschöne Landschaften in Rot, Orange und Gelb erschienen und eine gewaltige Melodie ertönte, begleitet von Fanfaren, Trompeten und lauten Paukenschlägen.

Eine große, brünette Fairy in einer atemberaubenden meerblauen Robe mit hohem Beinausschnitt betrat die runde Plattform. Ihr Gesicht erschien auf den Kristallspiegeln in überdimensionaler Größe und sie lächelte strahlend ins Publikum.

»Einen schönen guten Morgen wünsche ich, liebe Fairies und Frisch-Gezeichnete«, sagte sie fröhlich und erntete Applaus. »Ich freue mich sehr, euch alle hier begrüßen zu dürfen.«

Wieder Beifall und vereinzelt begeisterte Rufe. Ich zog die Stirn in Falten. Woher kannte ich sie? Ich blickte über meine Schulter und warf Lila, die gemeinsam mit Ralph eine Reihe hinter uns saß, einen fragenden Blick zu.

»Madita Jokohara«, formte sie mit den Lippen und mir ging ein Licht auf.

Natürlich! Madita Jokohara, die berühmte Fairy-Channel-One-Moderatorin! Dass ich sie nicht gleich erkannt hatte! Sie moderierte sämtliche Sondersendungen, Shows, Preisverleihungen und auch die eine oder andere Nachrichtensendung und war daher fast ständig in den Medien präsent.

»Ganz besonders freut es mich, dass wir heute, trotz der vergangenen dunklen Tage, die uns Fairies schwer erschüttert haben, wieder zu einem freudigen Ereignis zusammenkommen, nämlich zur Abschlussfeier unserer Absolventen!«

Wieder Applaus.

»Und diese möchte ich herzlich willkommen heißen. Begrüßen Sie mit mir die Absolventen der MS Arkadia!«

Der Applaus wurde lauter und einige begeisterte Pfiffe hallten in der riesigen Höhle wider.

Erneut ertönten Fanfaren und eine Schülerabordnung von gut vierzig Schülern zog über eine breite, nicht aufgestuhlte Schneise in geordneten Zweierreihen von der Seite in die Mitte der Höhle ein, begleitet von einer schönen, blutroten Flagge, die eine weiße Dame zeigte, deren Kleid im Wind flatterte.

Die Schüler erschienen auf den Spiegeln in Großaufnahme und ihre Gesichter zeigten ganz unterschiedliche Ausdrücke. Ich sah viele mit einem strahlenden Lächeln, jedoch auch einige, die Angst hatten vor der kommenden Zeremonie, und wieder andere, die nervös in die klatschende Menge schielten.

Die Abordnung hatte soeben die Bühne über eine breite, dunkle Treppe erreicht und die Schüler begannen sich auf die jeweiligen Stuhlreihen zu setzen, die dort in Halbkreisen angeordnet waren. Die Flagge wurde in die dafür vorgesehene Vorrichtung an der Reihe angebracht und flatterte im leichten Wind.

»Ich begrüße die Absolventen der MS Daytona!«, fuhr Madita fort und die nächste Abordnung zog unter tosendem Jubel in die Arena ein.

Ich hob die Augenbrauen bei Erwähnung des Schiffsnamens. Dann jedoch fiel mir wieder ein, dass Oliver und seine Freunde ja allesamt Frisch-Gezeichnete waren und keinesfalls unter den Abschlussschülern zu finden waren.

Die Flagge dieser Akademie war dunkelgrün und zeigte eine schlichte Kugel, über der kleine Sterne ihre Kreise zogen.

So zog Akademie um Akademie in die Arena ein. Da es insgesamt zwölf Akademien gab und die Schüler recht langsam und ehrfürchtig schritten, nahm das recht viel Zeit in Anspruch.

Als endlich die MS Fairytale als zwölfte Akademie aufgerufen wurde, war es zu meinem Erstaunen bereits kurz vor Mittag. Ich erkannte unsere Flagge: ein verschnörkelter, geschwungener Baum mit goldenen Blättern und Sternen auf weißem Grund. Unter den Schülern sah ich bekannte Gesichter. Ich kannte sie jedoch nur vom Sehen, ihre Namen waren mir unbekannt und ich glaube, ich hatte noch mit keinem von ihnen ein Wort gewechselt. Aber es waren UNSERE Absolventen und ich klatschte wie eine Irre und jubelte, als sie langsam den Mittelgang entlanggingen.

Es folgten weitere Begrüßungsworte durch die jeweiligen Akademieleiter und Schülersprecher.

* * *

Das Mittagessen nahmen wir in einem der zahlreichen Restaurants in den unzähligen verzweigten Tunnels zu uns und beeilten uns, danach bald wieder zu unseren Plätzen zu gelangen, denn bereits um vierzehn Uhr würden die Feierlichkeiten weitergehen. Taylor war etwas nervös, denn er musste eine Rede halten über den Beruf der Seeker. So hatte er kaum etwas gegessen und die ganze Zeit über geschwiegen.

Der zweite Teil der Samhain-Feier bestand aus vielen Reden und Vorträgen über die vielen verschiedenen Fairy-Berufe. Da war ein junger Mann in einer weißen Uniform, der sich für die Defenderre aussprach, dass sie in der heutigen Zeit wichtiger seien denn je, wie schwierig jedoch auch die Ausbildung war und wie stark die Fairies daraus hervorgingen. Dann war da eine junge, blonde Fairy, die über den äußerst schwierigen Beruf der Desideria, der »guten Fee«, informierte und verkündete, dass sich interessierte Fairies doch bei den jeweiligen Stellen zu den Eignungstests melden sollten. Es sei ein sehr schöner, vielseitiger Beruf, in dem man viele außergewöhnliche Menschen kennenlernen könne und in dem einem viel Liebe, Zuneigung und Dankbarkeit entgegengebracht würde.

Es war gähnend langweilig. Redner um Redner stellte sich

ans Pult, hielt eine mehr oder weniger informative Ansprache und verließ die Bühne wieder.

Dann betrat Taylor die marmorne Plattform und stellte sich hinter das Pult vor den immer noch geschlossenen Vorhang. Er wirkte noch immer sehr nervös, hatte – soweit ich das auf den Bildschirmen sehen konnte – zittrige Hände und fuhr sich immer wieder durch die dunklen Haare. Er sah sehr blass aus, lächelte fast schon schüchtern in das Publikum und begann dann zu sprechen. Wie er so an diesem Rednerpult stand und sich wie ein Schuljunge bei einem Referat vor seiner Klasse präsentierte, verliebte ich mich sofort noch mehr in ihn.

»Ich begrüße alle Akademie-Absolventen sowie Fairies, die heute hier anwesend sind. Wer mich noch nicht kennt ...«, er lächelte wieder in die Menge und ich konnte förmlich sehen, wie die Anspannung nach und nach aus seinem Körper wich, »... mein Name ist Taylor Tayugan und ich arbeite als Seeker.« Er machte eine Pause und atmete tief ein und aus. »Seeker – was ist das? Das weiß jeder, schon seit seiner Zeichnung. Wir arbeiten unter den Menschen, haben es oft mit Shuk oder Dämonen zu tun, die es auf unsere Schützlinge abgesehen haben, setzen unser Leben aufs Spiel, damit die Frisch-Gezeichneten sicher auf einer der Akademien ankommen können. Es tut mir leid, dies so direkt sagen zu müssen, aber es entspricht der Wahrheit. Vor nicht allzu langer Zeit hatten wir es gleich mit sieben Shuk zu tun, die es auf eine Frisch-Gezeichnete abgesehen hatten, aber es gelang uns, sie sicher in die

Obhut der für ihre Ausbildung vorgesehene Akademie abzugeben.«

Ich schluckte schwer und wusste genau, von wem er gesprochen hatte.

»Dies ist nur eine Seite der Medaille unseres Berufes. Die andere Seite ist natürlich auch, dass wir viel Freizeit haben.«

Ein verhaltenes Lachen ging durch die Menge und Taylor zeigte sein selbstbewusstes Lächeln. Von Nervosität war nun überhaupt nichts mehr zu spüren. Im Gegenteil. Er wurde immer selbstsicherer.

»Zugegeben, wir können nicht viel Zeit mit den Frisch-Gezeichneten verbringen, aber die Zeit, die uns mit ihnen gegeben ist, bezeichne ich persönlich als sehr, sehr wertvoll. Wir sind diejenigen, die ihnen von unserer wundervollen, magischen Welt als Erste erzählen, die ihnen die Möglichkeiten aufzeigen, die sich ihnen ergeben. Wir erleben die Zeichnung hautnah mit und sehen die Freude und Ungläubigkeit, wenn die jungen Leute zum ersten Mal an Bord eines unserer Schiffe gehen. Ich sehe uns als Undercover-Agenten, die viel im Verborgenen arbeiten. Und ich möchte bis heute keine Minute als Seeker missen. Natürlich ist unsere Ausbildung schwer und dauert lange – insgesamt viereinhalb Jahre –, aber es lohnt sich.«

Er nickte Madita Jokohara zu, zum Zeichen, dass er fertig war, und sagte noch: »Ich würde mich freuen, wenn ich den einen oder anderen für eine Laufbahn als Seeker begeistern konnte.«

Es folgte tosender Applaus. Auch ich klatschte euphorisch. Seine Rede war kurz und knapp, aber durchaus informativ und mitreißend gewesen und ich ertappte mich dabei, wie ich bereits selbst über eine Karriere als Seekerin nachdachte.

Nachdem er das Pult verlassen hatte, ertönte erneut die imposante Melodie, die wir bereits zu Beginn der Zeremonie gehört hatten, mit ihren beeindruckenden Trompeten und Fanfaren und alle erhoben sich und blickten zur Seite, an eine Stelle, die soeben von sämtlichen Scheinwerfern beleuchtet wurde. Die Umrisse einer winkenden Person wurden im blendenden Licht sichtbar und auf den Spiegeln erschien das bekannte Gesicht von Josephine Amalie Andrews, der Präsidentin. Sie strahlte, winkte ihren Anhängern zu und wurde langsam von einer Art gläsernen Plattform schwebend in die Mitte der großen Höhle getragen. Ihre krausen Haare umrahmten ihr schmales, langes Gesicht wie eine Mähne und ihre kurvige, aber schlanke Figur steckte in einer atemberaubenden silbernen Robe mit gewagtem Ausschnitt, der ihre große Oberweite sehr betonte.

»Wie ein Filmstar«, entfuhr es mir, und Taylor, der sich eben wieder auf seinen Platz neben mir setzte, fragte noch etwas außer Atem:

»Wie war ich?«

»Wie?«, sagte ich und zog die Augenbrauen hoch.

»Na, meine Rede!«

»Ach so. Oh, du warst prima! Wirklich! Für einen Moment habe ich mir überlegt, selbst Seekerin zu werden.«

Er lächelte. »Du wärst sicher eine tolle Seekerin. Eventuell komme ich dann in den Job zurück und wir bilden gemeinsam ein Duo oder Trio.«

Er stieß mich in die Rippen und mein Herz machte wieder einen Satz. Verdammt, das musste endlich aufhören! Ich errötete und sah schnell zurück zu Josephine Andrews.

Taylor verschränkte die Arme hinter dem Kopf und beobachtete, wie die Präsidentin soeben unter tosendem Applaus die Stufen zum Rednerpult emporstieg. Dort blieb sie lächelnd stehend und bat dann die Menge um Ruhe, indem sie mit den Händen beschwichtigende Bewegungen nach unten machte.

»Danke, vielen Dank«, sagte sie mit ruhiger, fester Stimme und blickte ernst in die Runde, sowie auf die schier endlos wirkenden Emporen, Balkone und Tribünen.

Langsam kehrte Ruhe ins Publikum ein und das Klatschen und Rufen verstummte. Die Präsidentin räusperte sich und begann mit ernsten Worten zu sprechen.

Ihre Rede war sterbenslangweilig, sodass ich bald wirklich Mühe hatte, meine Augen offen zu halten, und permanent gähnte. Sie redete von der Stärke, dem Durchhaltevermögen und Ehrgeiz der Absolventen und welche Leistungen sie bis hierher gebracht hatten. Welche unglaublichen Möglichkeiten jetzt vor ihnen lagen, wie viele verschiedene Wege sie gehen könnten und, und, und. Zum Schluss erwähnte sie allerdings noch einmal die bedauerlichen Vorkommnisse vor einigen Monaten und dass natürlich alles nur erdenklich Mögliche getan werde, um die Frisch-Gezeichneten und die gesamte Fairy-Bevölkerung vor den Shuk zu schützen. Sie deutete auf die vielen an sämtlichen Ecken postierten Defenderre in ihren weißen Anzügen.

* * *

Es war wenige Minuten vor acht, wir hasteten soeben die Stufen zu unseren Plätzen hinauf und kamen keinen Augenblick zu spät. Kaum hatten wir auf unseren Sitzen Platz genommen, als sich auch schon das Licht verdunkelte und – ich glaubte es kaum – plötzlich ein strahlender Sternenhimmel über unseren Köpfen erschien, und nicht nur das! Die Sterne begannen soeben zu tanzen und schwebten hinab in die gigantische Höhle. Sie bildeten zuerst einen Kreis, dann einen immer schneller werdenden Wirbel, stürzten dann wieder hinauf in den Himmel, wo sie in einem atemberaubenden Feuerwerk verglühten.

Ein großes Raunen und Jubeln ging durch das Publikum, gefolgt von begeistertem Applaus. Die Spiegel wurden hell und die inzwischen bekannte Melodie der Trompeten und Fanfaren ertönte. Alle erhoben sich von ihren Plätzen und ich bemerkte, dass viele ringsum seltsame Monokel auspackten. Auf meinen fragenden Blick hin reichte mir Taylor seines.

Ich sah hindurch und – Wahnsinn – konnte alle Geschehnisse so klar und nah betrachten, als säße ich direkt davor. Das war tausendmal besser als ein Fern- oder Opernglas!

Es folgte Trommelwirbel und eine gläserne Plattform schwebte herein, auf deren Mitte unsere Präsidentin stand und wieder strahlend in alle Richtungen winkte. Sie trug noch immer die glitzernde Silberrobe, die das Licht sämtlicher Scheinwerfer der Arena spiegelte und wie eine Discokugel bunte Lichtkringel zurückwarf.

Als sie vorne an der dunklen Treppe angelangt war, schritt sie wie bereits am Nachmittag mit erhobenem Haupt zum Rednerpult und bat die Menge um Ruhe.

»Meine lieben Fairies, begrüßt habe ich Euch heute ja bereits. Nun ist es mir eine besondere Freude, wie in jedem Jahr auch unsere Ehrengäste zu begrüßen. Heißen Sie mit mir die elf Urfairies willkommen!«

Jetzt war die Menge nicht mehr zu halten. Diejenigen, die noch nicht standen, sprangen von ihren Sitzen auf und neigten sich nach vorne, pressten ihre Monokel gegen die Augen und jubelten und riefen durcheinander, so laut sie nur konnten. Auch ich wurde von der Euphorie angesteckt, lehnte mich unwillkürlich etwas nach vorn, um bessere Sicht zu haben.

Zunächst verdunkelte sich die gesamte Höhle, sodass man kaum mehr die eigene Hand vor Augen erkennen konnte. Dann erschien ein kleines weißes Licht mitten auf der Plattform, das lustig hin und her tanzte wie ein Irrlicht. Doch sein Strahlen wurde immer heller und heller und blendete mich bald so, dass ich die Augen abschirmen musste und kurz Sterne vor meinen Lidern tanzen sah. Dann war das grelle Licht verschwunden, ich konnte wieder etwas erkennen und staunte nicht schlecht. Mitten auf der Plattform stand ein riesiger, schneeweißer Baum und reckte seine beinah silbern glänzenden Äste und hauchdünnen gläsernen Blätter der Decke entgegen. Von ihm ging ein seltsames, pulsierendes Leuchten aus und plötzlich erschienen zu seinen Füßen elf Frauengestalten, jede in ein weißes oder silbernes Gewand gekleidet, geschmückt mit Perlen, Diamanten und glitzernden Kristallen. Sie alle hatten beeindruckende Pruebas auf der Stirn, die sich in verschlungenen Verästelungen und mit unzähligen Edelsteinen dekoriert über die Stirn, die Schläfen, ja teilweise sogar die Wangen erstreckten. Rechts außen erkannte ich Ambrosora, die ihre goldene Lockenpracht offen zur Schau stellte, in die sie Tausende von Perlen hatte flechten lassen.

Die Menge hatte aufgehört zu jubeln, jeder starrte aufgeregt, ja beinahe ehrfürchtig nach vorn und ich hatte wie immer schweißnasse Hände. Dass diese Wesen dort vorne eine immense Macht verkörperten, war in jeder Ecke der riesigen Höhle zu spüren. Sie verströmten Auren, die von jahrtausendealtem Wissen, Weisheit und Magie zeugten, und wie sie sich bewegten! Elegant, anmutig, ja beinahe schwebend.

»Alles in Ordnung?« Taylor beugte sich besorgt zu mir herüber und blickte mich prüfend an.

»Äh … ja, klar, warum fragst du?«

Er legte den Kopf schief. »Kein Hass, Wut oder was auch immer?«

Ich schluckte, dachte nach, horchte in mich hinein. Nein,

da war nichts. Kein Hass, kein plötzlicher Zorn, nichts. Nicht einmal, als ich direkt in Helena Ambrosoras Gesicht blickte.

Taylor nickte zufrieden. »Sehr gut. – Ich weiß zwar noch nicht, woher dieser Wandel kommt, aber vielleicht hast du dein Trauma ja auch überwunden.«

Er sah mich aufmunternd, beinahe stolz an und ich erwiderte seinen Blick, auch wenn ich diesem Frieden noch nicht ganz traute. Die Urfairies waren so weit weg von mir, aber was würde geschehen, wenn eine wenige Meter neben mir auftauchte?

In dem Moment ging ein Rauschen durch die Höhle, das fast wie das Toben eines ganzen Orkans klang, obwohl sich kein Lüftchen regte. Ich sah nach oben, in Richtung der Öffnung, durch die wir über die Wolke in die Höhle gelangt waren, denn von dort schien das Wirbeln und Tosen zu kommen. Und bald erreichte dieser unerklärliche Wind auch das Innere der Höhle, zerrte an den Gewändern der Zuschauer, wirbelte sämtlichen Staub und Asche auf, heulte ohrenbetäubend, sodass man nichts verstehen konnte. Ich bekam kaum Luft zum Atmen, hielt mir ein Taschentuch vor den Mund, griff mir an den Hals und rang keuchend nach Luft. Was zum Teufel war das? Ein Shuk-Angriff? Wo waren die Defenderre?

Dann jedoch sah ich, was diesen Wirbelsturm erzeugte. Wesen mit riesigen Flügeln in den unterschiedlichsten, funkelndsten Farben schraubten sich majestätisch in die Tiefe. Ein Raunen ging durch die Menge, begleitet von vielen erstaunten »Ah!« und »Oh!«. Die Schwingen hatten Spannweiten von mehreren Metern, sodass immer nur einer oder zwei gemeinsam inmitten der Höhle landen konnten, wo sie elegant die Flügel ineinanderfalteten, die sich dann irgendwie in Luft auflösten oder einfach nicht mehr sichtbar waren.

Es waren zehn Männer, die alle schwarze, elegante Anzüge trugen, alle wahnsinnig gut aussahen, durchtrainiert waren und jeder für sich auf seine eigene Weise irgendwie faszinierend. Einer davon war Arion, Helenas Schutzengel, und die anderen erkannte ich bei näherem Betrachten ebenfalls.

Doch noch ehe ich genauer über die majestätischen Engel nachdenken konnte, verließen diese samt den Urfairies die Plattform und setzten sich auf weiße Stühle, die wie Throne dahinter angeordnet waren. Das Licht verdunkelte sich erneut und die Scheinwerfer erloschen. Es ertönte eine wundervolle, langsame Geigenmelodie, begleitet von Flöten und Fackeln, kamen in Sicht, die von vielen Personen ehrfürchtig und in langsamen, bedächtigen Schritten der Melodie entsprechend in die Arena getragen wurden. Es sah wunderschön aus, wie der flackernde Feuerschein die Arena in ein romantisches Licht tauchte und die Melodie immer gewaltiger wurde. Zu den Flöten mischten sich nun Trompeten und Posaunen sowie dröhnende Fanfaren und mir lief eine Gänsehaut den Rücken hinab.

»Der Fackelzug der Absolventen«, erklärte Taylor neben mir.

Die Schüler und Schülerinnen gruppierten sich in Zweiergruppen und ließen sich, sobald sie die Bühne erreicht hatten, auf den vorderen, reservierten Sitzreihen nieder. Das Licht wurde wieder etwas heller und ich konnte sehen, dass sie lange dunkelrote Umhänge mit Kapuzen trugen, die ihr Gesicht größtenteils verhüllten. Somit wirkten sie unheimlich, fast wie Mönche oder die Mitglieder einer geheimen Sekte.

Josephine Amalie Andrews ging wieder zum Podest und wartete ab, bis das Publikum sich langsam wieder beruhigte und die letzten Klatscher abebbten.

»Meine Lieben, bevor wir mit der offiziellen Feier beginnen, möchte ich gerne der Opfer gedenken, die bei den weltweiten schrecklichen Anschlägen ums Leben kamen oder von den Shuk verschleppt wurden. Daher möchte ich euch bitten für eine Gedenkminute aufzustehen.«

Ein Rumpeln und Gemurmel ging durch die Menge, als alle sich erhoben, die Stühle zurechtschoben oder Sitze zurückklappten. Auch wir auf der Empore erhoben uns, verschränkten die Hände und schlossen die Augen. Beängstigende Stille legte sich über die Halle, hin und wieder unterbrochen von einem Husten oder Räusperer unter dem Publikum.

Ich dachte an die Opfer, stellte mir vor, ich sei an jenem Abend zum Beispiel in New York gewesen oder an einem der anderen Schauplätze, an denen die Shuk zugeschlagen hatten, und schüttelte den Kopf. Nein, daran wollte ich gar nicht denken. Mir hatte schon die Begegnung mit Evelyn gereicht, der ich um Haaresbreite entkommen war. Aber die vielen anderen, die nicht so viel Glück gehabt hatten ...

Ich sah auf. Ein anderes Geräusch hatte die Stille durchbrochen. Ein seltsames Geräusch, das im Moment überhaupt nicht hierherpasste: Hufgetrappel. Erst schnell wie im Galopp, dann Trab und schließlich Schritt. Dazu ein nervöses Wiehern, gefolgt von einem Schnauben. Und tatsächlich, ein pechschwarzes Pferd tänzelte mitten durch die Arena, dort, wo noch vor wenigen Minuten die Engel gelandet waren. Ich kniff die Augen zusammen und versuchte den Reiter zu erkennen, der – soviel ich sehen konnte – komplett ohne Sattel und Zaumzeug auf dem Rappen saß und diesen nur mithilfe seines Gewichtes zielstrebig in Richtung Bühne lenkte.

Ein Raunen und Getuschel ging durch das Publikum, vereinzelt auch der ein oder andere überraschte Aufschrei. Die Scheinwerfer wurden etwas heller und die Spiegel fingen das Gesicht des Reiters ein. Ich keuchte, wurde blass und mein Puls schnellte unwillkürlich nach oben.

Der junge Mann, der dort nur mit einer dunklen Jeans und einem leichten weißen Hemd, dessen obere Knöpfe offen waren, auf dem blanken Rücken des beeindruckenden schwarzen Hengstes saß, war kein Geringerer als Azarael, der oberste Engel.

Mein Herz raste, wie ich ihn dort so vor mir sah. Er war es wirklich! Nicht nur an den Spiegeln oder im Fernsehen, nein, er war nur wenige Hundert Meter von mir entfernt.

Langsam sickerte Erkenntnis durch die Menge und man hörte bereits den ein oder anderen hysterischen Schrei.

Ich bemerkte die Seitenblicke von Taylor, dem natürlich

nicht entgangen war, wie nervös ich von einem Bein aufs andere trat und mir meine schwitzigen Hände rieb.

»Immer noch alles in Ordnung mit dir?«, fragte er und sah mich besorgt an.

»J…jaa klar«, antwortete ich und konnte ein gewisses Zittern in der Stimme nicht unterdrücken. Verdammt, was war denn jetzt schon wieder los? Er sah mich weiterhin mit diesem durchdringenden Blick an.

Doch ich schwieg. Wie sollte ich ihm denn die vielen Träume erklären, in denen immer und immer wieder Azarael vorkam, obwohl ich ihm noch nie begegnet war?

Ich beobachtete ihn weiter, wie er in aller Seelenruhe durch die Menge ritt, das Pferd vorne an der Treppe anhielt, elegant von seinem Rücken sprang und es sich vor aller Augen einfach so in Luft auflöste. Er strich sich sein blondes halblanges Haar aus dem Gesicht und ging langsam die Stufen hinauf, nickte der Präsidentin hinter dem Pult kurz zu, die dort mit offenem Mund wie versteinert angewachsen schien, und gesellte sich zu den anderen Engeln, die hinter den Schicksalsfairies in einer Reihe Platz genommen hatten. Da für ihn anscheinend kein Stuhl reserviert war, ließ er sich kurzerhand auf einem kleinen Vorsprung in der Nähe nieder und betrachtete gelassen die Umgebung, so als wollte er sagen: »Macht euch wegen mir bloß keinen Stress.« Was hatte das zu bedeuten? Weshalb war er nicht eingeladen worden? Denn dass er hier vollkommen unangemeldet auftauchte, war deutlich an den Gesichtern der Urfairies und der Präsidentin zu sehen. Wie hatte er überhaupt diese magische Barriere durchbrochen, von der Taylor erzählt hatte?

Josephine Andrews hatte inzwischen ihre Fassung wiedergewonnen, entschied sich wohl dafür, Azarael komplett zu ignorieren, räusperte sich und gab jemandem ein Zeichen. Von den Seiten der Bühne traten in schwarze Kutten gehüllte Gestalten hervor und das Feuer, das zu Beginn der Feierlichkeiten bereits heute Morgen kurz auf der Plattform aufgeleuchtet hatte, flammte auf. Die Silhouetten der Schicksalsfairies und der Engel verschwanden somit größtenteils hinter dem flackernden Orange-Rot des gewaltigen Feuers.

Ich beobachtete gebannt, wie die erste Gruppe der Absolventen sich erhob und sich der Reihe nach vor der Treppe aufstellte.

»Andrea Amalia«, verkündete die Präsidentin und ihre Stimme hallte in der großen Halle donnernd wider.

Eine kleine, kurzhaarige Blondine streifte sich die blaue Kapuze zurück und schritt, anscheinend etwas nervös, die Stufen empor. Dort blieb sie vor dem Feuer stehen und warf der Präsidentin einen schüchternen Blick zu. Diese nickte und deutete mit einer ausladenden Bewegung ihres rechten Arms auf das Feuer.

»Ahh!« Mir entfuhr ein entsetzter Schrei und ich hielt mir erschrocken die Hand vor den Mund. Taylor lachte neben mir und legte mir beschwichtigend den Arm auf die Schulter. Ich war nicht die Einzige, die mit einem Aufschrei auf das reagierte, was soeben auf der Bühne vor sich ging, wie mir die vielen blassen Gesichter einiger Frisch-Gezeichneter in meinem Umkreis zeigten.

Die Blondine namens Andrea Amalia war geradewegs mitten in das Feuer getreten, das sich daraufhin aufbäumte, zischte und Funken sprühte, die bis weit in den Vulkan hinaufschossen.

»Alles in Ordnung«, sagte Taylor neben mir. »Da, schau!«

Und tatsächlich, Andrea war einfach durch das Feuer hindurchgegangen und erschien jetzt auf dessen Rückseite, nun nicht mehr mit der blauen Robe bekleidet, sondern mit einem atemberaubenden Gewand, das golden schimmerte und auf welches das Feuer rote und orangefarbene flackernde Farbnuancen warf. Mein Blick fiel staunend auf ihr dunkelblaues Prueba. Es hatte sich weiterentwickelt und zierte nun in geschwungenen Linien ihre Augenbrauen. Sie schien erleichtert und hielt eine kleine Schriftrolle in den Händen, die sie stolz vor sich hertrug wie eine Trophäe. Sie verbeugte sich kurz vor den Schicksalsfairies und trat dann zu Josephine Amalie Andrews, die sie mit dem allgemeinen Fairy-Gruß begrüßte, eine Hand vor dem Prueba, anschließend vor dem Mund. Die Präsidentin wiederholte die Geste, nahm ihr die Rolle ab und verkündete:

»Andrea Andern, an Beltane erwacht als Andrea Amalia, hat die Ausbildung an der MS Dayflower mit Auszeichnung abgeschlossen ...«, sie wurde von Applaus und vereinzelten Jubelpfiffen unterbrochen, »... und hat sich für die Laufbahn als magische Lehrkraft entschieden.«

Es wurde wieder applaudiert, die Präsidentin legte der Absolventin die Hände an die Stirn, wobei ihre Daumen über das weiterentwickelte Prueba strichen, als Zeichen ihrer Anerkennung. Andrea Amalia schloss die Augen, genoss beinahe ehrfürchtig diese symbolische Geste und kehrte dann, nachdem die Präsidentin sie mit einem Nicken entlassen hatte, mit einem strahlenden Lächeln zurück an ihren Platz.

»Julio Jaron«, schallte die Stimme von Josephine Andrews erneut durch die Arena, ungeachtet dessen, ob der Applaus für Amalia bereits abgeebbt war. Ein weiterer Absolvent lief die Treppe hinauf und durchschritt auf ein Zeichen der Präsidentin das Feuer, um in demselben rötlich orangefarben schimmernden Gewand wie zuvor bereits Andrea Amalia mit ebenfalls weiterentwickeltem Prueba wiederzuerscheinen. Auch er hielt eine Schriftrolle in den Händen.

»Julio Demenor, an Beltane erwacht als Julio Jaron, hat die Ausbildung an der MS Dayflower mit Belobigung abgeschlossen und hat sich für die Laufbahn als Seeker entschieden.«

Taylor neben mir pfiff anerkennend und sagte auf meinen schiefen Seitenblick hin: »Einer, der sich meine Rede zu Herzen genommen hat.«

Ich lächelte und sah wieder nach vorn.

Absolvent um Absolvent trat durch das Feuer, ließ seine Schriftrolle von der Präsidentin verlesen und setzte sich nach der symbolischen Handauflegung durch Josephine Andrews wieder in die Reihe seiner Zirkelkameraden.

Ich gähnte. Das Ganze war ja zu Anfang noch aufregend

gewesen, mittlerweile jedoch nur noch langweilig. Und das sollte nun die berühmt-berüchtigte Samhain-Feier sein? Das war beinahe eine normale Zeugnisübergabe, von der Sache mit dem Feuer einmal abgesehen.

»Wart's einfach ab«, erklärte Taylor neben mir beschwichtigend, doch ich seufzte und glaubte ihm nicht so recht.

Wenn ich mir die vielen Absolventen so ansah, die dort in ihren Roben vor der Bühne saßen, würde sich die ganze Aktion sicher bis zum Morgengrauen hinziehen. Na prima.

Ich lehnte mich in meinem Sitz zurück und bemerkte hinter mir Lila, die gerade ebenfalls gähnte. Ich lächelte.

Der mittlerweile zehnte – oder war es bereits der elfte? – Absolvent der MS Dayflower schritt soeben auf das Feuer zu und machte Anstalten, durch es hindurchzugehen, da ertönten laute Knaller, die wie Feuerwerksraketen oder Knallfrösche klangen, und alle sahen sich erstaunt um.

Dann setzten die Schreie ein, und in die Zuschauer der unteren Reihen kam Bewegung. Weitere Knaller ertönten und jetzt wurde mir schlagartig klar, dass es sich hierbei nicht um Böller, sondern um Schüsse oder Explosionen handelte. Das Zischen und Krachen von einschlagenden Feuerbällen hallte ohrenbetäubend von den Wänden wider, wie ich es schon tausendmal in den Unterrichtszirkeln vernommen hatte, nur war der Lärm dort längst nicht so laut und furchteinflößend gewesen. Überall leuchteten Flammen auf, dann begann die Erde zu beben und die panischen Schreie wurden lauter, kreischender, verzweifelter.

Ich sah, wie die Schickalsfairies von den Engeln nach hinten gedrängt wurden und aus meinem Blickfeld verschwanden, die Präsidentin hatte ebenfalls fluchtartig das Weite gesucht. Überall rannten Leute mittlerweile in Panik ziellos durcheinander, auch oben bei uns wurde das Geschiebe und Gedränge unerträglich. Ich sah mich mit geweiteten Augen um und mein Blick suchte meine Freunde Lila und Ralph, die jedoch bereits in der Menge verschwunden waren, die panisch aus der kleinen Tür drängte – nur weg von hier. Taylor packte mich grob am Arm und zog mich hinter sich her, versuchte sich durch die Menge zu drücken. Doch wir wurden weiter zur Seite abgedrängt.

In der gesamten Halle wirbelten vernichtende Feuerbälle und Wassersäulen umher, aus den Rissen in den Wänden bahnten sich meterdicke Wurzeln ihren Weg, packten panische Fairies an den Hälsen oder anderen Körperteilen, rissen sie mit sich in die Lüfte, um sie dort in Stücke zu reißen. Heulender Wind dröhnte in meinen Ohren, riss an den Kleidungsstücken, zog und zerrte an Körpern, hob viele in die Lüfte, wo sie sofort aus meinem Blickfeld verschwanden.

Ich spähte an Taylors Schulter vorbei hinab in die Mitte der Höhle, dorthin, wo noch vor wenigen Minuten die Absolventen aufgeregt durch das Feuer getreten waren, in den Augen die einzige Sorge stehend, ob sie wohl bestanden hatten. Was geschah eigentlich, wenn einer nicht bestanden hatte? Das würde ich wohl heute nicht mehr erfahren, schoss es mir durch den Kopf. Ich schüttelte den Kopf. Wieso dachte ich über so etwas nach, angesichts der Tatsache, dass die Welt sprichwörtlich um mich herum explodierte! Ich sah, wie die vielen Defenderre in der Halle versuchten, sich gegen eine Übermacht von in goldene Mäntel gehüllten Gestalten zu wehren, deren Pruebas im immer wieder aufflackernden Licht der Feuerbälle glitzerten und glänzten. Gold – die Farbe der Goldkinder! Shuk.

Einer von ihnen nahm Anlauf in Richtung erste Empore, sprang und flog regelrecht hinauf, landete in einer Traube panischer Fairies, die wie wir zu den Ausgängen drängten, und entzündete dort einen Feuerball, der jedoch geschickt von einem Defenderre, der in unserer Nähe postiert war, mit einem Wasserstrahl beantwortet wurde. Weitere Fairies mischten sich in den Kampf ein, aber der Shuk war verdammt stark. Mühelos parierte er sämtliche Angriffe, wehrte Pflanzenstränge und Wurzeln ab, schlug Windhosen zurück und verbrannte selbst das Wasser, als wäre es nichts. Und erst jetzt legte er richtig los und ging zum Angriff über. Ich sah, wie die ersten Fairies zu Boden gingen. Taylor wollte sich ihm entgegenstellen, das sah ich an seinen entschlossenen Augen. Als er jedoch einen Blick auf mich warf, entschied er sich dagegen.

»Wir müssen hier weg! Es sind zu viele und sie sind zu stark«, zischte er mit zusammengebissenen Zähnen.

Mein Herz raste, ich konnte nicht mehr klar denken, hatte nur noch ein Ziel: Raus hier, raus, weg, so weit ich nur konnte! Ich begann ebenfalls zu drücken und zu schieben, mischte mich in die panische Menge, schrie wie die anderen bei jedem weiteren magischen Angriff auf und warf immer wieder ängstliche Blicke zurück.

Auf den anderen Tribünen und unten in der Arena selbst nahm ich wie in Trance Umrisse von Körpern wahr, registrierte wohl, dass diese Fairies tot sein mussten, aber diese Erkenntnis kam noch nicht bei mir an. Ich zitterte am ganzen Körper, wollte nur weg von hier.

Auf dem Gang unseres Stockwerks krachte es gellend und Flammen schlugen uns entgegen, magische Flammen, die uns vernichten konnten, und sofort schrien die Fairies in meiner Umgebung auf, duckten sich instinktiv und hielten die Hände über die Köpfe. Taylor packte mich und zog mich hinter eine der Stuhlreihen. Dort drückte er mich auf den Boden.

»Stell dich tot!«

Ich kauerte mich zitternd auf den rauen Boden und versuchte meinen ganzen Körper so gut es ging zu verstecken. Taylor ließ sich ebenfalls neben mir nieder und beobachtete das Geschehen vor uns.

Erneut ein Knall, gefolgt von verzehrenden Flammen. Ich spürte die Hitze, die davon ausging, aber noch hatte uns die Stuhlreihe geschützt, die jetzt lichterloh brannte. Ein zweites Mal würde sie es nicht tun. Vor Entsetzen weiteten sich meine Augen, als ich sah, wie vor mir Fairies am Boden lagen, andere rannten in Panik rückwärts, manche stürzten sich Hals über Kopf über die Brüstung. Ich zitterte wie Espenlaub, schloss die Augen, betete innerlich.

»Bitte, bitte, lass sie uns übersehen. Bitte, bitte, bitte, bitte.«

Ich faltete die Hände, presste die Augen zusammen und wünschte mir nichts sehnlicher, als dass hier alles einfach nur einer meiner entsetzlichen Albträume war. Ich vernahm Keuchen ganz in meiner Nähe, blinzelte und sah weitere Fairies, die sich wie wir auf den Boden gelegt hatten und zitternd dort ausharrten. Da war ein junges, rothaariges Mädchen, das mich mit vor Angst glasigen Augen anstarrte und wie ich die Hände vor der Brust gefaltet hatte. Ein anderer Junge mit Sommersprossen im Gesicht und schwarzer Wuschelmähne lag ebenfalls in meiner Nähe und konnte das Zittern seines Körpers nicht abstellen. Ich hörte Schritte und sah entfernt die Kappen von eleganten, tiefschwarzen Herrenschuhen. Der Shuk riss grob am Kopf des Mädchens, legte ihm dann eine Hand auf den Kopf, ein Blitz zuckte auf und sie verdrehte die Augen, bewegte sich nicht mehr.

Ich versuchte stillzuhalten und schluckte den Schrei, der eben meiner Kehle hatte entweichen wollen, hinunter.

Die Schuhe wanderten zu dem zitternden Jungen hinüber, traten ihn unsanft in die Seite und drehten ihn um, sodass er nun mit dem Gesicht nach oben dalag und mit angsterfüllten Augen zur Decke starrte.

»Du bist frisch gezeichnet, nicht?«, fragte eine dunkle Männerstimme zu meiner Überraschung in recht freundlichem Ton.

Der Junge konnte nicht aufhören zu zittern und verstand in seiner Panik wohl nicht, was der Mann von ihm wollte.

Der Shuk trat ihn noch einmal in die Seite und brüllte jetzt nicht mehr freundlich:

»Bist du frisch gezeichnet?«

Weitere Schuhe traten zu dem ersten Paar. Sie waren weiß mit einigen hässlichen schwarzen Rußflecken und Dellen an den Seiten.

Der zweite Shuk fragte nicht erst lange, sondern packte den Jungen unsanft an den Haaren und zog ihn zappelnd hinter sich her, hinaus auf den Gang.

Der erste Shuk kam nun auf uns zu und mein Herz setzte für einen Moment aus. Jetzt war es soweit, gleich würde mein Leben enden.

Ich hörte, wie er zu mir herüberschlurfte. Wie Minuten verstrichen die Sekunden, es kam mir vor wie in Zeitlupe. Dann waren sie da. Direkt vor meinen Augen, die ich vor Panik und Angst wieder schloss. Der ganze tosende Lärm, die krachenden, explodierenden Feuerbälle, das Beben des Bodens, der heulende Wind – das alles rückte für mich in weite Ferne. Alles, was jetzt zählte, war dieser Mann, der vor mir in die Hocke ging. Mein ganzer Körper zitterte und bebte, doch ich zwang mich so ruhig dazuliegen wie nur irgend möglich. Eine Hand griff in meine Haare, legte sich wie eine Kralle um meinen Schädel und drehte mir ruckartig das Gesicht nach oben. Der Griff tat unendlich weh, zog an meinem Hals, bohrte sich in meinen Kopf, doch ich hielt die Augen geschlossen, versuchte mein Gesicht aussehen zu lassen, als wäre ich tot. Der Shuk kam ganz nah, ich spürte seine Körperwärme, den

Atem auf meiner Haut. Dann hörte ich ein plötzliches Stöhnen und Knacken, mein Kopf wurde von dem Druck befreit und ich kippte zur Seite. Ich schlug die Augen auf und blickte in ein Paar goldene Augen, die bewegungslos an mir vorbeistarrten.

Jemand fasste mir ans Gesicht, strich mir über die Wange. Taylor. Er hatte dem Shuk lautlos das Genick gebrochen, ohne dass dieser noch einen Ton hatte von sich geben können. Die beste Methode, um kein Aufsehen zu erregen.

Taylor reichte mir die Hand und zog mich hoch.

Zittrig und schwankend lehnte ich mich kurz an ihn, ignorierte die toten Körper und das viele Blut, die verbrannten, schwelenden Stühle, den Rauch, die Flammen um mich und folgte ihm wie in Trance. Die Kampfgeräusche inmitten der Höhle ebbten langsam ab, wurden leiser, bald war nur noch das Knistern von Flammen zu hören und Rauch vernebelte die Sicht, brachte uns zum Husten.

Taylor hatte sich neben die Tür gestellt, die auf den Gang führte, und schielte hinaus. Er hielt sich ein Stofftaschentuch vor den Mund, um den Rauch so gut es ging nicht einzuatmen, und reichte mir ebenfalls eines. Dann trat er wieder in den Türrahmen, lauschte. Ich stellte mich hinter ihn. Auf dem Gang schien niemand mehr zu sein, kein Geräusch drang von dort zu uns, keine Kampfgeräusche, kein Krachen, kein Husten.

Taylor war wohl derselben Meinung, denn er wagte es und schob sich weiter hinaus, bis er im Gang verschwunden war.

Dann sah ich nur noch seine Hand, die mir deutete ihm zu folgen.

Im Korridor war es stockdunkel. Sämtliche Beleuchtung war erloschen. Taylor wagte es, eine kleine Flamme vor seiner Handfläche erscheinen zu lassen, mit der man wenigstens Umrisse erkennen konnte. Der Gang war leer, von den leblosen Körpern am Boden abgesehen, die ich wieder versuchte zu ignorieren. Ich folgte Taylor, der im Slalom an den Leichen vorbeischlich, und hatte nach wie vor nur einen Gedanken: Raus, nur raus und weg von hier.

Dumpf klangen von irgendwoher die Einschläge von Feuerbällen an mein Ohr. Ich konnte einen leichten Aufschrei nicht unterdrücken und ging sofort in eine schützende Hocke. Taylor vor mir saß bereits auf dem Boden, seine Reaktion war beachtlich schnell, kaum sichtbar für mich.

Als es wieder eine Zeit lang ruhig war, krochen wir weiter und erreichten schließlich ein riesiges Tor, das vom Korridor abzweigte. Die beiden meterdicken Flügel waren aus den Angeln gehoben worden, soweit ich das im Schein der spärlichen Flamme erkennen konnte und dahinter befand sich nichts als Finsternis.

»Das ist der Eingang zu einem der Tunnel, die aus dem Vulkan hinausführen«, flüsterte Taylor, und nachdem er sich versichert hatte, dass auch hier keine Gefahr drohte, machten wir uns auf den Weg hinein in die Dunkelheit.

Taylor blieb plötzlich ruckartig stehen und ich stieß gegen seinen Rücken.

»Was ist los?« Meine Stimme war so leise, dass ich schon dachte, er habe mich nicht gehört. Dann jedoch kam seine leise Antwort.

»Wie gut kannst du klettern?«

»Was?«

»Wie gut kannst du klettern?«, wiederholte er.

»Nicht gut«, sagte ich und das entsprach der Wahrheit. Ich war in jeglichen Sportarten eine Niete.

»Schlecht. – Hör zu, Sophie.« – Er drehte sich um, sah mich mit ernstem Blick an. »Die Tunnel sind verschüttet, aber ich denke, ich kann uns den Weg einigermaßen freisprengen. Wir müssen versuchen, so gut es geht, über die Steine und das Geröll zu klettern.«

Ich schluckte. »Aber wenn du Feuermagie einsetzt, dann werden sie uns finden!« Meine Stimme klang jetzt panisch und verzweifelt. Ich musste mich beruhigen, um nicht in Tränen auszubrechen.

Er fasste mich an den Oberarmen. »Sophie, das ist unser einziger Ausweg.«

Mein Atem ging stoßweise, meine Lippen zitterten.

»Vertraust du mir?«, fragte er dann und ich sah auf, direkt in seine tiefdunklen Augen, die im Schein der Flamme noch schwärzer wirkten als sonst.

Ich nickte.

Dann nahm er mich an der Schulter und schob mich hinter sich. Die Flamme in seiner Hand wurde größer und größer, erleuchtete bald alles in unserer Umgebung. Die Hitze war so stark, dass ich mich abwenden musste. Dann hörte ich das Krachen, als der Feuerball vor uns einschlug, und noch ehe ich reagieren konnte, packte er mein Handgelenk und wir stürzten nach vorn. Ich stolperte über Geröll, Schutt und Asche, doch er zog mich einfach weiter, so schnell es uns möglich war. Ich hustete mehrmals, presste mir das Taschentuch vor den Mund, taumelte beinahe blind vorwärts.

Ein kleiner Schuttberg lag vor uns, über den wir klettern konnten. Ich verlor ständig den Halt, unter mir rollten Steine nach unten, ich schürfte mir Hände und Knie auf, aber Taylor trieb mich immer weiter an.

Die nächsten beiden Berge mussten wir sprengen. Ich betete, flehte beinahe darum, dass die Shuk uns nicht folgten, dass sie die Einschläge als ihr Werk interpretierten.

Dann begann die Erde zu beben.

Ich stellte die Beine breit, versuchte mich auf den Füßen zu halten, griff nach Taylors Arm, der sich nach hinten umsah. Ich sah seine weit aufgerissenen Augen, spürte seine Panik.

»Das ist unmöglich«, keuchte er.

»Was? – Was ist das?« Hysterisch drehte ich mich nach allen Seiten um, auf aus den Wänden schießende Wurzeln gefasst.

»Der Vulkan bricht aus!« Er rang nach Fassung, schluckte, atmete schwer.

»A… aber … aber, ich dachte er ist magisch versiegelt, stillgelegt?« Das hatten wir in den Zirkeln gelernt.

»Deshalb unmöglich – und doch passiert es.«

Mehr sagte er nicht, packte mich am Arm und zog mich mit sich. Jetzt war es egal, ob die Shuk uns hörten, er sprengte einen Schutthaufen nach dem anderen, bohrte seine Hand in meinen Arm, zerrte und zog an mir, trieb mich an, sein Tempo zu halten, was mir unendlich schwerfiel. Ich war eine schlechte Läuferin, aber die Panik trieb mich weiter.

Das Beben wurde stärker und erschwerte es, uns auf den Füßen zu halten. Mehrmals wackelten wir, stürzten zu Boden, rappelten uns wieder hoch, eilten weiter, nur um wieder zu stürzen. Ein erneuter Schuttberg, der uns das Vorankommen erschwerte, diesmal dichter als die anderen. Taylor zögerte nicht lange, erschuf einen Feuerball, sprengte die Wand, wurde diesmal aber von der Wucht zurückgeschleudert.

»Lauf weiter!«, schrie er und ich rannte los, wohl wissend, dass er mich schnell wieder einholen würde.

Ich rannte und rannte, meine Lungen brannten, mein Körper schmerzte, ich keuchte, zwang mich immer weiter und weiter, vernahm bald hinter mir wieder Taylors Schritte, sah das Flackern seiner Flamme, hörte sein schweres Atmen dicht hinter meinem Kopf, was mich wieder antrieb.

Wir schaffen es, wir schaffen es!, sagte ich mir immer wieder.

Dann stolperte ich, stürzte zu Boden, überschlug mich mehrmals. Die Luft wurde mir aus den Lungen gepresst. Mein Körper schrammte gegen Felsen und Geröll und blieb schließlich verkrampft und verrenkt liegen.

Ich stöhnte, ein heftiger Schmerz durchzuckte meinen

Arm und ich wälzte mich zur Seite. Sterne tanzten vor meinen Augen, ich blinzelte, setzte mich mühsam auf, ignorierte die Schmerzen und sah mich um. Erst jetzt registrierte ich meine Umgebung. Ich lag auf felsigem, spitzem Gestein und über mir strahlte ein sternenübersäter Himmel, durchzogen von Rauchschwaden, die vom riesigen Berg in meinem Rücken aufstiegen. Wir hatten es geschafft! Wir hatten den Tunnel durchquert!

Ich hielt mir den schmerzenden Arm schützend vor den Körper und sah mich nach Taylor um, von dem jedoch jede Spur fehlte.

»Taylor!«, rief ich leise. »Taylor, wo bist du?«

Ich rappelte mich hoch, drehte mich im Kreis, lief einige Schritte zur Seite. Er war doch dicht hinter mir gewesen? Ich hatte ihn doch gehört!

»Sophie?«, hörte ich da jemanden rufen und hinkte in die Richtung, aus der das Rufen kam.

Es war Taylor. Gott sei Dank. Ich humpelte zu ihm, doch gerade als ich ihm nahe genug war, nahm ich hinter ihm eine Gestalt wahr, die einen goldenen Mantel trug, der im Licht der Sterne funkelte.

Reflexartig nahm ich meinen Arm hoch und schickte dem Angreifer meine einzige Waffe entgegen, die ich besaß: einen Feuerball von immenser Größe, der wie ein flammendes Inferno auf die Gestalt zuwirbelte. Der Shuk stieß einen überraschten, erstickten Schrei aus, ging dann in Flammen auf und zerbarst zu Asche. Erschrocken vor meiner eigenen

Magie keuchte ich, warf die Hände vor den Mund und taumelte einige Schritte rückwärts. Auch Taylor war verblüfft, doch er war sofort wieder Herr der Lage, packte mich und sagte:

»Lauf, Sophie! Lauf den Anhang hinunter durch die Stadt und versuch irgendwie zum Schiff zu kommen! Ich bleibe dicht hinter dir, aber schau nicht zurück! Schau nicht nach mir! Lauf einfach weiter! Einfach Richtung Hafen! Wir schaffen das!«

Ich nickte panisch, Tränen liefen mir übers ganze Gesicht, ich zitterte, mein Körper rebellierte und dann lief ich los.

* * *

Ziellos rannte ich durch enge Gassen, hörte meine eigenen Schritte über das Kopfsteinpflaster trappeln, vernahm in der Ferne immer wieder panische Schreie und das Grollen des Vulkans, der kurz vor dem Ausbruch stand. Es war der blanke Horror und ich lief, wie ich noch nie in meinem Leben gelaufen war, ganz meinem Instinkt vertrauend, wie in Trance. Ich stand so unter Schock, dass ich die toten Körper, über die ich hier und da stolperte, nicht wirklich als solche wahrnahm, sondern vielmehr als simple Hindernisse, die es zu überwinden galt. Mein Körper rebellierte bereits nach wenigen Metern, da er noch ganz ausgelaugt vom Laufen und der Kletterei im Tunnel war, doch als ich hinter mir Schritte hörte und Taylors antreibende Stimme vernahm, wurde ich unbewusst schneller, zwang mich weiter und weiter. Mein Arm war inzwischen taub vor Schmerz, doch ich hielt ihn nach wie vor schützend vor meine Brust.

Ich bog in eine Gasse ein, hörte auf Taylors Schritte, ob sie mir folgten, stoppte abrupt, als ich Gestalten wahrnahm. Ich hatte keine Zeit, um zu überprüfen, ob es Shuk waren oder nicht, nur eine Sekunde hätte mich mein Leben kosten können, und darauf vertrauen, dass ich noch einmal solch einen Feuerball erschaffen konnte, durfte ich nicht. Ich drehte mich um und bog entschlossen in eine andere Seitenstraße ein.

So ging es mehrere Male. Immer wieder musste ich meinen Weg ändern und war mir mittlerweile überhaupt nicht mehr bewusst, wo genau in der Stadt ich mich befand. War ich noch auf dem Weg zum Hafen? Hatte ich bereits unbemerkt umgedreht und rannte blindlings zurück in Richtung Vulkan? Nein, daran durfte ich keine Sekunde denken. Wo war Taylor?

Ich lief weiter, die nächste Gasse, die nächste Straße. Es kam mir wie eine halbe Ewigkeit vor, endlose Sekunden, Minuten, laufend, irrend, stolpernd, und plötzlich war er da.

Vor mir.

Strahlend hell beleuchtet, als wäre nichts geschehen.

Der Hafen.

Ich taumelte mehr darauf zu, als dass ich ging, blendete jegliche Geräusche aus, steuerte einfach auf die Schiffe zu. Wie durch einen Tunnel nahm ich die MS Fairytale ins Visier und registrierte die vielen Defenderre kaum, die sich wie eine Armee vor der Flotte von Schiffen aufgebaut hatten.

Ich stolperte die Reling hinauf, stürzte mich ins Innere und brach vor der Rezeption keuchend und hustend zusammen. Dann übergab ich mich und mir wurde schwarz vor Augen.

KAPITEL 11

Jemand hatte mir eine glitzernde, raschelnde goldsilberne Rettungsdecke um die Schultern gelegt und mir ein heißes Getränk in die Hand gedrückt. Ich lag auf einem der Sofas in der Lobby, um mich viele Fairies und Frisch-Gezeichnete, dazwischen herumirrende Seeker, Defenderre, Lehrkräfte. Einige waren verzweifelt, fragten immer wieder nach Namen, erhielten jedoch nur fadenscheinige Antworten oder Ausflüchte. Ich lag teilnahmslos in meinen Kissen und sah dem hektischen Treiben zu, das wie in Zeitlupe vor meinen Augen ablief. So reagierte ich erst, nachdem mich jemand zum wahrscheinlich zehnten Mal ansprach und schließlich an meinen Schultern rüttelte.

»Sophie?«

Ich blinzelte müde und sah auf. »Hm?«

Zwei besorgt dreinblickende, panische grüne Augen musterten mich kritisch.

»Wissen Sie, wo Ihre Freunde sind? Lila, Ralph?«

Ich schüttelte den Kopf.

»Taylor Tayugan?«

Ich sah auf, blickte verstört um mich.

»Er war hinter mir, er muss gleich hinter mir aufs Schiff sein! Er …« Ich brach ab, als sie seufzte und beinahe unmerklich den Kopf schüttelte.

Ich umkrampfte meine Tasse, ignorierte den Schmerz der Hitze auf meiner Haut. »Nein«, hörte ich mich leise sagen. »Nein!« Laut dröhnte mein Schrei in meinen Kopf. Ich schloss die Augen, spürte, wie sie mir kurz über den Kopf strich und sich dann hastig abwandte.

An jemanden gerichtet, fügte Miss Ishanti hinzu:

»Sie ist eine meiner Schülerinnen. Aber ich kann immer noch nicht sagen, wie viele noch fehlen. Ich vermute … Nein, ich kann nicht einmal Vermutungen anstellen. Ich sehe nur, dass ich sehr viele hier nicht kenne.«

»Lauren, alle sind in Panik auf irgendwelche Schiffe geflüchtet«, antwortete ein Mann drängend, der Kapitän. »Wir müssen ablegen! Der Vulkan kann jede Sekunde ausbrechen! Und was dann hier los ist, brauche ich dir ja nicht zu erklären.«

»Aber … aber … meine Schüler! Es sind noch …«

»Wir müssen ablegen!« Mit einer einzigen entschiedenen Handbewegung brachte er sie zum Schweigen. »Die MS Daytona ist bereits weg, ebenso die MS Fairyland!«

Dann brüllte er laut: »Wir legen ab!«

Ich wollte aufschreien, warten, bis ich meine Freunde gefunden hatte, bis Taylor hier war, aber ich konnte mich nicht bewegen. Die Schockstarre hielt meinen gesamten Körper gefangen und so saß ich einfach nur da und beobachtete apathisch die Umgebung.

Nur wenige Sekunden später bemerkte ich, wie das Schiff sich in Bewegung setzte und langsam aus dem Hafen glitt.

Ich sank in meine Kissen, schloss die Augen und wollte heulen, einfach nur heulen, aber die Tränen stellten sich nicht ein. Ich wollte am liebsten alles vergessen, was geschehen war, die Bilder aus meinem Gedächtnis löschen – für immer.

* * *

Als ich aufwachte, ging gerade die Sonne auf. Es war Ironie, dass es einer der schönsten Sonnenaufgänge war, die ich bisher miterleben durfte. Schöne, warme Farben – sattes Rot, mildes Gold, leuchtendes Orange und andere ähnliche Töne – drangen durch die hohen Scheiben der Hotel-Lobby und tauchten die gesamte Empfangshalle in romantisches, glitzerndes Licht.

Matt setzte ich mich auf, blinzelte und schirmte mit meiner Hand mein Gesicht vor den blendenden Sonnenstrahlen ab. Zittrig schob ich meine Beine über den Rand des Sofas und keuchte auf. Man hatte mir meinen gebrochenen Arm notdürftig bandagiert, und wie bei allen Fairies heilten auch meine Knochen schnell, die Schmerzen waren längst nicht mehr so schlimm, leider jedoch nicht die seelischen. Wackelig stand ich auf und setzte langsam einen Fuß vor den anderen, schob mich mehr oder weniger durch die Halle, bemerkte nicht, wie ich meine Decke verlor, und kam erst wieder zu mir, als mich jemand umarmte und sich an mich klammerte.

»Gott, Sophie, Sophie, bin ich froh, dass du endlich wach bist und dass es dir gut geht!«, schluchzte Lila an meiner Schulter und grub ihre Fingernägel so tief in meine Schulterblätter, dass es fast schon schmerzte.

Ich sah sie matt an, schloss dann unglaublich erleichtert meine Arme um sie und so hielten wir uns eine Weile stumm aneinander fest. Tränen liefen uns beiden übers Gesicht und jede hing an der anderen wie eine Ertrinkende. Um uns herum wuselten Krankenschwestern, Heiler, Fairies und Lehrkräfte, die sich um die Verletzten kümmerten, die teils bluteten, teils humpelten, teils in Rollstühlen saßen oder gar auf Pritschen lagen. Alle – ausnahmslos alle – waren kreidebleich und jedem stand der Schock der Samhain-Nacht ins Gesicht geschrieben. Jeder von ihnen hatte den blanken Horror durchlebt und war momentan nicht mehr Herr seiner Sinne.

Und dennoch hielt sich das Stimmengemurmel trotz der unzähligen Fairies im Saal in Grenzen. Oft hörte man nur den Befehlston der Heiler oder das vereinzelte Schluchzen und Weinen der Trauernden.

Fassungslosigkeit – das konnte ich in allen Augen lesen.

Dann registrierte ich erst, was sie zu mir gesagt hatte.

»Endlich wach? Was soll das heißen? Wie lange habe ich denn geschlafen?«, fragte ich, löste mich langsam von Lila und wischte mir die Tränen mit den Ärmelenden aus den Augen.

»Na ja, ein paar Tage«, antwortete sie achselzuckend. »Zwei, um genau zu sein.«

Ich zog die Augenbrauen hoch und atmete tief aus. Dann sah ich mich um. »Wo ist Ralph?«

Sie brach erneut in Tränen aus. »Gott, Sophie, es war so furchtbar!«, schluchzte sie und legte ihr Gesicht in ihre Hände.

»Ist er tot?« Meine Stimme klang schrill, voller Angst.

Sie schüttelte den Kopf. »Sie haben ihn mitgenommen. – Die Shuk.«

»O Gott!« Ich warf die Hände vor den Mund und starrte sie voll Entsetzen an.

»Wo ist Taylor?«, wollte sie im Gegenzug von mir wissen.

Ich schüttelte den Kopf, Tränen traten mir in die Augen, als ich ihr erzählte, wie er mich durch den Tunnel geführt hatte, wie wir durch die Stadt gehetzt waren und wie ich allein auf dem Schiff angekommen war.

»Es ist alles so schrecklich. So, als ob deine schlimmsten Albträume alle auf einmal Realität geworden wären.« Sie fuhr sich zittrig mit den Fingern durch die zerzausten Haarsträhnen, lehnte sich gegen die Flurwand und stützte einen Fuß ab.

Ich konnte nur stumm nicken, stellte mich neben sie und nahm ihre Hand. Eine Weile beobachteten wir das Treiben um uns herum, die vielen umherlaufenden Fairies, die einen mehr, die anderen weniger traumatisiert.

»Hier in der Halle sind diejenigen, die nicht so schlimm verletzt sind«, sagte Lila dann leise. »Die anderen ... die, die auf magische Weise verletzt wurden, sind oben auf dem Unterrichtsplateau und teilweise sogar in den Dimensionen.«

Ich kaute an meiner Unterlippe.

»Diese Shuk waren unglaublich stark!«

Lila sah mich ernst an. »Ich habe ein Gespräch zwischen zwei Heilern mit angehört. Das waren keine normalen Shuk.«

»Wie, keine normalen Shuk? Was ist denn an einem Shuk schon normal?«, entfuhr es mir laut.

»Schschschsch!«, fuhr Lila mich an und legte ihren Zeigefinger an die Lippen. »Nicht so laut!«

Ich nickte und setzte flüsternd hinzu: »Ich meine, was heißt keine normalen Shuk?«

Sie zuckte mit den Schultern. »Ich weiß auch nicht, was das heißt. Vermutlich besonders trainiert oder talentiert oder so.«

Sie sprach mittlerweile so leise, dass ich sie kaum verstehen konnte, und schenkte mir einen verschwörerischen Blick.

»Sollen wir auf meine Kabine gehen? Dort können wir vielleicht ungestört reden«, schlug ich vor.

Doch sie schüttelte den Kopf.

»Wir dürfen im Moment nicht auf die Kabinen. Sie wollen etwas umstrukturieren, da so viele hier sind, die nicht der MS Fairytale angehören, und wiederum sind viele von uns auf anderen Schiffen. Sie wollen erst einmal eine Bestandsaufnahme machen, wie viele Seelen an Bord sind, und uns dann neu verteilen.«

»Und unsere Sachen?« Ich wurde wieder etwas lauter und zog die Augenbrauen hoch. Lila lächelte matt.

»Die habe ich bereits geholt. Stehen alle neben deinem Sofa, vorne in der Halle.« Dann stieß sie mich in die Rippen, um mich etwas aufzuheitern. »Hey, vielleicht bekommen wir ja eine Außenkabine oder sogar eine Balkonkabine!«

Ich zwang mich zu einem schiefen Lächeln. »Ja, vielleicht.«

Dann wurden wir wieder ernst.

»Gott, der arme Ralph«, sagte ich und fuhr mir mit meinen Fingern durch die Haare.

Lila starrte vor sich auf den Boden und schwieg. Ich hätte mich selbst ohrfeigen können, dafür, dass ich wieder davon angefangen hatte.

»Was hältst du von einem kleinen Spaziergang oben an Deck? Ich glaube, ein bisschen frische Luft tut uns ganz gut.« Lila nickte matt, kämpfte mit den Tränen und ich fügte schnell hinzu: »Ich hoffe, das ist im Moment nicht verboten?«

Sie schüttelte den Kopf. »Nein. Ich war schon öfters oben. Es tut gut, sich ein wenig Wind um die Nase wehen zu lassen.«

So schlenderten wir wenig später oben auf Deck 15 herum, genauer gesagt auf dem Jogging Track. Dieser war früher vor allem für die Frühsportler unter den Fairies reserviert gewesen, die meist in den Morgenstunden hier ihre Runden gedreht hatten. Jetzt spazierten hier viele Fairies und Frisch-Gezeichnete in langsamem Tempo umher, sogen die frische Seeluft ein und beobachteten die Wellen, die sich vorne am Bug des Schiffes laut brachen.

»Also, wie ist es möglich, dass die Shuk überhaupt auf Samhana gelangen konnten? Und dann konnten sie auch noch während der Zeremonie in die Vulkanhöhle, trotz magischer

Versiegelung?« Grübelnd bohrte ich meinen Blick auf den gummierten, weichen Boden.

»Ich weiß nicht genau. Darüber ist man sich nicht so ganz einig«, sagte sie in leisem Ton. Sie drückte sich eng an mich und flüsterte, sodass ich selbst kaum ihre Worte verstehen konnte. »Man munkelt, jemand äußerst Mächtiges sei mit ihnen im Bunde, weswegen sie auch plötzlich so stark seien.«

Ich zog die Augenbrauen hoch und sah sie fragend an. »Jemand äußerst Mächtiges?«

Sie nickte verschwörerisch.

»Jemand, von dem es hieß, er könne nicht wiedergeboren werden.« Sie sah mir tief in die Augen.

»Du meinst ...?«, setzte ich an und sie legte einen Finger vor den Mund, nickte jedoch.

»Psst. Das sind alles nur Vermutungen, wie gesagt.« Dann setzte sie noch leiser als zuvor hinzu: »Aber wenn das wirklich wahr ist ... O Gott, dann will ich nicht wissen, was uns noch bevorsteht.«

Angst kroch in mein Herz und schnürte mir buchstäblich die Kehle zu.

Wir sahen uns ernst an, beide kreidebleich, hielten uns an der Hand, blieben stehen und starrten aufs offene Meer hinaus.

»Sophie?«, hörte ich da jemanden meinen Namen rufen.

»Sophie?« Ein zweites Mal und ich drehte mich um. Mein Feuerlehrer, Fancy, kam schnellen Schrittes auf mich zu. Er sah müde und abgespannt aus, hatte dunkle Ringe unter den Augen und auch sein Körper wirkte irgendwie ... gebrochen. Er reichte mir einen Spiegel. Auf meinen fragenden Blick hin deutete er auf das, was in dem Spiegel abgebildet war.

»Frankie, dein Seeker, möchte dich sprechen«, sagte Fancy und da erkannte ich das vertraute Gesicht meines ehemaligen Seekers hinter der spiegelnden Glasoberfläche, der mir müde und mit schwarzen Augenringen entgegensah.

»Frankie«, sagte ich leise und musste schon wieder gegen den Kloß im Hals und die aufsteigenden Tränen ankämpfen.

»Sophie!« Er klang erleichtert. »Gott sei Dank. Es ist schön, dich zu sehen.« Er bemühte sich um ein Lächeln, was ihm aber nur sehr schwer gelang.

»Frankie, ich bin auch froh, dich zu sehen«, antwortete ich und schluckte. Er wollte sicher wissen, ob ich etwas von Taylor gehört hatte.

»Sag, wie geht es dir?«

»Den Umständen entsprechend«, murmelte ich. »Ich habe einen gebrochenen Arm, der bereits heilt. Aber das ist alles.«

Kurzes Schweigen.

»Das meine ich nicht.« Er atmete tief ein. »Ich meine, wie es dir geht, wegen Taylor und wegen ...« Er machte eine längere Pause. »Natascha.«

Bei dem letzten Wort zitterte seine Stimme hörbar und eine schreckliche Vorahnung überkam mich. Mein Herz zog sich zusammen. Ich wollte das Gespräch am liebsten beenden, wollte nicht wissen, was mit Taylor oder Natascha war.

»Wie … wieso?«, fragte ich dennoch und meine Stimme war kaum zu hören.

»Du weißt es noch nicht?«

Ich wagte kaum weiterzusprechen. »Was sollte ich wissen?«

»Natascha …« Er zögerte. Es fiel ihm schwer weiterzusprechen. »Sie … sie ist tot«, sprach er schließlich die schreckliche Nachricht aus.

Schweigen.

Ich sah sie vor mir, die schöne, feurige rote Natascha, meine Seekerin. Meine erste Freundin unter den Fairies. Ich erinnerte mich noch deutlich an unser erstes Gespräch, damals am Strand hinter dieser Bar bei Lloret de Mar, und an unser letztes, vor ein paar Tagen. O mein Gott, das Baby!

»Sophie?«, riss mich Frankie aus meinen Gedanken. Er hatte Tränen in den Augen.

»Frankie.« Meine Stimme brach, jetzt konnte ich die Tränen nicht mehr zurückhalten. »Das … tut mir so unendlich leid«, brachte ich schließlich hervor.

Er schluchzte, nickte, rieb sich über die Augen, wischte sich die Tränen vom Gesicht. Dann blickte er mich wieder ernst an.

»Sophie, du warst die Letzte, die Taylor gesehen hat. Weißt du, was mit ihm geschehen ist?«

Ich merkte, wie meine Hand, die den Spiegel hielt, zitterte, und biss die Lippen aufeinander. Bis jetzt hatte ich nicht daran denken wollen, dass Taylor tot sein könnte. Etwas in mir klammerte sich krampfhaft an die geringe Wahrscheinlichkeit, dass er noch lebte.

»Nein«, hörte ich mich monoton sagen.

Frankie seufzte am anderen Ende.

»Er … er hat mich beschützt«, fügte ich schnell hinzu. »Er hat mich aus den Tunneln gerettet.« Die Tränen rannen mir nun unaufhaltsam über die Wangen. »Wir …«, ich brach ab, wusste nicht, wie und ob ich meinen Feuerball überhaupt erwähnen sollte, »… konnten einen Shuk abwehren. Taylor hat mir dann gesagt, ich solle durch die Stadt zum Hafen rennen. Er würde mir folgen. Ich bin losgelaufen und habe, wie er es gesagt hat, mich kein einziges Mal umgedreht. Aber ich habe ihn dicht hinter mir gehört, bis …«, ich schluchzte, »… bis ich allein auf dem Schiff angekommen bin.«

Frankie schwieg, schloss die Augen, rieb sich verzweifelt über die Stirn und die Augen. Dann rang er sich ein müdes Lächeln ab.

»Taylor hat dich mit seinem Leben beschützt, Sophie. Ich bin sehr stolz auf ihn und das solltest du auch sein.«

Ich schluchzte auf, wischte die nassen Tränen weg, nur damit sie sich erneut ihren Weg bahnten.

»Danke, Frankie«, brachte ich flüsternd und schluchzend hervor.

»Wenn du willst, komme ich dich besuchen, sobald ich weiß, wo die Fairytale das nächste Mal anlegt.«

»Das ist lieb von dir«, schniefte ich. »Aber ich habe eine Freundin hier auf dem Schiff wiedergefunden. Wir …«, ich warf einen Seitenblick auf Lila, die mich mitleidig ansah, »… trösten uns gegenseitig.«

»Das ist gut«, sagte Frankie am anderen Ende. Er atmete noch einmal tief ein und aus. »Melde dich. Ich bin immer für dich da.«

»Danke«, sagte ich matt.

»Mach's gut, Sophie.«

»Du auch.«

Die Verbindung war zu Ende. Frankie hatte aufgelegt.

Ich wischte mir die Tränen aus dem Gesicht, versuchte mich zu beruhigen und reichte Fancy schließlich den Spiegel, aus dem Frankies Gesicht erloschen war und stattdessen mein verquollenes erschien.

Mein Lehrer nahm mich kurz in den Arm, dann drehte er sich um und verschwand wortlos, und mir kam der Gedanke, wie viele Bekannte und Freunde er wohl verloren hatte.

Ich schluchzte noch ein paarmal und drehte mich dann zu Lila um.

»Wer ist noch alles gestorben oder verschleppt worden, die ich kenne?«, fragte ich bestimmt. Ich wollte nicht wütend klingen und dennoch klang es beinahe so. Sie zuckte ein wenig zusammen.

»Dr. Hallin ist tot«, begann sie jedoch sofort.

Das ernste Gesicht des grauhaarigen Akademieleiters der Fairytale erschien vor meinen Augen.

»Miss Ishanti hat die provisorische Nachfolge angetreten«, fügte sie hinzu.

»Hm«, sagte ich und atmete tief ein. »Wer noch?«

»Ich weiß nur von ein paar wenigen. Insgesamt sind

wohl etwa um die hundertfünfzigtausend Fairies ums Leben gekommen. Knapp dreihundertfünfzigtausend haben sich retten können. Man schätzt, dass etwa fünfzigtausend Frisch-Gezeichnete verschleppt wurden. Aber wahnsinnig viele werden noch vermisst.«

Ich riss die Augen auf? So viele? Ich hielt vor Schreck die Hand vor den Mund und starrte Lila wortlos an.

»O mein Gott«, brachte ich mühsam heraus, »hat sich die Regierung schon geäußert?«, wollte ich dann wissen und fügte noch zweifelnd hinzu: »Falls es die noch gibt?«

Lila nickte. »Ja, die gibt es noch. Sowohl der Rat als auch alle Schicksalsfairies konnten sich rechtzeitig von der Insel retten. Die Präsidentin hat gleich am ersten Tag nach dem Anschlag von irgendeinem Schiff aus eine Ansprache gehalten. Wo genau sie sich aufhält, ist natürlich geheim.«

»Und was hat sie gesagt?«

»Hm«, seufzte Lila und zuckte mit den Schultern. »Das Übliche. Sie hat in etwa gesagt, wie schrecklich die Vorkommnisse sind, wie sehr sie den Anschlag verurteilt, dass ihr Mitgefühl bei den Angehörigen der Toten, Verschleppten und Vermissten ist, dass alles Mögliche getan wird ... Kurzum ...«

»Bla, bla, bla«, setzte ich ihren Satz fort und legte einen Arm vorsichtig auf die Schiene.

Lila nickte seufzend. »Ja, aber sie hat auch erklärt, dass sich die Fairies jetzt im Krieg befänden, und hat den Ausnahmezustand verkündet.«

Ich zog die Augenbrauen hoch.

»Sämtliche Defenderre, Seeker und sonstige im Kampf ausgebildete Fairies, die mit Waffen umgehen können, wurden zu irgendwelchen Trainingslagern beordert. Auch viele der Absolventen wurden eingezogen. Einige haben sich sogar bereits freiwillig gemeldet.«

»Und wie soll das vor sich gehen – dieser Krieg? Ich meine, es gibt ja nicht einmal ein Land, in dem sich die Shuk aufhalten und gegen das man Krieg führen könnte? Die Shuk sind eine Untergrundorganisation, niemand weiß, wo sie sich befinden!«

»Beruhig dich, Sophie!«, versuchte sie mich zu beschwichtigen und legte mir beide Hände auf die Schultern. »Meinst du, das weiß unsere Regierung nicht? Ich bin mir sicher, sie haben Pläne und Ideen, wie man gegen die Shuk arbeiten kann.«

»Was bedeutet dieser Ausnahmezustand?«, fragte ich weiter, noch immer leicht aufbrausend.

»Für uns im Prinzip keine Veränderung. Wir sind auf den Schiffen sicher. Die Sicherheitsstandards werden noch weiter erhöht, was bedeutet, mehr Defenderre, Soldaten und sonstige Kämpfer an Bord zu unserem Schutz. Die Fairies, die unter den Menschen leben, wurden angewiesen, an besonderen Verteidigungszirkeln teilzunehmen. Ebenso hat man angekündigt die Geheimdienste aufzurüsten.«

Ich nickte schweigend und starrte aufs Meer hinaus. Krieg! Die Fairies befanden sich im Krieg!

Angst schnürte mein Herz zu, weil ich nicht wusste, was da auf uns zukam.

Lila räusperte sich leise. »Susanna wurde ebenfalls verschleppt und Melody wurde getötet.«

Ich sah sie an und die makellosen, mit Schminke zugekleisterten Gesichter von Skipper und Shelly erschienen vor meinen Augen. Ich hatte sie nicht gemocht, aber das hätte ich ihnen nie gewünscht.

»Und Barbie?«

»Tanja hat es zurück aufs Schiff geschafft. Aber glaub mir, sie ist nicht mehr sie selbst. Sie ist anscheinend wirklich nur um Haaresbreite entkommen.«

Ich nickte verständnisvoll.

»Sie ist täglich in der Royal Area. Dort sind momentan Geistheiler untergebracht, bei denen man sich in psychiatrische Therapie begeben kann, um die traumatischen Erlebnisse zu verarbeiten. Sie sind ganz gut, ich hatte auch bereits eine Sitzung.«

Ich zog die Augenbrauen hoch und mir kam in den Sinn, was Lila wohl alles erlebt hatte. Ich sah ihr jedoch an, dass sie darüber jetzt nicht sprechen wollte, und so wechselte ich zu einem anderen Thema.

»Was wird aus unserer Beltane-Zeremonie im nächsten Jahr?«

Sie zuckte wieder mit den Schultern. »Sie findet auf jeden Fall statt. Aber wie und in welchem Rahmen, das ist noch völlig unklar. Ich meine, der Anschlag ist ja erst ein paar Tage her. Alle versuchen das Geschehene irgendwie zu verarbeiten.«

»Was ist aus der Insel Samhana geworden?« Vor meinem inneren Auge erschien ein Bild von einem ausbrechenden Vulkan, der nach und nach die ganze Insel mit sich ins Meer zieht.

»Samhana gibt es nicht mehr.« Lila machte meine traurige Vorstellung zur Wirklichkeit. »Aber – es heißt, sämtliche Elementarier werden demnächst mit dem Wiederaufbau beginnen.«

Ich zog die Augenbrauen hoch, wollte etwas erwidern, brachte aber nur ein mattes Nicken zustande.

Schweigend schlenderten wir weiter nebeneinander her. Ich hatte keine weiteren Fragen beziehungsweise wollte ihr momentan auch keine mehr stellen. Wir nutzten beide die Stille, um unseren Gedanken nachzuhängen, und ich versuchte, so gut es ging, das eben Gehörte weitestgehend zu verarbeiten.

Wie würde es mit den Fairies weitergehen? Wie würde die zukünftige Welt aussehen, und vor allem, was würde das für uns Frisch-Gezeichnete bedeuten? Das Leben würde beherrscht sein von Terror, Angst und Gewalt.

Ich wollte gar nicht daran denken.

Alles hatte sich in nur einer Nacht verändert, einfach alles. Wir hatten Freunde verloren, Lehrkräfte, Schüler, deren Tod und Verschwinden uns komplett aus der Bahn warf.

Wie konnten, nein, wie *sollten* wir da zur Normalität zurückfinden?

Plötzlich wollte ich keine Fairy mehr sein, wollte zurück in mein altes Leben, in dem alles so friedlich und wohlbehütet gewesen war. Ich war so glücklich gewesen, und jetzt?

Jetzt gab es für mich kein Zurück mehr.

Ob ich wollte oder nicht, im kommenden Jahr würde ich mich vollständig in eine Fairy verwandeln und ich wusste, das war erst der Anfang.

EPILOG

Ein Auto fuhr in rasantem Tempo die trockene Straße entlang und wirbelte Staub auf. Sie hustete und verfluchte den Fahrer insgeheim.

Der Fahrtwind spielte mit ihren dichten, dicken pechschwarzen Locken, hob sie hoch in die Lüfte und zog leicht an ihnen. Sie warf den Kopf zurück und beobachtete mit ihren tiefgrünen Augen weiter die Umgebung. Es war so schön, nach Hause zu kommen. Nach Hause! Allein das Wort war herrlich!

Dann jedoch wurde sie ernst und die Erinnerung an den letzten Abend kehrte mit voller Wucht zurück.

War es die richtige Entscheidung gewesen? Allein die Tatsache, dass sie daran zweifelte, verunsicherte sie. Immerhin ging es um keine Kleinigkeit, es ging um ihr gesamtes weiteres Leben.

Aber der Gedanke, sie müsste ihre Familie, ihre vier kleinen Geschwister verlassen – und sei es auch nur für die Zeit ihrer Ausbildung –, brach ihr das Herz.

Natürlich gefiel ihr die Vorstellung, alles hinter sich zu lassen, irgendwo neu zu beginnen, mit neuem Aussehen und vor allem neuen Fähigkeiten, Gefühlen, Emotionen …

Vorsichtig befühlte sie die Stelle zwischen ihren Augenbrauen, an der sich noch bis vor Kurzem das geheimnisvolle, schillernde Zeichen befunden hatte. Wie lange würde sie sich daran wohl erinnern können?

»Du wirst uns bald vergessen haben«, hatte Enrique gesagt und sie wusste nicht, ob sie die Traurigkeit, die sich in seinen Augen widergespiegelt hatte, je aus ihrem Kopf würde verdrängen können.

Da wurde sie aus ihren Gedanken und Erinnerungen gerissen. Ihr Blick fiel nach vorn und ein Lächeln umspielte ihre Lippen.

Ein kleines Mädchen rannte die Straße entlang, mitten durch die letzten Ausläufer der Staubwolke, und kam mit ausgestreckten Armen auf sie zu.

»Elena! Elena!«, schrie sie schon von Weitem und strahlte übers ganze Gesicht.

Nein, sie würde es nie übers Herz bringen, sie alle zu verlassen.

Mit diesem Gedanken schloss sie die Kleine in ihre Arme und war glücklich.

* * *

Nur vier Monate später stand sie wieder hier auf der Straße, die nun feucht dampfte vom Regen, der vor Kurzem darauf niedergegangen war. Es war, als wüsste der Himmel, welche Qualen sie durchlitt.

Sie fühlte sich, als seien zentnerschwere Gewichte an ihren Beinen befestigt, die es ihr unmöglich machten weiterzugehen, aber sie musste … musste irgendwie dorthin. An diesen Ort, an dem nur noch die Erinnerungen auf sie warteten. Erinnerungen an eine Familie, die es nicht mehr gab, die einfach so nicht mehr da war. All die Gesichter, die lieben Gesichter. Immer und immer wieder tanzten sie vor ihren Augen, als sagten sie: »Komm mit! Wir warten auf dich!«

Ja, warum war sie nicht bei ihnen? Was wollte sie noch hier? Hier auf Erden, wo es niemanden mehr gab, dem sie etwas bedeutete? Sie war allein, so schrecklich allein …

Und wieder liefen die Tränen unaufhaltsam über ihre Wangen. Sie war so unendlich verzweifelt und verletzt und sehnte sich nach dem Tod.

Weinend brach sie auf dem nassen, schlammigen Boden zusammen. Ihr Körper schüttelte sich bei jedem Schluchzer, sie schlang die Arme fest um sich, als fürchte sie zu ertrinken.

Dann setzten die Schmerzen ein.

ENDE von Band 1

DANKSAGUNG

Eigentlich wollte ich gar keine Danksagung schreiben, in der Annahme »Das liest sowieso keiner«. Dann aber hat mich Facebook eines Besseren belehrt. Denn dort haben unter einem Beitrag ganz, ganz viele User, unter ihnen auch die eine oder andere Autorenkollegin, geschrieben, dass sie sogar oft zuerst die Danksagung eines Buches lesen! Ich selbst bin ja auch ganz begeisterter Danksagungen-Leser. Ich fühle mich dem Autor dann immer besonders verbunden, vielleicht gerade weil ich selbst schreibe. Aber lange Rede, kurzer Sinn, ich danke:

- Zuerst natürlich meiner Familie, allen voran meinem tollen Mann, der sich vor allem in der stressigen Lektoratszeit sehr viel um unseren kleinen Sohn kümmern musste, weil Mama mit Lektorin Isi in den Fairy-Welten herumgegeistert ist. Dasselbe gilt für meine Mama und meinen Papa, sowie meine Schwiegereltern, die ich ein ums andere Mal zum Babysitten holte, weil es dann doch recht stressig zuging zum Schluss.

- Dann danke ich vor allem meiner tollen, fantastischen, witzigen, strengen und genialen Lektorin Isabell Schmitt-Egner. Isi, durch dich sind die Fairies erst das geworden, was sie heute sind! Danke, danke, danke und ich zittere und freue mich schon gleichermaßen auf das Lektorat zu Band 2!

- Natürlich danke ich auch der lieben Pia Cailleau, denn dank dir haben die Fairies ein Zuhause bei Impress gefunden. Und allein die Euphorie, mit der du bereits auf das Exposé und die Leseprobe reagiert hast, ist unbeschreiblich! Du bist in gewisser Weise meine Seekerin, und eine kleine Fairy noch dazu!

- Dann danke ich meinem Debüt-Zwilling von 2014, Felicitas Brandt, mit der ich jetzt wieder gemeinsam veröffentlichen darf. Sie hat mir den letzten Schubs gegeben und gesagt: »Du hast ein Exposé? Dann nichts wie los! Schick es ein!«
Danke, liebe Lizzy, dafür!

- Und zuletzt meinen allerbesten Freundinnen Anne, Mone, Manu und Jessi! Dass ihr mich überallhin begleitet, mit mir sechs Stunden im Stop-and-go gestanden habt und ich durch euch immer wieder toll inspiriert werde! Ich freue mich schon, Simona, Anna, Manuel und Jessico in die kommenden Bücher einfließen zu lassen!

So, jetzt aber genug gedankt! Auf geht's, zurück an den Laptop und eintauchen in die Welt der Fairies – Band 2 erwartet euch bereits im April!

Eure Steffi